U0032160

星零——著
上

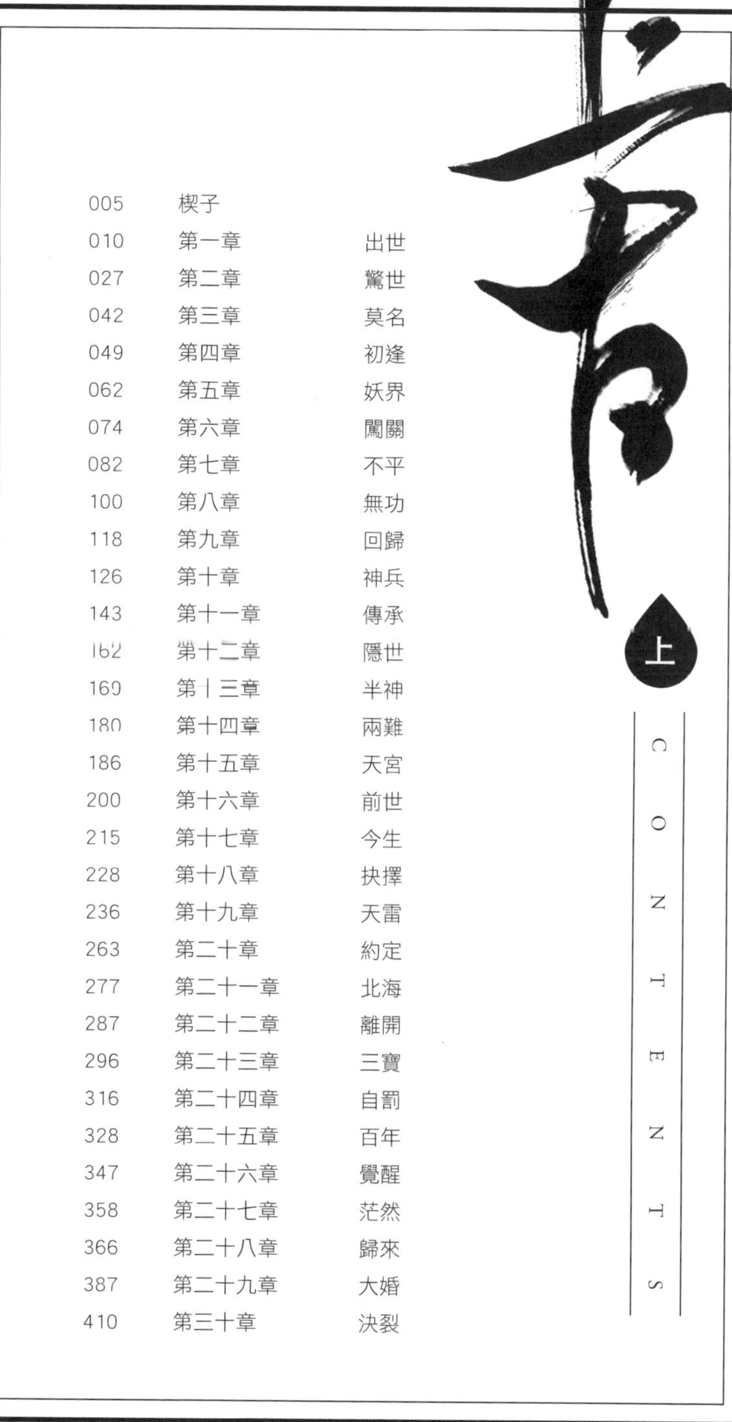

上

CONTENTS

楔子

六萬年前混沌之劫降臨，真神上古以身殉世，為救三界煙消雲散。

那時便有人問：「凡間百姓若遇天災劫難皆求漫天諸神庇佑，可若是神被逼至絕境，除了毀滅，又能如何？」

人能求神，神能求誰？

對著九州蒼生，這一問，再回首時滄海桑田、物是人非，便又是幾萬年光景。

不過漫漫仙途，三界枯燥無窮的歲月裡，倒也出過一點小插曲。

六萬三千年前，昆侖山，天帝大婚。

這一日，九州八荒喜氣揚天，漫天諸神相約而慶，只可惜如此浩大威盛的婚禮，美中不足地襲上了幾分沉默不安的氣息。

無他爾，全因天后蕪浣上神在這之前還有個特殊的身分。

天地混沌初開時，上古眾神永生，祖神擎天破碎虛空，創上古界於三界眾生之上。彼時祖神統御麾下四大真神，開天闢地，耗萬年光景，才有了日後的三界九州。

三界成形之日，祖神功德圓滿，化為虛無與三界同生。自此以後，祖神麾下上古、炙陽、天啟、白玦四位真神，便成了上古神界的主宰，其中上古真神雖為女神，但因得祖神衣缽相傳，是以最為尊貴。

四大真神神力深厚，統御神獸、治理三界，數千年時間便使得九州八荒初具雛形。不料人、妖二族現於世間千年後，混沌之劫降臨，四大真神與一眾上神應劫而逝……四位真神為護三界，神形俱滅，和祖神一同化為虛無，唯留下隨身兵器遺落人間。而這場應劫的眾多上古神祇中，最後也只餘得三位。

自此，上古眾神消失，上古神界封印於三界之上，永不開啟。上古時代由此終結，三界九州進入後古時期。

逃過一劫的三位上神，便是九天之上的天帝、蕪浣上神和祁連山清池宮的古君上神。天帝本體為五爪金龍，蕪浣上神傳承於鳳凰一脈，古君上神乃上古蛟龍，三位上神皆是上古神獸而化。如此古老又悠久的神祇，又是傳自遠古時期，自是被三界眾生奉若至上，頂禮膜拜。

古君上神和蕪浣上神原是一對神仙眷侶，兩人不問世事，在祁連山脈建清池宮隱跡世間，逍遙而行，曾惹眾神欽羨。

千年前，兩位上神孕育了後代，這本是三界中一件極大的喜事，卻不想那還未出殼的孩子生來便沒什麼神息，上千年時間過去，連破殼而出的力量都沒有，並且神息越來越弱，幾近夭亡。世間最尊貴的神君孕育而出的孩子居然如此孱弱，不免讓人大為意外，為免觸了兩位上神的霉頭，眾仙都不敢輕易提起這位小神君的事。

自從這位小神君降世後，古君上神一心想著如何提高小神君的神力，總抱著圓滾滾的蛋四處尋古籍、訪遺跡，數年不在清池宮更是常有的事。蕪浣上神不知是因為孩子弱得太過離譜，還是不相信她能活下來，對這顆蛋極為冷淡，甚至不願和古君上神一齊出去尋訪，單獨留在了清池宮。

古君上神為免蕪浣上神在宮中無聊，便拜託好友天帝閒暇時多到清池宮走動，這一來便又過了數千年之久。待古君上神捧著還是未破開的蛋，憂心忡忡地回到祁連山時，看到的卻是荒廢已久、敗落冷清的清池宮。蕪浣上神早已不知去向。

而這時，天帝即將大婚的喜訊卻傳遍了三界九州。

他迎娶之人，正是蕪浣上神。

若做下這種事的是其他上仙，怕是連在三界立足都難，畢竟奪友之妻，再理直氣壯也總是有些失德。奈何天帝是三界主宰，是以眾仙雖覺不妥，卻都失了傲骨，不敢吱聲。

幾位上神的恩怨情仇，並不是他們這些小仙能說是道非的。

是以現在，一眾上仙坐於昆侖雲臺上，心底的忐忑隨著七彩祥雲出現在昆侖山頂時，達到了頂峰。

古君上神一身青袍，立於天際，比之天帝的威嚴，多了幾分溫文爾雅，俊逸飄然。

蕪浣上神的眼光倒是有些飄忽，不少女仙君看得怔怔，紛紛嘀咕。

心裡雖想法各異，但眾仙仍是忙不迭地跪拜在地，迎接古君上神之尊。

也迎接這昆侖山上即將到來的一場惡戰……

哪知古君上神竟是理也未理嚴陣以待的天帝、天后，落雲後直接走向了司職仙君命格的靈涓上君處，從懷裡掏出個蛋，遞上前讓其測命格。

古君上神稀罕這顆蛋三界皆知，但沒想到如此重大的日子裡，他盛威直壓昆侖山居然只是為了替這小神君算一算命格，測一測未來吉凶。

這無異於當場打了天帝、天后一記響亮的耳光，卻偏生還讓人發作不得。

蕪浣上神臉色一變，當即便要拂袖離去，也虧得天帝善忍，安撫下她才沒讓這場婚禮落空。

在眾仙難以置信的眼神下，抖擻著一把老身骨的靈涓上君，擔著三位上神的威壓，亦是惶恐

至極。他好歹也知這顆蛋的淵源，不敢推辭，只得顫巍巍地接過古君上神手中的蛋細細測算。

豈料這一測就是好幾個時辰。雖說對仙人而言百年亦不過一瞬，但在那種境況下，這時間就顯得相當難熬了。

崑崙山的婚禮就這樣詭異地因為一顆蛋僵在了半途，眾仙的目光更是死死地盯在那顆圓滾滾的蛋上，都希望靈涓上君能聰明點，說幾句好話出來，興許古君上神一欣慰，場面就不至於這麼難堪了。畢竟崑崙乃九天福地，誰都不想自上古時傳下來的靈山，就這麼毀在幾位上神狗血複雜的糾葛中。

在天帝都忍不住連連咳嗽了幾聲後，靈涓上君才挪開放在那顆金貴蛋上的手，略一遲疑，在眾仙難以置信的眼神中，哆哆嗦嗦地說出了一句改變三界格局的話。

「這小神君……恐怕……是上神命格。」

滿座皆驚，眾仙傻眼……

出生了幾千年連破殼的力量都沒有，比一般的仙童都有所不及，這樣的靈力居然會是上神命格？

就算是古君上神威壓再大，這靈涓上君也太敢扯了！

當然，沒有一位仙君敢把這句話說出來，就連天帝也聰明地選擇了裝聾作啞。

眾仙認為古君上神再有閒氣，也應當知道靈涓上君這不過是句場面話罷了。上神之尊，何等重要，這話聽聽還成，真要作數……那是萬萬不行的。

哪知，長笑聲在眾仙驚愕之際突然響起，古君上神登上七彩祥雲朝東方而去，竟是半點不給靈涓上君再說話的機會。

「有勞眾位仙友為證，自此以後，吾兒後池位居上神之位，天地為鑑。」

由始至終，古君上神對坐於高位上的天帝、天后連個正眼都沒瞧上一下。

眾仙面面相覷，如此輕巧的一句話便讓一個還未出殼的小蛟龍，從此位於三界眾生之上，位屬上神，實乃荒謬。可是偏偏是在這麼個場合，說出這句話的又是古君上神，誰都無法生出反對之辭來。

這麼一耽誤，古君上神消失無蹤，那小神君的上神之位也就這樣莫名其妙地坐實下來。

若論後古界以來最不可思議之戲聞，當非此事莫屬。

雲海深處，崑崙頂空，一名白衣男子端著一方木頭緩緩雕刻，俯覽眾仙猶若螻蟻，直到聽見古君定下那顆蛋的上神位份後，才施施然離開。

由始至終，連同天帝在內的幾位上神，都未曾發現有這麼個人出現過。

自然，此後幾萬年，三界裡說得最多的，便是這麼一句：

那清池宮的小上神後池，當真是走了狗屎運，投了個好胎！

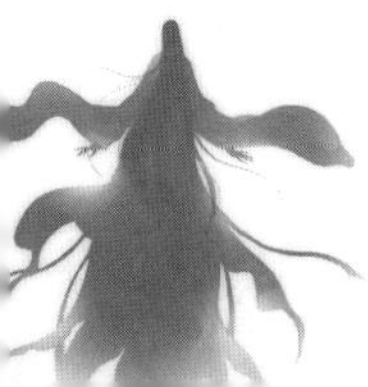

第一章　出世

六萬年後，祁連山清池宮華淨池附近。

兩個腳踏祥雲的仙人苦著臉，巴巴地望著對方，瞪得渾圓的眼裡滿是懊悔。

「無虛，這可怎麼辦？咱們把賀禮給丟了，若是讓上君知道，少不了要責備我們一番。早知道就不貪圖華淨池的仙露，早些啟程了。如今……哎，你說我們如何是好？」圓臉仙人唉聲嘆氣，望著一向點子多的仙友焦躁地詢問。

以紫垣上君的脾氣，丟了這麼貴重的賀禮，怕是要罰他們上青龍臺受鞭笞之刑了，這一上去，少說也得耗掉幾千年的仙基。

華淨池乃三界中有名的福地，池中每日旭陽初升時聚集的仙露能增強仙力，對仙基淺薄者是絕佳的上品。不過因華淨池位在古君上神的結界裡，雖不少仙人垂涎此處，卻從來無人敢擅自闖入。

東華上君壽宴，他們二人奉自家紫垣上君之令攜禮物先行，途經此處，見池中仙氣外溢，好奇之下發現結界竟然破開了一個拳頭大小的空隙，一時忍不住潛進仙池，偷食了些仙露，急急忙忙出來時，竟不小心將賀禮東海萬年珊瑚樹掉在了池中。再想進去時，那小洞已然消失，兩人一籌莫展，如今只能對著結界內的華淨池頹然嘆氣。

被稱為無虛的仙人一甩長袖，苦著臉朝不遠處的華淨池瞅了瞅，搖頭道：「無妄，華淨池在古君上神的結界中，我們若是再私闖進去被發現，罪名可比丟失上君的賀禮重多了。當年那條蛟龍的下場，你沒聽說過？」

一聽這話，無妄打了個寒戰，連連擺手，哆嗦著退後幾步，駭得差點從祥雲上掉了下去。

無慮說的這事他當然聽過……兩萬年前，妖界蛟族出了個不世天才妖恒，才兩萬歲的年紀，妖力便達到了妖君巔峰，直逼上神境界，連妖皇都對其暫避鋒芒。幸得此妖對皇位不屑一顧，才免了妖族內戰，但他甚喜和人比試，且性情暴戾，被他邀戰者，多是個魂飛魄散的下場。

一時間，九州八荒的眾仙被鬧得人心惶惶，生怕被此妖找上門決戰，無奈之下閉關的閉關、訪友的訪友，紛紛避走。畢竟這可不是丟面子的小事，弄不好，幾萬年的修為可能就這麼散了。

在妖族中再無對手後，妖恒出了妖界，直上華淨池挑戰古君上神。因兩人都是由蛟而化，且古君上神已有數年不現人前，眾仙不免抱了幾分期待的心思。

若古君上神也戰敗，那……三界中就只有天帝和天后堪為其對手了。

妖恒在華淨池外挑釁數日，始終進不得結界，更是連古君上神的頭髮絲都沒摸到一根，暴怒之下，激起狂風驟雨，致使下界洪澇成災，百姓流離失所，死傷無數。這一來就犯了幾位上神的忌諱，要知道這天上地下的神仙都明白三界有一條鐵律——絕不可傷害三界之本的人界。

在金曜上君忐忑萬千地奉著天帝之命捉拿妖恒時，三道墨色閃電從華淨池的結界裡連劈而出，落在了化成蛟體、在下界興風作浪的妖恒身上。

連哀嚎聲都來不及發出，那條在空中蜿蜒盤旋的巨大蛟龍，瞬間便化為飛煙，真正的魂飛魄散。數萬年來三界中最接近上神的存在，就這樣以一種極不慘烈，甚至是玩笑的方式消失在三界。

經此一事後，三界震動。尤其是金曜上君，他親眼目睹妖恒被劈得連點灰渣子都不剩。在他言之鑿鑿、甚為崇拜的渲染下，古君上神輕飄飄的一擊被昇華得光芒萬丈，其功績甚至能寫進三

界後古史裡。

念及此，無妄也歇了私闖華淨池的心思，他朝無虛建議道：「不如我們去拜訪一下清池宮，就說……就說我們途經此處，不小心將珊瑚樹掉入了華淨池裡。」

無虛以一種看白癡的眼神望著他，兩道眉皺成了一團，「你糊塗了不成？古君上神不在，鳳染上君如今掌管著清池宮，她和我們上君有些過節，怎會答應我們的請求？」

無妄知道這提議不妥，但也實在沒法子了，他家紫垣仙君貴為上君，哪怕是在九重天上也甚少有人敢得罪於他，可如果是古君上神和鳳染上君的話……就說不準了。

無妄在祥雲上轉來轉去，終歸是不甘心就這麼回去受罰，眼睛一亮後，陡然抬高了聲音道：「無虛，古君上神不在，清池宮裡不是還有一位上神嗎？鳳染上君就算再霸道，也不敢在上神面前對我們發作啊！」

無虛腿腳一軟，急忙伸手捂住了無妄的嘴，他朝四周望了望，見甚為安靜才長吐一口氣，低聲呵斥道：「你怎麼淨提些沒腦子的主意，日後可千萬別提這位上神，若是讓景昭公主知道你曾求助於她，你以後就別想在天界有好日子過了。珊瑚樹怕是要不回來了，咱們回去先稟了仙君再說。」無虛說完轉身就走，竟是管也不管身後的無妄。

無妄是這幾千年才飛升上來的小仙，見無虛這般如臨大敵，只得小聲應了一聲，跟著他朝遠處飛去。騰上祥雲後，無妄悄悄轉頭朝著越來越小的華淨池瞧去……心裡犯起了嘀咕，到底為了什麼那位清池宮的上神，會被三界奉為禁忌呢？

清池宮裡。

金黃長袍上展翅的鳳凰如奔九天，純黑的腰帶鬆散地繫在腰間，坐於高位上的女子望著呈到面前足有成人高的珊瑚樹，心情大好，爽朗的笑聲傳得老遠。

「長闕，這次紫垣那個傢伙可是虧大了，嘖嘖，長得這麼高，我琢磨著這珊瑚樹至少得有萬年光景。」這女子神情張狂，血紅的長髮無風自動，端是邪氣逼人，更遑論她言談間有一股常人難及的煞氣。

下首一副書生打扮的青年朝她拱拱手，神情嚴肅，「上君，那兩個仙人膽子大得很，居然敢偷入華淨池，簡直不把我們清池宮放在眼底。您絕對不能姑息，定要和紫垣仙君理論一番。」

鳳染笑容一僵，暗道可不能讓這人知道是自己故意把結界破了個洞，引得那兩個貪心的小仙進了華淨池，否則定會受他嘮叨一陣，當即裝模作樣地擺正顏色道：「和那個小人有什麼好說的，這次東華老兒壽宴，我要讓他給本仙君好好地賠罪。」

長闕一頓，見自家上君意氣風發，忍不住小聲地提了提：「上君，東華上君沒給您遞請帖。」

東華上君是三界最古老的上君之一，素來德高望重，受眾仙景仰，他醉心修煉，極少舉行宴會，這次也是架不住一眾弟子的勸說，才向眾仙發了帖子。在如今平靜無波的三界來說這是一件極大的事，是以這次就連眼高於頂的紫垣上君也巴巴地趕去祝賀。

可是他家的仙君才當了幾千年上君，樹敵頗多不說，又為三界所不容，人家想整個熱鬧隆重的宴會，又怎會邀請於她？

「這倒也是，我如果不請自去，以紫垣那小人的性格，定會找藉口對我倒打一耙。」

鳳染皺著眉，托起了下巴喃喃自語。她朝長闕瞅了瞅，見青年站得筆直，眼珠子便不懷好意地動了動。這傢伙，他大概不知道……只要他心虛，總會擺出個格外正經的面孔混淆視聽。

鳳染懸在半空的腿踢了踢，碰到青年的衣帶，「說吧，長闕，你一定有辦法。」

長闕搖了搖頭，閉緊了嘴。

「哎，古君上神消失這麼久，如今連區區一個紫垣也不把我們清池宮放在眼底，長此以往……」她見青年耳朵動了動，知道戳中了他的軟肋，加重了嘆氣，連連感慨。

「東華上君雖然沒給您送來請帖，可是……給清池宮送了。」顧名思義，就是給清池宮真正的主人古君上神送了請帖。

鳳染咧嘴一笑，從寬大的椅子上躍下來，重重地拍了長闕一掌，笑道：「我就知道你有辦法，還不速速把請帖給我。再隔幾日，我們備份厚禮去東華老兒的壽宴。」

明目張膽的狂妄，這哪是給人家祝壽去的，簡直就是磨刀霍霍的挑釁。長闕嘆了口氣，接著道：「哪裡有這麼簡單？上君，您也不想想，上神的請帖……您執帖而往，恐怕還沒出東華上君的府第，就被天帝捉到天界去問罪了。」

鳳染笑聲一滯，苦惱地走了兩步，繞到珊瑚樹邊突然停下，狠狠地拍在晶瑩剔透的樹杈上，把長闕看得心驚不已。

鳳染嘴角掛了一絲神祕的笑容，眼珠子轉了轉，朝長闕得意地晃了晃手，「我是不敢拿著古君上神的請帖滿三界地跑，但你別忘了……清池宮可不是只有一位上神。」

長闕陡然瞪大眼，他抬手指向鳳染，回過神來後又覺得甚為不敬，忙不迭地放下來，但表情仍舊彆扭得奇怪。

「上君，您該不會是想讓小神君拿著上神的請帖，去赴東華上君的宴席吧？」長闕磕磕巴巴問道，眼底猶自帶了幾分荒謬。

「你說得沒錯。」

「可是，小神君從來沒有出過清池宮一步……」

「有什麼關係？我陪著她，總不會讓她吃了虧去。」

鳳染說完這句話，踢踢踏踏地朝著清池宮後殿跑去，在大殿裡站著的長闕眼睜睜看著她消失的背影，滿臉自責。

早知道……就不跟上君提這個點子了。

說什麼不讓小神君吃虧，以小神君的性子……恐怕東華上君的壽宴要倒楣了。

柏玄上君，您倒是快點回來吧，要不然……這清池宮就快被鳳染上君給拆了！

天界紫金府。

紫垣看著跪在地上的兩人，一臉鐵青地怒喝：「怎麼回事？賀禮呢？」

他正準備駕雲前去東華上君的大澤山府第拜壽，卻不想還未出門便看到無虛、無妄二人渾身是傷地跑回府。

那賀禮可是萬年才長好的珊瑚樹，他一向寶貝，平時都不捨得讓人看一眼。這次若不是東華上君壽宴，他絕不會捨得送出去。

「上君，我們二人在祁連山附近遇到妖兵，打鬥中遺落珊瑚樹，懇請上君恕罪。」無虛跪在地上唯唯諾諾道，眼底劃過一抹心虛。

祁連山就是清池宮所在之地，紫垣一聽這話，神情愣了愣，怒氣失了大半，但還是心疼那珊瑚樹，遂繃緊了臉道：「既是失落在祁連山脈附近，倒也怪不得你們，但你們護寶不力，這樣吧……一人罰一把上品仙劍，明日送到寶庫中去。」

紫垣上君倒是生了個正義凜然的好相貌，但骨子裡卻是個剛愎自用又喜好面子之人。

無虛和無妄腳一軟，臉上不免露出了幾分不滿和遲疑，他們成仙數萬年也不過才得了幾把上品仙劍，一向看得跟命根子差不多，紫垣上君倒是說得輕巧……

「怎麼，你們可是不願？」

倨傲又帶了絲威壓的聲音自頭頂傳來，無虛二人立馬伏倒在地，恭聲道：「不敢，上君厚德，明日我和無妄便把仙劍送來。」算了，失了把仙劍總比去青龍臺上受鞭笞之刑要好。

紫垣上君是出了名的小氣霸道，但他和九天上的大殿下景陽交好，又貴為上君，在天界裡根基深厚。

「上君，那送給東華上君的賀禮？」無妄久久聽不到紫垣上君的吩咐，抬起頭小聲地問道。

「這你們就別管了，明日跟我一起出發。哼！東華上君宴席上，我倒要向各位仙友好好說道說道……鳳染一向霸道，將祁連山千里盡數化為清池宮所有，如今竟看不好古君上神的門戶，讓妖族肆虐九天福地，這一回，我定要讓她顏面掃地。」

跪著的二人硬生生地打了個寒戰，無妄張了張嘴想說些什麼，卻被無虛一把拉住，兩人告了聲罪退了出去。

剛走到庭院，無妄便朝四周看了看，見無人在旁，忙拉著無虛的長袍急道：「無虛，這可如何是好？上君若是知道我們並非被妖族所傷……」

「你急什麼？以鳳染上君平時的作派，東華上君定不會邀請於她，只要她不出現，又有誰能拆穿我們？更何況祁連山連綿千里，仙友稀少，若是清池宮的人否認有妖族，其他上君也定會認為是鳳染上君監管不力、為自己狡辯。」

無妄惴惴不安地聽完無虛解釋，抹了抹頭上的虛汗，見四下無人，邊走邊在無虛耳邊低聲問道：「無虛，我飛升得晚，很多事都不清楚，要是去了東華上君的府第鬧了笑話就不好了。要不你給我說說鳳染上君的事，我聽說她乃天后一族的族人，怎麼會……為三界所不容？」

兩人一路走著就到了紫金府深處，無虛朝跟在他身後的無妄瞥了一眼，沒好氣道：「你想問的恐怕不止是鳳染上君的底細吧！怎麼，你就這麼想知道清池宮那位上神的事？」

「無虛，你瞧……」無妄嘿嘿一笑，從兜裡掏出個小瓷瓶來，打開遞到無虛面前，「我在華淨池裝了幾滴，咱們一人一半，如何？」

一陣芳香傳來，聞之沁人心脾。無虛雙眼發光，湊過去聞了聞，彈了彈衣襬，朝無妄看了一眼道：「其實這些事也不算什麼祕密，也只有近千年來飛升的小仙才不知道。」

「若是說到這位上神，還要從混沌之劫開始說起……」

無虛的聲音慢慢變輕，追憶往昔的神情中有著對那個時代難掩的崇敬膜拜。

半個時辰後，無妄總算知道了前因後果，一時間也是頗為震驚。

「無虛，你是說後池上神在殼中之時，便獲了上神之位？」

無虛點頭，拿過無妄手中的瓷瓶，放在鼻尖聞了聞，瞇起眼甚是享受。

「那之後呢？」無妄急急忙忙問道，總覺得有些意猶未盡的意思。

「之後古君上神在清池宮外設了結界與世隔絕，聽說那位小神君又隔了四萬來年，才從殼中而出，且自小便不通神法，靈力也是極低，所以古君上神為了她還破例接納了一些散仙進清池宮護衛。」

無妄摸了摸下巴，喃喃自語道：「難怪仙界中人都說那位上神投了個好胎，原來如此……這倒是個頂尊貴的命格……」話說到一半，他頓了頓，像是突然想到了什麼一般壓低了聲音道：「若是如此，那幾位殿下和景昭公主，豈不是和這位上神還有些血脈淵源？」

無妄朝天上指了指，一臉唏噓。難怪景昭公主不喜人提起那位上神，原來是這麼個緣故。

那位小神君生來便是三界中的至尊存在，景昭公主的出身未必比她低，但位份卻猶如天壑，兩人身分又極是尷尬，換了是誰都接受不了。

九天之上的幾位殿下和公主，都是憑自身之力擠入上君行列，想必對後池上神憑父蔭晉位上神的事耿耿於懷。

素聞天帝對這位唯一的公主疼若珠寶，極為驕縱，恐怕也是生了歉疚的心思。

「這話不錯，都是天后所出，自是有血脈干係。古君上神遊歷三界，已有萬年不知下落，那位小神君降世兩萬年來又從未踏出過清池宮半步，是以仙界如今倒是沒人敢提起她來了。」

為天帝一家所忌諱，想活得滋潤點的神仙都不會這麼不識趣。

如此一來，這位小神君就當真是面子上最風光，裡子裡最淒清的一位了。

「這麼說，鳳染上君也是因為小神君靈力弱，才會被古君上神接納進清池宮的？」無妄想到了為三界所棄的上君鳳染，急忙向無慮求證。

「不錯，鳳染上君出自鳳凰一族，本來身分尊貴，可她卻偏偏是從未有過的火鳳凰。你也知道……鳳凰以金黃為尊，若是紅色則代表邪惡，是以鳳染上君一出生便被族人遺棄在了淵嶺沼澤中，聽聞乃是一株千年樹妖將其養大。後來仙界和妖界在淵嶺沼澤開戰，景陽大殿下和妖界三皇子在混戰之中誤殺了那樹妖……」

無慮停了停，以一種格外讚嘆的語氣緩緩道來：「鳳染上君一怒衝出淵嶺沼澤，以一己之力迎戰仙、妖兩族大軍。那一戰格外慘烈，數萬大軍盡滅，就連妖族三皇子也喪於她手。要不是我家上君正好路過，救了性命垂危的景陽殿下，恐怕大殿下早就陣亡於淵嶺沼澤了。也是在那一戰之後，鳳染上君威震三界，被尊為『上君』，只不過獲封上君的同時也為三界所不容。」

三界自上古時代終結後，飛升的仙妖皆用「君位」來劃分級別。仙界的「上君」和妖界的「妖君」是最接近於上神的存在，一旦靈力大成，天劫降臨後，便自動升為「上君」、「妖君」。

「難怪大殿下和我家上君如此要好，想不到竟是有這麼一段淵源。」無妄嘆了口氣，遲疑了半晌才道：「鳳染上君畢竟是鳳凰一族的族人，況且她亦殺了妖族三皇子，於天界有功，天帝就算是看在天后的份上也不應如此為難於她才對。」

「你當別人不是這麼想？鳳染上君不過才萬歲便有了上君的實力，前途無量，況且只是一場誤會，天帝當然想招攬，只不過……」

「只不過如何？難道是鳳染上君不願？」

「她倒不是不願……」無虛挽起了袖袍，咂吧咂吧了嘴道：「只是鳳染上君在淵嶺沼澤放了話——若是天帝能將景陽大殿下處死，一命換一命，她便願為天帝效犬馬之勞。」

「什麼？」無妄陡然拔高了聲音，瞪大了眼，「這鳳染上君真不識好歹，那妖樹怎可和我仙界大殿下相提並論？」

天帝乃上古之神，又為仙界至尊，怎受得了如此挑釁？這鳳染上君當真糊塗！

無虛也點點頭，露出幾絲不贊同來，「天帝聞此震怒，下令捉拿鳳染上君，鳳染上君力戰數仙，敗退祁連山，性命垂危之際為古君上神所救。是以後來鳳染上君就留在了清池宮，天帝也沒有再追究。」至於沒追究的原因嘛……二人心照不宣地對看了一眼，天帝對古君上神向來都很忍讓，想必那次也不例外。

「哎，想不到三界中竟還有這麼一段歷史，我今日算是長見識了。」無妄一邊說著一邊搖頭，神色頗為感慨。

「兩位仙君，上君說明日啟程去東華上君處，請二位仙君準備準備。」不遠處小仙童的聲音傳來，無虛和無妄同時心神一凜，互相使了個眼色朝院外走去。

與此同時，清池宮中。

華淨池邊的石岩上，一道懶洋洋的輕喝聲緩緩響起。

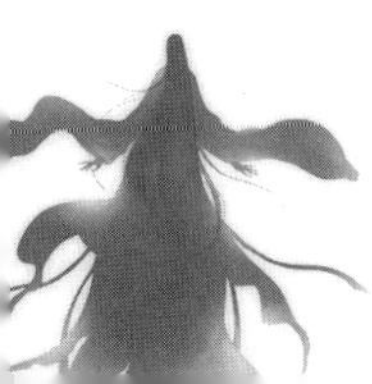

「鳳染，我說過多少次了，我懶得出去。不過我甚是喜歡長闕最近帶進宮的人間戲本，這樣吧，我也不為難妳，若是妳能讓山無陵、天地合……我便答應妳，如何？」

山無陵、天地合……還說不為難我！古往今來三界眾生裡頭能做得到的，不過上古祖神擎天一人而已！

望著石岩上拿著竹竿聚精會神盯著水面的少女，話被噎在喉裡的鳳染，一雙鳳眼瞪得渾圓，一頭紅髮氣得無風自動。她上前一步，盤腿坐在少女身旁，對峙半晌才支支吾吾道：「後池，妳好歹也說個簡單點的……別忘了上次古君上神回宮的時候，可是我給妳提的醒，要不然長闕給妳帶的那些人間戲本早被發現了。」

「叮」的一聲響，魚鉤在池中畫了個圈、蕩起漣漪，在水面上一環一環震散開來。

「鳳染，這事都多久了？萬年來我替妳在長闕那裡擔了多少事，早抵了。」被稱為後池的少女頭也不回，看著手中輕飄飄的魚鉤道：「這些魚變聰明了，現在都不上鉤，真沒意思……」

鳳染聽到這話嘴角一抽，長在華淨池裡的魚怎會是凡品，大多早就成精了，也只是為了讓妳消磨一下時光，牠們才不變成人形罷了。

「後池，凡間的魚能上鉤的。」她素來囂張霸道慣了，但對著眼前這人倒是格外的好耐心，只是討好地笑笑。

「妳就這麼想去東華的壽宴？」從未見過鳳染如此低聲下氣的樣子，後池話語間也泛上了些許疑惑。她轉過身，看著鳳染，眼抬了抬。

回過頭的少女面容清秀，年歲看著不過才十五、六歲的模樣，一眼瞧上去還帶著幾分孩童的稚感，著一身青色布衣，格外普通。若不是她出現在這仙家福地，面前做小伏低的又是一介上君，任是誰都無法想像她便是三界裡鼎鼎有名的後池上神。

只有那雙眼眸看著你時，恍惚間會有一種白雲蒼狗的厚重感，若非鳳染已識得她萬年，恐怕也會愣神。

她初見後池時也曾驚疑，後來倒也明白，小神君就算是靈力再差，破殼而出後好歹也有了幾萬歲，自是尋常仙人不能相比的。

鳳染知曉後池能長成如今這般，著實不易。當年她進宮時後池已是十歲孩童的大小，如今過了萬年也未有成人模樣。這些年來看著她一點一點慢慢成長，心底時常嘀咕古君上神當真可憐，若是尋常仙家，以後池這樣的仙基，恐怕早就灰飛煙滅了。也虧得清池宮聚天地之靈氣，靈藥一大堆，才能把她養得這般大。

縱使看起來再普通，後池言語間也有一般仙人難以企及的威壓。難得見到後池如此鄭重地詢問於她，鳳染猶疑片息，才回道：「嗯，我確實想去，上神的名帖也只有妳拿著前往才行，若是我……古君上神不在，那些人巴不得我鬧出點事來。」

「那倒是，想來東華也不敢找我的麻煩。」後池點頭，隨手放下竹竿，托著下巴淡淡道：「東華的壽宴何時開始？」

「五日後。」

「那妳準備一下，我們四日後啟程。」

「嗯？」鳳染冷不丁聽見這話，一愣，眼底突然神采煥發，「後池，妳願意出去了？」這倒真是奇怪，寧願數千數萬年待在清池宮發霉的人，居然這麼簡單就答應了？

「鳳染，妳來清池宮多久了？」後池抬步朝宮中走去，不緊不慢地問道。

「有一萬年了吧……」

「妳還從來沒有求過我……」後池轉過身，朝身後明顯一頓的女子看了看，眼底流過幾分意

味深長。

上君巔峰在三界中都極為少見，鳳染出自鳳凰一族，脾性更是高傲無比。雖說她得古君上神相救因而甘願留在清池宮，卻不代表她會對除了古君上神之外的仙君俯首稱臣。

這萬年來，後池都沒有看到過鳳染如此急切懇求的模樣，兩人相處萬載，嘴上不說，情分卻非比常人。雖然她下意識地不願出宮，可若為了鳳染，也並非破例不得。

「我從未問妳當初為何入了清池宮，妳也沒有說過……昨日長闕告訴我，紫垣會去東華的壽宴，妳是衝著他去的？」

萬年前的糾葛，她也是昨日才通過長闕之口得知。

鳳染點頭，並未言語。她從不將過去的糾葛帶入清池宮，也沒有藉古君上神之勢報仇的心思。在她心底，老妖樹的仇一日不報，她就永遠都是淵嶺沼澤的孤女鳳染。報仇只是她一個人的事，是以她從未將當年的仇怨告訴過後池。

「鳳染，妳是仙界上君，不論父神當初下過什麼命令，妳做事都不需要畏首畏尾，瞻前顧後。清池宮縱使再不濟，也護得住妳。」

鳳染看著說完這句話後逕自離去的後池，面色複雜，良久後摸了摸下巴，記起當初古君上神離宮時說過的話，突然有些明白過來。

「鳳染，後池自幼長於清池宮，性子淡泊，從不踏出宮門一步。但她甚是護短，若是有朝一日，妳需要她，只管言明便是。」

想來當初古君上神早就料到她遲早有一日會找那些人的麻煩，所以才會如此吩咐。

鳳染立在華淨池旁，眼底露出幾分釋然，忍不住笑著低斥了一句：「不就是想幫我嘛！幹什麼說得這麼大義凜然，真是彆扭。」

東華上君的仙邸在東海之濱的大澤山中，臨到壽宴前幾日，已是高朋滿座，眾仙齊聚。

紫垣上君重新選了賀禮，緊趕慢趕終於在壽宴前一日到達。看著雲集的眾仙，眼底不免露出志得意滿的笑意，仙人越多，他明日在壽宴上發作起來便傳得越廣。

與此同時，鳳染滿臉怒火地看著盤腿坐在祥雲上一臉無賴樣的後池，神情簡直悲憤到痛心疾首，「妳說說，妳說說……平時讓妳在清池宮練練仙法妳不練，如今連個祥雲都駕不起來，讓那些仙人看了，還不知要怎麼笑話妳！」

後池擺擺手，無所謂道：「有什麼關係？我可是上神，妳在我身邊就足夠了，三界有誰不知我風一吹便倒？再說難道還有人敢讓我這個堂堂上神表演駕雲不成？」

鳳染苦口婆心的話被哽住，無奈地甩甩袖襬，不再去看正大光明壓榨她的後池。

「記住，東華好歹也是德高望重的老上君，底下徒子徒孫一大堆，妳可別上了門還擺出這麼一副臭臉色來，到時候就算有理也會變成無理。」後池慢條斯理地吩咐鳳染，見她一臉硬氣也知道多說無用，乾脆瞇著眼打起哈欠來。

算了，不管她怎麼鬧，自己總不會讓她吃了虧就是。

不得不說，在某種程度上，這對主僕的思考邏輯有著驚人的相似，當然，一個是拿實力說話，另一個嘛……當然是拿靠山說話了。

大抵凡間所說倚靠祖蔭橫行鄉里的紈綺子弟，指的便是後池這種了。

這般駕著雲一路慢行，兩人終於在壽宴前夜趕至大澤山底。已至深夜，仙邸前雖張燈結綵，卻連個管事的仙君都沒有，唯有幾個蔫巴巴的小童垂眼、打著哈欠坐於門前。

這二人一個是在清池宮蟄伏了萬年的煞神，一個是萬年來只聞其名、從未現過身的稀罕上

神，別說小仙童，就算是有點眼力的仙君恐怕都認不出來。是以當兩人駕著雲抵達半山腰的仙邸時，守門的仙童連過來搭理一下都不願。

以東華上君的名號，這些日子覥著臉來沾點好處、結交諂媚的神仙也不少，為了不讓這些仙君太過難堪，東華上君的二弟子閒竹為他們專門在山腳下安排了住處。這個消息在遞送請帖的同時就廣為眾仙所知，是以未執請帖的仙人都很自覺地去了山腳。

當然，廣為人知並不代表現在站在門口的兩人也知道，當深更半夜這兩人孤零零站在仙邸前面的廣場上等著引客時，竟生出了幾分淒涼之感。

鳳染見久未有人出來迎接，一雙眼當即就瞪了起來，拉著後池大模大樣便準備往裡闖。

守門的仙童見兩人往這邊走，也是一個激靈，怕自己看走眼，急忙恭敬道：「不知是哪位上仙？可有請帖？」

這聲音又輕又脆，還帶著幾分惶恐稚嫩。鳳染是個軟性子，當即氣便消了不少，只是裝模作樣假喝道：「自是有請帖……」

話才說至一半，便被身後人拉住了衣袍，她回過頭，見後池對著她撓撓頭，平時清淡的神色裡彷彿帶了十足的不好意思，「鳳染，我忘了找長闕拿請帖了……」

鳳染一愣，翻了個白眼，「您還真是好記性……沒關係，報上名號一樣的……」

這邊兩人悄悄私語，那邊的小童卻聽到了模糊的幾句，見兩人久未動靜，便翻了個白眼，不客氣地道：「兩位仙君，我家上君在山腳為客人備了休息之處，仙君移步便可。」

鳳染一愣，她自淵嶺沼澤出來後就一直住在清池宮，論世情其實並不比後池強上多少，聽仙童這話還以為所有客人都在山腳休息，隨即也不囉唆，拉著後池就駕雲往山下跑。

只有後池瞇了瞇眼，在雲上朝那幾個小仙童意味不明地望了望，駭得幾個娃娃出了一身冷汗。

山腳竹林裡橫七豎八地蓋了不少竹廬，意境很是不錯，鳳染隨便挑了一間就進去打坐。後池白日在祥雲上睡了一整日，勁頭正足，見鳳染閉目凝神，便留了張字條出去溜達。

她出了竹廬，有些納悶。

這裡仙霧繚繞，靈力充沛，比之清池宮也不遑多讓，但此處靠近東海，海中生靈數萬都依賴大澤山的仙氣而生，按理說這裡的靈氣就算不枯竭，也不會如此充沛，更何況……這靈氣總讓後池有種莫名的熟悉感。

後池靈力不高，但眼界卻是極好。想著這大澤山中必有蹊蹺，心中生疑之下，便慢慢一人往後山行去。

兩個時辰後，待她行到後山深處，正準備放棄時，卻因眼前一景而驟然一驚。

楓林之中，有大片空地，生一劍塚，成千上萬把斷劍斜插其中，隱隱交錯直指天際。遠遠望去，竟有一種遠古的沉厚感，帶著蠻荒的蒼涼。

源源不斷的靈力自劍塚中凝聚，緩緩飄散，最終瀰漫在整個大澤山周圍。

這數里長的無名劍塚，竟是大澤山靈力充沛的原因。

後池望著數萬把殘破不堪的仙劍，皺眉立在一旁。她竟不知三界裡頭居然有這麼個地方存在。數萬把仙劍，即便是殘破不堪，也極是罕有，怎會為三界不知，安然存放至今？

「後池，原來妳在這！」

身後傳來鳳染鬆了一口氣的聲音，後池回頭，見鳳染火急火燎地駕著雲朝這邊飛來。

「妳怎麼隨便亂跑，大澤山中仙獸不少，牠們可識不得妳的上神身分……」鳳染嘴裡不饒人，面上卻並無多少擔心，畢竟古君上神留給後池的護身法寶不知凡幾，一般仙君近不了後池的身。

等靠近了後池身邊，她才發出一聲驚嘆：「這東華上君還真是好閒情，居然在山裡修了這麼大一

座空塚。」

後池抬頭，眼底劃過一絲訝異，「妳說什麼？空塚？」鳳染被後池陡然抬高的聲音驚得一怔，又朝坑裡看了兩眼才道。

「是啊，這坑裡什麼都沒有，看著真瘮人。」

「妳什麼都沒瞧見？」

「沒有。」

後池轉過身望著一塚斷劍，狐疑地瞧了鳳染兩眼，摸摸下巴，以一種格外滿足的神祕兮兮口氣對鳳染道：「鳳染，我終於明白為什麼我會有上神的命格了……」

鳳染被這語氣弄得雞皮疙瘩掉了滿地，見後池瞇著眼分外愜意，不由問道：「為什麼？」剛問完她就後悔了，三界中有誰不知，後池上神的命格乃是古君上神六萬年前在天帝大婚之時給強要過來的。

「天意啊天意，不可說也。鳳染，妳先走吧，我還要在這瞅瞅。」後池擺擺手，圍著劍塚細細打量起來。

一聽這話，鳳染沒好氣道：「可是天快亮了……」

晨曦微露，半山腰的鐘聲劃破天際的沉靜，或遠或近地傳開來。

見後池根本沒聽到這句話，鳳染嘆了口氣，「那我先上去了啊，妳快些上來！」

待鳳染的身影消失在空中後，後池才對著一塚斷劍再次微微瞇起了眼。

為三界所不知，原來是這麼個原因嗎？那為什麼她偏偏又能看得見？

第二章　驚世

半山腰的東華仙邸格外熱鬧，紫垣上君站在眾仙之中，滿臉笑容，面色倨傲，待他轉過身看到和一眾小仙一起走進大堂的熟悉身影時，眼底劃過一抹微不可見的憤恨，哈哈一笑迎上前去。

「我道是誰，萬年不見上君出現在三界之中，本君還以為上君妳早已榮登極樂、得享永生了！」紫垣上君聲音不小，再加上這話聽著著實讓人覺得刻薄無理，熱鬧的大堂一下子便安靜下來，眾仙隨著紫垣上君的視線朝大堂門口望去，俱是一愣。

在一眾小仙中，紅衣長袍的鳳染顯得鶴立雞群，再加上她舉止張揚，看起來冷若冰霜，不少仙君都下意識地離她遠了幾步。

聽紫垣上君的話，這女仙君分明是個上君，可是三界中有哪位女上君是如此不好相處又煞氣濃重的？

鳳染的煞名雖為三界所知，但她已有萬年未出清池宮，除了當初和她交過手的一眾上君之外，皆無人識得她的容貌。此時宴席未開，其他上仙又不像紫垣一般愛好名利，是以堂中便只有紫垣一位上君在此。

鳳染在半山腰時發現和她一同駕雲上來的皆是小仙，才明白昨晚被那小童戲耍，此時心頭正有氣，聽見如此嘲諷的言語，抬頭一望便看見了面上揚揚得意、眼底卻滿是憤恨的紫垣。

「連紫垣上君都甘願在凡世中受苦受難，我鳳染區區凡胎，又豈能獨享永生！」鳳染壓下臉

上的鬱色，挑眼朗聲道，一舉一動間頗帶幾分痞氣。

這話當真有趣，「你不先死，我誓不能先去」的意思明顯至極，再加上說出這話的又是一位女仙君，眾仙聽得好笑，皆是忍俊不禁。

但等咀嚼完這話裡的意思，眾仙看著威風凜凜的鳳染，眼底皆生出幾分不可思議的驚異來——萬年前以一己之力滅掉仙、妖兩族數萬大軍的上君鳳染，一直被外界傳得如煞神降世般凶憎可怖，卻不想竟是如此一位傾世脫俗的大美人。看她對著紫垣上君鳳目微凜、滿面硬氣，高䠷的身姿襯上了尋常女仙君難以企及的英武時，眾仙不自覺地面露讚嘆。

女上君之中，除了景昭公主，這般的容貌心氣，竟是難有一人能與之比肩！

察覺到兩人之間劍拔弩張的氣氛，眾人暗嘆傳言果然不虛，這鳳染上君和紫垣上君還真是仇怨不淺，縱使萬年亦難以抹平。

紫垣向來在仙界橫行慣了，又是個倨傲的主兒，見眾仙對鳳染面露讚嘆，眼神狠狠地沉了下去。「鳳染，妳不在清池宮裡避世，跑出來幹什麼？外面可沒有人能護得住妳！」紫垣「哼」了一聲，神色傲慢。

堂中仙君面面相覷，儘管平時便知紫垣上君囂張蠻橫、目中無人，卻不想他竟連古君上神都不放在眼裡，居然敢公然挑釁清池宮。

「本君才不如你一般需人相護，九州八荒我哪裡去不得？倒是你，紫垣，萬年前我初見你時，你還只是一介下君，如今竟已位列上君之列，當真可喜可賀，只是……不知景陽珍藏的那些丹藥可還有剩，夠不夠你一人耗損？」

鳳染將手負於身後，向堂中走來，步履閒散，眼底帶著毫不掩飾的嘲弄。

紫垣於修煉一途素來便沒有天分，當初因緣際會下救了天界大殿下景陽，得了許多珍稀靈藥提高靈力才有了上君的仙力，但在上君中卻是末等，平時不為其他上君所喜，和眾仙更是只有面子上的交情而已。

但他對自己上君之位一向極是自傲，如今見眾仙因鳳染之話眼底隱隱露出不屑，頓時氣急，大喝：「鳳染，妳……」話說到一半，卻是再也接不下去，面色漲得通紅。他素來沒什麼人緣，剛才費心和他結交的也不過是些小仙，此時當然不願意得罪有著上君巔峰實力的鳳染，一時間竟無人為他說話，場面登時僵了下來。

而他身後的兩個仙君也不知為何，自鳳染進來後便有些神不守舍，是以並不像平時一般勸慰紫垣，只呆立在一旁。

就這麼一呼一吸間，鳳染已經走到了紫垣面前，一襲深紅的長袍著於身上，帶著莫名的剛毅，神情肅然凜冽，「紫垣，當年一劍之仇，本君萬年來不敢或忘，他日若有機會，定當加倍奉還！」

紫垣被面前女子如孤狼一般的目光驚得倒退兩步，沉壓在靈魂深處的恐怖回憶陡然冒了出來。當年淵嶺沼澤中，全身浴血的鳳染在重傷之下，還能殺了妖族三皇子，若不是他正好趕到，在暗處祭出仙劍，恐怕還真救不了性命垂危的景陽。饒是如此，他也受了鳳染一掌，毀了百年根基才勉強逃出。那時候的鳳染還不是上君，就已經如魔神一般可怖難纏，更遑論如今。

瞧見紫垣面上毫不掩飾的恐懼，大堂裡的仙君面上皆劃過嘲諷之色，彷彿不敢相信堂堂上君居然如此軟弱可欺。一片沉寂的尷尬中，儒雅和祥的笑聲在後堂突然響起。

「鳳染上君萬年來不曾出過清池宮，這次駕臨大澤山，東華有失遠迎。」身著青色儒袍的東華上君出現在內堂入口處，白髮長髯，神態從容，帶著長者的睿智通達。

東華是三界資格最老的上君，他一出現說笑，剛才凝滯的氣氛頓時鬆動了不少，就連鳳染也

記起後池的話，懂眼色地連連擺手稱不敢。

一眾上君跟在東華之後出現在大堂裡，雖未親近鳳染，但看她的神情多是帶著好奇和贊許。東華上君更是丟下了滿堂賓客，和她探討起靈力築基之術來。眾仙皆知東華上君嗜仙術如命，對他如此舉動倒也不算意外。

這樣一來，紫垣倒顯得被刻意冷落了一般。他臉色變了幾變，抬眼間不經意掃過身後站著的無慮、無妄二人，記起賀禮一事，眼中亮起一抹快意，對著堂中幾位上君重重地咳嗽了一聲。

「東華上君，我近日經得一事，實在怨憤難消。今日是您老的壽宴，本不該說出來掃興，但老上君素來德高望重，還望您能評評道理。」

紫垣一邊說著一邊朝東華上君行了個禮，十足鄭重的模樣。眾人俱是一愣，抬眼朝他看去。東華上君微不可見地皺了皺眉，略帶遺憾地看了鳳染一眼，轉過身朗聲道：「老頭子素來不問仙界中事，上君若是遇到不平之事，只管上奏天聽就是。」

聽出東華言語中的推脫，紫垣急忙擺手道：「上君，事關妖族，豈能草草了事？」

仙妖兩族雖已停戰千年，但堂中仙君大多和妖族仇怨不淺，紫垣話一出口，便惹得眾仙面露凝重之色。

東華上君見紫垣說得煞有介事，斂神道：「若是事關妖族，當然另當別論。紫垣上君，你不妨說說看，到底是何事如此重要？」

紫垣見眾仙面帶凝重，唯有鳳染神色淡漠，眼底滑過一道意味不明的暗光，當即擺正了神色怒喝道：「眾位上君，鳳染勾結妖族，欲對我仙界不軌！」他一邊說著一邊朝鳳染指去，滿臉大義凜然的模樣，卻未看見他身後站著的無慮、無妄二人陡然間臉色慘白。

「紫垣上君，你可有證據？」

他話音剛落，就有上君不客氣地問道，神色中盡是不信。誰都知道紫垣和鳳染仇怨頗深，他說出來的話自是會大打折扣，再說鳳染如今受清池宮庇佑，又和妖界有大仇，哪裡還會去勾結妖族？

「當然。」見眾人不信，紫垣抬手朝後擺了擺道：「東華上君，我紫垣豈是信口開河之人。無虛、無妄二人前幾日在祁連山遇到妖族，為妖族所傷，連我欲送給上君的珊瑚樹也被一同擄去。祁連山乃鳳染所轄，若是沒有她的允許，妖族又豈能進入？」

眾仙一愣，抬眼朝鳳染看去。和妖族勾結，這可是大罪！縱使有古君上神庇佑，也免不了九天雷刑。

鳳染挑了挑眉，見紫垣面露得意，嘆了口氣道：「紫垣，這可不是一點小事，難道就憑你身後二人的片面之辭，就要逼著我認罪不成？」

紫垣見鳳染示弱，得意一笑，拉出身後的無妄，朝他身上一指，「鳳染，妳休得狡辯，有無妄身上被妖族所傷的傷口為證。」

見眾位上君目光灼灼地望向自己，無妄擦了擦額上的冷汗，神情惶急，一言不發。眾仙都察覺到不對勁，只有紫垣一人顧自洋洋得意。東華上君看出不妥，暗自嘆了口氣，正欲開口，卻被鳳染打斷。

鳳染「噗哧」一聲，雙手背在身後，帶著幾分嘲諷，「紫垣，你這些年的仙法真是白修了，虧你還位於上君之列。無妄身上的傷口明明是仙法所傷，你居然還以此來污衊我？」

紫垣一愣，見東華上君皺著眉閉口不言，便知鳳染說得不差，臉面頓時漲成了豬肝色，轉過身怒喝道：「無虛，這是怎麼回事？」

其實也怪不得紫垣，若是沒有如鳳染和東華一般的上君巔峰實力，的確很難瞧得出來。而他

若不是急著報復鳳染，興許就能看出端倪了。

無慮、無妄跪倒在地，神情惶恐，支支吾吾了半天也說不出一句完整的話來，只一個勁地喊著「上君恕罪」。

「還是讓我來說吧，前幾日清池宮的仙童發現有人闖入，遍尋之下沒有找到擅入者，卻在華淨池中尋得一珊瑚樹。我還在納悶怎會有人如此膽大包天，敢闖進古君上神親布的結界裡，今日才知這乃是紫垣上君之物……」

鳳染一邊說一邊從乾坤袋中取出珊瑚樹放在地上，眼帶譏誚，「紫垣上君，你口口聲聲說我勾結妖族，大逆不道。如今你縱容手下妄入清池宮，又該當何罪？」

紫垣臉一白，忽地想起當年那條蛟龍的下場，咬緊牙關哼道：「他們二人擅入清池宮，妳只管處置就是，與我何干？」

就算是景陽大殿下護著他，天帝也不會讓上神的尊嚴輕受觸犯，紫垣想都沒想，直接回了鳳染一聲。

無慮、無妄二人跪倒在地，面色蒼白，望著紫垣的眼中猶帶了幾分不可置信。

鳳染像是早就知道紫垣會如此說，嗤笑了一聲懶得再理他，拂袖轉身朝堂外看去。

眾仙見紫垣如此不將手下仙君的性命放在心上，大為意外，不少上君看著紫垣更是面露鄙夷。

東華上君見堂中氣氛沉凝，嘆了口氣，知道這壽宴多半是不歡而散了，正準備打個圓場，卻聽到山外陡然傳來一陣鳳鳴，不由得微微一愣。

「東華上君，景澗奉父皇之命前來祝壽，恭祝老上君福如東海、壽比南山。」不過一句應景的話，卻偏偏被來人說出了溫潤和煦之感來，使人如沐春風。

堂中眾仙聽到此言，急忙朝外走去，景澗乃天帝的二子，如今代天帝賀壽，自是不比一般的身分。

鳳染見滿堂賓客一臉期待，紫垣又恢復了趾高氣揚的模樣，撇撇嘴，跟著朝外面走去，她漫不經心拂了拂袖襬，眼底泛起一抹慶幸。

幸好後池還未上山，否則遇到了天帝之子景澗，還真不知會出什麼事！

仙邸外的空臺上，頭戴冠玉、身穿蟒袍的青年自一隻青色鳳凰身上走下，見眾仙相迎，笑道：「讓諸位仙友相迎，景澗實在惶恐。」

他一邊說著一邊將一方通體碧綠的錦盒遞到東華上君面前，「此乃景澗數月前在濟安山尋得的一株靈草，聽聞閒善仙友不日將渡上君之劫，希望能有幫助。」

東華上君本欲推辭，一聽這話面上顯出了幾分喜色，知道景澗所贈定非凡品，也不客氣，感激道：「劣徒根基薄弱，勞二殿下費心了。」

眾仙聽見東華上君言語間的唏噓，也不由得有些感慨。閒善仙君乃東華上君首徒，為人正直公道，在仙界人緣極佳。當年和妖族一戰後根基大毀，差點形神俱滅，多虧東華上君一直用靈藥護其本源，才逃過一劫。如今修煉了數萬年才重新迎來天劫，但仙力到底不如從前，應劫一事凶多吉少，這件事便成了東華上君的心病。

「景澗受父皇囑託，老仙君不必介懷。」景澗笑了笑，神態一派淡雅從容。

鳳染站在眾仙之後瞇著眼細細打量，滿不在乎地「哼」了一聲，天帝一家子都是這麼個德行，慣會籠絡人心。不過……她朝笑得溫文爾雅的翩翩青年看了一眼，暗道：這個景澗比他哥哥景陽那副囂張的樣子還是順眼多了。

似是想起當年的仇恨，鳳染盯著景澗的目光就有些灼熱了起來。

被注視的人似是有所感，略帶疑惑地朝這邊望來，見鳳染一臉不屑地挑眉瞧著他，微微一怔，略一遲疑後對著鳳染笑了笑，眼底升起一抹意味不明的好奇。

這女仙君，真是好大的煞氣！

「二殿下，鳳凰一族素來極是高傲，沒想到您居然能收服，殿下真是好本事！」不合時宜的誇讚聲陡然響起，紫垣越過眾人，走上前笑道，還朝鳳染的方向看了看。

鳳染的本體是火鳳凰，眾仙知道這是紫垣在刻意羞辱鳳染，紛紛閉緊了嘴免得遭受池魚之殃。

景澗聽見這話，明顯有些不悅，但見開口的是和兄長交好的紫垣，只得抿唇笑了笑，見眾人將目光落在剛才那煞氣極重的女仙君身上，便好奇問道：「眾位仙友，這位仙君是……？」

「二殿下，這位乃是清池宮的鳳染上君。」紫垣立馬湊到景澗身邊，見景澗因這話面上露出異色，忙不迭地又接了一句，「鳳染上君好大的心氣，不請自來不說，剛才還要發作本君呢！」

上君鳳染？

景澗不自覺將這個名字默唸了一遍，看著眾仙之後與他遙遙相望的那雙鳳眸，囂張霸道的狠勁竟讓他生出了恍惚的熟悉感，就好像曾經在何處見過一般。

他壓下心底的驚疑，難怪煞氣如此之大，原來她便是當初重傷大哥，讓父皇震怒，甚至在三界頒下誅殺令的上君鳳染？後古界以來唯一的一隻火鳳凰，果然名不虛傳。

只不過……聽說她已經萬年不曾出過清池宮，這次怎麼會來東華上君的壽宴？

景澗朝氣急敗壞的紫垣看了看，又見鳳染神態間一派悠然，便知這素來跋扈慣了的紫垣上君定是沒在鳳染手裡討了好，現在是來借他的勢逞威風了。

「不請自來？」冰冷的聲音劃過眾人耳際，鳳染甩著袍子走過眾仙，一字一句道：「我倒不知是何人如此大膽，居然敢假冒東華上君的名號給清池宮送去請帖！至於發作於你，紫垣，你縱容下仙妄入清池宮……別以為景陽為你撐腰，我就奈何不了你。」

紫垣被鳳染眼中毫不掩飾的殺意震得心下膽寒，他退到景澗身後，掩飾性地「哼」了一聲，穩了穩微微發顫的手。

景澗見紫垣一副往他身後躲的樣子，皺了皺眉，他素來不喜這欺軟怕硬的上君，若不是紫垣救了大哥一命，斷不會和此人結交。

只不過沒想到替父皇為東華上君送一場賀禮，竟會生出如此多的事端。

見鳳染眦著眼怒瞪著他，如今又牽扯到兄長的名聲，景澗只得微微抬手，朝鳳染笑道：「原來是鳳染上君，果然名不虛傳，這次我代父皇賀壽，能得見上君，實乃幸事。至於紫垣上君所說，我想其中定有誤會才是……」景澗一邊說著一邊朝東華上君看去，神情微微帶了一抹疑惑。

既然一個說是「不請自來」，一個說是「有請帖為證」，那自然是要讓東道主說句公道話了，誰是誰非，一目了然。

紫垣站在景澗身後，眼裡閃過些許惱色。這二殿下怎淨說些服軟的話？看來大殿下說得沒錯，二殿下的性子確實太軟綿了。

東華上君聽見紫垣的話也是面色一沉，心底對紫垣的不依不饒暗暗生怒。不管鳳染有無請帖，她擁有上君巔峰的實力，如今又代古君上神執掌清池宮，地位非同一般，肯來已經是給他面子了。

但他幾日前才從洞中閉關出來，自是不知道這些瑣事，只得朝身後的弟子揮了揮手，「閒竹，你來說說這是怎麼回事？」

首徒閒善為迎天劫早已潛心修煉數年，是以仙邸中的瑣事一向是二徒弟閒竹安排。

「二殿下，紫垣上君，我一個月前就已將古君上神的請帖送到了清池宮。」一身玄衣儒袍的仙君從眾仙中走出，對著景澗行了一禮才道。

眾仙一聽便知，清池宮以古君上神為尊，送去的請帖自然是用古君上神的名號更為妥當。

東華上君也舒了口氣，打圓場道：「想來紫垣上君誤會了，本君素聞鳳染上君於武技一途甚精，早想好好討教一下心得。」

眾仙聽見東華上君的解圍也是好笑，世上有誰不知鳳染上君一身好武藝，皆是當年在淵嶺沼澤中與眾獸相鬥才習成的，光討教有什麼用！

景澗也擺手準備安撫紫垣幾句將此事作罷，哪知卻聽到身後突然傳來紫垣頗有些得意的聲音，「鳳染上君，妳既是執了請帖而來，那倒是我說錯話了，我給妳賠個不是。」

景澗轉過身看見紫垣嘴裡雖說著道歉的話，眼底卻閃過一抹喜色，直覺有些不對勁，皺起了眉：這紫垣到底還準備惹多少事？為了幾萬年前一些陳芝麻爛穀子的舊怨，難道還真的要將執掌清池宮的鳳染得罪死了不成？

鳳染不輕不重「哼」了一聲，不再說話，算是給東華上君一個面子將此事揭過。眾仙見紫垣道歉，終於長舒了一口氣，卻不想這口氣只吊在了半途中，接下來又差點把人給憋死。

「既然鳳染上君也承認是執請帖才來的大澤山，那……請妳現在跟我去九天之上向天帝請罪，不知可好？」紫垣朝天宮的方向拜了拜，如是說道。

眾仙一愣，連鳳染也狐疑地看了紫垣兩眼，納悶紫垣糊塗了不成。

「閒竹仙友剛才也說了，他送往清池宮的乃是古君上神的請帖，聽聞古君上神難尋蹤跡已久，想必鳳染上君妳今日執請帖而來，他老人家並不知情，冒上神之名可是大罪，鳳染上君不會不知道吧？」

廣場上一片寂靜，上神與上君之位差之天壑，鳳染雖代為執掌清池宮，可若是在無命令的情況下執古君上神之帖來此，確實……犯了上神之尊。

東華上君嘆了口氣，知道紫垣說得不差，一時間也不知道該如何解套，只得對鳳染道：「鳳染上君，若是古君上神有令，不妨明言……」

鳳染瞇著眼看著得意揚揚的紫垣，又瞧了瞧神色擔憂的東華上君，抿著唇並不言語。她素來剛直坦蕩，自是不會說出虛假之話來欺騙眾人，可若是用後池的名義……鳳染朝一旁站著的景澗看了看，迅速壓下這個念頭，朗聲道：「我無話可說。」

頂多不過是受九天之上的雷刑，損失幾千年功力罷了，她有什麼可怕的！

見鳳染直接承認未受古君上神之命，紫垣面露喜色，從景澗身後走出，朝鳳染不客氣地擺手道：「那就請鳳染上君隨我走一趟，天帝仁慈，自是不會為難於妳，但……上神之尊豈容侵犯，九天雷刑可是隨罪而降，鳳染上君還是自求多福得好！」

這蠻橫的姿態一掃他剛才的膽怯軟弱，廣場上已有幾位上君不屑地「哼」出聲來。紫垣也不管其他，徑直走到鳳染面前，神色傲慢。

鳳染瞇了瞇眼，看著站在面前的紫垣，皺起眉頭，腳心一癢，準備把這個狗腿子一樣的上君解決掉，圖個清淨……

「鳳染，這大澤山也太難爬了，東華既然肯費力氣整個壽宴，怎麼也不知道把這石階修一修呢。」

懶洋洋的抱怨聲自廣場之下的石階上傳來，聲音不大，但卻不知怎的，整個廣場的仙君都聽了個清清楚楚。

鳳染和東華是天界數一數二的上仙，哪怕是天帝之子見到這二人也得尊稱一句上君，來人是

誰，居然敢直呼二人名諱，還如此的不客氣？

想來想去能有這個資格的，三界中除了那三位上神外也只有一人。眾仙面面相覷，互相對看了一眼，神情裡皆是不敢置信，不過一場壽宴而已，不僅萬年未出清池宮的上君鳳染出現在此，就連……

眾仙收住心中所想，俱是眼巴巴地朝發出聲音的石階處看去，就連東華和景澗也不例外。唯有紫垣面色微變，似是不敢相信，鐵青著臉轉過了頭。

鳳染將抬了一半的腳收回，嘆口氣，眼底浮起一絲笑意。竟是忘了她仙力不足以駕雲，這般爬著石階上仙山，還大大咧咧地抱怨，真是……丟臉丟到家了！

延綿千里的石階頂端，玄青色的人影一點一點走進眾仙眼簾，慢悠悠的身影格外鬆散。古樸的玄青長袍拂過地面，用墨簪綰起的長髮靜靜垂下，腰間銀色的錦帶在陽光下折射出璀璨流光，墨色眼眸似是夾著亙古一般靜謐的蒼茫。

難以言喻的尊貴典雅，竟能讓人完全忽略她甚是普通的容貌。這女子身上，有種劃破時間蒼穹的古樸之感，就似……自遠古中走出一般。

這是他們自天后身上都未曾見過的姿態。

眾仙看著一步步走到面前的女子，愣著眼一動不動，連鳳染也彷彿被驚住，抬著手指著不遠處的後池，張大了嘴說不出話來。

誰能告訴她，這個比女神還女神的傢伙……就是不久之前在雲上跟她撒潑裝傻的後池？

相比驚愣的眾仙，東華上君倒是清醒得最快。他疾走兩步，低下頭執禮恭敬道：「後池上神駕臨大澤山，東華實在惶恐。」

眾仙俱是一驚，朝著後池的方向行禮齊道：「恭迎上神。」

整齊的聲音在廣場上響起，帶著格外醒目的尊崇之意。

不論後池的上神之位如何得來，亦不論她本身靈力有多不足，她的上神之尊都受三界所認可。這一點，數萬年來，從沒有任何人能改變。

只是沒人能想到，那個傳說裡憑著古君上神的蠻橫才獲得上神之位、靈力極淺、隨時會灰飛煙滅的上神後池，居然會是這般的氣度。

灼灼璞玉，靜世芳華，都不足以形容來人半點風姿。

轉眼間，廣場上仍站得筆直的就只剩下三個人了。一個是瞪大了眼咂巴咂巴著嘴的鳳染，一個是到現在還滿是不信的紫垣，最後一個就是……神情複雜、面帶尷尬的景澗了。

無論平時多不在乎，或是經常選擇性遺忘三界裡頭第四位上神的存在，後池始終都是他們幾兄妹心中的一個疙瘩。但子不言父之過。他又能如何？

景澗從未想過會有這麼遇上的一日，輕輕嘆了口氣，快步走上前，低下頭，執禮道：「景澗恭迎後池上神。」

後池挑眉，淡淡瞧了他一眼，神色未變，抬頭看著廣場上的一眾神仙，慢悠悠對著東華道：「東華上君……」

東華急忙上前一步道：「上神請吩咐。」

「這石階……」

「小仙明日就吩咐弟子修葺石階，上神請放心。」

後池這才滿意「嗯」了一聲，抬手道：「諸位不必多禮。」

眾仙聽到這話直起身，齊齊退後了一步。

紫垣這時才反應過來，對著後池的方向惶恐地準備行禮，卻被一股力道拖住，動彈不得。他

看到後池眼底意味不明的笑意，哪還不知道是怎麼一回事，心底咯噔一下，額上沁出密密麻麻的冷汗，暗想：傳言後池上神靈力淺薄，怎的會如此難纏？

「不知這位上君是？」後池朝紫垣指了指，極其細小的弧度，看上去甚是散漫。

「上神，這位是紫垣上君。」也不知是哪個心直口快的仙君，後池還未問完，他便答了出來。

「哦？原來你便是紫垣，剛才我在石階上聽見你言之鑿鑿要責問鳳染。我今日前來，既未有東華上君的請帖，也未得我父神的允許，不知紫垣上君可是也要將我一同押上九天，向天帝伏罪？」後池淡淡地開口，神態間一派從容。

「上神，小仙不……不敢。」紫垣結結巴巴回道，見難以挪動一步，不由得朝景澗求助地看去。

景澗嘆了口氣，朝他搖了搖頭。

「不敢就好，鳳染，妳過來。」

鳳染聽見後池裝模作樣地喚她，低眉順眼規規矩矩地朝她行去，眉眼垂得極低，也讓眾人錯過了她眼底強自壓下的笑意。

轉瞬間，鳳染就走到了後池身後。

「東華上君，你這仙邸我就不進了。」後池轉身朝石階走去，一邊走一邊道：「等明年這石階修好了，我再來拜壽不遲。」

東華上君連連道好，躬身相送，眾仙這才看見由始至終，後池都未真正踏進這仙邸範圍一步，不由得暗自咋舌，暗道上神的規矩果然極大。

眾人掃了一眼流著冷汗、艱難站著的紫垣上君，正想著他竟然能逃過一劫，卻聽到不遠處清冷的聲音緩緩響起——

「本上神一向待人寬和，不過既然紫垣上君說上神之尊不得冒犯，那這先河也開不得……」後池頭微偏，朝景澗的方向望去，眼底泛起意味不明的光芒，淡淡的墨色一瞬間變得深沉濃烈起來，「景澗，你將紫垣帶上九天，問問天帝，紫垣藐視上神之過該如何懲罰，全憑他來決定。」

這聲音夾著幾許威嚴冷漠，全然不似後池剛才溫和清淡的模樣。眾仙一驚，朝仍然站得筆直的紫垣看了一眼，暗道一句「自作孽不可活」，皆垂下眼不吭聲。

被點到名的景澗心底泛起奇怪的感覺，既不是榮幸，也不是憤怒，十足的彆扭，但他還是老老實實地對著後池應了一聲：「景澗定會將紫垣帶上九天交與父皇判處，請上神放心。」

隨著淡淡的一聲回應，七彩祥雲自廣場上升起，直衝雲霄而去。

眾仙看著玄青色的身影消失在天際，皆是長舒了一口氣。閒竹仙君走到東華上君身後輕聲問道：「師尊，世人皆傳後池上神靈力淺薄，怎會……」

東華知道閒竹想問什麼。他擺擺手，面色上也顯出一抹疑惑，以他的能力，自是看得出來後池上身上的靈力並不深厚，只是……那股不屬於同一位級的威壓，卻是真真實實存在，這才是他為什麼毫不猶疑彎身行禮的原因。

這種威嚴，他只在天帝和古君上神身上感覺到過，就連天后也不曾有。

難道……東華猛地一怔，想起當年崑侖山上掌管命格的靈涓上君批下的天命，長長吐出一口氣，眼底泛起不可置信的驚疑。

難道這小神君當真是上神命格？只是……若是當年還未出殼便已有如此尊貴的命格，那以後……

東華上君暗自咋舌之際，天際又傳來一聲響亮的鳳鳴，他抬眼朝天空望去，暗道：他老人家今年足足七萬八千三百二十一歲，這壽宴能不能過得不這麼折騰人！

大澤山的仙邸已隱約不可見，鳳染一臉古怪地看著站得筆直、神情高深莫測的後池，正準備開口，卻聽到「撲通」一聲響，身旁的人以一種格外不雅的姿勢癱坐在雲上，片刻間，後池身上的裝扮也變回了之前布衣青釵的模樣，嘴裡喘著粗氣，臉色蒼白，哪還有剛才翩翩濁世的傲然風姿。

「說吧，妳有什麼想問的？」後池見鳳染一臉好奇，伸了個懶腰道。

「後池，妳剛才……是怎麼回事？」

那樣的作派和舉止，根本不是裝裝樣子就可以的，就算後池能將古君上神不怒自威的模樣學了個八、九成，在眾人面前也不會是那般模樣，就好像……瞬間變了另一個人一般。

「我也不太清楚，應該是因為這個。」

後池將手攤開，手腕處一串墨綠色的黑石手鍊在陽光下折射出幽深色澤，若是細看，還能在不經意間發現上頭鍥刻著若隱若現的古文，泛著神祕的遠古氣息。這條手鍊後池戴在身上幾千年了，平時黑不溜秋、毫不起眼，實在看不出來有什麼異常。鳳染還是第一次看見這串手鍊幻化成墨綠色。

「剛才我爬到仙邸時，正好聽見妳和紫垣的對話，廣場上眾仙雲集，東華又受了景澗之恩，就算我是上神，可妳也知道我的名聲一向連個一般上君都不如，想要懲罰紫垣絕不是件易事。」

後池托著下巴懶洋洋的，神態懶散，「於是我就想著幻化個端莊些的模樣再上去，好歹也唬唬人，哪知試了半天也不成功，一著急就把仙力注入了手鍊裡，結果……就變成妳剛才看見的那個模樣了。」

「這麼神？」看她雲淡風輕的模樣，鳳染實在難以將「著急」二字放在她身上，只得將手鍊拿過來細細打量，滿臉狐疑。

「這上面好像有些字，不過我看不清。」鳳染嘀咕了一句，把石鍊遞回了後池手上。

「我也看不清，不過這東西確實有些古怪，這是柏玄在我啟智之時送給我的。他說過，此鍊名喚『化劫』。」

「化劫？好奇怪的名字。」鳳染道，卻沒注意後池唸出這個名字時臉上一閃而過的茫然。

一般自上古時傳下來的神器都頗有靈氣，有名字也不奇怪。

「後池，說不定這是上古時的神器，妳拿著也可以充充門面，好好戴著。」想到後池薄弱的靈力，鳳染不由分說地將石鍊戴在了她手腕上。

充門面？後池念及那道由石鍊上釋放而出、打在紫垣身上的仙力，抿著唇沒有阻止鳳染的舉動。

「鳳染，柏玄已經有八千年沒回清池宮了吧？」

「嗯，我已經很久沒見過他了。」鳳染摸了摸下巴，望著後池瞇著眼笑了笑。

柏玄是清池宮中僅次於古君上神的存在，她進宮時他便一直待在宮中照顧後池。沒有人知道他的來歷，也沒有人知道他的仙力到底達到了什麼境界。儘管沒有比試過，但鳳染在第一次見到柏玄時就知道，自己遠遠不是柏玄的對手。

無關仙力深淺，那個人身上，有種能讓人徹底臣服的氣息。

八千年前後池啟智、幻化成少女模樣後，柏玄就離開了清池宮，從此再也沒有回來過，也是從那個時候開始，古君上神的行蹤也飄忽不定起來。

「鳳染，我們不回清池宮了，去瞭望山。」後池淡淡地吩咐了一句，摸了摸手腕處的石鍊。

「咦，不回清池宮？妳想去見柏玄？」雖然語氣帶著驚疑，但任誰都能聽出鳳染聲音裡的興奮。她的職責是在清池宮裡頭保護後池，若是後池不出清池宮，她是不能離開清池宮半步的，以她的性子，這一萬年可把她給憋壞了。

「對，我得問問他……這石鍊到底是怎麼回事。」

下意識的，後池隱隱覺得……除了柏玄，哪怕是父神也沒辦法告訴她答案。

「好，妳坐穩了，我們現在就去。」

耳邊傳來鳳染笑吟吟的聲音，急速的勁風在頸邊拂過，吹散了披在肩上的碎髮。

後池垂下眼，突然想起當初柏玄離宮時說過的話，神情緩緩凝住。

後池，等妳知道我送妳這串石鍊的原因時，便是我們再見面之時。

柏玄，你說，現在是不是已經到時候了呢？

為什麼天后自她出生起便厭棄於她？為什麼父神在她啟智後就不再長留清池宮、形跡縹緲？為什麼她是上神之子，卻永遠沒辦法凝聚仙力？

這些，柏玄，你是不是都會告訴我？

大澤山上，天際上空響亮的鳳鳴聲驚醒了眾人，看到轉瞬間出現在廣場上的女子，眾仙除了露出些許意外的神色外，臉上反倒沒了平時的熱切。

「景昭公主駕臨大澤山，寒舍真是蓬華生輝。」東華笑呵呵地迎了上去，看到來人，想到剛剛離去的後池上神，鬆了口氣。

「老上君多禮了，景昭只是晚輩，前來賀壽是應該的。」說出這話的女子著一襲深紫廣袖長裙，面容如皎月般娟雅，身形高眺，一眼看去，端是華貴無雙。

只是她嘴裡說著謙辭，面對眾仙行禮時卻神情高傲，頭上燦金的步搖甚至在慢走間碰出清脆的撞擊聲。景澗朝面色微變的眾仙瞥了一眼，暗嘆一口氣。不過一眼，景昭就輸得一塌糊塗。

若論氣度端華，她遠遠不及剛才離去的後池。

「老上君，今日大宴眾仙，怎的全站在了廣場上？」景昭笑著開口，朝景澗走去。

景澗見景昭面上帶笑，哪還不知道她心底所想，神色一頓正準備開口，卻聽到東華上君略帶恭敬的聲音。

「今日後池上神駕臨大澤山，乃小仙之幸，小仙剛剛領著眾仙迎拜上神，還來不及進仙邸。」

東華笑咪咪地說著，眼底劃過一道奇異的笑意。可別怪他老人家不厚道，這景昭公主和後池上神身分尷尬，就算是他這個活膩了的老頭子也想知道，天帝一家子若是得知從未出過清池宮的後池上神出現在了三界之中，到底會是個什麼態度。

那可是數萬年前便遺留下來的狗血糾葛啊……

景澗似是料不到東華上君會如此直白地說出口，忙朝景昭看去，溫和的面容也帶上了一抹急色。這個妹子自小便極不喜人提起清池宮中的那位，若是她在這種場合動怒，傳出去就太失態了。

景昭面色一僵，倨傲的步子陡然頓住，兀然轉身朝景澗看去，見兄長點頭，略一遲疑後才僵硬地笑了笑，「原來是……上神到了，景昭還從來沒有見過後池上神，不知她此時何在？」

整個廣場上，任是誰都聽出了景昭話語中的堅定和僵硬，都暗暗搖了搖頭。

「上神剛才和鳳染上君一同離去了，公主若是有雅興，不妨入寒舍中飲幾杯水酒，讓老頭子一盡地主之誼。」許是知道這般行為過於為難後輩了，東華笑呵呵地打圓場，卻不想在一旁呆愣著的紫垣突然喊了起來。

「公主殿下，救救我！小仙不是故意對後池上神不尊的。」許是抓住了一點曙光，紫垣的聲音格外響亮，但他仍是無法移動自己的身子，望著景昭的眼神惶急而懇切。

景昭朝面色狼狽的紫垣看了一眼，怔了怔垂下眼，掩下了裡面的一絲情緒，廣袖中的手微緊，轉身對東華上君道：「老上君，酒就先免了，紫垣乃是天宮上君，究竟犯了何事，要被如此對待？」她說完後轉身朝紫垣看去，神情一片淡然肅穆，「紫垣上君，發生了何事，你只管說出來，我會讓父皇為你作主。」

東華一愣，似是想不到景昭居然敢當著眾仙質疑上神所下之令，甚至還有拿天帝之名施壓的意思，只得在紫垣搬弄是非前拱手正色道：「景昭公主，紫垣上君對後池上神不尊，乃眾仙所見，並無任何不妥。」

見東華上君言之鑿鑿，似是對自己剛才所說頗為不贊同，景昭眼底閃過一抹怒色，正準備開口詢問，卻被人拉住衣袖，轉過頭看見景澗朝東華鄭重地行了一禮，「老上君，景昭年幼，行止無狀，還請老上君不要介懷。」

後池的上神之尊受三界所承認，就算是父皇和母后也只不過是和她同級而已。質疑上神之令，就等於是將四位上神的威信同時棄若敝屣。哪怕景昭貴為公主，若是後池真要追究，父皇也不得不罰。

景昭神色委屈地朝景澗一瞪，感覺到哥哥握在她腕間的手又緊了緊，只得退後了兩步不再出聲。她乃天帝愛女，眾仙自是沒有傻到憑一句話來得罪於她，紛紛打起圓場，就連東華也連連擺手稱無事。

「既是如此，東華上君，我現在就帶紫垣上君回去向父皇請罰。」

景澗走到紫垣身邊，伸手去解他身上的禁制，不料試了半天，竟沒有一點效果，遂轉過頭對東華道：「老上君，景澗法力低微，還請您看一看。」

他神態坦然，不見半點因解不開禁制而生的窘迫，反倒讓東華對他心生好感。身為天帝之子，這般的坦然磊落，已是極難得。眾仙見此情景不由得暗暗稱奇，景澗的功力已是上君中的翹楚，本以為後池上神不過對紫垣下了普通的禁制，如今看來倒是不一般。

東華早已瞧出不妥，此時聽見景澗懇求後，急忙走上前抓住紫垣的手腕處凝神查看，半晌後才道：「真是妙極，這禁制乃是因人功法而化，若要解開紫垣上君身上的禁制，只需要將其仙力化去，再解開就可以了。」他面露驚嘆，說完才發現眾仙神情異常，尤其是紫垣更是面色發黑，目眥欲裂，只得尷尬地摸著鼻子道：「紫垣上君不用擔心，並不用化去全部仙力，只要將仙力化去一半，本君便能解開了。」

眾仙對望一眼，面面相覷，上神出手果然不凡，後池上神雖然沒有懲罰紫垣上君，但也等於是變相地毀了他一半仙力，恐怕紫垣要再達到上君之位就難了，更何況……生生化去仙力的痛苦只比剔除仙根輕一點而已。想到紫垣對鳳染的苦苦相逼，眾仙心下感慨，這後池上神倒是個極護短的主兒。

見紫垣聽完這句話後全身僵直，東華上君只得朝景澗看去，他和紫垣同為上君，若紫垣不願意，他也不想浪費這個力氣白當壞人。

「二哥，不如我們去請大哥前來，也許大哥有辦法……」景昭湊近景澗身邊小聲道，神情中有著幾分不信。不過區區一道禁制而已，怎麼會要化去一半仙力？這東華上君怕是危言聳聽了。

景昭的聲音雖小，但場上的眾仙是何等耳力，自然聽得真切，一時都有些氣急。東華乃上君之首，仙力深不可測，他若是解不開，難道景陽大殿下就能解開不成？

景澗皺皺眉，朝景昭看了一眼，眼底泛過一抹警告之色，轉身對面色不改的東華拱手道：

「老上君，還請您解開紫垣上君身上的禁制。」

若是東華都需要化掉紫垣一半功力才能解開，那三界之中除了另外三位上神外，根本無人能辦到，但堂堂天帝、天后又豈會為了區區一個紫垣而與清池宮交惡，更何況母后還是後池的……

東華見景澗言辭懇切，也不多說，對紫垣道聲「得罪」，徑直上前將仙訣印在紫垣身上。

一道淒厲的尖叫聲突然在廣場上響起，紫垣面色發白，豆大的汗珠自額上滴落，卻偏偏一步都動不得，只得硬生生地受著。才不過幾息時間，便面色蠟黃，渾像生了場重病一般，好一會兒後，喊叫聲才停住。東華上前將一粒藥丸塞進紫垣嘴裡，才揮手解開紫垣身上的禁制。

紫垣全身失了力氣，癱倒在地，不知何時從大堂裡走出來的無慮、無妄急忙將他扶起，站在了景澗身後。

「多謝東華上君相助，景澗告辭了。」

景澗朝東華拱手告辭後，拉著景昭便駕雲離開。隨著他們的離去，半山腰的仙邸徹底恢復了安靜。東華看著眾仙笑道：「多謝諸位仙友前來赴宴，府中仙露已備妥，大家隨我進去吧。」

大澤山的仙露雖不如清池宮的那般出名，但也是上好飲品，眾仙一聽便也放下了心中疑慮，面露笑容朝仙邸中走去。東華踱著步子慢悠悠地走在後面，閒竹仙君看左右無人，師尊又是一臉高深莫測的模樣，不由得開口問道：「師尊，何事如此高興？」

「無事……」東華上君擺了擺手敷衍道，見弟子一臉不信，笑呵呵開口：「我只是沒想到三界中的最後一位上神不僅有上神之名，還有上神之實。只不過……」

「只不過什麼？」閒竹急忙湊近了些許，好奇道。

「沒什麼。」這次東華上君倒是閉緊了嘴巴不再言語，他轉頭朝半空中看了一眼，暗道一聲：這景昭公主倒是和天后有八、九分相似，但後池上神……

第四章　初逢

三日後，當氣喘吁吁的鳳染駕著雲到達瞭望山山腳時，眼底的興奮感激讓整座山頭都有種驟然甦醒的明朗感，盤著腿坐在雲上的後池看著她，露出了毫不掩飾的鄙夷之色。

「鳳染，妳上君巔峰的實力不會是吹來的吧？不過就是個瞭望山而已，至於這麼……」後池伸手把鳳染從頭到腳數落了一番，頗有些恨鐵不成鋼地道：「沒有風度嗎？為什麼不上山，停下來做什麼？」

盯著懶洋洋坐在雲上的後池，鳳染潮紅的臉上悲憤交加，蹲下身咬牙切齒道：「也不知道是誰整整三天把我當騾子使的？還有，後池，不要告訴我妳沒常識到這種地步！妳連瞭望山都沒聽說過？」

「聽說過啊！」後池戳了戳鳳染，把她放大的面孔推遠了些，悠悠道：「柏玄的修煉之地嘛！」

被毫不客氣的手戳得退到雲朵邊緣的鳳染，一張臉徹底黑了下來，她盯著後池，乾脆也盤著腿坐了下來。

「後池，我看古君上神實在是太放縱妳了，不出清池宮還好，現在出了清池宮，就等於踏入三界，妳這麼……」

「鳳染。」後池打斷鳳染喋喋不休的架勢，笑了笑，眼底露出幾許意味深長的倨傲來，「妳

覺得我父神、天帝，還有天后需要知道三界中每一處地方的淵源、每一個神仙的來歷嗎？」

「當然不需要，他們……」鳳染極自然地回答道，然後頓住，看著後池嘆了口氣，「後池，他們是上神。」

「鳳染，我也是，不論我靈力有多差，或是三界中人有多不屑，我都位極上神。當初我父神在昆侖山上放棄天后掙來的，就是如此，這也是我今日來瞭望山的原因。」

數萬年前昆侖山上一場舉世矚目的婚禮，古君上神以上神之尊從三界眾仙手中拿來了後池的上神之位，其實說白了只是一場交易而已。

古君上神不追究天帝奪妻之仇，也放過了天后背棄之怨，為的只是彼時不知天命的後池能在三界中有立足之位——雖然這位子有些駭人。

鳳染一直以為後池自小修身養性，性子淡泊無爭，根本不會把幾萬年前的事記在心上，卻不想她骨子裡的執拗倔強卻是不輸任何人。

幾萬年來，只聽說那位景昭公主始終對後池諱莫如深，從不輕易相談，如今看來，身處其中的後池卻也不是全然不在乎。

她想親自為古君上神討回公道，所以才會想知道當年事情的始末，才會努力地提高仙力來瞭望山尋柏玄……

鳳染仔細端詳後池，見她墨色眸子裡淡淡的堅定，突然笑了起來，伸手在後池垂下的卷髮上彈了彈道：「妳呀，是就是唄。我來給妳說說瞭望山的淵源……」短短幾句話，兩人都沒有深談，但鳳染卻沒了一開始的懶散興奮，神情裡也多了幾分鄭重之色。

修仙之人劫道難數，她托庇於清池宮萬餘載，總該做些什麼才是。

「上古時，瞭望山是四大真神之一的白玦上神在下界的修煉之處。混沌之劫後，四大真神消失在三界中，這裡也沒有人居住了。傳說白玦上神的隨身兵器也藏在了瞭望山，所以常有仙君來此探尋。不過此處周圍千里之地仙力濃厚，陣法密布，甚至還有探訪過的上君說這裡有上古神獸守山。從沒有人能駕雲上得了山頂，就連靠近瞭望山都是極難，是以眾仙來此，皆是步行而至。」鳳染將雲散去，扶著後池站在山腳處，用仙力將二人包裹住，頗有些艱難地咂咂嘴道。

後池望著自靠近瞭望山後，就將仙力聚攏來對抗山中靈力的鳳染，不免有些驚嘆，上古真神們果然恐怖，光是殘存下來的靈力就能讓鳳染如臨大敵，若是得了白玦上神隨身神器，雖說不能獨步三界，但至少能和上神不分伯仲，難怪會惹得眾仙覬覦。

看來仙界眾仙雖然修道，卻也沒丟了那份權欲的心思。

「這瞭望山如此可怖，柏玄怎會選擇在此處修行？」後池看了看被仙力擋得瞧不見前路的深山，一步一步向前挪，朝著鳳染問道。

「我也不知道，古君上神只說過柏玄上君在此，其他的妳就要問他自己了。不過柏玄的仙力要比我高深，他能在此修行，我倒是不覺得奇怪，只不過……」

「只不過什麼？」見鳳染欲言又止，後池轉過了身一眨不眨地盯著鳳染。

「除了清池宮的人，三界中好像很少有仙君知道柏玄之名，甚至連三界上君、妖君之列中，也沒有他的存在。」

鳳染凝聚仙力，拉著後池的手朝前走。後池聽見這話，眉一挑，斂眸不再出聲。

仙界上君、妖界妖君乃是由天劫而定，凡是過了九天雷劫，都會自動顯現在仙妖交界處的擎天柱上，後古界紀元後從未遺漏過任何一人。

既然鳳染都說柏玄靈力在她之上，那又怎會不為三界所知，也沒出現在擎天柱之上？除非……柏玄和如今的三位上神一樣，皆是上古神獸所化。

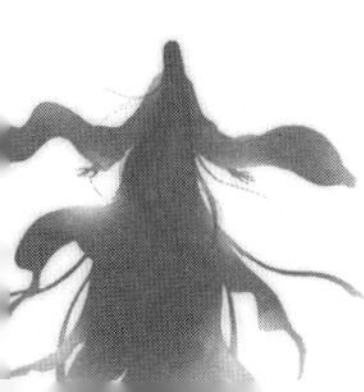

山路越加崎嶇，鳳染臉色漸漸蒼白，後池停下腳步，拉住鳳染的衣襬，「鳳染，妳剛才說有仙君曾經在瞭望山上看到過有神獸出沒，那……有沒有說是什麼神獸？」

「那倒是沒有，後池，妳覺得柏玄上君有可能是上古神獸而化？」鳳染皺著眉，有些不信。她不是沒想過這種可能，可是若他是與天帝、天后齊名的上古神獸，又怎麼會屈居於清池宮，甘願拜服在古君上神之下？更何況天帝又怎會放任這樣不確定的力量存於三界之中？

「算了，等見到他就會知道是怎麼回事了。」

後池苦惱地撓撓頭，一時忘了兩人所待之地乃是由鳳染的仙力所圍，大走一步跨了出去。鳳染面色陡變，一時情急伸手去拉，卻被強勁的靈力推回了圈內，仙罩內外模糊一片。鳳染回過神來朝外望去，見到外面的情景，眼底的擔憂在瞬間消失，一雙鳳眼瞪得極大，頗有些滑稽的味道。

仙罩之外，後池安然無恙地站在靈力錯亂的空地上，使勁地活動著腿腳，左伸伸，右伸伸，一臉無辜地看著鳳染，狐疑道：「鳳染，妳確定這裡是三界中的險境，不會是騙我的吧？」

她一邊說著還一邊將手伸進仙罩內探了探。

鳳染看著外面那張欠揍的臉，老半天才憋出一句話來：「後池，這裡對妳沒影響？」

「沒有。」後池瞇著眼乾乾脆脆吐出兩個字，徑直朝前走去，「看來當上神真的不錯，就連這山上的靈力也知道讓路。妳在後面跟著吧，我來帶路。」

鳳染看著前面蹦蹦跳跳的背影，把仙罩縮小了一半，急忙跟上前去。

這後池怎的變了一回身後，心智像倒退了一般……咦，不對，鳳染撓撓頭，想到後池至今的成長過程，暗道應該是正常了才是，現在的性子，倒像是個正常的小神君了。

她在靈力密布的大山中艱難地移動，卻忽視了後池手腕處墨石手鍊一閃而過的幽光。

半日後，紅霞漫天，後池望著大山深處的小竹屋，和鳳染兩人面面相覷。

按照古君上神的吩咐，仔細辨別後，她們才不得不確定，這裡便是古君上神所說的柏玄修煉之地。目及之處，唯見一間孤零零的竹屋挺立在前，及腰深的雜草遍布在四周，站在籬笆外，迎面而來的沉朽之氣磣得人心慌。

後池走上前，摸了摸竹屋沿腳處被風化的沙粒，轉過身對鳳染道：「這裡至少幾千年沒住過人了。」

鳳染點頭，小心翼翼伸出手，極快地用仙力探了探，面色凝重，「沒錯，我估計至少也有七、八千年了。」

七、八千年，也就是說柏玄離開清池宮後就沒有回過瞭望山。這裡的氣息腐朽，過了八千年之久，就算是以鳳染之能，也不可能去追尋柏玄的下落。

鳳染皺著眉在仙罩裡聞了聞，打開竹屋的門走了進去，拾起桌上的一把扇子仔細瞧了瞧，半晌後對後池道：「後池，柏玄恐怕出事了。」

「妳說什麼？」後池聽見這話猛地一驚，急忙走近，「鳳染，妳發現什麼了？」

「雖然過了很久，但是這把扇子上還是有微弱的妖氣，我想柏玄是不是去了妖界……」

「鏗」的一聲響，劍風破空的聲音突兀而至，聽到外面清越的劍鳴聲，兩人神色皆是一變，急忙朝外面走去。

漫天金霞之下，從逆光中緩緩走來的青年寂寂獨行，一襲青衣，看不清面容。只是……在這靈力遍布的瞭望山中，他亦似閒庭散步一般，那姿態要多淡然就有多淡然，要多從容就有多從容。

後池黑著臉轉過頭，看著把自己圍成蛹狀的鳳染，撇了撇嘴不客氣道：「鳳染上君，瞧瞧，這就是妳說的上古祕境，隨便一個人都能安然無恙地闖進來，妳這個上君巔峰也忒可憐了。」

鳳染也黑著臉看著站在空地上、抖動著細胳膊細腿不停挖苦她的後池，哼了哼沒出聲，到底

對來人升起了些許好奇，旋即瞪大了眼朝前望去。

及腰身的雜草外，一身青衣的仙君長身而立，卻在瞧見柵欄裡站著的兩人時也明顯一愣，加快腳步走了過來，眼底有幾分意外和了然，淡淡道：「我道是誰能進得瞭望山，原來是鳳染上君……」

溫潤低沉的聲音讓後池兀地一頓，她抬眼看向竹屋外的青年，眼瞇了瞇，忍不住讚嘆了一聲。這人氣質天成，周身仙氣濃厚，輪廓深邃，墨色黑眸裡帶著一絲神祕悠遠的氣息。若論起容貌氣度，竟是不輸天帝之子景澗半分。

盯著那雙漆黑的眸子，後池心底突然荒謬地升起幾分熟悉的感覺來，這人她也許見過，可是明明……這幾萬年來她從未離開過清池宮半步。

鳳染也被來人的容貌氣度一驚，又見他開口便能說出她的身分，隨即道：「仙友怎知……」

「如今三界皆傳鳳染上君及後池上神出了清池宮，瞭望山中靈氣濃郁，陣法遍布，其他人想是也進不來。」

「你這人，倒是喜歡變相地誇自己。」顯是對這番話極是滿意，鳳染瞇著眼笑了笑，朝後池丟了個得意的眼神，朝來人拱手，「仙友仙力不在我之下，不知仙友是……」若這人是天帝的人，就有些可惜了。

「清穆。」

鳳染聞言一愣，眼底露出幾分意外來。想不到近千年來三界最出名的人物，竟生得這般俊俏的模樣，傳言果然不虛。

上君清穆，近幾千年來唯一渡劫成功的上君。沒有人知道他的來歷，只是聽說他在上君之名印上擎天柱後的第二日，便一人獨行北海，將盤踞北海盡頭的九頭蛇怪斬殺殆盡。這東西乃聚居而生，生性殘虐，連北海龍王也不敢輕易犯其老巢。卻不想這般凶殘之物會盡喪於他一人之手，彼時消息傳來，曾令得三界震驚。

也正因為如此，天帝的招攬詔書才沒有下到清穆手上，三界自後古時代開啟時便有一條不成文的規定：一般有了上君巔峰實力的仙君，天帝是不能過多干預的。

這也是鳳染在古君上神消失的境況下，還敢堂堂正正在外溜達、找紫垣麻煩的原因。當年她初入上君之位時曾被天帝下詔誅殺，而今除非天帝親自動手，三界中能取她性命的，鮮矣。

但清穆在名字被印上擎天柱之時就已經具備了上君巔峰的實力，這讓清穆從一開始便成為了三界中的異數，地位超然。若論危險和神祕，他遠超於當年的鳳染，就連萬年前敢上清池宮挑釁的蛟龍也恐是不如他遠矣。

若說三界中還有鳳染忌憚的人，除了不知深淺的三位上神和妖界妖皇以及東華上君外，便是這位清穆上君了。她看著面前冷臉模樣的俊逸仙君，壓下了心底的訝然。

難怪他能在瞭望山中來去自如，只是……他來這裡幹什麼？

清穆朝鳳染打量半晌，點頭後才望向自一開始就盯著他的布衣少女，毫不客氣道：「三界眾仙近日皆傳後池上神芳華絕世、靈力高深，今日一看，想來傳言還是不能盡信為好。不過，看上神在瞭望山中來去自如，想必有古君上神所贈之物庇佑才是。」

後池愣了愣，訝異於這清穆上君的直白乾脆，倒是生出了幾分欣賞之意來。畢竟不是誰都能無視古君上神和她本身的上神之位所帶來的威懾，如今還敢這樣說話的神仙，太少了。

「怎麼？清穆上君是覺著我浪費了這上神之名，大失所望了？」後池失笑一般望著清穆，一雙眼饒有興趣地盯著他。

「位份只不過是些身外物罷了，上君也好、上神也罷，都逃不過天命所歸，後池上神何須介

懷。」清穆淡淡回道，雙眼淡漠地掃過後池，眼睛在掃過後池手腕上的墨石手鍊時，微不可見地頓了頓，神情裡竟有著些許驚喜和意外。

「不知清穆上君來瞭望山是為了何事？」鳳染知道後池定是不知清穆的身分，急忙小聲地在她耳邊輕聲把清穆的來歷說了一遍，接過了話題。

一聽這話，清穆明顯挑了挑眉，奇道：「三日前瞭望山仙氣外洩，靈力大亂，隱隱有金光直射天際，惹得仙界震驚。三界皆傳這乃白玦真神隨身神器炙陽槍現世的徵兆，如今眾仙齊赴瞭望山尋寶，難道鳳染上君不是為此而來？」

炙陽槍現世？這恐怕是幾萬年來三界最大的一件事了，難怪一向行蹤成謎的清穆也會來此。鳳染和後池對望了一眼，搖搖頭，她們這三日在雲上緊趕慢趕地來這瞭望山，哪有時間打聽這些？

「我有一故友在此修煉，今日特來相尋。若是清穆上君是為了炙陽槍，只管前行便是。」後池心裡記掛著竹屋中沾滿妖氣的扇子，隨意打發道。

「不急，以靈氣外溢之勢，炙陽槍至少也得三個月才能現世。我有件事想問上神，還請上神解惑。」清穆隨意地擺了擺手，突然話鋒一轉，繞到了後池身上。

「何事？」後池感覺到一道意味不明的目光射到自己身上，微生不滿。剛才初見清穆時，他明顯不為她的身分所動，對靈力高深的鳳染還更感興趣一些，如今卻又為何會突然……

「不知上神手腕上佩戴的石鍊從何而來？」清穆將視線放在後池的手腕處，沉聲問道。

「幼年時朋友所贈，我並不知其來歷。」見清穆臉上一閃而過的失落，後池鬼使神差地加了一句：「今日前來瞭望山所尋之人，便是他。」

果然，一聽這話，清穆眼睛亮了亮，神情裡竟是露出比談起炙陽槍時更加熱切的神采來，

「不知上神的故友可還在？」

後池聳了聳肩，朝身後指了指，「你也瞧見了，這地方估計至少也有幾千年沒有人住了，我也不知道他去了哪裡。不過……清穆上君為何會對這串石鍊的來歷如此感興趣？」

「我在找留下這串石鍊的人，他或許能解我之惑。」淡淡回了一句，清穆揉了揉眉角，看向後池，「不知上神可還能找得到他？」

「你識得柏玄？」後池挑眉，鳳染聞言忙道：「這不可能，柏玄已有八千年未曾出現，清穆上君不過才幾千歲而已。」

這麼一算的話，清穆在神仙中確實已經算得上是極年輕的了，就連鳳染都比他大上幾千歲，更何況是已經不知道在蛋裡折騰了多久的後池。

見兩人眼底閃過狐疑，清穆才道：「我也有這樣的一串石鍊。」他將長袖挽起，手腕處赫然掛著一串墨黑石鍊，「有人曾經對我說過，只要能找到這串石鍊的主人，就能解我之惑。」

墨綠色的手鍊泛著幽黑的色澤，神祕而悠遠，除了上面刻下的古文有些許的差異外，和後池腕上戴的幾乎一模一樣。

鳳染眼珠子轉了轉，看到兩人手腕間相似的石鍊，「嘖嘖」了兩聲，要是不知道的人，八成會認為是定情信物了……

後池也是一頓，嘆了口氣，這個柏玄怎麼到處許些成不了的諾言，留下一大堆謎題，自己倒跑了個沒影。想到那把帶著妖氣的扇子，後池眼底流過一抹擔憂。

柏玄，從來不是這麼不守承諾的人。

「我不知道如何找到他，不過……」

後池走進竹屋，出來的時候手裡抓著一把扇子。清穆一見這把扇子就皺了皺眉道：「上面有

妖氣，此人失蹤可是和這把扇子有關？」

後池贊許地看了他一眼，點頭將扇子遞給他，「不錯，這竹屋是他修行之處，如今只留下了這麼一把扇子，應該和他的失蹤有關才是。若是你，能否自這扇子中尋得印記，找到留下妖氣的人？」

清穆接過扇子，仔細打量一番，輕輕「咦」了一聲，「這扇子上有妖皇一家的印記。」他指了指扇骨背面刻得極具煞氣的白虎，對後池道：「妖界妖皇乃白虎一族，尋常妖族不敢擅自將其刻上。只要去妖界問問，自是能知道前因後果。」

問問？怎麼問？妖皇雖說不敵幾位上神，可是執掌妖界多年，靈力深不可測，難道要追上門去問？

「清穆上君，你想……」鳳染摸著下巴，眼底燃起一絲暗紅的火焰，她可是很久沒有活動筋骨了。

「去妖界玄晶宮，妖皇一定知道，若是妳們想知道究竟，不妨同去。」清穆隨口說了句邀請的話，便轉身朝外走去。從始至終，除了看到後池腕間的墨石手鍊時有些許的感情波動外，其餘時候都是一副淡漠沉靜的模樣。

後池挑了挑眉，跟在他身後，鳳染一聽也樂呵呵地瞇起眼，裹著仙罩跟了過去，走了幾步，她擺了擺頭，覺得好像有什麼忘了告訴後池一樣。

算了，不想了，記起來了再說。

三人駕雲同往，一路上看見不少趕去瞭望山的仙君，嘴裡談的皆是出現在大澤山的後池上神和即將現世的炙陽槍，三人被清穆罩在仙罩裡，並無人發覺他們的蹤跡。

不過幾日時間，鳳染就對清穆嘖嘖稱奇，甚為驚嘆。後池好歹也是上神之尊，這傢伙竟絲毫未對她假以辭色，甚至三番四次地對後池微弱的靈力和蹩腳的仙法嗤之以鼻。後池坐在兩人身後，倒是罕見地沒有如來時一般爭論。鳳染在一旁看得高興，不亦樂乎地作壁上觀。

到達仙妖分界處擎天柱時，晨曦漸露，鳳染看著臉色蒼白卻咬牙強撐的後池有些不忍，她知道後池在外人面前最是要強，就算撐不住了也不會出聲，頓了頓正準備開口，卻聽到清穆淡淡的聲音。「休息半個時辰後再去妖界。」

鳳染暗暗舒了口氣，朝清穆瞅了瞅，見他面上的疏離之意淡了不少，也放下了心來。前去妖界，以她之能並不足以護得後池萬全，但以清穆的靈力，就算是面對妖皇也有一戰之力。三人就這樣沉默而又安靜地在兩界相交處停了下來。

「這就是擎天柱？」

聽見身後似是帶著些許悵然的聲音，清穆轉過頭朝後池望去，古井無波的眼底也劃過了淡淡的訝異。

盤腿坐在雲上的少女不知何時站了起來，仰著頭望著面前高入天際的擎天柱，墨色的眼眸幽深濃切，竟帶著點點蒼茫的氣息。

清穆驀地一愣，轉了轉眼再望向後池，卻發現她又變成了十幾歲少女的模樣，全然沒了剛才的氣息，不由得有些恍神。

這究竟是怎麼回事？難道是他眼花了不成？

「不錯，這便是擎天柱，傳說這乃混沌之劫眾神消失後，和三界同在的祖神擎天之神識幻化而成，是三界柱石，凡是經歷了九天雷劫的仙君、妖君都會自動顯現名字在上面……」鳳染指了指擎天柱上刻著的名字，突然停住聲，尷尬地看向後池。

擎天柱分三部分，最下面刻著九州八荒的地圖，上面列著仙妖兩界上君和妖君的姓名，銀白

色澤，格外醒目絢麗。

中間的部分刻著三界有名的洞天華府，天界天宮處盤旋著威嚴的五爪盤龍和金色鳳凰，祁連山清池宮遨遊著神祕悠遠的紫紅蛟龍，而略居於下方的妖界玄晶宮則臥著一隻威風凜凜的白虎……這裡明顯是三位上神所列之處，至於妖皇，雖未處於上神之尊，卻因執掌一界而位於擎天柱兩處之中的地方。

世上皆言三界中的擎天柱乃是最有靈性之物，所言所化便是三界準則。六萬年來，後池雖因古君上神之故位於上神之位，卻始終未得到眾仙信服，便是因為如此——仙妖交界的擎天柱上，並未有後池的位置。

鳳染看著擎天柱下端刻著的天帝那幾位殿下和公主的大名，眼神暗了暗，悄悄嘆了口氣。怎麼好巧不巧地正好談到這上面？

「那是什麼地方？」後池的面色絲毫未因鳳染的躊躇而改變，反倒饒有興致地指了指擎天柱最上端的地方。

清穆見她面色坦然，眼底露出一絲欣賞，眉宇間的冷淡之色又消散了些許。先不論後池的靈力到底如何，就憑這份豁達，就足以居於這上面許多仙君之上了。

後池指的是一片空白之處，上面是極深沉的墨色，黑沉沉的一整片，有種直壓天際的厚重感，是擎天柱最頂端的地方。

「我也不知道，自混沌劫難擎天柱出現後，那裡就是空白一片，沒人知道那裡到底代表什麼。」鳳染搖頭。

倒是清穆，沉眼望向那黑濃濃的頂端，沒有出聲。

後池揉了揉肩，朝兩人招呼道：「時間不早了，得盡快趕到妖界才行。」

「妖界結界詭異，破壞力極強，妳靈力太弱，還是跟著我為好。」清穆見後池轉身就準備走，也回過頭淡淡吩咐。

不知怎的，他並不願意後池待在擎天柱下太長時間，是以極快地做了決定。

鳳染看著已被清穆拉到身邊的後池，只得撇了撇嘴，「那倒是實話，後池靈力弱，我還不知道就這麼莽莽撞撞地衝破妖界的結界會有什麼後果，跟著你過去再好不過了……」

鳳染的話沒說完，後池仍舊打量著那根擎天柱，清穆皺了皺眉，拖住她直接往妖界的結界處闖去。

鳳染見兩人先行穿過結界，「喲呵」了一聲，摸了摸鼻子，不緊不慢地做著闖結界的筋骨舒展，腳抬到一半卻突然僵住，眼底露出幾分意味不明的神色。

她終於想起有什麼話忘記告訴後池了——三界中傳言那天宮上的景昭公主幾萬年來一直自視甚高，從未對哪個仙君有過好感，卻唯獨對這冷冰冰、硬邦邦的清穆上君格外青睞。

這傳言連不問世事的清池宮裡都能聽得到，就足以證明這份青睞多麼不淺了。

鳳染望著消失在結界中的二人，欲哭無淚地眨了眨眼，迅速朝結界那邊衝去。

一刻鐘後，她望著霧沉沉的妖界結界周圍百丈處、連隻鳥都看不見的空地，這才想起闖妖界結界有可能不會出現在同一處。她沉默了半晌，突然瞇著眼「嘿嘿」地笑了起來。

後池，這可是天意啊，妳得抓緊機會……也許當年古君上神的憋屈，妳不必上那九重天，就能全討回來了！

強行穿越兩界結界所耗用的靈力極大，更何況是這般攜人同行。待站定在妖界之中，阻擋住迅猛掃來的狂暴妖力後，清穆才輕舒一口氣。只是他突然覺察到有些許不對勁，驀地低頭朝懷裡用仙力拖著的人看去。

陌生的女童孤零零地被抱在他懷裡，小小的一團，竟有種軟軟糯糯的熟悉感。清穆探了探氣息知道是同一個人後，一雙俊秀的眉毛皺了起來。

剛剛在擎天柱下還是少女模樣的後池，現在竟然只有七、八歲的年紀大小，一身青布麻衣雖然也隨著身形變化，但印在白裡透紅的細緻肌膚上，卻有些不倫不類的感覺。

被抱著的女童許是也有些訝異，她低著頭看著自己的小胳膊小腿，嘟囔著：「怎麼回事？」從清穆懷裡跳了下來。

小小軟軟的身子從懷中跳下去，甚至還在地上使勁地踹了兩下方才安靜下來，和剛才沉靜冷淡的模樣大相徑庭。清穆摸了摸鼻子，被這突發事件勾起了興致，饒有興趣地朝一直低著頭的女童看去。這一看，竟讓哪怕是剛才看到後池突然變小時也未改換的淡漠面色陡然一變。

以先前後池普通平凡的模樣，清穆絕對想不到幻化成了小童的她會是這般模樣——圓圓的臉龐上雖帶著孩童的稚氣，卻依稀可見日後的絕代風華；墨色的眸子泛著漆黑的光芒，流轉著幽潭一般的漩渦，直盯著人看時，能把人整個心神都吸了進去；斜飛入鬢的眉角此時微微斂著，竟有種格外深沉的凜冽；明明只是七、八歲小童的模樣，卻偏偏在舉手投足間有種三界盡握的超然感。

但也只是一瞬間，這股和後池站在擎天柱下似曾相似的氣息，從她神情裡緩緩消逝，唯留下了哪怕是孩童之姿也能讓三界動容的不凡面容。

饒是清穆數千年來從未動過心神，此時卻被這巨大的落差震得訝異萬分。難怪三界眾仙皆傳後池上神傾世芳華……咦，不對！清穆瞇著眼，仔細打量起站在地上仰著頭、滿臉錯愕的女童來。

仙人雖能隨便幻化，可成年後的樣子多半由兒時模樣所定。後池這般變化顯然是因為她靈力過低，不足以在妖氣蓬勃的妖界聚起賴以化形的靈力，才會自動幻化成消耗靈力最少的幼時模樣。可是若後池幼時便有這般容貌，成年後又怎會如此平凡普通？

難道是有人刻意將她的容貌改變、壓下了不成？但是若壓下了容貌，就等於是將她修煉仙力的根基一併封印了，誰會這麼做？

清穆狐疑地摸了摸鼻子，頭一次對這個不怎麼在乎的後池上神，升起了幾分好奇。她乃古君上神之女，長居清池宮，有誰敢做這種事？

後池低下頭左瞅瞅，右看看，也明白了這是因為自己靈力薄弱而帶來的尷尬，「哼」了一聲看向清穆，清了清嗓子才道：「看來妖界的妖氣又盛了幾分。清穆上君，我在妖界只能以這般樣子行走，諸事多有麻煩了。」

她一副頤指氣使的模樣，精緻的小臉上帶著不合時宜的尷尬，聲音清清脆脆的，卻偏偏帶了幾分孩童獨有的軟糯，墨黑的眼睛一眨一眨的很是可愛。清穆低頭盯著她，眼底閃過古怪的笑意，眉一揚點了點頭。

這般模樣的後池，比之前那副冷冷淡淡的樣子，倒是有趣得多。看來封印的壓制使得她在變小後出現了這樣奇怪的變化。

「咦，鳳染怎的還沒過來？」由於突然變小引發的小狀況，兩人這才發現過了半晌都未見到鳳染的身影。清穆朝身後變幻莫測的妖界結界看了看，沉思了片刻道：「強行穿過結界本就有風險，時常不能出現在同一個地方，看來鳳染上君並未與我們在同一處。」

後池點頭，朝結界邊看了一眼嘆了口氣，「既是如此，那我們先去皇城好了。鳳染知道我們會去找妖皇，應該會在皇城等我們。」

「也好。」清穆收斂了周身席捲的仙力，緩緩將氣息改變，不一會，他四周便纏繞了一種格外冰冷深沉的氣息，無意中竟緩緩生出了一分肅殺凜冽的虛無之意來。

後池挑了挑眉，兩隻小胳膊環胸抱著，抬頭瞇著眼盯著清穆不出聲。

哎，這般的身高，真是為難她了！

明明是七、八歲的模樣，眼神卻凜冽清冷得不得了，清穆一低頭便看見了後池這麼一副不倫不類的神情，好笑地咳嗽了一聲，走上前把後池環在胸上的手拿下來，規規矩矩地放在腰間，拍了拍她的頭，聲音裡帶上了幾分無可奈何，「妖界雖然和仙界休戰數年，但仙君、妖君卻可以自由挑戰，我這樣也可以免了許多麻煩，等找到了妖皇，說不定還會有一場大戰。」

見後池點頭，清穆轉身就走，走了兩步似是想到了什麼，轉過身看見身後的小孩在雄厚的妖氣裡步履蹣跚、跌跌撞撞的模樣，嘆了口氣，走回來蹲下身把手朝她伸去，「喏，坐上來吧。」

後池畢竟只是個小童模樣，再加上在仙界中一般喜歡用仙力來計算年齡，清穆看著這樣的後池，竟不由自主地把她看成了晚輩。

看著沉默不語的後池，他嘴角翹了翹沒出聲。這小神君沒有上神的實力，脾氣倒真是一點都不小，居然也不知道先低低頭服服軟。要知道妖族中人向來性情暴戾，絕不會對仙界中人有半點好臉色，要是遇見了，她可沒什麼好果子吃。

後池肅穆的小臉沉了沉，見清穆滿臉無奈，也不多說，抓住他的袖子一個箭步蹬上了他的右臂，抱著他的脖頸坐好，小手朝前一指，頗有些指點江山的豪邁，「走吧。」

清穆站起身朝妖界中行去，穩穩地拖住手臂上的小不點，沒發覺自己的忍耐力竟然出乎意料的好。「坐穩了，皇城可不近。」

「清穆上君，我可是上神，鳳染駕的雲我經常坐。」

清穆眉角微不可見地抽了抽，沒有出聲，哪知手臂上的一團卻神神叨叨地唸唸有辭起來。

「一旦遇上妖皇，你也不要擔心，父神的寶物我隨手順出來不少，再不濟我也能頂上一二……

「等鳳染趕到皇城，你們二人聯手，妖皇也奈何不得……

「咦，你駕得還挺穩的，低點，高處妖氣太厚……」

聽見耳邊軟軟糯糯的挑剔聲，清穆的手抖了抖，目不斜視地加快速度朝前飛去。雖是面無表情，但高度卻不動聲色地降低了些許。他微微低下頭，看著後池頭上綰著圓嘟嘟的髮髻和微微翹起的嘴唇，失笑地摸了摸鼻子，淡漠的眼底染上了溫和的笑意。

他敢保證，這個已經幾萬歲的後池上神一定不止是模樣變小了。這幼童一般的心性真是讓人招架不住，偏偏他還無法拒絕。

罷了，只要能夠弄清他的來歷，這些苦難都是值得的……他這般安慰著自己，不斷自我催眠著小心地朝密林中飛去。

半日後，妖界周邊巨大的密林中，黑著小臉的後池瞪著一雙鳳眼，看著在四周團團轉的青色人影，雙手背在身後悶不出聲，一雙圓溜溜的眸子裡卻彷彿燃起了細小的火焰一般憤怒。

似是被盯得實在有些瘆人，清穆長吐了幾口氣，又胡亂地轉了幾圈後尷尬地走回來，看著還不及他腰高的女童黑沉的面色道：「這妖界我還是一千年前來過，沒想到妖皇竟然將森林中的幻

陣全換了個遍。這路……有些識不清了。」

後池攥了攥握緊的雙手，把胸口的濁氣慢慢吐出，小臉一擺，「清穆上君，以你的能力，別說這小小的幻陣，就算是妖界最恐怖的殺陣恐怕也難傷你半分。不善於行而已，又不是什麼丟臉的事……看來外界傳聞清穆上君靈力高深，乃仙界數萬年來的曠世奇才，也是妄言了。」

清清脆脆的童音帶著特別明顯的不屑一顧，甚至那本已上挑的眼睛又些微地抬了幾分，像極了當時清穆在大澤山評價後池的神情。

清穆輕輕咳嗽了一聲，臉上罕見地現出了幾分潮紅。他訕笑地摸了摸後池圓滾滾的髮髻道：「小孩子家家的，這麼記仇幹什麼？不就是說妳法力不深嗎，居然記得如此清楚！」

許是覺得挽著髮髻的小包格外順溜，清穆把手放在後池頭上，反覆擺弄了幾下還不願拿開。

後池眯了眯眼睛，精緻的小臉一皺，猛地打落清穆的手，不自在地哼道：「清穆上君，你逾距了。」清穆望著舉手投足間散發著淡淡威儀的後池，怔了怔，挑了挑眉，溫和的面孔上竟突兀地現出了幾分少年人特有的輕慢來。他朝著後池走近兩步，蹲下身，在她錯愕的眼神下，一把將她小小的身子抱在手上，大步流星地朝前走去。

這一次，竟是連方向都懶得看，只管徑直朝一個方向走。

「清穆，你幹什麼，放下我，我自己能走。」

「妳有仙力抵禦密林中的瘴氣？」青年頭都懶得低，這一次，竟是連一聲客氣的「後池上神」都不稱呼，只是淡淡道。

後池掙扎的動作頓了頓，緩了不少。

「妳知道去皇城的路？」青年挑了挑眉，繼續挑釁。

後池停下了懸在空中蹬著的小腿，哼了哼。

「妳不想從妖皇嘴裡問出柏玄的下落？」青年揚起了嘴角，低下頭，目光灼灼，漆黑的眸子劃過一閃而過的光芒。

三界之中，在這種境況下能讓一界之主的妖皇說出柏玄下落的……只有他。

這聲音一落定，後池徹底垂下了頭，皺著眉悶不作聲，兩隻小手也無精打采地放在了小腿上，看上去不知怎的，竟有幾分可憐的味道。

父神匿跡已有千年，她不可能去求九天上的天帝和天后……

「後池，只要妳和我約法三章，我答應妳，無論如何都會從妖皇那裡要到妳想要的答案。」趁熱打鐵，清穆發現縮小後的後池心性顯然要孩子氣得多，新奇之餘也忙不迭地輕輕開口，話語中滿是誘惑。不管怎麼樣，現在被他抱在手裡的可是一尊上神，還是新鮮透頂，冒著熱氣活生生的……

說到底，他也不過才有個幾千歲的年紀，硬要說起來，在神仙中也只能勉強算個成人。

「你想要如何？」後池警惕地抬起臉，一雙黑溜溜的眼睛頓時瞪得極圓，小手也握成了拳。

「妖界中妖君眾多，極是好鬥，且對仙界中人充滿敵意。出了密林後，若我用仙力飛行，肯定會引來大批妖君，所以只能步行前往皇城。這段時間我們必須要和平相處，而且都不能稱呼對方的名諱。」

後池勉為其難地點頭，雖然她不喜這般藏頭縮尾的方式，但也不得不承認，清穆的提議顯然最省事。她狐疑地看了清穆兩眼，開始懷疑鳳染對清穆的那些溢美之辭的真實性來，威震三界的上君清穆，就這麼點膽量？

「別這麼看著我，我討厭麻煩，所以這些麻煩事最好是能省就省。」

清穆瞥瞥手裡抱著的後池，摸了摸下巴，格外正色道：「妳如今看來也不過就是剛化形的年

齡，這段時間叫我『師父』吧！」

後池猛地抬眼，神情裡滿是荒謬——她乃上神之尊，雖靈力不足，但好歹也跟著古君上神學過不少小仙法的！

顯是瞧出了後池眼底的意思，清穆揚了揚嘴角，對著懷裡的小小孩童道：「後池，人在屋簷下，不得不低頭，古君上神沒有教過妳嗎？什麼時候妳願意叫我一聲師父了，我就教妳如何凝聚仙力，如何？」

聽見這句不輕不緩的話，本來沉著眼的後池驀地抬頭，眼底明晃晃的閃過幾分不可置信的訝異。他居然能看出這具身子難以凝聚仙力，可是……讓她凝聚仙力，就連父神都做不到，他怎麼可能……

後池看著清穆嘴角勾起的淡淡笑容，把小小的手放在下巴上摸了摸，狐疑地瞇起了眼。

這清穆，到底是什麼來歷？

為免除仙氣外露引起不必要的麻煩，一個月來，清穆和後池選擇了步行走出妖界周邊寬闊的密林。雖然密林中妖獸不少，但大多被清穆肅殺的靈力駭退。一些蠻橫不開眼、妄圖吞噬兩人的妖獸則在清穆手中灰飛煙滅，不留片縷，是以一路走來，旅程還頗為平靜。

這般的殺伐果斷也讓後池對他刮目相看。畢竟如今的仙人大多喜歡擺著教化的模樣對妖界中人先動上幾分口舌，像這樣雷厲風行的作風可不多見。

雖然清穆走出密林的方法有些呆板，但不得不說，這般的直線行走，讓二人終於在一個月後到達了這片龐大的密林周邊。

走出密林，妖界周邊處一直延伸的龐大封印緩緩減弱，就連遮天蓋地的妖邪之氣也消散了不少。一輪深紫的明月掛在半空中，讓整個妖界染上了幾分幽暗神祕的色彩，更是有一股澎湃浩大的妖力自空中散出，蔓延至整個妖界。

後池見得這景象微微一愣，雖然早就聽說過妖界的妖月異於其他兩界，卻不知竟然會有如此可怖的妖力。

「怎麼？小傢伙，傻眼了？」

一聲輕笑聲自耳後傳來，後池轉過頭，見清穆嘴角掛著戲謔的笑容，撇了撇嘴，「聽說這妖月是整個妖界的至寶，果然有些不凡。」

「那是自然，妖界中人戰鬥力強悍雖和他們的心性有關，但最重要的卻是這妖月的原因。妖界分三重天，最底層的妖月之力最為薄弱，中間的居中，第三重天距離妖月最近，是修煉的上佳之處。為防止妖族中人混戰，妖皇規定妖界中只有戰鬥力在前百名的妖君才能進入。因著這條鐵律，妖界中人很是悍鬥，就算是普通的妖君也比仙界中戰鬥力較強的上君實力來得高。若非是仙君多傳自名門大派，渡劫成功率要比妖族高上不少，而且仙界又有天帝、天后兩尊上神坐鎮九重天，不然妖界早已席捲三界，稱王稱霸了。」

聽見清穆娓娓道來，後池亦是點頭，可愛精緻的小臉上露出了幾許不符合年歲的贊許，「妖皇這手玩得漂亮！只要有這個制度，妖界的戰鬥力就會一直處於巔峰。這般源源不斷的戰鬥，比什麼歷練都要好。只是這妖月實在太過詭異，想不到竟會有這樣的奇效！」

「傳說三界初生時，妖界是沒有這輪妖月的。四大真神殞落後，這輪妖月才出現在了妖界上空，而且永不降落，成為了妖界最大的護身符。」

清穆聳聳肩，平淡的面色也掛上了幾抹唏噓。三界之中，總有不少奇事是和當初的四大真神息息相關，譬如靈力遍布的瞭望山和這輪紫月……只可惜他們這些仙人出生得太晚，無法去探究當初那個諸神降臨的上古時代到底是何等光景。

清穆神色裡的悵然讓後池微微一愣，她揚了揚小手，抓住清穆的衣領搖了搖，「喂，別發呆了。我們這麼個樣子，是不是要先弄一下為好？」

脖頸被猛地一勒的感覺並不太美妙，清穆瞇著眼垂下頭，眼中的怒意卻在看見懷中抱著的孩童，一雙骨碌碌轉著的墨色眸子裡暗含的關切時慢慢消散。他怔了怔，看著兩人因為連日趕路狼狽不堪的模樣，摸了摸後池頭上的小髻道：「妳急什麼？出了這裡最多還有幾個時辰便會到冷谷城，我們去換身衣飾就好了。」

後池拍下他的手，不屑地翹了翹唇，哼道：「最好是這樣，要是你又迷路，就別怪我對你不客氣了！」

清穆摸了摸鼻子，抱著懷中老不安分的後池，甩了甩灰不溜秋的袖襬，大步朝密林外走去。

深紫的明月被二人甩在身後，散著幽深神祕的光芒照耀在這片大地上。

兩個時辰後，龐大的城池外，一手挽住清穆的脖頸，一手摸著下巴，後池露出滿意的笑容，聲音裡帶了幾絲贊許，「這次你還不錯，沒有讓我失望。」

這副老氣橫秋的模樣讓清穆不由得好笑，他幻化出一套漆黑的黑袍，將自己和後池裹在裡面，吩咐道：「妖界的一重天和二重天都有三大城池鼎足而立，擔當城主的妖君至少都是妖君巔峰的實力，雖說不是我的對手，但妳也不要大意。若是讓他們發現了我們的蹤跡，這麼一重一重地強行闖上去也是件麻煩事。」

他這麼一裹，後池便整個人都被籠罩在了裡面。她點點頭，把自己的身子朝黑袍裡縮了縮，隨後清脆的聲音便從裡面傳了出來：「放心，我這幾萬歲的年紀可不是白長的。」

女童的聲音帶著桀驁不馴的自信，令清穆嘴角抽了抽，頗有些無可奈何。自從一個月前他讓後池叫他「師父」後，這女娃娃便一直將自己的老資歷擺出來，偏偏她說的還沒錯，讓清穆無可辯駁。他輕輕嘆了口氣，把懷裡溫軟的小身子緊了緊。

清穆周身浮起一股肅冷絕殺的氣息，大步朝不遠處的冷谷城走去。

守城的侍衛遠遠地便瞧見了這有些奇怪的黑袍人，但在來人冷厲的煞氣之下慢慢退散開來，竟是問也不問，便面色恭敬地直接將他迎了進去，他可不敢得罪這種實力超群的妖君。顯然，他誤將煞氣沖天的清穆看作了在密林中歷練歸來的妖君。

進得冷谷城裡，人首獸身的妖獸比比皆是，寬大的城池街道兩旁擺滿了地攤，上面放著不少兵器和丹藥，叫賣聲此起彼伏。看起來雖是熱鬧，但也極是混亂。

「仙界是由各大門派築基而成，一般的門派內仙器和丹藥都藏貨頗豐，但妖界卻是由各大城池構成，妖族生性野蠻，喜歡自由修煉，需要自己尋找兵器和歷劫的丹藥，所以他們的城池才會這般混亂。」許是感覺到黑袍裡的小腦袋在不停地轉動，清穆低聲解釋了兩句。

「嗯，以前只在書上看到過，這妖界果然和仙界是兩個極端。看來那個守衛也是對你的實力頗為忌憚才會讓你進來，只是你堂堂一個仙人，哪裡來這麼濃的煞氣？」後池點點頭，輕聲嘟囔道，聲音裡有掩不住的疑惑。

這清穆，祕密也忒多了……

「很濃嗎？」清穆摸了摸鼻子道：「以前在北海那個地方殺了幾頭九頭怪蛇後就有了。前面有個衣飾店，我們去選點東西。」

雖說清穆可以隨意幻化出衣袍，可是如今只能堪堪維持化形的後池，卻沒有多餘的仙力來揮霍，是以兩人只得用尋常的方式來解決後池那一身破破爛爛的布衣。

見清穆含糊帶過，後池也不多問，只是撇了撇嘴，一副不相信的模樣。幾頭怪蛇？那可是上古留下來的凶獸，雖說未啟智，也不是尋常人可以滅殺的！雖是這麼想著，後池心底卻有幾分慶

幸，若不是正好遇上這麼一個實力強悍的打手，她還真不敢憑著自己半吊子的功力跑到妖界來。

古君上神的名號雖對妖皇有用，可是對著根本看不出她身分的妖界普通族人來說，可是半點用也沒有。有誰會相信在昆侖山上威懾眾仙的後池上神，會是這麼一副不堪的弱小模樣？

衣飾店裡，戰戰兢兢的長臉掌櫃看著面前裹在黑袍裡的不速之客，眼抽了抽，努力擠出一個諂媚的笑容來，聲音親切得不得了，「這位妖君，可是有什麼需要小人做的？」

他自是看不出清穆的實力來，稱呼一聲「妖君」總不會出錯就是。

「給我拿幾套小童穿的衣服來。」

從黑袍裡傳來的聲音，嘶啞冷厲冷冷地吩咐了一聲，震得那掌櫃一怵，急忙躬身點頭朝裡間走去。不過一會，便抱出了好幾套流光溢彩的衣袍出來。

鋪陳開來的衣袍全都是酒紅或深黑的顏色，極符合妖界的審美觀。感覺到懷中抱著小人不樂意地動了動，清穆嘴角勾了抹滿意的笑容，隨手丟了塊玉佩出去道：「我全要了。」

清穆隨手一招，案櫃上的衣袍盡數收入袖中，轉身就走。長臉掌櫃忙不迭地接過玉佩，一看之下滿臉驚喜，正準備恭聲相送，卻聽見黑袍之下傳來一聲清脆的哼聲，聲音很小，但卻滿是威儀倨傲。他猛地一僵，抬頭朝已經走遠的黑袍人看去，一張臉頓時變得錯愕起來。

「掌櫃的，怎麼了？」一旁的夥計看著一向頗為圓滑的掌櫃，竟然露出如此瞠目結舌的表情，不由得詫異問道。

「剛才那人身上好像有股子仙氣。」掌櫃嘟囔一聲。

「怎麼可能？掌櫃的，自從妖皇五百年前將妖界結界加固後，就連仙界的上君也不能輕易闖過來，更何況那人身上滿是戾氣，仙界中也不可能有這等上君。」

「那黑袍之中應該還有一個人……」

「那有什麼奇特的，也許是那位妖君捉了帶有靈氣的幼小仙獸，還不能幻化成成人模樣呢……」長臉掌櫃聽到夥計這麼一說，也覺得自己的想法頗為可笑，訕笑了兩聲，摸了摸鬍子捧著玉佩，屁顛屁顛地朝裡屋走去。

「都說了讓妳注意點。若不是那人靈力低微，妳八成就被發現了，若是離了我這保護圈，妳這滿身的氣息可就瞞不住了。」兩人一出門，清穆便訓道。

聽見外面懶洋洋的揶揄聲，後池狠狠地「哼」了一聲，「那些衣服我不喜歡，你怎麼不選幾件淺色的？」清穆光是想想，都能猜到黑袍裡的小傢伙肯定是一副張牙舞爪的模樣，眼底浮起一抹暗笑，「我覺得挺好看的，妳在清池宮裡待久了，品味早該換一換。」

「胡說！」軟糯的嬌喝聲響起，一隻雪白的小拳頭從黑袍裡惡狠狠地揮了出來。

清穆急忙把後池的小手往裡面一推，舒了口氣，隨口蹦出了一句話來：「我說的是實話，聽說九天上的景昭公主就喜歡打扮得花紅柳綠的，一眾仙女都喜歡得緊。」

「哼！別把我和她比，我可丟不起這個份兒。」冷冷的聲音在黑袍中響起，隨即歸於平靜。

清穆一怔，想起後池和景昭的淵源，不由得有些後悔。這幾天相處下來，他也知道後池雖生性豁達，但卻對當初古君上神受辱一事頗為在意，更是對天帝一家有著難以化開的芥蒂……

數萬年前的那場糾葛，看來並沒有完全消逝。暗自嘆了口氣，清穆將懷裡的後池提了提，解開黑袍上面，對著裡面一雙漆黑的小眼睛輕輕道：「對不起。」

冷著臉的後池也是一愣，看著驟然放大的一張俊臉和上面略帶後悔的神情，不自在地哼了哼，「放心吧！我不會計較，好歹你也是個沒成年的小娃娃。」

幾千歲的年紀確實在仙人中極是年輕。清穆黑了臉，猛地落下黑袍，一言不發地大步朝城外走去。「嘿嘿」的清脆笑聲自黑袍中傳出，伴著青年越來越難看的臉色傳得老遠。

第六章　闖關

一個半月後，不遠千里跋涉而來的二人站在妖界第三重天的不遠處，俱是長長地舒了一口氣。這場多災多難的旅途，總算是極不和諧地結束了。

只是……

「清穆，你不是說過只有在妖界中擁有前百名實力的妖君才能進入，現在要怎麼辦？」

望著不遠處被光彩流動的結界和殺氣騰騰的妖族將士包裹的妖界第三重天入口，後池從黑袍裡露出一對大眼睛，得意揚揚地輕笑道。

聽見後池有些幸災樂禍的笑聲，清穆揚揚眉，隱在黑袍下的面容顯出幾分微不可見的倨傲來，「這有何難？直接打進去便是。」

後池輕「咦」了一聲，扒開黑袍，圓溜溜的眼睛一眨一眨，盯著清穆脆聲道：「我倒是巴不得你能這麼一路打進去，不過……你不是說要隱藏行跡？」

揉揉後池烏黑的軟髮，入手有種毛茸茸的觸感，很是舒適。清穆嘴角掛了一絲和暖的笑意，「妖界前百名的席位可不是一成不變的，每日都會有下兩重的妖君突破原有極限，想升至第三重天來。一旦跨越了這一重天，在妖界的地位也會發生翻天覆地的變化，權勢利誘之下，闖第三重天的妖君不勝枚舉。所以妖皇規定第三重天的入口處，每日必須有兩位前百名的妖君輪流駐守，凡是打敗了前百名的強者，挑戰之人就能代替被他打敗的妖君，擁有在第三重天修煉的資格。」

「哦，原來如此。」後池點頭，重新把頭縮了黑袍裡，抱著清穆的小手緊了緊，催促道：「那快走吧！等打敗了那兩個守門的妖君，咱們就可以進第三重天了。」

清穆看著縮得比兔子還快的小腦袋，掂了掂懷裡的肉球，不由得苦笑，「怎麼，妳打算就讓我這麼抱著妳去挑戰？」

「別裝了，你能在瞭望山裡來去自如，我看連鳳染都不是你的對手，對付兩個守門的妖君而已，又有何難的？」

低低的挖苦聲從懷裡傳來，縮在黑袍裡的小身子還不停地扭動著，似乎努力在尋找一個舒服的位置坐好。清穆面色僵了僵，輕輕拍了拍裡面，嘆了口氣，認命道：「知道了。」

「不過，後池，妳確定妳不是懶得下地走動才會賴在我身上的？」他突然想起後池在鳳染所駕之雲上那副能躺著絕對不坐著的懶模樣，念及數月來她的一雙腳幾乎就沒有沾過妖界的地面，清穆福至心靈，陡然停下身問道。

「當然不是，你也知道我一身仙力連普通的妖族都能發現，若是離了你，肯定不行。」

黑袍中響起雙手擺動的氣流聲，聽見裡面無比誠懇的清脆童音，清穆的腳步頓了頓，臉上掛起幾分無奈之色，抬步朝不遠處的第三重天入口處走去。

誰告訴他，這個把他當騾子使的小娃娃，就是那個在三界聞名萬年的後池上神？

沒有道義正氣，不見仙人傲骨，專會撒潑賴皮、狐假虎威……最重要的是——為老不尊！

狠狠地將最後四個字壓下唇邊，清穆長長地吐了口氣，把懷裡不安分扭動的後池使勁揉了揉，停在了殺氣騰騰的入口處。

妖界分三重天，每一重天的進入之處都戒備森嚴，而在這泛著妖異紫光的生死門前更是如此。在無數次的仙妖兩族大戰中，仙族儘管曾因略占上風而攻入過妖界，卻始終未曾真正打入過

第三重天。

相傳紫月出現於妖界時，第三重天的結界由紫月光華結成，整個第三重天自此渾圓一片。除了那高聳入雲的生死門，並無任何入口可進，當年就連擁有上君巔峰實力的東華也未能強行闖入過。

深紫的火焰自高聳雲端的生死門上緩緩升起，蔓延成大片絢爛幽深的焰雲。森紅的焰心不停地吐著火舌，瑰麗的紫光閃爍其中，讓泛著神祕氣息的生死門煌煌且華貴。

生死門百步之處都可感覺到那股灼熱得焚燒靈魂的氣息，守衛在一旁的人身牛首的妖族戰士個個面泛紅潮，精光畢露，一看便知實力不凡。

雖然比不上南天門的雄渾大器，但這護衛妖界安危的生死門，卻也不負那震懾三界的妖異之名。

「來者何人？」嗡嗡的聲音自那牛頭中傳出，頗為雄渾威嚴。

感受到那股灼熱的氣息，清穆掩在黑袍下的面容未有一絲改變。

「闖關者。」

年輕的聲音讓守衛的將士一愣，牛頭侍衛不由得「哼」了幾聲，這年頭，找死的人怎麼這麼多？

見此情景，黑袍之下也傳來一聲冷哼，肅穆的煞氣自黑袍人身上傳出，一股不輸於守關將士的渾厚靈力自那人周圍緩緩蔓延。片刻之間，百丈之內盡被這股氣息籠罩，生死門外妖異的焰火都因為這渾厚的靈力而黯淡了下來。牛頭侍衛見狀皆是大驚，握著長戟的手緩緩顫抖，互相對看了一眼，強自穩下了心神。

數萬年來，還沒有人敢在妖界第三重天如此囂張，竟然敢強行壓制代表著妖界的生死門異火。

妖界何時出了如此了得的妖君？

今日守關的乃是妖界享譽萬年的黑煞、紅煞兩位妖君。這二人擅長聯手克敵，出手一向狠厲，恐怕這年輕人討不了好。

這些將士在第三重天守了千餘載，眼力自是不凡，感覺到清穆散發的強大靈力，不由得為他嘆起命苦來。但相對的，他們也有些高興，雖然認為清穆必敗，但能觀得兩方過招也是件不錯的盛事。要知道，能觀看高手過招也是會受益匪淺的。

「大人請稍候，我們這就去請……」整排的侍衛中，個子最大的牛頭侍衛連忙躬身行了一禮，邊說著邊往生死門內走。以清穆剛才展現的實力，已經足以讓他尊稱一聲「大人」了。

「不用了，何方小輩，竟敢擅闖生死門，活膩了不成？」嘶啞的聲音自門內傳出，身穿血紅長袍和墨黑長袍的兩位老者自門內走了出來，濃厚的血腥氣一瞬間將清穆剛剛散發的靈力完全遮蓋。

每日守關的妖君雖是隨意而定，但紅煞、黑煞二人享譽已久，早已有妖君巔峰的實力，且喜歡聯手禦敵，曾讓一些闖關的妖君叫苦不迭。近年來闖關者大多避開了二人所在的日子，是以估摸算起來，竟已有數千年沒有妖君敢在兩人守關之時來闖第三重天了。

「我已經說過了，我是闖關者，你們年紀大了，老眼昏花，難道連耳朵也有問題了不成？」

冷淡的聲音自黑袍下傳來，讓周圍的眾人一愣，這小子，還真是活膩了不成？

陰鷙的老眼盯著不遠處身形未動的黑袍人，紅袍老者磔磔怪笑了一聲，「小娃娃，聽你的聲音，年紀不大，口氣倒是不小。哼！也不怕風大閃了舌頭。」

黑袍下一陣細碎的晃動，清穆正準備開口，感覺到衣袖被拉了拉，微微低下頭，托著後池的手緊了緊，「怎麼了？」

「我不喜歡他們身上的氣味，快點過去。」細小的聲音自裡面傳來。清穆朝不遠處的二人看了看，見兩人滿身的血腥氣，也皺了皺眉，安撫地在後池背上拍了拍，「等一等，馬上就好。」

聽見細微的對話聲，不遠處的眾人不由得面面相覷，對峙了這麼久，他們竟然不知道這黑袍下居然還有一人，而且聽聲音還是個小孩子……

黑煞、紅煞兩位妖君聽見二人對話，臉上的怒意頓時滿溢，這小子居然敢如此無視他們！朝闖關者望了望，兩人對視一眼，泛起了一抹凝重，能將氣息隔絕得如此之好，也勉強夠格當他們的對手。念及此，黑煞朝不遠處的清穆喝道：「小子，妖界沒有那些什麼鬼規矩，雖說你只要打贏了一人便可以進去，但我二人習慣了聯手對敵，你可要小心了！」

聽黑煞言下之意竟是要以二對一，不少將士皆是嘆了口氣，憐憫地看向不遠處籠罩在黑袍中的青年。

「真是囉唆，以多欺少而已，說得這麼冠冕堂皇，我還以為妖界中人會少些彎彎繞繞的心思，原來也是如此。」

清穆一邊說著一邊朝生死門邊行來，淡淡的聲音裡滿是嘲諷。

這份倨傲和淡漠也讓眾人下意識地忽視了他話裡的深意。

「你……」

黑煞、紅煞皆是面色一滯，頓時目露凶光，兩段深綠的長鞭突然出現在二人手中。

「找死！」

喝聲傳來，長鞭如有靈性般卷著凶猛的妖力自空中交錯揮出，連成緊密的大網朝清穆掃去。大網之上綠色的妖光不停閃爍，泛著陰冷的色澤。眾人大驚，想不到這兩位妖君竟如此記仇，一出手便是殺招，光看氣勢，這些妖光一旦沾染上，勢必性命難保。

長鞭交錯聲響起，看到閃也未閃便徑直朝綠光走去的青年，周圍眾人不免吸了一口冷氣。如此不閃不避，這年輕人也太托大了，就算是大皇子也未必接得下這二人聯手一擊。

不過瞬息，泛著綠光的大網已近到黑袍人身前，「轟」的一聲響，劇烈的爆炸聲傳來，漫天的綠煙籠罩達百丈處。

長鞭自手上飛出，黑煞、紅煞兩君猛地一顫，齊齊退了一步，面露驚恐地看著綠煙中那模糊的身影，雙手不停地發抖，一口鮮血自二人嘴裡噴了出來。

兩人神情大震，這人竟是直接將他們的功力化去，至少千年之內，他們絕無恢復妖君巔峰的可能！

妖界何時有了如此了得的人物？

眾人觀此情形亦是大驚，但誰也不清楚到底發生了何事，只得愣愣站在原地。片息之後，待到綠煙散去，守關的將士看到綠煙中的光景，不由得瞪大了眼，齊齊倒吸了一口涼氣。

爆炸中心四周的土地斷裂出一丈開來的大坑，細小的綠光在裡面閃爍，發出哀鳴的聲音。一隻白皙的手散發出濃烈的能量氣息，站在大坑之外的黑袍人，單手托著一團綠色的能量拿在手中慢慢把玩。

誰都想不到，眼前的這個年輕人竟然能這般輕鬆，接住擁有妖君巔峰實力的二人聯手絕命一擊。這種實力，簡直太恐怖了！妖界之中，除了妖皇，根本無人有這等實力。

想到此，只見站在坑邊的青年將手中綠色能量團朝天空中拋了拋，眾人額邊驚出一陣冷汗。

「無趣。」清穆淡淡「哼」了一聲，在眾人驚異的眼神中用力一捏，手中的那團綠光立刻化為了飛煙。

「就你喜歡顯擺。」細微的諷刺聲自黑袍裡傳來，卻帶著一絲連自己都未察覺的贊許。

一招戰勝兩位妖君，就算是鳳染也遠遠做不到！清穆的實力，果然不像她，人家是貨真價實的強。想到此，後池本就低垂的小腦袋更是耷拉了下來。

清穆低頭朝裡面瞥了瞥，揚了揚嘴角，隱在帽簷中的俊眉微微上挑，嘴角掛起一絲笑意，抬步朝生死門走去。

見他走來，不僅是守衛的牛頭侍衛，就連原本囂張霸道的紅煞、黑煞二位妖君也齊齊地朝後退了一步。兩人做完這個動作後才感到些許的尷尬，對看了一眼，但到底沒敢再靠近生死門邊緣。

「千年之內，不要出現在三界之中，否則……」清穆望著二人緩緩開口，話未說完便轉身朝生死門內走去。

紅煞、黑煞二人齊整整地打了個冷戰，恭敬地應了一聲又退後了一步。

妖界之中強者為尊，相比於他二人剛才的殺招，清穆的警告並不算過分。

「這位大人，此乃在第三重天中行走的證明，還請保管好。」見清穆靠近，牛頭侍衛長急忙恭敬地將一塊純紫的玉佩遞到清穆身前。

他朝一旁的牛頭侍衛擺了擺手，淡淡道：「拿走，我不需要。」

牛頭侍衛頓了頓，正欲開口，陡然感覺到一股森寒的煞氣自黑袍中湧出，不由得面色大變，急忙將玉佩收了回去，躬身道：「既是如此，我會專門向妖皇陛下稟告，大人在第三重天可以暢行無阻。」實力如此可怖，就算是妖皇陛下恐怕也只會招攬，而不會得罪。

由始至終，因為清穆靈力中的那股煞氣，沒有一人懷疑過他的來歷，畢竟仙君修煉的仙力極少會有這樣的氣息。估摸算起來，三界之中滿打滿算也只有兩個人有此際遇，一個是數萬年未出清池宮的鳳染，一個就是站在這裡的清穆了。

「嗯。」冷淡地回應了一聲，清穆抬腳朝生死門裡走去，走了兩步，在眾人膽戰心驚的眼神中又停在了生死門的門檻前。

第三重天內，生死門數步之處，錯綜夾雜的石林之中，擎天的石柱聳立其中，兩排漆黑的大字書於其上，遠遠望去，幽冷的氣息上竟帶著遠古的厚重蒼涼。

「生死門，生死由命，禍福在天。」

背對著眾人，清穆緩緩唸了一聲，盯著那漆黑的刻字，一瞬間竟有些微微的恍神。陡然之間，他漆黑的眼眸中突然燃起了燦金的火焰，直逼天際的威壓緩緩自他身上湧出，蔓延至生死門前，一瞬間席捲千里。在這股雄渾恐怖的氣勢下，生死門上那燃燒了數萬年之久的紫色火焰竟然完全熄滅，守衛的將士也是陡然間就朝著那襲黑袍跪了下去，就連那兩個妖君也不例外。

整個生死門內外陷入了一陣詭異的安靜中，就連清穆也恍若失去了知覺一般，靜靜地眺望著那沉黑幽深的墨字。

一聲清脆的咳嗽聲突然響起，清穆猛地一驚，低下頭看見後池擔憂複雜的眼神，緩緩吐出一口長氣。他眼中暗金的火焰緩緩熄滅，苦笑著摸了摸後池的頭，轉身看向身後詭異跪著的眾人，身形一動，消失在生死門後。

片息之後，那已然熄滅的紫光緩緩復甦，但那震懾人心的神祕氣息卻在一瞬間為第三重天所有強者所知，包括千年未出重紫殿的妖皇。

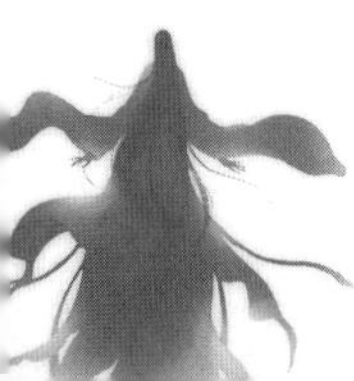

第七章　不平

天界玄天殿是覲見天帝之處，在三界九州中地位崇高，一直被下界仙君奉為朝聖之地。數萬年來，只有發生動蕩三界九州之事需天帝決斷時才會啟用。

而今日，已有千年未開啟的玄天殿在修煉出關的天帝一紙詔令下，重新升起了厚重的玄天門。

仙界九重天上，銀白的玄天殿飄浮在半空，晶瑩剔透的仙玉完美地契合在大殿之外，濃郁的仙氣籠罩著仙殿，化成一道紛繁而神祕的結界，一眼望去，巍峨懸在天界的玄天殿彷彿聚集了天地之靈般，莊嚴肅穆又亙古悠久。

「公主，您別擔心了，陛下不會重懲紫垣上君的。不管怎麼說，紫垣上君也對大殿下有救命之恩。」身著碧綠長衫的宮娥小心翼翼地打量著一旁冷眉肅眼的紫袍女子，輕聲道。

「紫垣只不過和大哥有些交情罷了，我和他素來沒什麼來往，有什麼好擔心的？」景昭頭也不回，聽見身後婢女小聲的安慰，冷哼一聲，話語中透著一抹不耐煩。

區區一介仙君，有何能耐累得她費心？距離昆侖山上之事已有兩月，二哥早已將紫垣帶回九重天宮受罰，只不過正巧遇上父皇和母后閉關，處罰一事就這麼給拖了下來。今日父皇回返天宮，聽聞此事後竟開了玄天殿，將一干候在瞭望山中尋訪白玦真神隨身兵器的仙君全給召了回來……只不過是件小事而已，為了那個人，值得動這麼大的干戈嗎？

玄天殿只有執掌司命的上君才有資格進入，外人若是擅闖，絕對會被殿外的守護結界所傷。

就算景昭貴為公主，平時深得天帝寵愛，也不敢在這個時候闖進去看個究竟。

時間慢慢過去，玄天殿的結界仍然沒有開啟。景昭駕雲站在殿外不遠處，皺著的眉眼上布滿了一層薄薄的寒霜。

宮娥素衣瞧著景昭越來越不耐煩的神情，小心翼翼後退了兩步，嘴張了張，欲言又止。

她侍候在景昭身邊已有千年，還從來沒有看到過這個集天帝、天后寵愛於一身的主子如此憤怒的模樣。

不過想想也是，公主高貴芳華，一直是三界最尊貴的女神，也難怪咽不下這口氣。想到近來天界眾仙君對出現在大澤山上的後池上神恭敬稱頌的談論，素衣眼底也浮現些許怒意，一群不開眼的仙人，三界有誰不知那後池上神是個藥罐子，哪裡會有那些人說的那麼好？

她是景昭的貼身侍婢，心裡自然向著景昭，對橫空出世的後池沒有半分好感。

時間過得不緊不慢，在玄天殿外的景昭終於失了耐性，冷著眉打算離開時，一道金光穿過大殿中央，透過濃郁的結界散在半空中，化成一道金光璀璨的詔書。隨後，渾厚威嚴的聲音響徹於仙界之中。

「上君紫垣，縱下君擅闖清池宮，德行有失，自今日起貶謫下界，受輪迴之苦，永無位列仙班之日，望眾仙君謹以其行訓誡自持。」

威嚴的聲音如驚雷一般同時響徹在仙界眾仙耳邊，而那金色的詔書在玄天殿上空緩緩流動，炫目的光芒下，散著莊嚴亙古的蒼穹之息。

「父皇竟然動用了敬天之詔！」景昭看著半空中瑰麗玄妙的一幕，面色一變，眼底升起不可置信的憤恨。

一旁站著的素衣也瞪大了眼，張大著嘴閉不攏，半晌後，才在景昭越來越冷然的神色下回過

了神來。

敬天之詔，上古傳下來的帝皇祕術之一，一旦頒下，哪怕是頒詔之人，亦永不能改。

這敬天之詔已有幾萬年沒有用過了，想不到這次居然會用在紫垣上君身上。素衣小心地抬頭看了景昭一眼，心顫了顫，默不吭聲。哪怕是當年鳳染上君追殺大殿下、劫殺仙界上君，鬧出那些震驚三界的荒唐事，陛下也未曾在她身上下過這敬天之詔。

也怪不得守在外面的景昭會如此意外，天帝頒布的詔書中最具束縛之力的，便是這敬天之詔，就算是以上神之能，也極難打破這上面覆蓋的束縛之力。數萬年來，若非是出了那等窮凶極惡之輩，這敬天之詔從不輕易動用。沒想到，這次紫垣上君不過是小小地冒犯了後池，就被責罰成這樣。相比如此嚴重的懲罰，就算是將其綁上青龍臺受鞭笞之刑，也要好受得多！

永無位列仙班的資格，就等於是剔除了仙骨，從此與這九重天宮再無瓜葛！

「她何德何能！居然……」

銀牙幾乎咬碎的聲音在素衣耳邊響起，她心底一慌，見景昭冷著眼欲往玄天殿裡走，急忙拉住了她，「公主息怒，這玄天殿可闖不得呀！」

「放開，我倒要問問父皇，紫垣所犯之罪何以如此嚴重，居然要動用這敬天之詔？」景昭冷冷吐出這句話，將仙力積聚在腕間微微一震，甩開了素衣。

素衣當然知道景昭只是不願後池因此而威臨三界，當即又死死地拉住她，並不鬆手。

正在此時，玄天殿門緩緩開啟，司命仙君相攜而出。他們在看到外面這齣鬧劇時亦是一頓，隨即在景昭微微上挑的細眉下訕訕一笑，急忙離開。儘管在殿中就已知曉，但這些離去的上君們在看到半空中懸浮的金色詔書時，眼中的嚴肅和意外一點也不遜於景昭和素衣這對主僕。

「景昭，妳在胡鬧些什麼！」

景澗一出玄天殿大門，就看到了一臉冷意的景昭。他朝還未走遠的眾仙君看了一眼，溫和的神色裡也不免籠上了一抹疲倦，低聲對景昭喝道。

父皇閉關的這幾月，大哥為了紫垣的事沒少找他說項，這個素來驕縱的小妹也不省心，如今當著眾仙擺出這麼一副樣子，豈不是讓仙界笑話她心胸狹隘？

「二哥。」被突然呵斥的景昭眼眶一紅，看見景澗眼底的怒意，小聲道：「大哥呢？」大哥和二哥一起進玄天殿，怎麼只有二哥出來？

「大哥因為頂撞父皇，被父皇關了一個月禁閉。妳還是別瞎想了，父皇暫時不會見妳的。」景澗淡淡看了景昭一眼，嘆口氣道。大哥也真是糊塗，父皇擺明了就是要為後池上神立威，他卻不管不顧要保下紫垣……

景昭眼底劃過一絲震驚，鳳眼微瞪，神情不甘，「把大哥關禁閉，父皇怎麼能這麼做？還有，紫垣並未有大錯，他對大哥有救命之恩，父皇怎麼將他逐出仙界……」

「景昭，住嘴。」景澗聽到景昭陡然拔高的聲音，朝玄天殿中看了一眼才轉過身道：「紫垣冒犯後池上神，罪有應得。他救大哥只是私心，冒犯上神卻是三界難容，這件事妳以後休要再提。至於大哥，父皇不過微微懲戒而已，等過幾日父皇消了氣自然就好了。」

景昭的質疑景澗並非沒有，他同樣料不到父皇會為後池動用敬天之詔！只是……數萬年前的那件事，並不是他們可以介入的。

「後池上神？二哥，別人也就罷了，她不過是個廢物而已，你怎麼能毫無芥蒂地稱她一聲上神？她根本不配！」

景昭神情中的憤恨終於在景澗稱呼後池為上神之後徹底爆發出來，她能感覺到，景澗的這一聲上神，是真心實意的敬服。可是他們三兄妹，怎麼能對後池俯首而拜？

哪怕三界眾仙都能對著後池行上神之禮，只有他們三兄妹，不可以！

「景昭！」景澗揉了揉額頭，看到景昭泛紅的眼眶，終是不忍再呵斥她，只得拍了拍她的肩，意味深長道：「無論如何，她都是被三界承認的上神，父皇如今也只是想彌補而已。更何況後池上神並非如當年的傳言一般孱弱不堪，妳以後若是遇到了她……千萬不要意氣用事。」

「不用你說，現在滿三界都說後池上神仙力深厚、芳華絕代。我區區一介上君，自然是不敢和她一較高下。更何況若是她又縮回了清池宮，我想見她一面都難。只是不知道如此不凡的後池上神，為什麼到如今也沒有出現在擎天柱上？別說是上神之位，就連那刻著上君的地方，也見不到她。」

一口一句後池上神，景昭神情盡是嘲諷，在景澗目瞪口呆下說出了這一番話，轉身就走，行了幾步，終是忍不住，微微回轉頭道：「父皇如今為她立威，還不肯見我，等母后閉關出來後，我自然要為大哥討回公道。」

驕縱高傲的聲音一如既往，景澗苦笑了一聲，看到恢復了面色的景昭姍姍離去，一時間倒也不知道是該高興為好還是該生氣為好。

哎，幾個月沒聽到後池上神的消息，按照她的性子，也許真的是回了清池宮。如果是這樣也就好了，倒省了許多麻煩。

罷了，先不管這些閒事了，耽誤了這些時日，還是去瞭望山看看好了。景澗朝玄天殿看了一眼，嘆了口氣，消失在原地。

與此同時，在仙界為天帝的這一旨敬天之詔而驚愕萬分時，震懾妖界的那股神祕力量也讓整個妖界陷入了一陣兵荒馬亂之中。

妖界第三重天的犄角旮旯裡，後池端端正正坐在打磨得晶潤光潔的石頭上，一張小臉擺得格外嚴肅，她盯著站在不遠處那隱在黑袍下的凜冽身影，突然挑眉道：「清穆，你到底是什麼來歷？」

清脆的童音傳入青年耳裡時，帶著別樣的較真意味，又糯糯軟軟的格外撓著人心。清穆皺了皺眉，他素來不喜被人置喙，但腦海裡浮現縮小的後池托著下巴的嚴肅模樣後，眼底又升騰起幾抹笑意，也不知道為什麼會突然有這種複雜奇特的感覺。清穆心念一動，轉身望向坐在石頭上一本正經的後池，「後池，妳整天嘀咕著自己是三界上神，難道還看不出我的來歷？」

被反將一軍的女娃娃瞧著面前的青年，眉眼一愣。站在不遠處的清穆，揚眉一笑，竟硬生生地讓她想起了「國色天香」這個在人間戲本裡才會有的辭來。

後池咳嗽一聲，小臉繃緊，默唸了幾遍「美色誤事」後，才擺正臉色看向清穆，「我資格老不代表仙力高，這是全三界都知道的事，我才不矯情呢。說吧，你到底什麼來歷，就算我再孤陋寡聞，也從來沒聽說過有哪個仙君可以讓妖界生死門上的紫火完全熄滅的。當初就連東華闖生死門，用盡了全力也只不過是讓紫火微微動蕩罷了！」

東華乃是老資格的上君，滿三界也找不出幾個比他靈力更高深的人來。若說只讓生死門上的紫火勢弱，能辦到的倒也不少，可是幾萬年來就從來沒聽過還有人能憑一己之力讓它熄滅。更何況，那逆天的氣息，雖只有一息時間……恐怕也只有妖皇全力施展才能與之抗衡。

上君清穆，成名不過千餘載，來歷成謎，除了那一身高深莫測的仙力和冷冰冰生人勿近的性子，到如今也沒有人知道關於他的半點消息。

反常即妖，以清穆的年歲，若說能修煉到這種境界，還真有可能成為後古界來的第五位上神了。

「哦？這生死門有這麼大的名堂。」清穆挑眉，帶了幾分訝異，在後池正襟危坐的氣勢下攤了攤手道：「別這麼看我了，我也不知道剛才是怎麼一回事，至於我的來歷……我不是說過，我有事要問妳的那個柏玄嗎？」

「你是說，柏玄知道你的來歷？難道你從哪兒來的，自己也不知道？」後池神情一頓，有些不相信清穆的話，哪有人連自己的來歷也不清楚，更何況這又和柏玄扯得上什麼關係？

「以妳後池上神的身分，尚還有鬧不清楚的要問他，我不知曉自己的來歷有什麼好奇怪的！」清穆走到後池身邊，在她怔忪間微微彎下身把她抱起來，轉身朝外面的街道走去，隨後默唸口訣，兩人重新被黑袍籠罩。

人群緩緩自兩人身邊走過，朝同一個方向湧去。在這冷漠殺伐的第三重天，根本沒人注意到兩人的存在，安靜良久，黑袍中才緩緩響起青年清越的聲音，帶著點無奈和微不可見的悵然。

「別亂動，我說就是了。我降生於北海深處，甦醒時沒有任何記憶，全身上下除了手腕上的石鍊外就再也沒有別的東西了，唯一記得的就是……」清穆遲疑了一下，行雲流水般的腳步頓了頓，「有人曾經告訴過我，只要能找到留給我石鍊的人，就能知道我的來歷。這麼多年來，妳手上的石鍊是我唯一能尋到的線索。」

「告訴你這句話的人，是誰？」悶悶的聲音自胸膛口傳來，抱在清穆胳膊上的小手微不可見地緊了緊。

柏玄也告訴過她，如果有一天她知道他送她這串石鍊的原因時，就是他們再見面的時候。

「不知道。」肅朗的聲音帶了點嘲意，清穆加快身形朝前走去，「不過總有一日，我會找到他。」這聲音堅定凜冽，但其中微不可見的遲疑卻未被聽出。

也許清穆下意識明瞭，待從妖皇那裡得知柏玄的消息時，就是他二人分道揚鑣之日。

一個是清池宮受三界膜拜的上神，一個是仙界千年來最有潛力的上君，並不是說相交不得。只不過上神、上君之分猶如天壑，此事一完，便再也沒有相攜而行的理由罷了。

仙界無歲月，悠悠千載，輾轉而過。清穆從來不知道，那蟄伏於清池宮中的小神君居然是這般的性子，聰明又弱小，驕橫又霸道，可恍惚間又能蓋盡世間芳華，仿若神祕而瑰麗的至寶。

他清楚自己在後池變小後的心境改變。他性格孤僻，三界之中甚少結交好友，如此的打鬧說笑，是從未有過的輕鬆。這般模樣的後池給他一種源自靈魂的熟悉感，就好像他已伴在她身邊無盡的歲月一般，可偏偏……他沒有關於她的任何記憶。

他從來不知道，數千年的生命裡，他心心念念執著之事也會因人而斷，踏進了第三重天後才突然覺得，也許……來妖界尋妖皇並非是一定要做的事。

至於那股在生死門前體內神祕而起的氣息，他倒不是很意外，當初在北海斬殺那幾隻九頭蛇、面臨生死之難時就曾經出現過。這股氣息也是他為什麼會殫精竭慮尋找身世的根本原因，沒有人希望自己的過去是一片空白，哪怕過往自己神厭鬼棄，亦是如此。

第三重天雖妖力最為濃郁，範圍卻最小。層層疊疊的巍峨建築下，聳立在正中心的重紫殿晃眼無比。清穆走得並不慢，幾個閃神間，兩人就靠近了重紫殿百丈之處——但也只能如此，再也難近分毫。

重紫殿百丈之處被人群團團圍住，不時有叫好聲和兵器鏗鏘聲傳來。讓剛剛靠近的二人頗為詫異，重紫殿好歹也是妖界重地，怎會有人不開眼地在此地鬧事，而妖皇……也竟然會允許？

不過，能進得第三重天便不是無能之輩，想必有點真本事才是。如此大鬧，妖皇事後定會出來安撫，也省了他不少事。

清穆正這麼想著，冰冷凜冽的刀氣在百丈內席捲而開，夾著凶橫的爆裂氣勢讓擁堵在四周的

眾人連續退了好幾步。趁著這股縫隙，清穆身形一動，抱著後池擠到了人群之前。

看到面前的一幕，饒是以他的定力，都不免露出了些許詫異。

面前打鬥得熱火朝天的兩人完全是一副拚命的架勢，而且兩者都有著妖君的實力。一身勁服的窈窕女子面容姣好，頗具威嚴之氣，雙手揮舞著大刀步步緊逼，眉眼含怒；威武剛毅的男子緊繃著臉以手為刃，毫不妥協，看起來絲毫沒有憐香惜玉的態度。隱隱之間，那攻勢凌厲的女子慢慢變緩，逐漸被男子厚重的拳風壓制了下來。

凶狠的刀氣在場中席捲，伴著鏗鏘聲，地下堅硬的玄墨石碎成了粉末，飄起漫天的灰塵。如此凶險的打鬥，哪怕說是生死之戰也不過分。可是周圍眾人圍觀的模樣卻甚是輕鬆，顯然對此景習以為常。

眾人瞧不真切，但以清穆的眼力卻看得清清楚楚，那男子未盡全力，甚至……為了不傷到那女子，拳勁還有著自傷之意。

一道爆裂聲響起，打鬥聲戛然而止，漫天的灰塵漸漸落下，露出了廣場上的景況。手中長刀斷成兩半的女子半跪在地，冷冷看著氣定神閒站在重紫殿前的男子，大口喘著粗氣。

「哎，常沁妖君怎的又來了？想想也知道，她不可能是二殿下的對手。」圍著的眾人雖為這場戰鬥驚心，但毫無懸念的結果也讓他們忍不住討論。

「打不過又如何，二殿下這麼拖著也不是個事，這都多少年了！他自己要報恩，也不能拴著人家常沁妖君不是？」一個身高九尺的大漢嗡嗡道，他看著廣場中跪著的女子，眼底露出幾分火熱和愛慕。

「老四，你嫌皮厚了，要是被二殿下聽到，你就別想豎著走出第三重天。」

細小的爭論聲也許讓對峙在場中央的二人聽不見，可一旁站著的清穆卻聽了個清楚。聽著眾人七嘴八舌的感慨，他看向場中半跪在地上的女子，也有些唏嘘。

六萬年來，妖界得以和仙界對峙萬年而不敗，最大的依仗便是兩支令人聞風喪膽的軍團。這兩支軍團一個由妖皇一族的二殿下森羽統御，還有一支便是由擁有上古血脈的妖狐一族最強者常沁率領。常沁也許妖力比不上森羽，但卻聰明絕頂，是天生的將帥。兩支軍隊鑄成妖界尖刺，為守衛妖界安穩立下了赫赫戰功。

兩人相處日久，互相愛慕，妖皇極是滿意這個兒媳，得知兒子有心迎娶常沁後，甚至親上妖狐一族提親。但兩人好事漸近時，恰逢仙妖兩界大戰，森羽在混戰中失蹤，生死不明。

如此大戰，生死不明也不過是句安慰之辭罷了。那個時候，誰都明白，驍勇善戰的二殿下……恐怕是回不來了。

妖界中人無不扼腕嘆息，妖皇萬年前本已因仙界的上君鳳染失去一子，如此一來膝下三位皇子便只餘潛心修煉的大皇子。本來立婚之人已亡，常沁就已不受盟誓所縛，可自由來去。但她卻不死心，繼續留守重紫殿。她雖為一介女子，但機智過人，又受妖界上下愛戴，竟也憑女子之身為妖皇撐起了偌大的妖界。

輾轉流年，光陰不曉，沉靜了百年的妖界竟迎來了久久未歸、早已被視為亡人的二殿下森羽。只可惜，他並非一人而回，伴在他身邊而回的……是一隻孱弱的雜色小狐狸。聽說那隻小狐狸修煉千年，為救森羽將體內妖丹盡毀才會難以化成人形。

森羽回來之後，在盛大的迎接晚會上當著妖界眾人宣布，他將迎娶這隻在他落難時救他一命的小狐狸，解除和常沁的婚約。

如此境況下，沒人能指責他什麼。常沁等森羽百年，一心扶持妖界，此乃大義；那隻小狐狸以畢生修為救了奄奄一息的森羽，此乃大恩。無論他做何選擇，都終將辜負一人，只是令眾人意

外的是，他負的竟是和他征戰相伴萬餘載、生死契闊的常沁。

事已至此，以常沁的高傲，自是不會再留在第三重天，但是離去時卻發現，自己根本出不得第三重天。

妖界有規定，第三重天必須聚集百位妖君以鎮守重紫殿，若是不足人數，則不能隨意離去。當年一場大戰後，妖族損傷慘重，實力大損，妖君之數根本不足百人，在生死門的制約下，常沁竟是被強行留在第三重天，如此一晃，又是數千年。

如今此事已久，那小狐狸還是未化成人形，是以婚禮也一直沒舉行。但妖界妖君之數卻從未滿過百人，至多九十九就會無人闖關。剛開始幾百年常沁還只當妖界實力未恢復，可這麼幾千年下來，傻子都知道這是怎麼一回事了。只是森羽若是不放話，又有誰敢冒著得罪妖皇一族的風險，強行闖關。

是以自百年前起，常沁便和森羽約定，若她能戰勝他，便可永離第三重天，再不歸來。

這場戰鬥從一開始的數年一次，基本上已經演變成了數月一次，看得眾人漸漸都有些麻木了，但是在常沁越來越狠厲的手段下，卻無人敢視之為兒戲。

糾葛千年，誰都知道場中二人放不下。只是同為高傲冷毅的性子，當年之事是永遠解不開的疙瘩，如今二人雖仍近在身前，卻猶如咫尺天涯。

「常沁，妳敗了。」堅毅沉穩的聲音自重紫殿前傳來，森羽眼底劃過一抹輕鬆，欲走上前扶起半跪在地的女子，但卻在她冷厲的目光下不自覺頓了下來。

「放心，輸就是輸，我還不屑做那反悔之事，下一戰我半個月後再來。」常沁朗聲道，將手中斷刀隨意一拋，站起身朝與重紫殿相反的方向行去。

常沁言談間英武大器，一看便是豪爽堅忍的女子，但不知是否歲月亙古，那蕭索的背影竟帶上了些許蹣跚蒼涼之感。

站在殿下的森羽眼底升起一抹深切的痛意，嘴唇動了動，突然道：「妳練功過於求成才會如此，不如把半個月之期改為三月，妳先進重紫殿療傷，可好？」

這聲音，任誰都聽得出來帶了幾分懇求之意。

已經走遠的紫色身影突然一頓，常沁轉過身，眼眸深處顯出點點疲憊決絕，「森羽，若你放我離去，我感激不盡。其他的話，休要再提，哪怕是受千百次戰敗之辱，我也決不再踏進重紫殿半步。」

她為了他在這座宮殿等待百年，到最後，滿身疲憊，一身傷痛。如今往事歷歷，情何以堪！

正在此時，青色的光影從重紫殿中倏然而過，一隻青白相間的小狐狸從裡面跑出來，怯懦懦地扯了扯森羽的衣袍，細長的眼中滿是不安。

森羽愣了愣，將牠抱起來摸了摸，嘆了口氣。

輕聲一哼，常沁看著站在重紫殿下的一人一狐，眉眼冷了冷，轉身欲走。

「咦，我倒不知妖界第三重天還有這麼個規矩，難道沒有打過你這個妖界二殿下，就永遠不能離開第三重天？」

囂張的聲音自人群中傳來，帶著不遜於常沁的倨傲霸道，生生地染上了幾分凌厲的煞意。

圍著的眾人大驚，一邊感慨著妖界竟有人敢尋二殿下森羽的晦氣，一邊朝說話的人看去。

說這話的女子著一身金繡銀紋的絳紅長袍，血紅的長髮披散在肩上，肆意灑脫。她上挑的鳳眼微微瞇著，橫瞥了一眼沉著臉的森羽，神情格外囂張，雙手插攏在胸前，抬著下巴朝轉身欲走的常沁看去，眼底帶著漫不經心的嘲諷，「萬年前我便聞妖界常沁統御三軍、英勇過人，乃是三界中不世出的奇女子，如今看來竟為了如此忘信背義之徒，滯留第三重天數千年，簡直讓人覺

得……可笑！」

鳳染的聲音頓了頓，嘴角含笑，吐出異常冷漠的兩個字來。她這輩子活了不過萬餘載，佩服的人極少，常沁倒算是其中一個。

常沁在幾萬年前就已是聞名三界的妖君，善戰之名眾人皆知。在她幼時的記憶裡，撫養她長大的老妖樹說得最多的便是那統御三軍、英氣豪邁的妖君常沁。當年三界曾有言，後古界的女妖君中，常沁是唯一能與九重天上的景昭公主相提、媲美之人，由此可見妖界中人對其是何等的推崇與敬服。

只是沒想到，她蟄伏於清池宮中萬年，頭一次進妖界，竟看到當年那個聲名赫赫的一方戰神，竟已變得如此萎靡衰敗。

「若妳想走，別說是區區的三重天，就算是整個妖界也困不住妳。」鳳染理也不理周圍竊竊私語的眾人和滿身怒意的森羽，只是盯著常沁冷冷道，眼底有著微不可見的憤怒和可惜。

常沁看著不遠處站著的紅衣女子意氣風發的姿態，眼底決絕的疲憊蒼涼緩緩凝住。曾幾何時，她也是如此，到底是從什麼時候開始，她變得如此這般……不堪，在第三重天中年復一年、日復一日地承受著妖界眾人或憐憫或嘆息的目光？

她在妖界縱橫萬年，所擁有的勢力哪怕是妖皇也要忌憚三分，受她恩惠之人不知凡幾。當年被悔婚後，她只顧著盡快離開，這千年的歲月中也只想著要打敗森羽，卻從來沒有想過，第三重天並非只有打敗森羽才能堂堂正正地走出去。

她是妖君常沁，上古妖狐一族的傳人，哪怕是敗落如斯，也不能是如此不堪的一副姿態。

眾人望著重紫殿前囂張得頤指氣使的紅衣女子，陡然間死一般安靜，都張大了嘴不可思議地看著她，只有靜悄悄地站在一旁隱在黑袍下的兩人習以為常。

二殿下森羽是妖界中除了妖皇陛下和大殿下之外妖力最強之人，身分尊貴；妖君常沁傳自上古妖狐一族，血統高貴，雖不再執掌三軍，但千年來依然無人敢小覷於她。從來沒有人能想像在妖界中竟然會有人如此不知死活，主動揭開當年的傷疤。

整個妖界的人都知道，當年之事雖說妖皇一家和妖狐一族並不忌諱，但也不是隨便一個人就能指手畫腳的。

雖說這紅衣女子霸氣逼人，姿態強橫，更有著一股不輸於常沁妖君的倨傲，但也不代表她有在妖界重地重紫殿撒野的資格！

充滿挑釁的話傳入森羽耳裡的時候，他只是微微一愣，但那句嘲諷常沁的話被說出來時，整個大殿之前的人都感覺到一股森冷的殺氣緩緩自他身上蔓延開來，冰寒無比，有些人甚至被逼退了幾步。

「龍之逆鱗，觸之必亡。」不知為何，四周站著的人心底不自覺浮現出這句話來。

蜷縮在森羽懷裡的小狐狸身子顫了顫，抬頭看著森羽的眼底顯出深切的憂傷，以及一縷微不可見的憤恨。

千年了，他還是如此……縱使她以性命相救，都始終難以動搖常沁在他心底的地位。不論什麼時候，她永遠都比不過常沁，當年在族中時是如此，現在仍舊是這般！

別人也許沒看到這可憐兮兮的小狐狸輕顫的身子下嫉恨的眼神，卻被鳳染瞧了個真切，她對著森羽的方向冷冷「哼」了一聲，眼底的利芒一閃而過。

森羽還真是個睜眼瞎，器宇軒昂的深海龍吐珠不要，偏偏選了個爬不上岸的小蝦米。

到了森羽這種妖君巔峰的境界，隨意散發的殺氣都若有實質，凌厲的妖光化成利劍的形態，無比精準地朝斜眼挑眉的鳳染眉心而去。

圍著的眾人皆面露驚駭，齊齊地退了幾步，看來，這女子當真是惹怒了二殿下，這次可沒有好果子吃了。

森冷的殺氣在萬眾矚目間於那紅衣女子的一步之外，倏爾停滯了下來。只見她微微抬手隨意一揮，便接下了森羽所幻化的妖光，眼底掠過一抹嘲諷的冷意，一股不弱於森羽的紅色氣息筆直地撞了上去。

「難道我說錯了不成，既是別人不願，你又何必強人所難?!堂堂妖界二殿下，難道只是如此宵小之輩？」

碎裂聲響伴著清冷的呵斥，兩股氣息夾著轟然的氣勢撞在一起。漫天碎石飛揚，片息之後，望著逐漸清晰的廣場，圍著的眾人不由得倒吸了一口涼氣。

那隨意擺手的紅衣女子眉目冷清，定定地站在原處，而森羽卻退後了幾步，微微凝神喘息，目光鄭重而詫異。

雖然剛才他只是隨意一擊，可這女子卻能憑氣息反傷於他，這等實力尚比他強上幾分……妖界何時出了如此人物？

看著始終背對著他的那襲紫衣身影，森羽掩下了眼底的驚愕，嘴角微抿，抬頭看向鳳染的神色逐漸染上了些許怒意，「這是我妖皇一族的家事，閣下多事了！」

「哦?是嗎？」鳳染漫不經心地看了森羽一眼，又望向一言不發的常沁，臉上頓顯一抹凌厲的煞氣，「若是我偏要管，你又能奈我何？」

朗朗聲音帶著不容置喙的倨傲，森羽眼神一頓，看向鳳染，微微瞇起，抱著小狐狸的手不自覺地緊了緊，冷冷道：「若是閣下要管，也不是不可，贏了我，我自然會兌現承諾，讓常沁離開第三重天。」

「哼！你只管和你的小狐狸過好日子便是，硬扯著別人也不害臊！」鳳染斥了一聲，拂了拂肩上的長髮，抬步正欲朝森羽走，卻微微一頓。

「剛才多謝閣下教訓，本君的事，自己解決。」

絳紅的長袍被一隻手拉住，鳳染轉頭一望，見到常沁眼中的堅定和一絲微不可見的暖意，微微一愣，模糊的笑意一閃而過，「妖君想清楚了就好，只不過，這事我既然管了就沒有半途而廢的道理。」

她抬手扯出常沁手中的袖袍，眉挑了挑，「妖君應當明白，不該扭捏的時候就不要逞強，再說了，我和這妖皇一家有些過節，今日就算不是為了妳，也會出手。」

鳳染咧嘴一笑，一口雪白的牙齒明晃晃地亮了出來，硬生生地染上了幾許森寒之意。

柏玄失蹤的地方有妖皇一家的印記，若真的是妖皇出的手……她懶散了萬年的拳頭也不是吃素的，只不過那拐跑清穆的後池怎的還沒來？讓她在這第三重天裡好等！

「既然閣下冥頑不靈，森羽自當奉陪，只不過閣下敢闖我第三重天，想來大名必定如雷貫耳才是！」到現在，任誰都看出這不知來歷的強者是專門挑事來了。

「說這麼多廢話幹什麼，若你能受我一拳，自然有資格知道我是誰。希望你能讓我滿意，妖皇一家可別淨出些孬種！」

看到一副磨刀霍霍模樣的鳳染，圍在四周的眾人皆是面色古怪，這女子美則美矣，怎的如此粗魯，居然敢在重紫殿挑釁妖皇一族？剛才這句話，豈不是連妖皇陛下都罵了進去！

「她一貫就是這副樣子？」略帶詫異的聲音陡然響起，抱著小娃娃的手頓了頓。

「倒也不是，我琢磨著鳳染是不是更適合妖界。哎，死氣沉沉的清池宮和仙界把她給拘壞了。」清脆的聲音裡滿是遺憾，護犢子的口氣溢於言表。

清穆狠狠抽了抽嘴角，識相地閉上了嘴。

「哼，希望妳的實力對得起妳這張囂張的嘴！」森羽冷冷盯著鳳染，輕輕放下手中的小狐狸，凝聚氣息朝鳳染走去，濃濃的青光瞬間籠罩在他周圍，形成一副如翡翠般通透的護甲。

以鳳染剛才的手段，即使是他也不敢托大，一出手便是最強勁的護身之法。

在眾人的驚嘆聲中，鳳染神色未動，仍是不緊不慢地朝森羽走去，待行到他五步開外之地時才停住腳步，一股赤紅的氣息緩緩凝聚在她右手之上，不過片刻時間便由米粒大小變成深海夜明珠一般大。

光以靈力便能形成如此純粹的力量，這女子當真是可怕，圍著的眾人看著鳳染的眼底，顯出了隱隱的驚懼和嘆服。

妖界一貫崇尚實力，儘管鳳染挑釁了森羽，卻無損於妖界眾人對她的敬佩。

輕喝聲響起，鳳染升騰至半空，手中紅色的能量隨著身形朝同時躍起的森羽而去，極快的速度中，「轟」的一聲響，紅色的拳勁碰在了碧綠的護甲上，交戰的靈力形成了模糊的結界，將二人完全籠罩在其中。

眾人屏息細看，臉上皆浮現驚愕之色，兩人雖說看起來相持不下，但二殿下明顯氣息不穩。反觀那紅衣女子，亦不復剛才的懶散，卻要比森羽好得多。

兩人對峙之下，重紫殿前詭異地安靜了下來，眾人望著兩人周身上下隱隱環繞的靈力，面色激動，如此高手交鋒，可不是常有的事！

「砰」的一聲脆響，打破了安靜的氛圍，眾人看向聲音傳來處，神色皆是一變——二殿下的護身靈甲上出現了細小的縫隙，竟隱隱有碎裂的跡象！

隨著那護甲上的裂痕變大，屏息凝神的眾人更是不敢發出一絲聲音，在詭異的氛圍下，突然一陣青光閃過，如尖刺一般直直地朝著鳳染而去！

鬥陣中如有外人插手，受襲的一方定會重傷，甚至是性命不保亦有可能，這是所有人都知道的事。沒想到眾目睽睽之下，竟會有人暗自偷襲，行如此卑鄙之事

眾人還來不及驚呼，便聽得一聲冷哼，紅袍女子竟是不管不顧，只是加重了和森羽對峙的靈力，半點不管身後襲來的那縷青光！

轟然之下，青光突兀而至，在眾人惋息的眼神中，璀璨的紅光突然沖天而起，碩大的火紅鳳凰印記出現在紅衣女子身後，揮翅翱翔，擋住了青色的光芒。

一瞬間，整個天際都似被這股灼熱的氣息瀰漫，森羽身上碧綠的護甲亦完全碎裂。見那青光在火鳳凰之威下垂向地面，對峙中的森羽突然頓住，吐出一口鮮血，強行抽出和鳳染對峙的雙手，騰向空中接下那青色的光影。

萬籟俱靜。這時候，彷彿連喘息聲都顯得有些多餘和聒噪，火紅的鳳凰圖騰仍在天際在閃爍，熾熱灼烈，卻沒有一個人敢再為這股力量讚嘆——誰都知道，三界九州裡，火鳳凰唯有一隻，便是那托庇於清池宮，萬餘年前殺了妖界三皇子、重傷仙界大殿下，為三界所不容的上君鳳染！

半跪在地的森羽灼灼地望著懸於半空、面色蒼白的紅衣女子，森冷的笑意緩緩從嘴角而出。他站起身，眼底浮現深切的恨意，手握得死緊，還來不及有所言，忽聞重紫殿中一道渾厚的聲音突然響起——

「我道是誰敢闖第三重天，想不到竟是鳳染上君大駕光臨，本皇有失遠迎！」

聲聲清冷，帶著無邊的寒意緩緩自殿中而出，整個重紫殿百丈之處遍染肅穆之息！

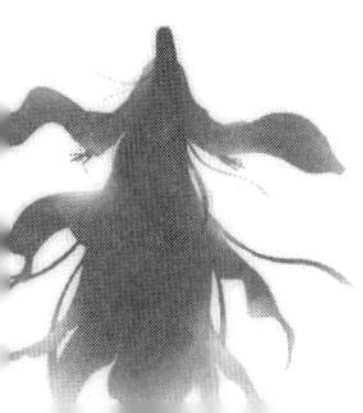

第八章　無功

威嚴昂揚的玄色身影緩緩自重紫殿中走出。來人身姿挺拔，神態威儀，面容堅毅，步履間顯見皇者風範，一出場便讓整個廣場一片安靜，就連懸於高空的鳳染也微微瞇了瞇雙眼，背於身後的雙手不自覺地緊了緊。

妖皇森簡，不愧為成名萬年的巔峰強者，就連她也只能在那不怒自威的氣勢下強行鎮定，甚至能自他身上感覺到一種模糊的心悸。這種感覺，她還只有在面對古君上神時遇到過，但很明顯，森簡還達不到古君上神那種程度。

眾人看著緩緩自重紫殿中走出的妖皇，神態恭敬，齊齊倒退了幾步躬身行禮。由於圍著的妖君太多，也就沒人看到人群中那始終不動如山的黑色身影。

三界之中，若論尊貴，誰都敵不過那三位碩果僅存的上古上神，以及清池宮中孱弱金貴的小神君。但若是論皇者之威，除了天帝，這三界九州中亦沒有人能比眼前之人更盛。

妖皇閉關已有千年，早已不問世事，沒想到如今卻會因當年的一場糾葛重新現跡於人前。眾人默默地瞟了一眼懸於半空的鳳染上君，暗暗嘆息了一聲，當年三殿下慘死於鳳染之手，平時鳳染上君蟄伏於清池宮也就罷了，這次竟然敢單獨闖上第三重天、重傷二殿下，怕是難以好端端走出去了！

妖皇一身妖力早已超越妖君巔峰，深不可測，除了那三位上神，三界中根本無人是其對手。

「有失遠迎談不上，不過我倒是沒想到堂堂妖皇一族，竟然會有如此宵小之輩。」鳳染收起背後的鳳凰印記，緩緩落在剛才戰鬥過的空地上，對著妖皇一抬手後，目光陡然掃向森羽懷中抱著的小狐狸，鳳目微挑，神情冷漠不屑。

眾人一愣，鳳染這話說得還真沒錯，幾千年前森羽曾許諾會將小狐狸青漓娶進門，說起來她的確可以算得上是妖皇一家的人，只是沒想到如此景況下，鳳染居然還敢挑釁妖皇，一時間盯著她的眼神裡都滿是驚愕。

這鳳染上君果然不負那狷狂之名！

妖皇沉了沉眼，看向縮在森羽懷裡瑟瑟發抖的青漓，皺眉冷淡道：「青漓背後偷襲，確實理虧，關進禁殿一月以示懲戒。」

森羽感覺到懷中小狐狸狠狠打了個寒戰，忍住了面上的尷尬，連忙道：「父皇，青漓是為了……」話說到一半，卻在妖皇越加冷凝的目光下緩緩住口，他知道，若是再說下去，等著青漓的刑罰必然更重。

只不過，他沒看見，在他為青漓求情後，常沁垂落的雙手悄然握緊，輕輕閉上了眼，待到重新睜開時，眼中最後殘存的一抹掙扎和猶疑已然消退。

才不過片刻時間，靜靜站在鳳染身後的常沁無聲無息地改變，她眼中細細的流光緩緩劃過，整個人都似襲上了一股淡淡的睿雅之氣，如上好的溫玉一般，靜謐芳華。

「喲，妖皇陛下還真是公正嚴明，處罰得毫不留情啊！」鳳染撇了撇嘴，鬆了鬆手腕，讓自己因妖皇的威壓而完全緊繃的身子緩了緩。

「鳳染，毋須多言，萬年前森邢死於妳手，是他技不如人，本皇曾允諾過古君上神不會在仙界取妳性命，自然不會毀諾。」妖皇淡淡地看著鳳染，眼中微弱的波動一閃而過。

他那幼子，不過才萬歲而已，想到此，冷冷的殺氣緩緩自妖皇身上溢出，蔓延開來。

鳳染挑了挑眉，沒有出聲，雙拳凝聚靈力。她可不會以為妖皇會如此簡單放過她，那股從妖皇身上溢出的森然殺氣，可是從一開始就沒有離開過她半分。

「不過，妳既然敢如此猖狂來了妖界，本皇若是還讓妳全身而退，枉為一界之主。」

妖皇一手負在身後，一手曲指抬高，不過片刻時間，深紫的妖力便在他手上凝聚成碩大的光暈，細微的雷電之光覆在其上，閃鳴之間光華萬千。

妖皇這一番動作，竟是和鳳染一樣將靈力凝聚於手，只是力量比之更為渾厚，一出手便震懾了眾人，細微的雷電聲更是在一陣驚嘆聲中，緩緩將整個廣場都給包圍了起來，形成了莫測的雷電之姿。

鳳染瞇起眼，盯著妖皇手中越來越大的紫色光暈，凝重的神色一閃而過，血紅的靈力形成一層薄薄的壁壘擋在身前。剛才那隻小狐狸的偷襲並非對她毫無傷害，是以現在面對本就強過她的妖皇就更加不利。

「陛下！」

清雅的聲音在眾人屏息間突然響起，常沁走上前，神色複雜地看了一眼鳳染，旋即朝妖皇拱手道：「陛下，鳳染上君已和二殿下大戰一場，又遭青漓暗襲，若您此時再對她出手，於您威嚴有損，妖界必將為仙界眾仙恥笑。」

她在千年前就已不再是妖界的三軍統帥，自是不必再對妖皇行跪禮。

只是，慢慢幾句話，眾人都瞧出了常沁妖君突然間卓然於世的姿態，狷爽的英姿下是完全不同於鳳染的風情。這般模樣的常沁妖君，還真是好多年都不曾見到過了，而她身上那本就濃厚的妖力甚至比以往更甚，就像是突破了某種瓶頸一般！

一旁站著的森羽看著突然走出來的常沁，神情一怔，更是在聽見她那句毫無波動的「二殿下」後，面色陡然一白，眼底劃過難以置信的訝異和痛楚！

妖皇手中紫色的光暈微微一閃，他抬眼看向不遠處的常沁，眉宇間罕見地緩了緩，皇者的威儀也柔和了幾分，「常沁，這件事妳不要插手，這次本皇出關後，妳可以安然離開第三重天。」

常沁搖頭，立直了身子，「陛下，鳳染上君雖是妖界之敵，但她於我卻有大恩，常沁不是這等忘恩之人，還請陛下手下留情。」

常沁低下頭，露出了懇求的姿態。

妖皇皺眉，盯著常沁半晌，在她固執的態度下終是嘆了口氣，「當年本皇曾允諾過妳，但凡有一日妳有所求，本皇必會答應，這些年妳困於第三重天，還以為妳始終會開口，卻不想妳如此固執。如今為了鳳染浪費掉本皇的承諾，妳可是想好了？」

妖皇此話之下，眾人皆有些難以置信，沒想到妖皇陛下還曾許過如此諾言，也不知道為什麼常沁妖君這些年未動用妖皇的承諾離開第三重天，如今竟用在了鳳染上君身上。

「是，陛下。」

隨著常沁鄭重地行禮點頭，鳳染也是一怔。她抬眼看向一旁的常沁，眼底流過微不可見的暖意，她果然沒看錯人，這常沁還真擔得上當年老頭子一日三頓飯地誇！

「不用了。妖皇，若你能留下我，我亦不妨在妖界作客！」鳳染朝常沁擺手，淡淡說道，眼底的囂張倨傲更甚剛才。

妖皇眉色一凜，望向神情倨傲的鳳染，冷冷「哼」了一聲，背在身後的手輕輕一揮，眾人還未回神，一股淡紫的光暈就已將常沁緩緩包攏住。常沁被紫光推離了幾步，動彈不得，臉上浮現一抹焦慮之色。

「本皇答應妳，會留她一條命，妳只管放心就是。」略顯威儀的聲音響起，妖皇手中凝聚的紫色妖光突然爆發出奪目的光芒，格外動人心魄。

「鳳染，妳受了本皇這一拳，無論是生是死，自此以後森邢之死，我妖界永不追究！」

伴著這聲冷喝，澎湃的妖力從紫光中滿溢而出，如墜千鈞般向鳳染壓去，璀璨光華間，萬千雷動。妖界第三重天的結界也彷彿被這股力量喚醒，數千道雷光同時朝鳳染劈了下來。

這股力量，毫不弱於九天之上的雷刑之懲，如此陣勢，如此強橫的實力，妖界萬年難覓！廣場上的眾人都似被這轟然一擊懾了心魄。

轟然聲響，如泰山般壓下的紫光毫無阻礙地破開鳳染身前的護身屏障，毫不留情地朝鳳染劈去，眾人驚呼間，爆炸聲停，浩瀚如海的光芒陡然停住，堪堪落在了鳳染鼻尖處。

如死一般寂靜，一陣細微的金色神力如有生機般緩緩出現在鳳染身前，徐徐流動，慢慢的，那金色光芒幻化成了火苗的姿態，竟一點一點地將紫色的神力蠶食，最後在眾目睽睽下朝妖皇的方向潮水般湧去。

「滋滋」聲響接連不斷，整個廣場一陣安靜，所有人看著那如戲耍一般將紫光吞噬的金色火焰，張大的嘴甚至難以闔攏。就連妖皇也在那金色火焰的遊動下緩緩沉下了臉色，冷冷盯著金色的沉韻之光，眉宇冷厲。

他倒要看看這金色的光芒壓住了他的妖力，是不是能破掉那如實質一般的妖電！

至於逃過一劫的鳳染只是訝異地挑挑眉，看著有些熟悉的金色神力，若有所思地朝身後眾人看了看，眼底竄過一抹笑意。這兩個傢伙，總算是到了。

漫長又詭異的窒息終於在那不斷追逐的金光吞噬至妖皇和鳳染中間時停了下來，就在所有人壓在心底的一口濁氣舒到一半時，突然間，緩緩遊動、幾近透明的金光霎時染成了濃郁的金色，化為一道沖天而起的光柱，將布滿廣場上空的紫色雷電全數湮滅，那光柱的威力之強，甚至就連保護著第三重天的結界，也在這毀天滅地的力量下不安地震動起來。

廣場上的眾人因抵擋不住這股力量的餘波而微微顫抖，不少人甚至要調動妖力，才能勉強抵擋從靈魂深處萌生出、想要臣服那道金光的本能！

看著越來越盛的金色光柱，妖皇終於沉下眼。他快速揮動雙臂默唸，一道道紫色的印訣追趕著金光而去，卻都在其強勁的震力下被強行推開，若是瞧得仔細的話，會發現那些追逐的紫光在靠近金光時會不自覺地抖動，甚至是有著一種曲膝的恐懼。

別人察覺不到，妖皇卻能隱隱感覺。他轉身看向廣場，眼神雖不動聲色，卻壓不住心底的驚懼和膽寒。他已貴為一界之主，三界中甚少有人能讓之臣服，可這金光明明不是那三位上神的氣息，莫非是那個……讓生死門上的紫焰完全熄滅的神祕人物？

無論如何，這件事要盡快報到紫月山才行。

「咔嚓」一聲脆響，感覺到那股金光似乎要劃破整個第三重天的結界，妖皇心底一突，面色大變，重喝一聲，手中紫芒大盛，正準備全力以赴，突然間卻發現金色的光芒陡然消失，不見一絲痕跡，徒留下殘破的紫色結界和一干因力量陡散而癱倒在地的妖君！

望著面色蒼白的妖皇，眾人面面相覷，眼中的驚恐之色壓都壓不住，只想著天地間竟然會有如此恐怖的力量！

這一擊，整個第三重天一片狼藉，一陣竊竊私語中，定下心神的妖皇倏然抬眼，雙眼直直看向靜靜佇立在人群中的一襲黑袍，凝聲道：「閣下，究竟是誰？」

如死一般寂靜再臨，整個廣場上湧動著模糊不安的詭異氣息，所有人面帶驚恐整齊劃一地望向一個方向。因為在這浩大的金光威壓下，除了妖皇、常沁和鳳染外，那裡竟有一個在這種境況

下仍站得筆直的人。

顯然，這金光的攻擊是講究的、有目的性的。

那人黑袍籠罩，身姿凜冽，但一眼望去遮在黑袍下的氣勢卻又顯得平凡至極。若不是妖皇目光灼灼、面色深沉地盯著那團身影，恐怕沒有一個妖君會相信，他便是造成這種動亂之人。畢竟自後古界開啟以來，便沒有聽說過有人能將妖界第三重天的結界強行劈開的。當然，那三個從來不出手的上神自是另當別論。

黑袍人遲遲不吭聲，場中眾人的呼吸慢慢變得急促起來，而整個場中，也只有鳳染雙手環抱在胸前，瞇眼望向那萬眾矚目的地方，神態愜意。

半晌之後，一聲低低淺淺的嘆息從黑袍中傳來，透著幾分無奈之意，眾人精神立馬一振，總算有動靜了，只是皆是面帶狐疑之色，這聲音怎麼聽著如此年輕？

「還遮什麼遮，別人都發現了。我都跟你說了不要做這等遮頭蓋臉之事。」清脆的童音突然響起，伴著幾分乾乾脆脆、理所當然的埋怨。

萬眾矚目下，一隻軟乎乎、白嫩嫩的小手陡然拉開遮蓋在那人頭上的黑袍，裡面的光景霎時顯露在眾人面前。

一個看起來年歲不大的青年，抱著個七、八歲左右的女童站在廣場中間。女童背對著眾人，看不清模樣，只是頭上兩個鼓囊囊的小包在主人的搖晃下十分打眼；而那擎身而立的青年，輪廓深邃，面容俊美，即便是此刻面色柔和地望著懷中的女童，他周身上下仍環繞著溫淡冷凝的壓迫感，漆黑的眼眸裡燃燒著幾縷金色的火焰，色澤和剛才橫空出世、阻止妖皇能量的金光一般無二。

似乎是在女童的抱怨下頗為無奈，籠罩在青年身上的黑袍緩緩消失，如上等溫玉色澤般的碧綠長袍出現在眾人面前，神情高冷的青年低下頭，滿臉無奈地望著懷中女童道：「好了，我這不是聽妳的了？別鬧。」

聲音柔和，哪裡有半點清冷。

鳳染目瞪口呆地望著不遠處視旁人如無物的兩人，眼抽了抽，暗暗咋舌，心底泛起了一絲狐疑，這氣勢洶洶的女童，不會是……後池吧？應該是吧！

這般詭異的相處姿態……想起剛入妖界時那一絲玩笑般的念想，鳳染瞇起眼，一雙鳳眼裡閃過狐狸般的笑意。

「閣下闖我第三重天、破我結界，到底是何方神聖？」妖皇不怒自威的聲音緩緩傳來，目光在掃到後池的時候一閃而過，並未有過多停留，只是冷冷地看著不遠處的青年，將剛才的問題再問了一遍，聲音裡有隱隱的不耐煩和凝重。

他當然能看得出女童身上細微得可以無視的仙氣和青年身上殘留的強大氣息，在他看來，這女童應該是青年圈養的小仙獸，平時寵慣了，才會這般驕縱無禮。

青年抬起頭，眼底燃燒的璀璨金光緩緩消失，重新變成漆黑一片，嘴角動了動，冷冷道：「仙界清穆。」

聲音一出，裡面的清寒之意讓人硬生生打了個寒戰，但仍舊比不上這四個字帶來的震撼。

上君清穆，千年來仙界最神祕強大的仙君，曾獨自一人於北海深處斬殺後古凶獸九頭蛇群，震驚三界後行蹤成謎。極少有人知道他的面目，卻不想實力竟然強悍如斯，才不過做了區區千年的上君，便能擁有壓制妖皇的力量，簡直讓人心駭。

任何人都不願意對上這般對手，即便是素來喜好戰鬥的妖族中人，是以，妖皇聞言亦是面色一變。想到平時三界傳聞清穆的一身古怪脾氣，他眼神閃了閃，暗想決不能讓這等人物成為妖界的敵人，立刻勉強掛了幾分笑容道：「原來是清穆上君，仙妖兩界停戰已有千年，素來毫無爭

端，不知今日來我妖界，所為何事？」

若是調動妖界的護界力量，他未必不能留下清穆的命，只是這般平白樹敵，倒是不智。能將生死門上的紫焰熄滅的上君，哪怕是天帝也不能隨意調遣，若他能在兩界爭鬥中置身事外，倒也是件好事。

清穆嘴唇動了動，還未說話，一聲軟糯的嬌喝便自青年懷裡傳了出來，一直面向清穆的女童轉過頭，朝著不遠處的妖皇不耐煩道：「大個子，你真是囉唆，看著這麼明顯的事，還需要問第二遍？」

這孩子出言如此乾脆直接，讓整個廣場的妖君心底直敲小鼓，清穆上君敢冷對陛下也就罷了，這不知從何處冒出來的小仙獸，怎麼也如此不知規矩？剛有妖君想厲聲呵斥，甫一抬頭，看見坐在清穆上君懷裡的女童模樣，神色化為愕然，眼底露出點點驚疑。

在場的妖族妖君皆是靈力深厚之輩，是以很少有貌醜之人，尤其是場中妖君常沁和上君鳳染便更是如此。但眾人隱隱覺得，就算是以她們的容顏之盛，也難以比得上坐於清穆上君懷中的那小小女童。

七、八歲的年紀，便隱隱能看出日後的絕代風華，漆黑的眼眸靈動至極，俏皮伶俐卻又帶著一絲微不可見的威壓，雪白的小裘裹在她身上，渾身帶著與生俱來的尊貴典雅。

這般大器驚世的容顏，別說在妖界難得一見，就算是仙界，恐怕也極少有人能與之抗衡，這孩子難道是哪個不出世的上君所遺的後代不成？

鳳染目瞪口呆地望著揚著眉、狐假虎威吊在清穆懷裡的女童，眼底同樣一片震驚。這氣息如此熟悉，絕對是後池沒錯！可是她萬年前到清池宮時，後池仍未長大，亦不是這般驚世絕倫的模樣，這到底是怎麼回事？

感覺到女童身上微不可見的仙氣，眾人不禁微微搖頭，這孩子美則美矣，只是恐怕長不大，是個夭折的樣子！

妖皇自是和別人想的一般無二，他淡淡盯著不遠處轉過了頭的女童，聲音不自覺緩了緩，但話語中的凌厲卻是不減半分，「清穆上君，本皇可以不計較你對本皇的無禮，但至少應該管好這孩子，難道她家中長輩沒有教過她面對尊長該有何種禮儀嗎？」

現在他也不敢把後池看作仙獸，只當是哪個福澤底厚的仙界世家養出來的嬌貴小孩，跟著清穆出來遊歷的。

清穆看著懷中的後池，嘴角緩緩勾出一抹詭異的弧度，長輩？家教？恐怕整個三界中能擔得起後池用上這些禮儀的，一隻手的數量都顯得有些多，妖皇雖貴為一界之主，恐怕也沒這個資格。這小煞神恐怕要發威了。想起後池變小後古靈精怪的性子，他抬頭看向妖皇的眼底露出些許幸災樂禍的笑意。

「妖皇，森羽當年既已悔婚，讓常沁妖君離開第三重天本是天經地義之事，但他卻強行將人留下，無論從道義還是以他妖界二殿下的職責而言，都不是該為之事。鳳染上君看不過去為常沁出手，她們是同輩中人，也算不得有何過錯。」淡漠清脆的聲音在安靜的廣場中響起，坐在清穆懷中的女童在聽到妖皇之言後，放下了環在青年頸上的雙手，轉過身直視妖皇，目光澄澈威嚴。

妖皇一愣，那冷冷掃過來的目光，恍惚間竟讓他感覺到一種完全不同於清穆的威壓。他抬眼看向不遠處的女童，眼底劃過凝重的暗光，這孩子……究竟是誰？

「青漓在兩人戰鬥中出手偷襲，犯了大忌，雖然你有所處罰，但明顯不公。再者，你強行和受了傷的鳳染動手，本就勝之不武，雖說是為了當年的喪子之痛，可也失了一界之主的氣度，我並不覺得清穆出手有何過錯。你雖是妖皇，但並非是妖界降臨時便已出世，雖能授天之意執掌妖

界，卻無資格將這一界歸於你妖虎一族之下。

「至於我的家教……恐怕你更沒有資格質疑！」仍是溫溫淡淡的清脆童音，卻滿是凜冽肅冷，就好像……她與生俱來便擁有這般能凌於世人之上的尊貴和威儀。

鳳染不自覺摸了摸鼻子，看著一旁面色紫青的森羽，眼底泛起濃濃的笑意。這個肆意妄為的後池啊，確實不負古君上神教導，她還真是喜歡。

要知道上神的身分是凌駕於三界之上的，就像古君上神，他雖然選擇將清池宮修建在仙界之地，可並不代表他是仙界中人。妖皇的權力和威望，比起古君上神，不可同日而語。如今後池這般怒斥妖皇，其實說起來也並無不可，只是以她現在的形態，就著實顯得有些荒唐和不倫不類了。

竟然說我無資格執掌妖界？好猖狂的小娃娃！妖皇妖異的瞳孔猛地一縮，他望著不遠處一本正經的女童，嘴角勾起，露出些許氣極反笑的冷意，剛準備開口，便聽到不遠處的清穆略顯無奈的聲音，那股充滿胸口的怒意瞬間便如卡殼一般停滯下來。

「小池，這話太嚴重了，妖皇陛下執掌妖界多年，沒有功勞也有苦勞，妳怎麼可以說他無資格執掌妖界呢？」

小池？清穆的聲音言猶及耳，妖皇望向他懷裡不怒自威的小小女童，倒吸一口涼氣，露出不敢置信的驚疑之色。

據他所知，上神的名號受三界所重，這九州八荒裡以「池」命名的那個人，數來數去也就一位而已——便是那古君上神懷揣了萬年才千辛萬苦期盼而出的小神君，還未破殼就已擁有上神之位的……上神後池！

滿場寂靜，這句話雖然漫不經心又是十足挑釁，但顯然那聲格外醒目的稱呼能聽懂深意的，只有不遠處神情訝異鄭重的妖皇。場中的妖君只是暗自吃驚這不知道從哪裡來的小娃娃，竟敢如此呵斥一界之主，就算是有清穆上君相護，也忒有些不知死活了。而那些本想上前教訓後池的妖族中人，卻不禁在清穆強大的仙力和後池不怒自威的面色前消停了下來。

妖皇陛下都沉默著，他們實在不適合當出頭鳥。

端坐在清穆懷中的後池聽到這聲稱呼，也愣了愣，她轉頭瞥向身後的青年，見他面色如常，眼中流淌著溫煦的笑意，不由得哼了哼，低喝道：「沒大沒小，我好歹長你幾萬歲……」

這聲音極低，又帶著小孩子特有的撒嬌軟糯，讓人有種心癢癢的感覺，清穆眼睛眨了眨，嘴角一揚。

妖皇滿臉的冷凝和殺氣就這樣於眾目睽睽之下僵在了臉上，他愣愣看著不遠處在清穆懷中坐得極端正的女童，背在身後的雙手緊了又緊幾下，終是緩緩鬆開，驚愕的面色也漸漸回緩起來。

他是一界之主，這麼一息間，已經足以恢復正常。

在眾妖君不敢置信的驚訝中，他們偉大的妖皇陛下對著廣場中間綠袍青年的方向微一頷首，好聲好氣地鄭重道：「盛名之下無虛士，清穆上君的仙力，本皇領教了，犬子無狀，日後本皇定會嚴加教導，還請……」話說到這裡，妖皇略一遲疑，極隱晦地對著清穆的方向彎了彎肩，「閣下不要怪罪。」

就算蟄伏於清池宮的小神君再無用，上神之威都不是他可以無視的。只是想到後池身後的那位古君上神，妖皇就對剛才說過的話一陣後悔。那些輩分低的妖君也許不清楚，但經歷了三界初開時蠻荒之亂的他比誰都明白，這片廣袤的天地中最可怕的，也許不是九重天上高高在上的天帝，而是那個低調隱世、不顯蹤跡的古君上神。

雖不明白後池為何出了清池宮後就直奔他這第三重天，但也知曉這氣勢洶洶的小神君恐怕是

把古君上神護短的性子傳了個十足十，他剛才對鳳染的殺意明顯犯了她的忌諱，否則也不會這般讓他下不來臺。

妖皇的舉動太過細微，根本無人發現。眾人只當他是因清穆強大的仙力對其高看一等，才會將這事輕輕放下，但一旁站著的森羽卻明顯氣不過，剛欲上前怒喝，卻發現自己難以動彈，驚疑地看了前面的妖皇一眼，被他怒氣充斥的一瞥回復了些許清醒。妖界、仙界積怨頗深，遲早是要有一番爭鬥的，以清穆的仙力，就算是天帝也不能約束於他，若是他置身事外，妖界定會少一名強敵……

清穆懷裡抱著的女童似是十分滿意妖皇的舉動，微一抬手，瞇著一雙細小的鳳眼便道：「既然陛下求情，我自是不會和一個小輩計較，森羽禁足一年，至於青漓……」

一粒灰不溜秋的仙丹從後池手中拋出，直接飛進森羽手中，在眾人驚疑的面色下，她眼睛眨了眨，神情略帶笑意，「我剛才的話倒也重了些，青漓偷襲雖然不對，但卻情深意重，令人甚是感動。這粒仙丹乃是家父所煉，雖然不能補回青漓失掉的妖力，但化形卻是足矣。」

笑呵呵的精緻小臉配上充滿贊許的聲音，卻使場中站著的妖君硬生生地打了個寒戰。這不知道從哪裡來的小仙君果然甚是記仇，全妖界都知道二殿下背負著青漓的恩義，這些年才會將其帶在身邊，心裡最記掛的恐怕仍舊是常沁妖君。若是青漓得以化成人形，恢復了妖力，這其中的糾葛不清恐怕就要生變了。

清穆看著身前張牙舞爪的後池，嘴角抽了抽，眼底露出幾許無奈之色。這般聰明又記仇，也不知道是誰教出來的……

一旁站著的鳳染對賴在清穆懷裡的後池投去個「妳果然很上道」的眼神，揚著的眉動了兩下，顯然十分滿意。

就連妖皇和常沁也被後池的舉動弄得有些怔然，後者還好，只是微微皺了皺眉。反觀妖皇，卻隱隱有鬆了一口氣的感覺。

青漓和常沁的這件事，一直是妖皇心底的一個結。青漓失了妖丹，就連他也治不好，卻不能強行將其驅逐，若是有了古君上神的丹藥，這個死腦筋的兒子也不會這麼執著了。常沁或許也會留在第三重天，重新執掌妖界大軍。畢竟對他而言，一個驍勇善戰的妖界大將，比一隻孱弱又不知來歷的小狐狸重要得多了。

雖然後池並無助他之意，但妖皇卻隱隱有幾分感激。

森羽看妖皇的神情，知這女童所言不假，在猜疑她到底是哪家的小仙君時，也不由得面色微喜，神情複雜地朝後池拱了拱手，抱著小狐狸的手都感覺輕了幾分。他轉頭立馬朝常沁看去，臉上的興奮卻在看到常沁淡然的雙眼時僵硬下來。

整個場中，只有森羽抱在懷裡的那隻小狐狸看見森羽溢於言表的喜悅後，微不可見地抖了抖，瞪大的雙眼裡劃過一絲不可置信的惶然和憤恨。她付出了這麼多，籌劃這麼多年，差一點就要成功了，怎麼可以輕易失敗?!她的妖丹早已被森羽煉化，就連妖皇也沒有辦法助她化成人形，這個裝模作樣的小仙童到底是誰？

場中的氣氛變得有些詭異起來，不論如何，剛才一觸即發的凝重境況在妖皇刻意緩和下有所回溫，一眾妖君也不是愚笨之人，看後池隨隨便便就能拿出效力如此驚人的仙丹，也不由得猜測起她的來歷……畢竟能比妖皇還技高一籌的前輩，三界中滿打滿算也不過才三人而已，只是沒聽說過這九重天宮和清池宮中出了這麼個小仙童啊？

「陛下，鳳染之事……」後池在清穆懷裡挪了挪身子，打了個哈欠懶懶開口。

妖皇面色一變，朝鳳染的方向看了看，眼底的殺意緩緩凝住，半晌後終是嘆了口氣，「鳳染

上君若是不再犯我妖界，本皇自是不會再尋她的麻煩。」

後池點頭，懶得計較妖皇口中模糊的意思，擺擺手，轉回清穆懷中，勾住他的脖子疲憊地靠了上去。以她的仙力，能在妖皇的氣勢下堅持這麼久已經很是不易了，接下來的事交給清穆就好，畢竟折騰了這麼久，兩人來妖界的目的還未達到。

妖皇也看出了後池的不耐煩，見其並無離開的意思，揮手讓眾位妖君散開，將清穆和後池請了進去。至於鳳染，他只當沒見到，既不搭理，也未驅逐。鳳染摸摸鼻子，大搖大擺地跟在幾人身後，常沁皺了皺眉，在森羽期待的目光下也跟了進去。森羽面色一喜，把手中的仙丹收好，急忙抱著小狐狸朝裡跑去。一時間，經歷了一場硝煙瀰漫的大戰後，重紫宮門外詭異般地安靜下來。

重紫宮大殿中，妖皇雖然地位在清穆之上，但奈何後池一直未從清穆懷中下來，他也就只好和清穆一起坐在大殿中間的流金沉木椅上。

除了這三人，大殿中並無他人，是以顯得有些空蕩蕩的。妖皇踟躕了片刻，對後池的方向拱了拱手，「不知小神君此次來妖界，可是古君上神有吩咐？」

後池撇了撇嘴，「怎麼？難道父神沒吩咐，妖界我便來不得了？」

清穆看後池狐假虎威地裝神氣，心底好笑：這不是明擺著的？若是沒有古君上神的威懾，妖皇肯委曲求全到這個地步才怪！

果然，聽到後池這話，妖皇神色一僵，卻忙擺手道：「上神言重了，只是小神君從未出過清池宮，此次來我妖界，本皇有些疑惑罷了。」古君上神在仙妖兩界鬥爭中一直保持中立，他可不想平添個敵人，是以對著後池倒是極為和氣。

「我們這次來，是想請妖皇解惑。」清穆把後池拉進懷裡，將後池給他的妖扇拿出來遞給妖皇，「近日我和後池尋訪一友，在其住所並未見到其蹤影，只是發現了此扇……」

妖皇聽見這話有些疑惑，看到清穆拿出的扇子，面色陡然凝重起來。後池和清穆見他神情不對，對看了一眼有些慶幸，看來這妖皇果然知道柏玄的事，只是不知道是敵是友……

「後池上神，你們尋找之人可是和古君上神有關係？」沉吟了片刻，妖皇才緩緩開口。

「可以這麼說……」後池頓了頓，接了一句，「他是我清池宮的人。」

言下的維護之意極為明顯，讓妖皇和清穆都是一怔。後者看著後池瞬間繃緊的身子，眼眸微不可見地動了動，看來他們要找的這個柏玄，對後池而言……並不簡單。

「上神毋須緊張，本皇只不過好奇，才有此一問。這些年來憑靈力就能壓制住我的，清穆上君並非是第一個。」妖皇神情有些感慨，對著清穆道。

「陛下是說……」清穆有些意動，對素未謀面的柏玄便隱隱有了好奇。

「不錯，我曾敗於此人之手，而且毫無還架之力。」妖皇嘆了口氣，倒是不在意自己曾經戰敗的事實，隨口而道。

「那是自然。」後池小臉上神采飛揚，對妖皇頷了頷首，神情十分滿意。

「到底發生了什麼事？」清穆拍拍後池繼續問。

「八千年前，我在天火殿中閉關修煉時發現有人闖宮，便和來人交了手。」見兩人有些不解，妖皇繼續道：「妖界第三重天中的紫火結界乃是妖火殿中的妖火所化，對妖界而言十分重要，平時重兵把守。不過你們所尋之人大搖大擺地闖入，取了妖火就走。我與其交手，不過才一招，便敗在了他手下，慌亂之下將武器祭出——就是這把扇子。」

見兩人面色有些古怪，妖皇咳嗽了一聲，忙道：「我知道的只有這麼多，雖然他取走了妖火，但卻不多，倒也不是太過分，我便沒有追上前去。」

一招就敗了，恐怕是沒膽子吧……後池和清穆聽見妖皇的托辭，眼角揚了揚沒有出聲，人家好歹也是一界之主，要面子不是？他們上門是客，還是托著點好。

但是就這樣？說了跟沒說有什麼區別……見妖皇說完這段話後便住了口，兩人都有些悻悻然。他們不辭萬里進了妖界第三重天，沒想到就得了這麼個無用的消息。照這麼說，柏玄也只是在八千年前拿走了妖界的妖火，就再也沒有消息了。

見兩人沉默不語，擺足了姿態的妖皇咳嗽了一聲才道：「上神不必沮喪，雖然我只和他交了一次手，但也有些發現。那人仙力充沛，幻化的仙光呈火紅之色，且是九轉輪盤之勢。據我所知，三界中能以此為武器的只有傳說中的麒麟神獸。不過自上古後，這些神獸就已經滅絕，所以我的猜測到底對不對，就不得而知了。」

清穆和後池俱是一愣，想起瞭望山中曾有神獸出沒的傳言，心底一動，難道柏玄這些年一直隱於瞭望山中了不成？兩人對望之下都有些高興，總算有柏玄的消息了！

清穆朝妖皇拱手，肅冷的臉上也多了抹笑容，「多謝陛下告知，我和後池還有要事要辦，就先告辭了。」說完起身便走，頗有幾分急切，天知道他們趕到瞭望山的時候，那一隻隻只聞其名、未見其形的神獸還在不在？

「上神，等一下……」清穆還未走出大殿，身後便傳來了妖皇有些遲疑的聲音。

後池一下子從清穆懷裡轉過頭，眼神晶亮亮的，倒讓妖皇皮厚的老臉險些承受不住，生怕自己提供的線索不合這小神君的意。

「上神，妖界的妖火一向只存在於第三重天中，對仙界的人無用。除了構建結界外，對修煉妖力的妖君而言也是大補之物，若是您有心尋找那人的話，不妨從此處著手。」八千年來妖力大增之人，恐怕能有那人的消息。

後池明白妖皇的意思，鄭重朝妖皇點了點頭，拍了拍清穆的手示意他離開。

妖皇看著已經走遠的一大一小，微微瞇起眼，神色莫名。

一名紫袍男子從大殿之後走出，見妖皇眼神微凝便道：「父皇，這就是您說的後池上神？」

妖皇微微頷首，神情隱隱有所感慨，「果然不愧是古君上神期盼了萬年的小神君，九重天上的那幾個，恐怕也只有景澗能與其相比了。」

「怎麼會？我剛才觀之，她不過是個小孩子，心性都未成熟，他們來妖界幹什麼？」紫袍青年神色淡漠，眼神平靜。

妖皇轉過身，見到大兒子平靜無波的眼神，嘆了口氣，「只是尋找一個人罷了，和我們沒什麼大關係，只不過我倒是覺得那人恐怕不會簡單……」妖皇微微停住，繼續道：「見過常沁了？」

森鴻平靜的眼眸動了動，終於染上了些許悵然，「剛才她來和我告別了，我想她應該要離開第三重天了。」

妖皇聽見這話有些可惜，他本想常沁能留在第三重天，看來恐怕難成了。

「不過二弟追過去了。」森鴻抬眼望向重紫殿外，一雙深紅的眸子格外沉寂，「我想知道，她這次會如何抉擇。」

千年前，妳選擇留在這第三重天，盼他回心轉意。這一次，常沁，妳會如何選擇？

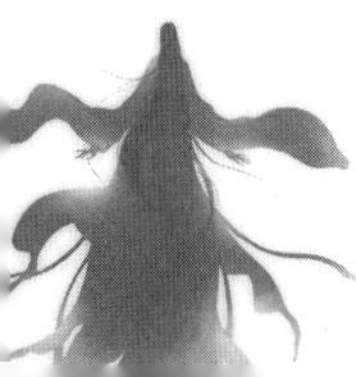

第九章　回歸

清穆抱著後池一路出了重紫殿，和鳳染會合後就朝生死門走去，三人神色皆有些歡欣，只不過他們輕快的步伐在看到生死門前那幾道熟悉的身影時，慢慢停了下來。

暗紫深沉的素絹長裙傾瀉而下，紛繁的花紋層層疊繞在裙襬下端，勾勒出姣柔堅韌的弧度；九尾妖狐的圖騰飛騰於挽袖中，空明而神祕；大器得有些過分的鏗鏘之顏，隨意披散在背後的及腰長髮，完全不復重紫殿前的頹然低迷，常沁好像突然之間完成了一場蛻變一般，站在生死門前凝視著森羽的目光淡然而透澈。

若不是這氣氛實在有些不對，後池都想如人間戲本裡說的那樣對常沁吹兩聲口哨了。這模樣、這身段、這氣質，比一旁站著的那個不知道強到哪裡去了。她朝唯唯諾諾站在森羽身後的淺紫色女子看了一眼，骨碌碌的眼珠轉了轉。兩人的服飾竟然是相似的顏色，只是一個看來英武颯爽，自有一番風流；一個看來楚楚可憐，惹人垂目。

這青漓倒是好心計，只不過這般作法落了下乘，只是讓自己難看而已。

「阿沁，妖界和仙界這些年來雖然相安無事，可三千年之期快滿，到時候一場大戰肯定免不了，妳何不留在第三重天？軍中的那些兄弟都很思念妳。」自從當年那件事發生後，常沁執意要離開第三重天，是以早已辭了妖界統帥之職，如今森羽想留下她，只得動之以情。

「二殿下，黑霧早已接替了我的職位，這幾千年他做得很好，並無過錯。殿下毋須多言，常沁去意已決。」冷淡的聲音緩緩傳來，不知怎的，卻有種透過歲月的蒼寂感。常沁抬頭看向不遠處的森羽，眼神微微落在一旁的青漓身上，無悲無喜。這些年，終究是她太執著了。

「阿沁，妳是在擔心青漓？」見常沁看向青漓，森羽立馬走上前兩步，急聲道：「當年的事是有原因的，青漓為救我失了妖丹，本來活不了，情非得已之下，我只能將我本命妖丹中的元力灌入她體內，以延續她的性命，這樣一來，她便不能離我千里之遠。」

將本命妖丹的元力祭出，於壽命有損，乃妖族的大忌。常沁神色一愣，看向神情急切的森羽，微微抿住了唇。青漓為了救他失了妖丹，他以自己的妖丹元力相救，也的確是森羽的性格會做出的事。難怪青漓失了妖丹後還能存活下來，原來是這麼個原因。

只是，對於失去了妖丹的青漓而言，就算是有森羽幫她，也不可能活到現在。

略一遲疑下，森羽的聲音低了些許，「青漓為了救我才會變得如此，就算我以妖丹元力為她續命。她也活不過千載，在她完全化成狐狸之態前，曾哀求於我，讓她以我未過門的妻子之名留在第三重天中千年，便算是了她心願。常沁，當初我悔婚之舉，實乃……」

森羽停住了聲，神色落寞。一命之恩，他根本無以為報，當初他只能選擇將青漓留在身邊，解除和常沁的婚約，只待千年之後青漓離去再跟常沁說清楚。對於他們而言，千年本是極短的時間，可他和常沁相處萬載，自是知道若讓常沁就這樣離開第三重天，恐怕日後就再無相見之日，是以這些年來，他才會竭力將她留在這裡。

生死門前一時變得極為安靜，後池看向聽了此話後明顯沉默了下來的常沁，小手在下巴上摸了摸，嘴角揚起了微妙的弧度。

如此說來，森羽倒是個老實人，只是實在太蠢了，那隻小狐狸，根本就不簡單……

此時的青漓站在森羽身後，淡紫的裙襬飄展，頭低低垂下，有種弱不禁風的孱弱感，沒人能

看清她臉上的表情，只能瞧見她放在腿邊的手微微握緊。

「森羽。」有些悵然的聲音響起，常沁看向不遠處眼中突然迸出驚喜的男子，慢慢道：「我們相識萬載，你應該瞭解我的為人。」

森羽一愣，看向不遠處那張平靜至極的臉，神情是他從未見過的疲憊失望，心底陡然升起一抹不安，就好像……有什麼東西要徹底失去了一般。

「我妖狐一族傳自上古，雖敬蒼天，卻不服鬼神。其他人於我，根本毫無干係，若是我，哪怕受人生死之恩，亦不會以此來為難於你。這千年來，你看著我在第三重天中受盡磨難，卻依然不放我離開，而我……之所以留在這裡，只是為了等你說出原因。只可惜若非今日青漓能化成人形，你依然不會開口。雖然這是你二人之間的承諾，可你也同樣毀了我們當初之信。森羽，雖然當年在你悔婚時我便說過，但這句話，我想現在說更適合……」

此時的常沁一身紫袍，神情凜然，驕傲張揚得一如萬年前相遇時。森羽凝住呼吸，身子一僵，說不出話來。常沁說得沒錯，他守了青漓之義，卻背了和常沁的情義，怪只怪得他想將她留在身邊，卻也因此真正失去了她。

「我常沁自此以後和你再無半點瓜葛，諸天神佛，皆為我證！」

清冷肅朗的聲音在生死門前響起，讓後池幾人都忍不住微微動容，素傳妖狐一族性子剛烈驕傲，果然不虛。

「我既親口許諾若不敗你，絕不離開妖界第三重天，自然說到做到。」常沁轉過身，淡淡道。純粹得透明的紫光從她身上緩緩而出，沖天而起，劃向天際。看那威勢，竟絲毫不弱於鳳染在重紫殿前的那股能量。

「這是妖狐一族的祕法，常沁在強行提高妖力。」鳳染動容道。像她們這種傳自上古的神獸、妖獸之族，有些祕法並不奇怪，只是如此一來，才剛剛恢復的常沁至少要休養一、兩年，才能再次擁有妖君巔峰的實力。

九尾妖狐的圖騰緩緩自升高的常沁身後印出，妖冶神祕、古老悠久的氣息瀰漫在生死門前，凝聚成實態的紫光以一種緩慢但格外堅韌的姿態，朝第三重天上的結界衝去。

「咔嚓」一聲響，微不可見的裂縫緩緩蔓延，逐漸連成一片。

森羽僵硬地看著升至高空的那襲紫色身影，妖界數萬年來從未破裂的結界在她手中戰慄晃動。他心底冰冷一片，難以言喻的後悔鋪天蓋地般湧來，直至吞沒了他所有心神。

妖狐一族，竟能有此力量！他此時才真的明白，這千年時光，常沁並非不能離去，她留在第三重天，只不過是一直在等他做出決定而已，而他卻親手葬送了一切。

經受了清穆衝擊後的結界顯得脆弱了許多，才不過一刻鐘時間，裂縫在紫光衝擊下逐漸清晰了起來，隨時都有崩潰的可能。

升至半空的常沁回轉頭，面色蒼白，深紫妖冶的眼瞳定定地掃過森羽，緩緩而過，最後落在了青漓身上，深深地看了她一眼。那團紫色的光芒化成了長劍一般的模樣，直直朝結界衝去，不堪重負的結界發出清脆的響聲，終於破裂開來。

伴著紫色的光芒劃破結界，常沁懸在半空的身影也一同消失不見，唯有她最後望著青漓的那頗具深意的一眼，留在了眾人心頭。

結界破碎，第三重天也隨之震蕩，但這種狀況還未過一瞬，就已被壓下，妖皇高大的身影出現在結界破裂的地方，渾厚的妖力極快地修補破損的結界。不過一息，結界便完好如初。

後池看到這一幕有些訝異，妖界結界乃是由天地而生，普通妖族根本難以駕馭。沒想到妖皇坐鎮妖界多年，竟能駕馭這股龐大的力量，難怪數萬年來能穩坐妖皇之位。

恐怕等他將妖界結界之力化為己有的那一日，就是他問鼎上神之位之時！

「哎……想不到常沁竟如此剛烈，這幾千年來，是本皇太不公道了。」沉重的嘆息從妖皇口中傳出，他走到後池一行人面前，拱了拱手轉身離去。

後池不願意暴露身分，他也就懶得做些虛禮了。

後池眼瞇了瞇，眼底有幾分笑意。鬧出這麼大的動靜，恐怕妖皇是故意讓常沁出這口氣的，看來妖狐一族在妖族中的地位比她想像的還要高出很多。

生死門前，仍然呈呆滯狀態的就只有森羽了，他愣愣看著常沁消失的地方，眼底灰暗一片。青漓站在他身後，安安靜靜的，竟有些詭異的從容。

「二殿下，我們也不叨擾了，就此告辭。」清穆冷聲說了句好不容易擠出來的客氣之辭，對那邊看起來著實有些可憐的森羽頷了頷首，抱著後池朝生死門走去。

森羽也懶得理會他們，隨意擺擺手轉身就走。

「等一下。」三人已經走到了生死門邊，後池突然拉了拉清穆的手，轉過了頭，下巴抵在清穆肩上，硬生生地將軟軟的身子扭曲成了麻花狀。

清脆的童音帶著不容置疑，森羽停住腳，眉一皺轉過了身，詢問的目光落在了後池身上。

「森羽，當年你所負之傷若是不用青漓的妖丹，可會痊癒？」

森羽一愣，遲疑地點頭，當初他雖身負重傷，陷入昏迷，但妖族之人只要有一線生機便不易死絕，更何況他還傳於妖皇一脈，就算是不用青漓的妖丹，也只不過需要多一些時間養傷罷了。

「要不是你知道青漓活不過千載，可會毀掉和常沁的婚約？」

森羽搖頭，他當初如此選擇，只是希望千年後能毫無愧疚地與常沁在一起。對妖族而言，千年並不長久，若非這小仙君有續命的靈藥，青漓恐怕沒有幾年可活了。

「多謝閣下賜藥，青漓才能保住性命。」他雖然不喜張牙舞爪的小仙君，但看在那粒仙丹的份上，他好歹也要道聲謝。

後池轉過頭，在森羽愕然的眼神下拉著清穆的袖子示意他離開，三人走出生死門，突然消失在原地。

「森羽，鳳染欠你一家一條命，我便還你這個人情。你這小狐狸就算不吃我父親的仙丹，也不是個短命的相，別說幾百年，我看再活個上千年也絲毫不是問題。」

略帶模糊的聲音自天際傳來，森羽聽完這句話，倏地轉頭，眼底是壓不住的震驚複雜。

那小仙君雖然跋扈張揚，可骨子裡的驕傲恐怕更甚於他。這種假話，她絕不屑於去說。

一直低著頭的青漓在聽到後池的話後，同樣抬起頭，神情愕然。在看到森羽震驚的面容時，臉色終於變得慘白起來，這仙童究竟是誰？居然能看出她藏了千年、連妖皇都不得知的祕密。

根本不需要開口，青漓蒼白的臉色已證明了後池所言不虛。森羽望著她，紅色的眼眸中彷彿流淌著火焰般的怒意。他閉上雙眼，過了半晌後才長出一口氣，慢慢睜開雙眼。

森羽推開青漓慌忙伸來的手，面色冰冷。

他真是瞎了眼，這一千年為了她傷盡了常沁，讓妖界兩大種族不和。

森羽生來便是妖界二殿下，統御妖君萬年，心機手段都不差，若不是青漓這副姿態實在太過無害，又以本命妖丹相送，他也絕不會被瞞騙至今。

「青漓妖君，森羽有眼無珠，這些年倒是怠慢了您。若是日後再入第三重天，森羽一定倒履相迎。」冰冷的話一字一句慢慢吐出，森羽轉身朝重紫殿走去，格外決然。

連他父皇都看不出來的偽裝，恐怕叫聲妖君都是怠慢了。森羽心底微微自嘲，嘴角牽出苦笑的弧度，再也沒有回頭。

青漓看著那道走遠的身影，面上的蒼白柔弱漸漸消失，碧綠的眼睛裡閃過一道幽暗的異光，不管出於什麼目的，她當初到底救了森羽，陪了他千年，所以他現在才會如此簡單放她離開。等妖皇知道這件事從頭到尾都是她的策劃，憑妖皇的手段，恐怕她就真的走不出第三重天了。念及此，青漓心情複雜地朝森羽消失的方向看了看，身形一動，消失在了生死門前。

妖界上空，清穆抱著後池坐在鳳染幻化出來的雲上，神態模樣心安理得的不得了。

鳳染鄙視了一下這兩個光吃飯不幹活的人，左瞅瞅、右瞅瞅，實在忍不住了才覥著臉坐在後池面前道：「後池，妳是怎麼知道那青漓不止幾天活頭的？」

就連她也沒瞧出來那隻小狐狸有半點不妥，小後池這麼點仙力又是怎麼看出來的？

「妳沒瞧出來？那隻小狐狸的本體和常沁一樣都是九尾妖狐，只不過她的血脈要淡一些罷了。」後池彎著腦袋，眼睛笑瞇瞇的，替清穆把吹到身前的錦袍擺正，對著鳳染道。

「也是九尾妖狐？這我倒是沒瞧出來。」鳳染神情一愣，吶吶開口，摸了摸鼻子，見清穆不為所動，頗有幾分恭敬地問道：「清穆上君，你也瞧出來了？」

自從清穆進妖界後，她能感覺到比起在瞭望山時，他身上多了種難言的威壓和震懾，尤其是那雙眼睛偶爾閃過金光的時候……

清穆頷首，把在懷裡亂扭的後池抱好，淡淡道：「青漓確實是九尾妖狐之後，只不過血脈淡薄，又有人在她身上下了印記，所以你們才瞧不出來。」他一邊說著一邊朝後池看了看，神色瞬間轉為柔和贊許，「只是我沒想到，妳竟然也能看出來。」

「那當然。」後池揚了揚嘴角，細小尖利的虎牙露了出來，煞是可愛。

鳳染抽了抽嘴角，這兩個人真是絕配。她看著後池精緻的小臉，突然道：「後池，妳原本不是這麼一副容貌吧？究竟是怎麼回事，難道妳吃化形丹了？」

「我也不知道。」後池微一沉吟，摸了摸肥嘟嘟的下巴，朝清穆看了一眼，「也許等找到柏玄就會明白了。」

「嗯，我們去瞭望山。」

看著離第一重天的結界越來越近，清穆將後池放在雲上，站起身來，懷裡空蕩蕩的，有些不適應的感覺，但是穿越過妖界結界後，後池自會變成原本的模樣，總不能再這樣坐在他懷裡了。後池倒是一臉自然，仍舊盤著小短腿坐在雲上，伸手打了兩個哈欠，眼睛都睜不開。

極快地飛過森林，停在妖界結界邊上，鳳染駕著雲直接衝了過去，反正妖皇也知道他們來了，沒什麼好顧忌的，當然是怎麼方便怎麼來。

不過一息，擎天柱下，清穆和鳳染望著站在兩人面前的後池，愣得連一句話都說不出來。

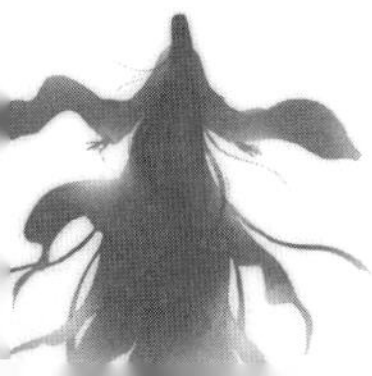

短小的四肢，圓鼓鼓的眼睛，雪白的小裘仍然裹在身上，大小合宜，白嫩的小手緊緊地拉著清穆的衣袍。水潤潤的大眼睛昂頭看著你時，會讓人心瞬間柔軟起來。

這般模樣的後池，清穆足足面對了幾個月，但此時也只有哀嘆的份了。這孩子，好像知道該怎麼來應對他才最合適。

「後池，我們已經出妖界了。」鳳染的聲音不合時宜響了起來，有些無可奈何，「妳要是真喜歡這副樣子，回清池宮了再幻化不就成了。」

許是覺得太過丟臉，鳳染甚至連牙齒都咬得「咯吱」作響起來，這可是清池宮的萬年盛名啊！

清穆沒說話，牽過後池的小手，蹲了下來，這孩子神情明顯不對，「怎麼回事？」

後池小嘴一撇，肥嘟嘟的小手在清穆手上拍了一下，十足的委屈，「變不回來了。」

「怎麼回事？」鳳染也覺察到不妥，圍了過來。後池的仙力雖然微弱，可是出了妖界，怎麼會連變回原本模樣都不行？

後池搖搖頭，眼睛裡的神采黯了下去。清穆看得心底一緊，摸了摸她頭上的小髻。

「試試將妳的仙力灌入石鍊，看看可不可以？」見後池不出聲，鳳染急忙道，也不管清穆是不是在旁邊了，小神君被她活蹦亂跳地帶出清池宮，若是變成了這般模樣回去，她恐怕會被長闕給唸叨死。

清穆聽到這句話，眼睛微不可見地閃了閃。後池身上的封印也許和那串石鍊有關，難道封印住她的是那個神祕莫測、連妖皇都難望其項背的柏玄上君？

「我也不知道，也許是我靈力太差了。」後池沮喪地低下頭，小手在清穆手裡攪了幾下，嘆了口氣，「父神看到我這樣，恐怕會更加失望了。」

在大澤山上時，她尚能依靠那石鍊的幻化之力威懾住一干上君，可現在卻連變回成人的力量都沒有。

文不成，武不就，別人只當清池宮的小上神何等了得，其實也不過就是個金玉其外、敗絮其中的擺設罷了。別說給父神爭回一口氣，恐怕下次遇到九重天上的那幾人……後池嘆了口氣，有種從未有過的沮喪感。

「無事，我們去瞭望山，一定可以找到柏玄，到時候一切都會明白。」清穆拍了拍後池的小腦袋，把她重新抱了起來。

青年的聲音有種讓人信服的魔力，後池點了點頭，「嗯」了一聲，下巴放在他肩上，舒服地哼了哼。

鳳染狐疑地看了後池一眼，腹誹道：這傢伙剛才不是在裝可憐吧？

三人駕雲朝瞭望山而去，卻沒看見，就在他們踏出妖界的那一瞬間，擎天柱上那原本混沌黑暗的無名之處，開始顯現出模糊的印記來。

大澤山距妖界不過幾日路程，三人一路行來卻不快。神兵即將降世的消息在三界傳得沸沸揚揚，不少仙君都趕赴瞭望山瞻仰奇觀。清穆獨來獨往慣了，要避著眾仙，又要隱掉三人的氣息，只得慢慢駕雲而行。

五日後，三人終於到達了山底，還未靠近，便能感覺到一股濃郁的仙力瀰漫在瞭望山周圍，

形成天然的屏障保護著整座山脈，三個月前入山的難度和現在相比，簡直不可同日而語。

在山外徘徊猶疑的仙君著實不少，大多是些來瞻仰瞻仰神跡的小仙。人多了八卦自然就多，這神仙雖然活得久，但歲月絲毫不能阻止他們熊熊燃燒的八卦之心。

「靜思仙友，你聽說了嗎？天帝竟然以敬天之詔處罰了紫垣上君，將其逐出仙界受輪迴之苦，永遠不得位列仙班！嘖嘖，這可是件奇事啊！你說說，這敬天之詔都已經有多少年沒出現過了，況且紫垣上君還對大殿下有恩，天帝怎會處罰得這麼重？」看起來一臉和氣的仙君對著一旁的仙君嘆了口氣，神態間頗有幾分不明。

倒也是因為這句話，讓原本準備進入瞭望山而隱在暗處的三人停住了腳。

「廣曲仙友，這你就有所不知了，明面上天帝是為了處罰紫垣上君，可有誰不知道這是他老人家在為清池宮的小神君出一口氣。紫垣上君得罪了後池上神，被景澗二殿下親自押上了天宮，罪名可大得很呢。」

「聽說那小神君風華絕代、姿顏無雙，連景昭公主尚有所不及，也不知道傳聞是否屬實啊？」

「甭管屬不屬實，咱們見著了也只有恭敬行禮的份兒，紫垣上君的前車之鑑，你可別忘了……」

「哎……小神君當真是好命格啊！一生下來就是上神之尊，如今還有天帝相護，尋常人哪裡及得上。」廣曲仙君搖頭晃腦地感慨了一句，突然神來之筆地點睛，「你說這次瞭望山神兵出世，天宮上的幾位殿下和景昭公主定會前來，這若是遇上了後池上神，又該如何是好？」

「連敬天之詔都為後池上神頒下了，我看幾位殿下也只有守禮的份吧……不過素聞景昭公主極受天帝陛下和天后的寵愛，若是兩人相見，還真是不好說！」

當這句不疼不癢的話遠遠傳來的時候，清穆已經抱著後池走進了瞭望山中。

「怎麼，介意了？」清穆看著板著個小臉不出聲的後池，晃了晃她的小身子笑道。

「有什麼好介意的？若不是我父神的名頭金晃晃地壓在這三界之上，你看他會不會弄出這麼大的動靜來！」後池「哼」了一聲，斜眼瞧了瞧清穆，一臉鄙夷。

「妳倒是挺不喜歡天帝的……當年那件事撇下不說，這些年他這個天帝倒還是稱職。」

「奪友之妻，不義；縱女驕橫，不正；仙妖失和，不公。清穆，你倒是說說，他哪一點稱職？」後池漫不經心地轉過頭，淡淡道，墨黑的眸子裡有種動人心魄的灼熱篤定，威壓更是緩緩襲來。

一旁的鳳染神色僵了僵，苦笑一聲。後池身上的這股威儀也不知道是哪裡來的，每一次出現都能把人弄得心驚肉跳。

青年心下一愣，嘆了口氣，頗為無奈地道：「怎麼，不裝小孩子了？」古君上神絕對是個寵溺孩子的父親，三界中敢這麼義正辭嚴斥責天帝的，恐怕也就只有她了。

後池頓了頓，扭過了頭，一張小臉嚴肅得不得了。

「妳不想和那幾個人打交道就直說，若是在山中遇到了，讓鳳染隱去蹤跡就是。妳如今這般模樣，恐怕也沒人認得出來。」清穆朝一旁的鳳染擺了擺手，摸了摸後池的頭，加快速度朝山中行去。

瞭望山中仙氣濃郁，實力高強的仙君如今比比皆是，若是想尋找麒麟神獸，就必須要加緊腳步了，否則難保那些仙君不會生出覬覦之心。後池也知是這個理，點了點頭不再出聲。

當年之事雖說終究不是鬧劇二字就能揭過，可畢竟和後輩無關，倘若真的遇上了……

不過幾日，瞭望山中仙君的蹤跡便多了起來，甚至連一些妖君也出現在了此處。因著這裡到底是上古祕境，再加上紛繁複雜的仙陣阻攔，兩族高手也只得沉住心，安心靜待神兵降世。

三日後，狼狽不堪的鳳染從不知名的犄角旮旯裡躥出，望著一臉雲淡風輕的清穆，神色很是不滿。

「清穆，你確定妖皇說過柏玄是麒麟神獸？瞭望山裡根本什麼都沒有！」鳳染恨恨地唸叨著，拍打著袖子上的蜘蛛絲，哪還有平時的半點風姿。

清穆抱著小後池，這幾天使喚她倒是不遺餘力。也因著這幾日的相處，鳳染對清穆的敬畏之心消了不少，知道這個傳聞中的清冷上君雖是面冷心淡，但對後池倒還真是很不一般。

後池的性子她也知道，驕傲冷淡得不得了，這兩人卻相處融洽，也許還真是應了一句民間的話：王八看綠豆，對上眼了！

「並不算完全找遍。」清穆沉吟了一下，淡淡回道，神色中有些明悟。

「你是說……？」後池抬眼，似是想到了什麼，突然抬起頭。

「嗯。」清穆朝天空望了一眼，濃郁的仙氣如有實質般漸漸朝瞭望山頂一里處靠攏，就連他也無法再靠近。「唯有神兵出世之地，我們未曾踏足過，古來相傳神兵入世必有奇兆，想來有神獸相護也是常理。」

「若是這樣，看來我們一定要上山巔了。」鳳染朝靈氣濃郁的山頂看了看，面上也不由得顯出幾分唏噓之意來，「那些想奪神兵的仙君可有苦頭吃了，有麒麟神獸守著，恐怕脫層皮都不止。不過，後池，妳當真要去？」她一轉頭，望向後池的眼底飛快地劃過一抹複雜之色。

後池抬頭，訝異地挑了挑眉。

「三界傳說，若得上古神兵，便能擁有上神之威。景昭想得到這把炙陽槍，三界中無人不知。」

天帝為父，天后為母，卻屈居於後池的神位之下，那個傳聞中心高氣傲的景昭公主，恐怕從來沒有平過氣吧……麒麟神獸若真的守護著那把炙陽槍，雙方定會有一番爭鬥。

「若麒麟真的是柏玄，誰敢傷他，我便誅誰！」

淡淡的聲音自瞇著眼的女童口中傳來，平添了幾分冷冽。清穆倏地一愣，低下頭，卻只能看見後池的側臉，唯一眼，竟陡然怔住。

幼童稚嫩的臉龐籠上凜色，灼熱迫人，有種殺伐果決的凝重，彷彿頃刻間褪下了所有無害。那種源自靈魂深處的威懾甚至讓周圍的氣息出現了片刻的紊亂，這般模樣的後池，他從來不曾瞧見過。

那人到底是天后之女。後池，柏玄對妳竟是如此不同一般嗎？

「也好，我們上山頂。」嘆息間，清穆聽見自己平靜如水的聲音。

瞭望山腳，一聲響亮的鳳鳴出現在眾人耳中，守在山腳的仙君皆是心神微凜，面露嚮往。這般陣勢，恐怕是天宮中的那位景昭公主來了。

「二哥，你為何拉住我？」天空中，金色華服的少女悶聲看了身後的青年一眼，面色有些不悅。

「景昭，此處乃上古祕境，騰雲而進本就極是不敬，更遑論馭鳳而入。」上古白玦真神的修煉之地，其凶險程度不亞於三界中那些有名的凶地，就連父皇恐怕也沒把握在此處全身而退。

「哼！上古真神早就化為雲煙，若他真有那麼厲害，也不會連隨身的兵器也護不住了。二哥，這次你就幫幫我，將那炙陽槍降服吧！」景昭拉了拉景澗的衣襬，十足的小女兒姿態。

景澗嘆了口氣，有些無奈，「景昭，妳的隨身兵器羽化傘乃是母后親自所煉，比神兵也差不了多少，何必如此執著？此次父皇昭告三界，炙陽槍能者得之……」

「二哥，你不是不知道原因，何必搪塞於我，若是得了炙陽槍，我定能成為上神，再也不必在她之下。」景昭突然抬頭看向景澗，神色幽幽，眸中劃過一抹執拗的色彩。

「三妹，妳就別指望老二那個軟性子了，大哥幫妳！」渾厚粗獷的聲音突然出現在半空中，帶著一股子先聲奪人的氣勢。

看見景陽出現，景昭頓時面露驚喜，淺淺一笑，迎上前去，「大哥，父皇放你出來了？」

景陽的臉色頓時尷尬了幾分，悶不作聲地把此事揭過，略帶怒意道：「父皇還在氣頭上，等我幫妳把槍奪了，再回去向他老人家請罪，這件事要重要得多。更何況當年縱使是父皇不對在先，可古君上神也為那小蛟龍求了個上神之位，我們又不欠她，何必顧慮這麼多？三妹，妳放心，大哥定會幫妳拿到炙陽槍，讓妳晉升上神之位。」

「嗯，謝謝大哥。」景昭露出個安心的笑容，一雙鳳眼裡流淌著奪目的色澤。

「大哥，炙陽槍乃上古神兵，靈性遠非常物可比，定會自己擇主。若是我們強行將其束縛，恐怕不妥。」想起來時天帝的交代，景澗急忙道。

「無妨。」景陽擺擺手，「仙君之中還無人敢與我們爭奪，至於妖君，哼……若是他們敢出現，我定會讓他們有來無回。」

看著這二人三言兩語就做下了決定，景澗只得暗暗嘆了口氣，到時候再見機行事好了。神兵出世，哪是如此簡單的事？

三人正待進山，景昭卻突然停了下來，景陽和景澗看著氣色紅潤的小妹，面上疑惑。

「二哥，你說這次神兵降世，他會出現嗎？」

景澗面色一愣，似是想到了什麼，看見景昭眼底隱隱的期待，笑道：「應該會吧。畢竟這件事三界皆知，就算他在修煉之中，如此強大的仙力波動，他也會感覺得到。」

景昭眼底淌過微不可見的喜色，拉著面帶疑惑的景陽朝瞭望山中衝去。

上君清穆，千年來最為神祕出色的仙君。當年他上君之名初上擎天柱時，便獨自一人深入北海，斬殺九頭凶蛇一族，天帝下旨敕封，他和景昭是頒旨之人，可那人竟連看都懶得看便消失於三界之中，自此行蹤成謎。如今想來，也是因為那一次，景昭才會生了這等心思。

景澗跟在二人身後，突然憶起北海深處那個玄衣長袍的青年，遺世獨立，亙古長存，竟和當初在大澤山中出現的後池有種恍惚的重合感。

瞭望山頂凝聚的仙力猶若實質般濃郁，甚至讓穩定的空間都隱隱有些錯亂，尋常仙君根本難以到達山巔之處。景昭一行三人靠近山頂的時候，除了極少數成名已久的上君和妖君，大多數仙、妖二族之人都被攔在了山巔光暈數百丈之外。

炙陽槍即將降世的威壓和麒麟神獸的獸王之勢籠罩著整個山巔，前來的仙界上君、妖界妖君大多都只能聚攏在一起，調動體內的靈力抵禦這龐大的氣勢。只不過，在五光十色的光暈中，所有仙君和妖君都選擇了對其中最高的一處紛紛閃避，甚至在望向那個方向的時候眼露驚嘆之意。

一襲藏青長袍，黑髮落於身後，剛勁肅穆的身影，閒散立於山巔，彷彿在蒼穹間定格了亙古蒼涼的烙印一般。

眾人望著站在山巔之處、周身上下連一絲靈力也未逸出的青年，暗暗打量的目光悄無聲息地移動了些許。沒有一位仙君知道那昂首立於高處的青年到底是何身分，只知道在所有人來到此處之前，他就已經站在那裡，巋然不動。相較於仙君的驚疑，倒是有不少從妖界第三重天趕來的妖君面露了然之色。

而這本應熱鬧的尋寶之地，也在青年無聲的威壓下變得極為安靜，甚至有種窒息的感覺。

景昭一行人到達山頂的時候，看到的就正是這麼一番眾人忐忑、一人獨尊的場景。幾乎是在看到立於山巔之處的背影的一瞬間，景昭原本傲然的神色瞬間變成了掩不住的驚喜和哀怨。

受了眾仙之禮，她快走兩步，正欲說話卻被身後之人抓住了手腕。她轉過頭，便看到了景澗有些複雜的神色。

「景昭，別過去。」

「為什麼？」景昭面露不悅，清穆一向行跡縹緲，這千年來，她也不過才見過幾次而已。

景澗朝周圍明顯露出了好奇的仙君看了一眼，嘆了口氣，「那裡靈力太過濃郁，以妳現在的仙力，還抵禦不了。」

景昭聞言一愣，朝靈力濃郁的山巔看了一眼，察覺到體內仙力流轉得極是緩慢，這才停住腳步，眼底卻劃過一絲毫不掩飾的讚嘆，他好像比當初在北海斬殺九頭蛇凶獸時更加強大了。

景昭生於九重天宮，天帝為父，天后為母，一直是三界中頂頂尊貴的身分。數萬年來，傾慕示好的仙君不計其數，她從未看在眼裡，只有這清穆，千年前一見，眼裡便再也容不下其他人。

「二哥。」景昭眼底現出一絲扭捏，纖手放在身後，高傲的神色裡罕見地出現了一抹靦覥，「你說他可還記得我？好些年不見，他不會有了心儀之人吧？」她轉身望向景澗，狹長的鳳眼裡滿是期待。

看得一旁的景陽嘖嘖稱奇。

眾人幾曾見過這位高傲冷冽的天宮公主如此嬌嗔的姿態，當即不由得朝山巔之上的神祕青年多看了幾眼，心底隱隱有些明瞭。素聞這景昭公主幾萬年來也只對一位仙君動過心，想來便是這一位了。

景澗也沒想到自家三妹竟然對清穆用了這麼深的心思，眾目睽睽之下也不好拂了她的面子，只得僵硬地點頭，安撫性地拍了拍她的手，「不必太擔心，這些年也沒聽說過有哪家女仙君入了他的眼。」

「那當然！」景陽此時也明白過來，走到景昭身邊，神情張狂，「三界中還有哪個女子能比得上妳？三妹，妳這可是庸人自擾了！」

景昭一聽這話，眼底染上了遮不住的笑意，她抬眼看向不遠處的青年，微微勾起了嘴角。

「也罷，炙陽槍降世還有一會兒，如果他想奪炙陽槍，我便幫一幫他。就算我沒有這把神兵，也不輸那人半分。」微嘆的聲音裡盛滿了勢在必得的驕傲，景昭素手負在身後，眼波流轉。

景澗看向不遠處的清穆，卻總有一種不安的感覺，以清穆的靈力，在場眾人鮮少有人是其對手，他根本毋須早早守在那裡，威懾眾人。他這般的姿態，與其說是爭奪，不如說是守護還更為恰當。

倒是一旁的景陽聽見這話，眉毛微不可見地翹了翹。這小子，還是要試試真章才好，他們天宮的小公主，也不是誰都能要得起的！

山巔之處被濃郁的靈力隔成了另一個空間，清穆所處之地正好處於這混亂空間的邊緣地帶，下面的熱鬧他自是懶得理會，把懷中睡得昏天暗地、口水直流的女童換了個舒服的位置，淡淡地朝一旁有些錯亂的空間處掃了一眼。

「怎麼，就這麼恨景陽？」連氣息都差點掩不住，鳳染對景陽的執念倒是比他想的還要深。

「我知道這件事對你二人很重要，不會沒有分寸的。」

略帶了疲憊的聲音緩緩傳進清穆耳裡，紊亂的氣息重新恢復了平靜。

「倒是你，景昭可不是個好惹的主兒，等會兒要是後池醒了，你估計就麻煩了。」語氣中的幸災樂禍自是不少，卻也有幾分道理。清穆朝下面掃了掃，感覺到炙陽槍降世的時間不久了，皺

了皺眉正準備下去。

「等一下，清穆……」鳳染遲疑的聲音成功讓清穆止住了腳步，他微微挑眉，看向一旁虛無的空間。這麼吞吞吐吐，可不像鳳染的性格。

「這裡的靈力陣法應該是麒麟神獸布下的吧？」鳳染頓了頓，繼續道：「你為什麼能靠近？」下面的仙君、妖君就算比不上清穆，可這麼多人合起來布下的仙力罩，也最多只能靠近十步範圍之外，而清穆……她能感覺到，這山巔之處的靈力根本不排斥他的進入。應該是說，整座瞭望山都不排斥他，所以他才能進到這裡。

這裡是上古白玦真神的修煉之地、麒麟神獸守護之處，怎麼會讓區區一個後古界仙君來去自如？鳳染不敢猜想，因為任何一種假設都太過荒謬和震撼。

清穆回轉頭，神情有些意味深長，墨色的眸子裡突然閃過金色的印記，然後緩緩消失，卻已經足夠讓隱在空中的鳳染感受到一陣源自靈魂的震懾和驚懼。

「若是我知道原因，就不會跟著她一起找那個柏玄了。鳳染，妳放心，在古君上神出現之前，我會保護好她。」微揚的眉角劃過一抹暖意，清穆抱著懷裡軟軟的身子，身形一動，朝下面走去，卻錯過了後池微微睜開的雙眼和裡面一閃而過的訝異。

緊緊盯著清穆的景昭，幾乎在清穆轉身走下山巔的第一瞬間就迎了上去，只是滿心的歡喜和羞澀還來不及說出口，神情就在來人越來越近的身影下，變得有些蒼白和錯愕起來。很顯然，覺得詫異的並不止她一個，守在一旁的仙君面上大多是驚異之色。

披著雪白小裘的女童安安靜靜地被青年抱在懷裡，面容精緻，眼睛緊閉，濃黑的睫毛投下淺淺的剪影，有種靜謐的乖巧。仔細說起來，這女童的年齡雖小，但姿容比起一旁站著的景昭，竟是不差半分。

青年藏青的身影越來越近，毫不避諱地直朝景昭一行人而來。眾人悄悄打量之下，將目光投在了景昭身上，微微起了些好奇之意，這小女童被清穆上君如此對待，也不知到底是何身分？

景昭面色複雜地看著走近的青年，略退了一步，昂起頭，神色恢復了以往的高傲。景陽不動聲色地瞇著眼，若不是景澗拉著，他恐怕早就走上前質問了。

「清穆上君，百年不見，仙力更甚往昔了。」景澗拱拱手，面帶笑容，目光落在清穆懷中的小童身上，問道：「不知這是……」景昭對清穆別有心思，就算是覥著臉，他也要問一問了。

眾人一聽這話，也算是對這神祕青年的身分徹底明瞭了，難怪會讓幾位天宮的殿下如此看重。

「小孩子而已，二殿下不用記掛。」清穆淡淡回了一句，直接道：「幾位可是想要炙陽槍？」

景昭見清穆瞧也不瞧她，面色微微一變，欲說出口的話一轉，就帶上了幾分倔強，「是又如何？炙陽槍是無主之物，能者得之，難道清穆上君想要驅逐我們不成？」

景昭身為公主，話語中素來的高傲嬌慣便被帶了出來。景澗搖搖頭，嘆了口氣，以清穆的實力，就算是父皇也會以禮相待，三妹如此說話，有些過了。

「公主言重，神兵出世必有神獸相護，清穆只是希望你們不要和守護的神獸起爭端，故有此一問罷了。」清穆淡淡掃了景昭一眼，見她眼帶不屑地看著懷中的後池，俊眉一蹙，「只不過既然公主說『能者得之』，還望公主言而有信。」

似是感覺到山巔上的靈氣更加濃郁，甚至伴隨著若隱若現的吼叫聲。清穆說完轉身就走，卻被擋住了去路。他抬眼看向面前的景昭，不悅地瞇了瞇眼，「公主還有何賜教？」

景昭臉色通紅，在清穆淩厲的注視下退後了一步，好半天才「哼」了一聲道：「你何必如此傷人？若你想要炙陽槍，我幫你便是，找這些理由幹什麼？」

這語氣神態實在太過幽怨，連清穆也不由得愣了愣，面色一僵。

「三妹，神兵降世確有神獸相護，父皇也曾說過，清穆上君所言不虛。」景澗見清穆面露不快，急忙接了一句。

「二哥，我哪有說錯？若不是為了炙陽槍，他來此處幹什麼？還有你懷裡的是哪家小童？怎麼如此不知規矩，見到我們竟然也不行禮？」

感覺到周圍仙君、妖君投射過來的視線，清穆眉頭微皺，目光登時冷了下來。景昭好歹也是一介公主，怎的如此難纏。正欲開口，卻感覺到懷中小人微微一動，忙低下頭，看到後池墨黑的眸子正一眨不眨地盯著景昭，立馬閉上了嘴。看後池這個樣子，恐怕這個天界公主討不了好了。

「好吵。」清脆的聲音突然響起，墨黑的眸子有種繾綣的瑰麗，小女童轉過頭，對著清穆突然道：「爹爹，這個女人是誰？」

清脆的聲音帶著毫不客氣的天真率直，甚至在這有些沉靜的氛圍裡過於響亮了。

萬籟俱靜下，別說景昭三人，就連一旁站著看熱鬧的仙妖兩族，也一個個面帶詭異之色，瞪大了眼瞧著那口出驚人的小小女童。

這種玩笑可開不得，清穆上君雖說在三界中是出了名的神祕，但也不至於有了家室也不為外人所知吧！更何況有誰不知那九重天宮的景昭公主青睞於他，又怎會有女仙君敢如此大膽？

景昭面色慘白，看清穆沒有反駁，神情更是嗔怨，她抬了抬手，指向後池，好半天才找到自己的聲音，「清穆，她喚你什麼？你何時有了……有了妻子？」似是極艱難才把最後兩個字從嘴中吐出，景昭眼眶微微泛紅，眼中滿是不信。景陽面色陰沉地看向清穆，冷冷「哼」了一聲。

而一旁站著的景澗卻在女童睜開眼的一瞬間，感覺到一絲些微的熟悉感，揉著眉頭使勁打量起後池來。

清穆的身子也是一僵，面色古怪地瞧著後池，見她墨黑的眸子緊緊盯著自己，嘆了口氣，摸摸她的額頭，神情寵溺，「好了，別胡鬧了。」

景昭何曾見過他如此神態，眼底劃過一抹冷意，指尖微微縮緊，朝後池看了看，突然眼睛一亮，不屑地道：「如此淺薄的仙力，想必也是遺傳自妳母親才對吧？」

清穆面色微沉，感覺後池的身子僵了僵，暗道不好。果然，她已經轉過了身，坐在清穆懷中的姿勢變得極為端正，一雙眼眸懶懶瞧著景昭，神情中透著說不出的意味。明明是七、八歲的孩童，卻突然讓人生出了一絲凜冽殺伐之意。

景昭被這目光對上，陡然一愣，竟倒退了兩步，說不出話來。

「公主說得不錯，也許我這微弱的靈力還真是因為如此。只是，公主這一身仙力也托庇於此，還是不要妄言為好。清穆，走吧。」微凜的小臉淡淡地吩咐了一聲，垂下了眼不再出聲。

景澗一聽這話，神色大震，眼底閃過一絲訝異。能對清穆如此稱呼，還說出這種話，難道她是……

「這孩子是舊識家的小童，剛才稱呼不過一句玩笑話而已，公主說話還請自重。」

清穆神色冷淡地望了景昭一眼，抬步就走。

景昭聽得此言，臉上青白交加，又帶著隱隱的驚喜，一陣委屈。她不過說了句實話而已，這小童也太過不知好歹，淨說些不知禮數的話，她貴為天帝之女，怎能有人敢和她相提並論？

「只不過是舊識家的小童而已，你何必如此看重？我對你的心思，難道你不知道嗎？更何況，她到底是哪家的孩子，如此不懂規矩！」不顧景澗拉過來的手，景昭朝向她揚眉的景陽看了看，心裡有了底氣，對已經走遠的清穆硬聲叫道。

眾位仙君看向氣勢洶洶的景昭公主，暗暗嘆了口氣，這情況看起來明顯是落花有意、流水無情了！

藏青色的人影停了下來，低聲的輕嘆微不可聞地響起。清穆轉過身，目光灼灼，看向景昭的眼神帶了一抹凜冽，「景昭公主，她的事，清穆作不了主。」

景昭被清穆冰冷的聲音驚得一顫，看著清穆懷中坐得穩穩當當的後池，眼底升起一抹怒意，「有什麼作不了主的？你分明是偏袒於她，難道她還真的是你的什麼人不成？」

仙界無歲月，若是清穆想等她長大，也並非不可能的事，想及此，景昭眼底的冷色更深，不知道從哪裡冒出來的小仙，也敢和她爭！

「景昭公主，妳真的……想讓我向妳行禮？」後池從清穆懷中跳了下來，伸了個懶腰，朝景昭走來，一雙眼斜斜上挑，墨色的流光四溢，有種驚心動魄的沉然。

「妳這小童何出此言？以我的身分，難道還受不了妳一禮？」似是被女童眼中那種如看螻蟻般的隨意刺激，景昭眼神微縮，一甩長袖冷聲道。

景澗越看越覺得這女童和大澤山上的後池神態語氣間有幾分相似，見景昭如此要強，心下一急，準備上前說和，卻被景陽拉住了衣袖。

「清穆待這女童很是不同，看來他們關係不一般，讓三妹挫挫她的銳氣也好，我還沒有見過敢如此不把我們放在眼底的人。」

看見景陽眼中的怒意，景澗也只得按下心神，仔細打量那女童。大澤山上的後池上神神力濃厚，也不是這麼一副模樣，更何況從未聽說她和清穆上君有何瓜葛，也許真的是他想錯了。

「我的一禮可不是隨隨便便就能受的，景昭公主，妳可不要後悔……才好。」後池站定在景昭面前，墨黑的眸子裡突然染上了說不出的意味，嘴角一揚，說完最後一個字後，她微微彎下肩，低下頭。

極淡的一個禮，若不是她擺出這麼個姿態來，根本沒人會覺得這是在行禮。

「哼！不過一個小仙童而已，我……」景昭見小童低下了頭，雖然這禮有些輕，也就懶得計較了，只是她話都還未說完，一道驚雷聲陡然響徹在空中。

雷聲陣陣，竟有種毀天滅地的威迫感，璀璨的光芒劃破天際，直直地朝著景昭的方向而來。

眾人俱驚，還未反應過來，景陽就已經臉色難看地接下了這雷霆一擊！唯有清穆不動聲色地看了後池一眼，面露驚嘆。

眾仙見此情景皆是面色古怪，雷電乃是仙界司職天雷的上君所控，可這天雷上君就算是吃了豹子膽，也不敢把天雷往景昭公主身上劈啊！

而且，這威勢、這力量……就算是和妖族交戰時，天雷上君恐怕也沒這麼賣力過！突降的天雷，來得也太稀奇古怪了！

雖然景陽接下了這一擊，但雷霆聲卻依然未斷，無邊無際的雷雲竟是在這瞭望山上積聚著，一道又一道的雷電劈了下來，看著越來越多的雷電，景陽的面色變得蒼白起來，神情更是陰沉。

「該死的天雷上君，他在幹些什麼？」

景昭望著連綿不斷的天雷，驚懼得說不出話來。她是承受之人，比誰都能切身地感受到這天雷之中所藏的審判毀滅之意。

只是，這三界中，有誰敢審判於她？

眾人望著一道道劈下的天雷面面相覷，卻忽視了那由始至終都未將頭抬起來的小童。

景澗突然被天雷聲驚醒，他看向景昭面前的女童，陡然間似是明白了什麼，神色大變。

上神之威，竟能震懾至此，突然出現的天雷根本就是三界制衡之力自行生成，景昭真是糊塗！

這三界中能受得了她一禮的，屈指而數也不過才三人而已！

從古至今，從沒有人敢讓那三個人行過禮，所以也就根本無人知曉，上神之位，竟能以天地

之力為制衡，尊崇至此！

若是她不抬頭，恐怕就算父皇來了，也不能讓審判之雷給停下來！

景澗朝咬牙抗衡著天雷的景陽和神情驚惶的景昭看了一眼，急忙走了幾步，停到後池面前，彎下身，在眾人驚疑的神色下極鄭重地行了一禮道：「舍妹無狀，還請小神君不要計較，景澗定會稟告父皇，日後定當嚴加管教。」若是可以，以他和後池的尷尬身分，他真的不想在眾人面前朝眼前之人低頭。只可惜，時不待他，景昭實在過於任性了。

這聲音極低，卻也極為誠懇。後池挑了挑眉，微一抬眼，見是大澤山上的見過一面的景澗，明白他估計知道了自己的身分，抬起肩，看都懶得看景昭一眼，走到清穆身邊牽起了他的手，便朝山巔走去。「景澗，你告訴她，若哪日她還想再受我之禮，只管說就是！」

在女童直起身的一瞬間，天上奔騰的雷電瞬間消失，一切歸於寧靜，彷彿從未發生過一般，眾人看著這不可思議的一幕，面面相覷。這小童到底是何來歷，她的一禮竟能引出天雷、降下懲罰於受禮之人！

景昭似是想到了什麼，神情驟然一變，猛然轉過頭看向牽著清穆手的女童，面色變得慘白。

「她是，她是……她居然是……」

景昭抬起手，話還未說完，一道恢宏的金光直直地從山巔處射向天際，仿若連蒼穹都被劃破了一般，怒吼聲從金光中傳出，千里之內百獸臣服，強大的威懾力一瞬間席捲了整座山脈。

「神兵降世了……」不知是誰喃喃地低語了一聲，迅速消逝在威嚴的怒吼聲中。

「大哥，我一定要得到炙陽槍！若有阻擋，哪怕是神獸，我也照殺不誤！」

璀璨的金光下，景昭冷冷地看著天際中緩緩出現的虛影，神情凜冽。

第十一章　傳承

如槍狀的幻影在金色能量的覆蓋下緩緩上升，到達天際的那一瞬間，金光陡然散去，長槍化為一道墨色的閃電劃破蒼穹，無窮的威壓自槍身上緩緩蔓延，佇立在瞭望山頂峰處的炙陽槍冷漠而凝重，似神靈般俯瞰世間。

比剛才更加濃郁的仙力將整個瞭望山籠罩，甚至有股灼熱的氣息伴著這靈力，緩緩朝眾人襲來。山中萬年不變的仙境，竟有隱隱枯萎的態勢，來自上位者的威儀更讓在場的所有仙君、妖君難以站立，豆大的汗珠自他們額上滴落，眾人面露驚恐地看著那把玄墨的長槍，簡直難以相信造成這等壓迫效果的竟然只是一把兵器而已！

上古傳說，炙陽槍身負三界真火，可焚燒萬物，果然不虛！如此恐怖的灼熱之力，恐怕也只此物能有。

白玦上神不愧為四大真神之一，就連隨身兵器也能厲害至此。如此想著，眾人看向炙陽槍的目光更火熱了一些，如果得了這把槍，就算要憑此晉為上神也未必不可能，但這番覬覦的心思在看向場中其餘兩方人馬時，都不免涼了涼。

整個場中，還能泰然自若的就只有抱著後池的清穆，以及景昭他們三人了。景陽頭頂上懸著一把碧綠的小傘，碧色的光芒將三人裹在其中，三人看起來面色坦然，想來在這把傘的庇佑下並未有絲毫的不妥。至於清穆……眾人望向一步步坦然向頂峰走去的青年，頭一次明白就算是上君

巔峰也是有高下之分的，滿山神祇此時無一人不為這個傳說中的神祕上君而心驚不已。

也只有如此人物，才能在炙陽槍如山般沉重的迫壓下毫無所懼。

「大哥。」景昭面色複雜朝清穆的背影看了一眼，目光落在散落在墨綠長衫下的雪白小裘上，神情一冷，朝景陽點了點頭。

景陽會意，看向炙陽槍的神色中滿是讚嘆，身形一動，駕馭著羽化傘朝山頂炙陽槍的方向而去。碧色的仙光瞬間超越了清穆，如眾人預想的阻攔並未出現，羽化傘破開籠罩在炙陽槍外的金光，極快地靠近了炙陽槍三步範圍之內。

「清穆……」後池也驚愕於那把碧綠小傘的威力，抬頭朝清穆看了看，面色有些凝重。

「沒事，不會這麼簡單的。」清穆安撫地拍了拍後池的腦袋，眼睛一眨不眨地看著那把懸於山頂之巔的炙陽槍，眼底閃過一絲莫名之色，瞳中金色的印記若隱若現，讓盯著他看的後池猛地一愣……這熟悉的感覺到底是怎麼回事？

越是靠近，氣息越是灼熱，炙陽槍觸手可及。景陽眼底飛快地閃過一抹驚喜，在眾人的驚呼聲中伸手拿去……

「轟」的一聲巨響，整個山脈都為之震動，炙紅的焰火自炙陽槍下百尺處突兀而出，凶猛而迅速地朝景陽而去，灼熱的火海瞬間將碧綠的小傘裹住，景陽隨即消失在眾人眼中。

紅光中兩股仙力隱隱交錯，難以辨清孰強孰弱，景昭面上的喜色亦陡然消失，她不安地朝景澗看了一眼，「二哥，怎麼回事？大哥他……不會出事吧？」

「無事，這股氣息應該是麒麟神獸所控，有母后的羽化傘護著，大哥就算不能取勝，也不會受傷。」景澗面色凝重地看著空中灼熱的火浪，拉住了準備衝上前的景昭。他轉頭看向仍然一步一步朝山頂而去、似是絲毫未被空中激鬥所影響的清穆二人，暗自吐出一抹複雜的嘆息。

景澗話音未落，一聲怒吼聲在山腹中陡然響起，遠古蠻荒的威勢緩緩瀰漫至整座山脈。眾目睽睽之下，龐大無比的火紅光團自炙陽槍下的山腹中浮現，伴著灼熱氣息的消散，一頭足有丈餘的巨獸踏雲而出，升至半空，在炙陽槍半丈處緩緩停下，金色的眼睛威嚴冷漠地俯視著山脈上的眾人。

儘管這巨獸已有數萬年未曾在三界中出現，但在場的眾人仍是一眼就認出了這龍頭馬身、背後雙翼昂展的彪悍大物，乃是傳自上古時代的麒麟神獸。

一直未曾停下腳步的清穆也停了下來，盯著空中的麒麟面露疑色……這麒麟真是柏玄？

後池早就忍不住撐起個小身子朝空中仰望，半晌之後，她眼中的希冀一點一點沉了下去——如此冷然空洞的眼神，根本就不是柏玄！妖皇曾說麒麟神獸八千年前闖過妖界，可上面的麒麟就只剩下一縷殘魂在支配身軀而已。

「爾等何人？竟敢擅闖白玦真神修煉之地，覬覦炙陽槍！」

上古神獸之威三界盡知，麒麟的戰鬥力更是其中翹楚。炙熱的火海瞬間席捲天空，漠然的聲音在眾人耳邊響起，仙妖兩族之人看著空中被捲成一團的景陽，暗暗心驚，竟無一人敢答話。

「麒麟神獸，在下景澗，乃九重天宮中人，數月前感應到神兵出世，今日特來瞭望山收服，還望不要插手。」景澗朝半空中拱了拱手，行了個虛禮，以他的能力，自是能看出空中的麒麟只靠一縷殘魂在支配著行動，是以並不像一開始般如臨大敵。在他看來，麒麟若是要阻擋奪槍之人的話，這瞭望山上的仙妖二族，包括清穆都是同盟者。

「九重天宮？那是什麼地方？我紅日只知世上唯有上古界中四位真神為尊，其他的一概不理。不過你倒是直白，不算虛偽。我奉命守護炙陽槍，除非神槍下一任主人出現，否則，誰越雷池一步都不行！」

這聲音聽著實在蠻橫，也讓眾人有些不知所措，景澗更是苦笑一聲，嘆了口氣。

這麒麟神獸恐怕自白玦真神殞落之日起就奉命沉睡守著炙陽槍，到如今六萬多年已過，竟是不知三界早已歲月輪換。不過天帝及三位上神其實說白了，也只是遠古的神獸而已，比起老資格來，也許還真不如這沉睡了不知多少年的火麒麟。

後池聽到這番話，眼底最後一絲期盼也陡然沉寂。若是柏玄，絕不會不知世間歲月，對她視若無睹。

「麒麟神獸，上古界早已永久封存，如今三界以我父皇為尊，景昭只想要炙陽槍，無意與您作對，若您願將炙陽槍相讓，景昭感激不盡！」景昭朝空中的麒麟行了一禮，昂著頭朗聲道。褪掉了蠻橫的她隱隱也帶著一絲剛強，只是神態間依然傲然。

「哼！不過是鳳凰與金龍之子而已，竟也敢妄想染指炙陽槍，簡直可笑！」麒麟掃過地面上的景昭，冷冷地嗤了一聲，金色的眸子無聲梭巡，緩緩地落在了半空中對牠凝目而視的清穆和後池身上，那巨大的金色眼睛陡然一愣，掠過一絲不可置信的疑惑……

「你……」

景昭面色一沉，氣得渾身發抖，正準備踏雲而上，卻被景澗拉住了衣袍，「三妹，這麒麟不知怎麼回事，沉睡數萬年精魂早已被磨掉，此時不過是靠著一縷殘魂撐著而已，等大哥出來了妳再動手不遲。」他也注意到麒麟對清穆二人的特別，遂抬眼朝清穆懷中的女童看去。若是動用上神之威，也不知道麒麟神獸會不會將炙陽槍拱手相讓。

「你們是何人？」麒麟朝清穆和後池二人朗聲道，聲音裡有一絲疑惑，牠雖然只剩下一縷殘魂，可是卻從這二人身上感覺到了一絲莫名的熟悉感，尤其是那個青年。

「在下清穆，這是清池宮的後池，這次來瞭望山。只是為了尋一人，不知閣下可識得柏玄？」

清穆抱著後池朝山頂走去，緩緩道。

「柏玄？不認識。」麒麟搖搖頭，龐大的身軀帶起炙熱的火浪在空中翻滾，「不過清穆這名字也真夠奇怪的。」

清穆神色一愣，看向空中神態溫和的麒麟，眼底閃過一絲古怪之意。

「麒麟神獸，你說要等炙陽槍下一任主人，如今神兵已現，若是那人不出現，難道我們便沒有一爭之力嗎？」空中交錯的仙力隱隱有突破的跡象，景澗知道景陽即將出來，急忙對著麒麟問道。

麒麟朝空中懸掛的炙陽槍瞥了一眼，眼底浮現一絲悲痛和緬懷。

「真神有令，神槍自會擇主，你們不必妄想了。」麒麟淡淡朝地面上的眾人看了一眼，如洪鐘般的聲音冷冷響起，「若想奪槍，誰也走不出瞭望山。」

這句話剛落定，奔騰的火海瞬間將整座山脈的上空籠罩，山脈四周金光閃爍，形成巨大的仙力罩。眾仙互相對望一眼，麒麟神獸竟然將白玦真神布下的護山陣法啟動，難道還真的想將眾人都留在這裡不成？

景澗面色凝重地朝四周看了看，聽見空中「咔嚓」一聲脆響，心下大定，朗聲道：「諸位仙友，請齊力將護山仙罩打破，麒麟神獸交與我三人便是。至於妖族的各位，此番若能不插手，景澗必有重謝。」景澗乃天帝之子，人緣極好，此番話一說出來，大部分仙人都隨即祭出仙劍，朝護山陣法攻去，而妖族之人竟然也真的一動未動。

清穆看向不遠處的青年，挑了挑眉。他倒是沒看出來，天帝三子之中，能擔當大任的居然是這個一向溫和內斂的景澗。

伴著話音落下，「砰」的一聲驟響，濃郁的綠光出現在空中，漫天的火海終於被遏制了些

許，景陽面色凝重地出現在眾人眼前，華麗的衣袍被燒得有些黑不溜秋，想來即便是靠著羽化傘，他也在這火海中吃盡了苦頭。

「速戰速決。」景陽朝景澗的方向打了個手勢，將羽化傘朝景昭拋下，手中長戟突現，朝著懸於空中的麒麟而去，強盛的仙力竟是不輸於他駕馭著羽化傘時半分。

後池朝他手中的長戟看了一下，心裡有些明瞭，這恐怕是天帝為景陽所造的兵器，難怪三人即使面對著上古麒麟，也如此有底氣，就是不知道景澗的仙力到底如何？

「清穆……」

「放心，我不會讓麒麟出事。」清穆拍拍後池的手，抬眼朝半空中始終不動分毫的炙陽槍望去。這如此熟悉的感覺，究竟是怎麼回事？

「景昭，去拿炙陽槍，如今神兵無主，妳只要將血滴入，神槍應該會自行認主。」

景澗手中白光一閃而過，朝景昭喊道。玄白的長劍直直朝麒麟而去，卻在半空中被紅色的長鞭攔住。火紅的長髮無風自動，陡然出現在空中的鳳染挑了挑眉，「景澗，你的對手是我。」

景澗一愣，看到這有些過於熟悉的眸子，嘆了口氣，長劍光芒頓時大漲，迎了上去。

感覺到龐大的仙力瞬間爆發，鳳染面色一變，神情中也多了些凝重，景澗的靈力，竟然絲毫不比她低！隱隱間，她甚至有種景澗未盡全力的感覺，鳳染面色複雜地看著眼前神情溫和的青年，眼中極快地劃過一道流光。

在鳳染出現的同時，景昭將手中的羽化傘化成一丈大的模樣，朝清穆上空扔去，濃郁的仙力將清穆和後池二人完全束縛其中。她自己則化成一道流光，朝半空中的炙陽槍而去……和景陽纏鬥在一起的麒麟見到此景，怒吼一聲，翻騰在空中的火浪又猛烈了幾分，但始終難以打破景陽對其的制約。

在靠近炙陽槍三尺之處，周圍突然染上了一層金黃的光暈，將景昭牢牢地堵在了外面。

清穆望著那陡然出現的金色光暈，神情一頓，抱著後池的手僵了僵，這金色光芒，竟讓他生出了一種本源之感。

景昭面色一變，朝周圍混戰的情形看了一眼，目光落在清穆懷間的那抹雪白上，咬了咬唇，雙手結出複雜的法印。

響亮的龍吟和鳳鳴陡然在瞭望山脈中響起，眾人一凜，忙朝半空中看去，金龍和彩鳳的幻影出現在炙陽槍外，朝著金色的光暈而去。

天帝和天后的靈力幻影！望著漸漸破碎的金色光暈，感覺到那龐大的威壓，眾仙皆是面露愕然，想不到景昭公主身上竟有天帝、天后的靈力相護，難怪敢如此肆無忌憚。

與此同時，天界九重天宮中傳來一聲緩緩的嘆息，帶著些許無奈之意。而更深的仙境深處，正閉目修煉的白袍女子驟然睜開了眼，一股浩瀚的靈力迅速朝三界之中探尋而去。

「奇怪，昭兒並無生死之危，怎麼動用了我為她準備的護身印記？三界中到底出了何事？」

因著白玦真神所遺留下來的陣法，探尋之力在瞭望山脈一閃而過，並無停留。只是三界中瞭望山脈之外的地方，都感受到了這股磅礴靈力的威壓和駭人。

「看來，我也該出去了……」伴著這聲輕柔的嘆息，白袍女子緩緩閉上了眼。

「咔嚓」一聲脆響，金色的光暈被擊破，景昭近到炙陽槍面前，劃破指尖，鮮血順著靈力朝炙陽槍而去……

麒麟神獸望著這一幕，眼底閃過一絲悲寂，如果連炙陽槍也沒有了，那白玦真神殘留在這世

間的印記就真的不復存在了。牠憑著一縷殘魂守了六萬年，到最後依然……

空中交戰聲不斷，濃厚的仙力在四周爆炸，可清穆此時卻無暇顧及，他看著那道漸漸破碎的金光和金光中恍若悲鳴的炙陽槍，突然感覺到一股無盡的悲涼荒渺之意湧現在心中。

蒼茫孤寂的上古神槍，沉睡守候的麒麟神獸，亙古綿延的瞭望山脈，還有……那立於天際將炙陽槍鎮入山底的身影……

「紅日，從今日起，你便代我守著瞭望山，待她歸來。」

恍若真實的一幕如幻景般在腦海中突然浮現，紛亂沉重……那是難以承受的寂寥絕望。

低沉到極致的嘆息，猶若劃破蒼穹般亙古悠久，清穆緩緩閉上的雙眼遽然睜開，金色的印記如有實質般在眼底顯現，耀眼的金色光芒從他身上發射開來，比剛才充斥在炙陽槍周圍的更加炫目威嚴，籠罩在兩人頭頂上的羽化傘也被這股靈力沖散。

正在半空中纏鬥的麒麟乍然停下，這股氣勢是……牠眼底閃現難以置信的驚喜和惶然，停住了攻擊朝清穆看去。

與此同時，即將被景昭鮮血染上的炙陽槍也爆發出一陣磅礴的氣勢，一直屹立不動的炙陽槍發出歡快的鳴叫，化為一道奪目的塵光衝破景昭的桎梏，直直朝清穆飛去。

見此奇景，一直打鬥的眾人都停了下來，就連鳳染和景澗也愣然朝清穆所在的方向看去。

眾目睽睽下，飛快從景昭身邊逃走的炙陽槍，在清穆身邊旋轉了幾圈，然後迅速變小，停留在清穆面前，而它周身上下環繞著的灼熱氣息也緩緩消失。

仿若有靈性般，眾人甚至能感覺到它源自靈魂的顫抖和喜悅。

神兵擇主，竟然真有其事！看這景況，明眼人都知道炙陽槍將清穆選為了下一任主人。

所有人朝空中面色陰沉的景陽和不知所措的景昭看了一眼，嘆了口氣，這幾位殿下累死累活地爭了半日，到頭來還是兩手空空、一無所獲。

清穆心情複雜地看著面前的炙陽槍，感受到它的喜悅迫切，沉吟半晌，伸手將炙陽槍握在手中——陡然間，炙陽槍如墨的色澤一寸一寸脫落，炙紅的槍身出現在眾人面前。火紅到精純的能量自槍頂而出，龐大的靈力將清穆籠罩，整座山脈都開始震動，甚至連白玦真神布下的護山陣法也漸漸破損開來。

不少仙君和妖君對著那火紅的光芒不由自主地臣服跪拜。眾人心下惶恐，只不過是個認主儀式而已，竟能造成如此可怕的效果。

擇主後的炙陽槍，明顯比剛才強上數倍不止。毋須猜測眾人也知，等炙陽槍和清穆的靈力完全融合後，恐怕清穆真的會成為世間除了三位上神之外無可比擬的存在。

愕然讚嘆的眾人中，只有麒麟望向裹在紅光中的清穆時，眼中湧現了壓抑不住的驚喜和緬懷，斗大的眼眶漸漸變得濕潤起來。牠望著在清穆懷中絲毫不受炙陽槍灼熱之力影響的女童，似乎有些明瞭。

只可惜……無法再為你們做什麼了，這已經是我能撐到的極限了，歡迎回來，我的……

神情中籠上一抹遺憾，麒麟神獸眼中的最後一絲清明也緩緩消散，一絲細弱的殘魂從麒麟頭上逸出，緩緩朝清穆飄去，最後融進了炙陽槍中，而麒麟神獸龐大的身軀也轟然消散，灼熱的火浪瞬間消失在瞭望山之巔。

「紅日……」低沉的嘆息緩緩響起，紅光中的人影慢慢睜開眼，金色的眼眸中有著自己都難以察覺的悲傷與歉疚。

伴著麒麟神獸的消失，清穆周身上下籠罩的紅色光芒也漸漸消散。抱著後池的他出現在眾人面前，炙陽槍被他握在手中，沉默而安靜。他垂下頭看著手中的炙陽槍，神色難辨。

這出乎了所有人預料的景況讓眾人瞠目結舌，神兵已經自行擇主，他們再留在這裡也沒多少意思，只是護山陣法已開，也不是他們想走便能走的。

半空中，景昭面色複雜地看著握著炙陽槍的清穆，神情黯了黯，嘆了口氣，朝景澗飛去。只有景陽面色陰沉地望著清穆，冷冷地哼了哼，但到底也未出手。

「恭喜清穆上君了，炙陽槍既然已經擇主，我們就不再強求了，就此告辭。」景澗朝清穆拱了拱手，收起手中長劍。眾人皆知，認了主的神兵，除非是主人殞落，否則絕不會為下一任主人所用。除非他們能殺了清穆，否則就算是奪了炙陽槍也根本無用。至於仍然罩在山脈四周的陣法，憑他三人之力，破陣而出應該不是難題。

天空中的青年依然沉默，低垂著眼。景澗愣了愣，向清穆懷中的後池看去，見她也是一臉疑惑地仰頭盯著清穆，穩了穩有些不安的心緒，朝回到清穆身後的鳳染看了一眼，領著景昭就準備走。

「闖我修煉之地，傷我護山神獸，你們當真以為可以如此簡單地離開這裡？」

無窮無盡的威壓自低垂著頭的青年身上湧現，強大的神力將周圍的護山陣法完全擊碎，浩瀚的氣息蔓延至三界的每一處角落，甚至連九重天宮和妖界三重天中都能清晰地感覺到。

臣服，絕對的臣服，無法抑制的壓迫……來自上位者的怒氣席捲了所有人的心神。

聽見這匪夷所思的話語，景澗抬頭朝清穆看去，眼底浮現濃濃的荒謬，就連景昭也止住了腳步，身影陡然僵住。

修煉之地，護山神獸……整個三界中能有資格說這句話的人，早已殞落在六萬年前，化為塵埃了。

後池望著清穆，抓住他的小手驟然握緊，這是怎麼回事？她居然能從清穆身上感覺到一股熟悉到令人心慌的氣息……後池眼中漆黑的瞳色在此時化得如墨般深沉，竟染上了些許蒼茫。

寬大的衣袍下，在無人看見的地方，兩人手腕上繫著的石鍊發出了微弱的光芒。

一片令人窒息的靜默中，懸於半空中的青年緩緩抬頭，瞳中金色的印記如亙古般悠久，荒涼的上古氣息緩緩蔓延。他抬眼望向不遠處的景昭三人，神情冷冽威嚴。

「竟敢讓紅日消散於世間，爾等……當誅！」

冷漠的聲音響徹於瞭望山脈，景澗三人目瞪口呆地看著懸於半空中的清穆，感覺到鋪天蓋地的殺伐之意朝自己湧來，一絲遲來的恐懼漸漸瀰漫至三人心頭。

「白玦……真神？」

恐懼戰慄的聲音喃喃響起，因著那磅礡浩大的靈力而半跪在地的眾人，看著眼中印著金色印記的青年，臉上皆是不可置信的驚愕。

早已殞落在數萬年前的上古真神，怎麼還會存在於三界之中？

然而還未有回神的時間，青年手中的長槍就已緩緩升至半空，金色的能量化成一片火海，夾著漫天的威勢朝景澗三人而去，炙熱的氣息重新蔓延至瞭望山脈，比火麒麟的更加恐怖。

火海瞬間撕裂景昭三人頭上的羽化傘，在眾人的驚呼聲中將那團碧綠的光芒完全吞噬……

後池拉著清穆的小手瞬間一頓，低喝道：「清穆，不可……」

儘管她從來不曾承認，可也磨滅不掉景澗三人和她血脈相連的事實。就算景陽和景昭自負狂妄，可至少景澗並無大錯，她不能眼睜睜地看著他們全死在清穆手中。

吞噬一切的火海微微頓了頓，卻沒有收回。後池抬頭，急切的神情在看到清穆冷淡空洞的眼神時怔住，面前的這個人根本不是清穆，只不過是一具受意念所控的傀儡罷了。難道……她看向懸於半空的炙陽槍，有些明瞭，一定是剛才炙陽槍認主的時候，白玦真神殘留下來的意念控制了

清穆。

碧綠色的光芒越來越淡，景陽三人的氣息漸漸消散，懸於上空的青年淡漠垂眼，金色的光芒震懾眾人，在場的仙君竟無一人敢出手相助。千鈞一髮之際，一道低沉的嘆息在瞭望山脈上空響起，一隻擎天巨掌突兀出現在那片金色的火海中，將狼狽萬分的景昭三人撈了出來。

看著昏迷的三人，眾仙才長長舒了口氣。

「白玦真神，本帝教子無方，景陽三人闖入真神修煉之地確是大錯，還請真神念在我和蕪浣的份上，能夠就此放下。」

肅朗威嚴的聲音從天際傳來，縹緲淡然，似是絲毫未曾在意從清穆身上散發出來的那股讓天地都為之戰慄的威壓。

聽著這聲音和語氣，後池心底陡然生出一種煩悶的感覺來。她抬頭看著神情仍然空洞的清穆，面色複雜地嘆了口氣。

天帝，她不曾上九重天一尋當年究竟，卻不想在瞭望山中居然能狹路相逢。父神消失千年，難道真是因為還不能放下當初的事嗎？

來人居然是天帝！千年未出九重天宮的天帝居然都被驚動了，那清穆難道還真的是白玦真神不成？眾仙面露愕然地看向懸於半空的冷漠青年，又望了望那天際中將景陽三人托著的擎天巨掌，齊皆跪了下來，「恭迎天帝！」

「眾卿平身。」伴著這淡淡的一聲，一道紫色的身影出現在巨掌之上，俯瞰著瞭望山，靜靜看著半空中的清穆。

後池朝巨掌中的紫色人影看了一眼，撇過頭淡淡「哼」了一聲，難怪景澗三人面相都不差，原來是遺傳……只是，這麼個花裡胡哨的樣子，中看不中用，有哪點比她家老頭子強！

「你是……暮光？」平板冷漠的聲音緩緩自清穆嘴裡吐出，他眼中金色的印記消散了些許，遲緩地抬起頭，似是在回憶一般。

巨掌之上的天帝抬手一揮，一道柔和的光芒注入昏迷的景陽三人身體中，隨後才望向疑聲詢問的青年，點點頭，「不錯，白玦真神。雖然你只剩一道意念，但本帝無意冒犯，清穆既然是你選定的炙陽槍主人，日後我定當禮遇三分。」

只是一縷意念……聽見天帝的話，眾人看著懸於半空的青年，心底滿是震驚，只不過是一縷殘存的意念而已，竟也能如此撼動天地，讓眾仙臣服，若是當年的白玦真神臨世，又將是何等的風采？

天帝垂眼，清穆眼中的金色印記猶為熟悉。在他看來，這只不過是傳承炙陽槍的象徵罷了。當年的白玦真神也擁有同樣的印記，只不過卻是在眉心處，清穆雖然傳承了炙陽槍，甚至藉著白玦真神的意念瞬間暴漲仙力，可他卻不是真正的白玦真神，等這股意念消失的時候，自然會恢復正常。

天帝心中感嘆，他比誰都清楚，當年的四大真神早已化為塵埃，永遠消失於世間。若非如此，如今他也不敢對著白玦真神的一縷意念有如此強硬的姿態。

「螻蟻而已，紅日已亡，他們沒有存在的必要。」清穆冷冷搖頭，手微微抬起，空中的炙陽槍周身頓時燃起金色的火焰，長槍朝著站於擎天巨掌上的天帝飛去，毫不遲疑。

「若你是白玦真神，還有對我說這句話的資格，如今你只不過是一縷殘念而已……」

淡淡的嘆息聲響起，天帝面前突然出現了一道紫金的屏障，將炙陽槍的火海隔絕在外，哪怕那槍勢迅猛無比，也在這屏障的阻攔下再難進分毫。

後池看著不遠處的一幕，眼神猛地一縮，清穆的靈力已如此可怖，可那天帝居然隨隨便便地

就擋下了這一擊。上神之力，難道真的如此強悍？

念及自己微弱的仙力，她眉間隱隱一暗，輕輕嘆了口氣。

清穆冷冷地望著那不動分毫的紫金屏障，眼中金色的印記流轉，一道光芒自眼中射出，落於那炙陽槍上，槍身上的火光陡然大漲，如灼日般耀眼，在這股力量的摧壓下，紫金的屏障也微微後移了些許。只不過，與此同時，清穆眼中的金色也在迅速消散，眼底漸漸生出了些許掙扎之意來。

天帝暗自驚嘆，面色微微凝重，想不到這縷意念竟是打定了寧可自己消亡，也要兩敗俱傷的念頭，眼色不由得沉了幾分。

天帝雙手微抬，結出紛繁的法印，複雜的文字出現在紫金屏障上，將炙陽槍上金色的光芒盡數吞噬。不過半刻時間，炙陽槍便露出了頹勢，金芒緩緩消散。

「你若是再堅持，清穆的肉身也會承受不住我一擊，爆體而亡，何必徒增殺戮。」天帝朝面色泛白的清穆看了一眼，淡淡道。

「紅日替我守在瞭望山中六萬年，我欠牠良多。暮光，若不是我只是主人遺留下來的一縷意念，我絕不會讓你這三子再存於世間。炙陽槍，以後你便自由了。」

無聲的嘆息在天際突然響起，裹在金光中的人影看著遠處的炙陽槍，緩緩低下了頭，空洞冷漠的眼神在看到後池時微微一頓，隨即輕輕顫動，卻再也不起一絲漣漪。

伴著炙陽槍上的焰火逐漸消散，清穆眼中的金色印記亦緩緩消失。恍若感應般，正在對峙中的炙陽槍突然停止了攻擊，槍身輕顫，調轉槍頭，似是淡淡的哀鳴。

後池被炙陽槍的反應弄得一愣，抬眼朝青年看去，發現清穆眼中的金色印記果然已經完全消失，眼底恢復了清明，不由得一喜，但看著恢復了正常的清穆，卻發現心中有一股連自己也說不出來的悵然遺憾，就好像她徹底失去了什麼一般。

天帝看著那抹金色的印記徹底從清穆眼中消失，眼底也劃過隱隱的複雜之色，他將景陽三人罩於紫金的光暈中，對著下面的一干仙君道：「炙陽槍既然已經擇主，此事就此了結，眾卿回返仙山。至於妖族中人，速速離去，不得滯留仙界。」

眾仙心神微凜，清穆上君如此冒犯天帝，雖然不是出自本心，但剛才的一場大戰卻是出自他的手筆，想不到天帝竟然還會讓炙陽槍留在他手中，並當眾告誡眾仙。

後池感覺到一道探尋的眼神落在身上，雖極淡卻隱隱含威，心下明瞭。她抬眼朝空中看去，神情微微一斂，對著天帝挑了挑眉，在天帝有些愕然的眼神中轉過了頭。

「後池，三年後妳母親會在天宮舉辦壽宴。既然妳已出了清池宮，若是有時間，三年後不妨來九重天宮一趟。」平緩柔和的聲音在耳際響起，後池微微一愣，見眾仙一無所感，知是天帝暗自告知，低低地「哼」了一聲，垂下了眼，悶不作聲。

伴著天帝的聲音緩緩消散，擎天巨掌瞬間消失在瞭望山頂，剛才風雲變色的大戰好似從來不存在那般消弭於無形。眾仙朝半空中氣息不穩的清穆看了一眼，暗暗嘆了口氣，紛紛離去，清穆上君得了炙陽槍，恐怕日後三界中的仙君，無一人能是其敵手了。

那些從天帝出現開始就小心得有些過分的妖君，也不甘地朝炙陽槍的方向看了看，正準備離去卻似感覺到了什麼一般心中閃過驚喜，停了下來。

轉眼間，瞭望山脈變得極為安靜，鳳染朝氣息不穩的清穆看了一眼，冷哼一聲，警告地看向那些不願離去的妖君，旋即出現在清穆身後。青年的身影搖搖欲墜，明顯是一副靈力耗損過度的模樣，她剛欲從清穆手中接過後池，一道人影自虛空處突然出現，朝他們緩緩走來。

居然還有人不開眼地想搶炙陽槍，鳳染眼一瞇，挑眉朝來人看去，卻陡然愣住。

玄白的長袍，隨風而展的黑髮，如墨般深沉濃烈的瞳色，妖冶絕世的容顏。明明沒有白玦真神降臨清穆之身時的威嚴，也沒有天帝出現時的華貴端正，但僅僅是他身上那種縹緲到極致的氣息，竟然都能讓人感到微微的惶恐和戰慄。

這人是誰？訓斥的話早已自顧自地滾回了肚子裡，鳳染吞了口唾沫，在來人不動聲色的步履下竟不自覺地退了一步。

而地下的一眾妖君則是面露驚喜，對來者彎腰執禮，一副極是恭敬的樣子。

似是被這股氣息所惑，清穆和後池俱都抬頭看去。

後池愣愣地看著一步一步緩緩走來的人，面色有些疑惑，好熟悉的感覺，這人以前認識不成？

後池瞇著眼，握住清穆衣襟的手微微用力，一眨不眨地看著來人。

「後池……」

後池聽到清穆的低喚，茫然轉過頭，看見青年眼底的擔憂，搖了搖頭，這麼一息時間，那人已經走到了兩人身前。

「妳就是……後池？」

清冽的嗓音突然響起，後池微微一愣，不知所措地點點頭。

「妳可識得我？」似是帶著幾許嘆息，這聲音又低了幾分。

後池搖頭，指尖微縮，過於靠近的容顏，竟讓她生出了幾分恍惚之感。

「沒關係，如果想見我，就來妖界紫月山找我，我名喚……淨淵。」淨淵笑了笑，伸手朝後池頭頂摸去。

聽到這話的鳳染一挑眉，露出了果然如此的神色。

清穆眼一沉，靈力結成屏障，佇在兩人面前，面色不善地看著淨淵。

那隻手毫無阻礙地穿過清穆的屏障，落在後池鼓囊囊的小髻上，使勁揉了揉，旋即才對面色微變的清穆道：「不要以為贏了妖皇，傳承了炙陽槍便能縱橫於三界，你出世不過千年，三界之大遠超你所想，就算是有白玦真神的殘念相護，以你的靈力，也遠不是天帝和天后的對手，日後還是慎行為上。」

清穆冷冷「哼」了一聲，不著痕跡地拂過淨淵落在後池頭上的手，低頭道：「既然後池不認識你，還請閣下離去，瞭望山不歡迎你。」

「哦？清穆上君莫不是以為繼承了炙陽槍，便成了這瞭望山的主人不成？」淨淵臉上仍是言笑晏晏，只是眼角卻瞇了起來。

清穆冷淡地看向他，緩緩道：「至少……比閣下有資格。」

「說得不錯。」見清穆一臉冷淡，淨淵挑眉笑了笑，朝一眨不眨望著他的後池點點頭，然後伸手朝山下一揮，剛才還留在山底的妖君瞬間消失。

「小神君，妳若是有時間，不妨來紫月山一趟，淨淵定盡地主之誼。」

淨淵緩緩消失在半空，唯留下一句話隔空傳來。

直到那身影徹底消失，鳳染才一個大踏步地走到後池面前，長舒了一口氣，「不愧為紫月妖君，果然如傳說中的一般。」

「紫月妖君，妳是說淨淵？」後池看向淨淵消失的地方，眉心微微一皺。

「嗯，若說仙界近千年來最有名的上君是清穆的話，這妖界最神祕的便是淨淵了，他是數萬年來唯一一個能將妖界的紫月之力化為己用的妖君。雖然實力強橫，卻從不介入妖界皇位之爭，受妖皇所敬。如今看來，他的妖力恐怕比妖皇更勝一籌。三千年前此人出現於妖界之中，我現在想來……天帝在仙界得勝的情況下還肯如此簡單地和妖界停戰，八成是因為此人。」

「可是，他並不曾出現在擎天柱上。」後池朝鳳染看去，有些不解，若是擁有超越妖皇的妖力，怎麼會不曾出現在擎天柱上？

鳳染攤了攤手，「這我就不知道了，柏玄的靈力那麼強，不是一樣沒出現在擎天柱上？我看那擎天柱也算不得準，妳日後不必再耿耿於懷了。」

後池知她是指自己也未出現在擎天柱上的事，撇了撇嘴不吭聲。

「後池……」

一聲低喚傳來，抱著她的雙手似乎鬆了鬆，後池猛地一愣，見清穆面色不知從何時起變得蒼白，雙眼漸漸閉緊，無力地朝地面倒去，心底猛地一揪，驚喊道：「清穆，你怎麼了？」

身上陡然一陣失重感，兩人急速地朝地面摔去，後池吸了口氣，試圖用靈力將兩人裹罩，但微弱的靈力卻連雲都駕不穩妥，暗自憤恨間，炙陽槍突然出現在了兩人腳下，將清穆穩穩接住，發出清越的鳴響。

「後池，看吧，連炙陽槍都笑妳了。我就說妳還得再學學，如果日後三界傳聞妳和清穆摔死在這瞭望山，就真的是滑稽之至了。」

鳳染得意揚揚的聲音從頭頂傳來，後池暗呼了一口氣，急道：「鳳染，妳快看看他到底怎麼了？」

鳳染詫異地挑挑眉，朝後池看了一眼，暗嘆一聲，古君上神這個如珠如寶的小神君，恐怕是守不住了，這才幾個月時間，就急成這樣了。

「無事，可能是剛才與天帝和淨淵皆連交手，耗損過大，休養一段時間就好了。不過不知為何他的靈力在迅速消失，最好不要隨意搬動。」鳳染朝山下看了一眼，「柏玄在山中有住處，我們去那吧，我看短時間內妳是回不了清池宮了。」

後池點頭，朝閉眼昏睡的青年看了看，嘆了口氣。

三人駕雲朝山中而去，很快消失在天空，瞭望山脈徹底恢復了寧靜。

與此同時，一直關注著瞭望山景況的天帝和剛剛離去的淨淵，同時睜開了眼。

「咦？白玦真神布下的護山陣法不是已經破損了，怎麼會重新出現？」天帝皺了皺眉，眼底劃過一絲意外，他的探知之力竟然被重新攔在了瞭望山外，就如過往的六萬年一般。

另一道低沉的嘆息自玄白的身影處緩緩傳來，破碎虛空處的男子驟然回頭，嘴角微微揚起，眼中一片盛然。

「後池……我終於找到妳了。」

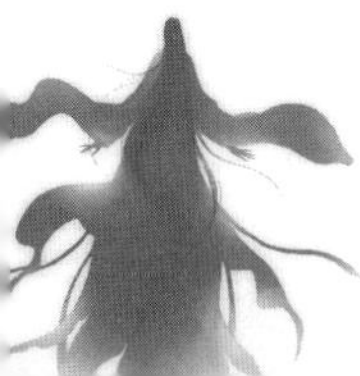

第十二章　隱世

山中無歲月，待鳳染第三次踏進瞭望山時，早已離那場驚天動地的神兵之爭兩年有餘。

三界眾仙對炙陽槍自行擇主多有感慨，眾說紛紜，但混亂荒誕的傳言在清穆隱跡後慢慢平息了下來，畢竟比起白玦真神的殘念和天帝的神力較量，他的傳承倒顯得沒那麼顯眼了。

至於被救下的三位殿下，聽說一回仙界便被天帝送進了聚仙池中修煉，同樣也有兩年未出現在仙界之中。眾仙驟聽此訊時皆驚愕萬分，聚仙池乃仙界泉眼，入其中修煉雖說對靈根大有裨益，能使得靈力迅速增加，但其過於濃郁的靈氣也會使得入內修煉的仙人飽受洗髓之痛，想不到天帝竟能狠下心讓這三位殿下入內修煉。

也因為景昭公主入了聚仙池，那在炙陽槍出世之日曾陪同清穆一起出現的小仙君，便引來了眾仙的一陣猜測。雖說當時情形混亂，讓人無暇顧及那降在景昭公主頭上的天雷到底是何原因，但在場的那些個仙君哪個不是成了精的老怪物，回去一細想哪還有不明白的道理？再加上上君鳳染也出現在瞭望山，那小仙君的身分倒有些呼之欲出了，只是眾人實在很難將那精緻可愛的小小仙童和清池宮的後池上神放在對等地位上罷了。

只不過，單單只是一禮便能引得天雷降下的位份，也讓眾仙對這位小神君充滿了好奇。雖說礙於景昭公主的顏面並未有上君將此事過於渲染，但世上哪有不透風的牆？仙界歲月悠久，向來可供八卦的事極少，這事傳來傳去，便成了三界中公開的祕密。景昭公主人尚在聚仙池，眾仙就更是無所顧忌了。

至於後池和清穆停留的瞭望山，當初火麒麟橫空出世，護山陣法在幾場爭鬥下大損，上古祕境連帶著也遭了殃，不過也才兩年光景，這山中便恢復了當初的模樣，陣法密布，靈氣濃厚得更勝從前。

一陣吆喝聲在半山腰響起，若是從雲端上往下看，這仙氣繚繞的仙山裡也只有半山腰的木屋處有點人氣了。以前圍在木屋外的木欄被全部拆掉，半山處全栽滿了木竹，在仙氣的孕養下，兩年時間，便勝似人間數十年之功，蔥蔥翠翠地占滿了山頭，風起時竹葉飄揚，漣漪似海。

「什麼鬼地方，居然一次比一次難上來！」

當鳳染無比艱辛地從山腳爬到這裡，一屁股癱坐在地上，見到半蹲在不遠處正逗著小狗玩的後池時，嫉妒的目光簡直能燃燒起來。

一個實力還不及散仙的小屁孩都能在瞭望山裡奔得比誰都歡，怎麼她這個上君想來一次就這麼難？

不過倒也奇怪，清穆醒來後，後池便恢復了成人的模樣，三人找不出來原因。後池堅定地認為是瞭望山靈氣濃郁，適合她修煉，是以便在這裡留了下來。清穆拗不過她，便陪她一同在此。

「鳳染，妳來了。」

後池把在地上撒潑打滾的小狗用手撥了撥，糊著泥巴的手在布衣上隨便擦了擦，朝鳳染走了過來。她身邊的小狗忙不迭地跑開，那奔命的速度絕對不比一般的仙君弱。

鳳染看著一身髒兮兮的後池，嘴角抽了抽，這好歹也是一位上神啊……

面前的少女容貌普通，十七、八歲的模樣，一身布衣，頭髮隨便用根竹篾子綰起。若不是對後池熟悉至極，她怎麼也不肯承認這比凡人還「入木三分」的女子，正是他們清池宮的小神君、

受眾仙讚賞的後池上神。

「後池，最近大黑怎麼樣了？」

鳳染朝小狗消失的方向看了看，撇著嘴問道。這小黑狗是後池在清穆昏迷的時候在後山發現的，當時牠奄奄一息，後池給牠餵了不少仙藥才救回來，後來就一直養到了現在。只不過也不知道是不是用仙藥給養出脾氣了，這小東西除了仙藥什麼都不肯吃。

「還不錯，長大了很多，清穆發現牠喜歡山澗後面的火石，大黑吃了後長得快。」後池朝院子裡的木椅走去，躺在上面哼唧了兩聲才道：「妳不知道牠脾氣大著呢，給少了還不樂意。」

「長大了自然食量就大，吃少了妳心疼，吃多了又嫌難養。後池，現在大黑的法力都快比妳高了，妳再懶下去，就不必出山了。」溫潤的聲音自木屋邊傳來，鳳染抬頭，正好看見同樣一身布衣的清穆站定在門口，聲音無奈，臉上卻分明是一副縱容的模樣。

清穆看到後池的樣子，皺了皺眉，返回房間拿著塊濕布走出來。他把後池從木椅上拉起來，替她擦乾淨了臉，重新梳了個髮髻才道：「不過這半個月來妳凝聚的靈力倒是有些長進，再過些時日，就可以達到下君的實力了。」

後池一聽這話，雙眼頓時彎起，拍了拍清穆的肩笑眯眯道：「這瞭望山果真是個好地方，才待了兩年便能有如此進步，看來留在這裡是對的。」

清穆眼簾微動，接過她的手一併擦乾淨，嘴角勾了勾並不言語。若不是他每日用靈力將她體內的封印一點點鬆動，否則別說是在這瞭望山，恐怕就算是泡在聚仙池中也沒用。

那封印之強橫，就算是憑他之力也難以撼動，到如今也不過是微微有點成效罷了。只是他想不通，上神之女體內靈脈弱小也就罷了，怎還會有封印暗藏在靈根深處？若不是他傳承了炙陽槍，或多或少有了白玦真神的一絲神識，還真的瞧不出來。

「真的？」

鳳染聽見這話倒是有些驚異。後池的體質她很清楚，再好的仙丹灌進去，也跟無底洞似的，根本難以聚攏靈力。這幾千年整個清池宮的好藥材都折騰光了，也沒見半點效用，倒是沒想到清穆只花了兩年時間便能有如此成效。她可不比後池，會真的以為是瞭望山的功勞，畢竟清池宮也是三界中難得的福地，就沒見後池的靈力有什麼長進。

鳳染當即長舒了一口氣，朝清穆點點頭，投去個感謝的眼神。

清穆瞇了瞇眼，點了點頭並未出聲。手中的濕布在後池指尖輕輕擦拭，眼中眸光微動，若是能把她這樣留在瞭望山，似乎……也不壞。

「對了，鳳染，妳這次出去，有沒有什麼發現？」

後池想起了一事，轉頭朝鳳染看去，眼中滿是關切。清穆聽見此話，握著她的手卻微微一僵，眼中飛快地閃過一絲複雜。

鳳染搖搖頭道：「沒有，這次我連冥界也去了，生死簿中並沒有柏玄的名字，想來他並沒有轉世投生到凡間去。」

冥界和人間息息相關，乃輪迴之所，位於九幽之底，和人間並為一界，雖是仙界仙君所管，但和仙妖二界的牽連卻極少。自兩年前開始，知道麒麟不是柏玄後，後池和清穆留在了瞭望山，鳳染便在三界中尋找柏玄的蹤影，只可惜至今仍然一無所獲。

後池聞言嘆了口氣，雙手托住下巴，眼神黯淡了幾分，「還是沒有消息嗎？」

「這兩年我跑了不少地方，人間也好，仙界也罷，都沒有柏玄的氣息，當初在妖界的時候我也有留意，不過也沒線索。」鳳染摸了摸下巴，嘀咕道：「現在只剩下四海和蠻荒之地沒去了。這些地方大多是大凶之地，上古凶獸頗多，以我的能力就算去了，也要花費數十年之功才能一一探訪完。哎，若是古君上神在的話就好了……」

後池聽見這話，神情頓了頓，父神不在，可是這三界中卻並非只有一位上神……此念一起便被她壓下，無論如何也不能去九重天。可是柏玄……若不是出了事，為什麼這八千年竟沒有一絲消息？

見後池皺著眉，清穆嘆了口氣，拍了拍她的腦袋，「無事，瞭望山的護山陣法雖然依靠我體內靈氣補充，但如今也恢復如常了。等再過半個月，妳晉升下君後，我便陪妳出山，先去四海看一看。那些龍王和我有些交情，若是請他們幫忙，應該會快上不少。」

後池精神振奮了些，忙不迭地點頭，一雙眼彎了起來。

鳳染看見兩人相處自得，微不可見地挑了挑眉，後池雖說模樣恢復了，可是這性子，在清穆面前倒是和變小的時候差異不大，也不知是何緣故。

朝神情溫和、眉目帶笑的清穆看了看，鳳染也輕輕舒了口氣。當初相見時清穆雖說客氣，卻有一股天生的疏離之意，不過才兩年光景和後池朝夕相處，他早已改變頗多。如今倒覺得若是他陪在後池身邊，也不失為一件美事，只不過……可惜的是，他偏偏是景昭屬意的人。

想起後池和天帝一家錯綜複雜的淵源，鳳染搖了搖頭，拍了拍袖子朝木屋旁邊搭建的幾間小竹屋走去。因著後池和清穆居住在此，木屋旁邊修建了兩、三間別致的木屋，只是她覺得有些奇怪，明明用仙法就可一氣呵成，清穆卻偏偏花費了數日時間親手搭建。

夜晚，清穆抱著一隻打著飽嗝的小黑狗從後山回來時，就看見後池坐在竹屋外的石凳上嘆氣。

小黑狗渾身黑不溜秋的，的確對得起牠的大名，見到後池，牠嗚嗚了兩聲，舔了舔爪子，渾圓的眼睛一眨，迅速從清穆懷中跳下，朝屋中跑去。

「也不知道牠怎麼就不待見我，難道是知道我嫌棄牠了？」後池懶洋洋地看了大黑一眼，托著下巴朝清穆道。

「吃了那麼多仙藥，成精了也不為怪。」清穆走過來，坐在一旁的石凳上，好笑道：「怎麼不休息，這半個月也要加緊凝聚仙力，否則很難晉為下君。」

後池搖了搖頭，不吭聲，神情裡有一抹惆悵。

「捨不得離開了？」

青年溫潤的聲音傳進耳裡，後池一愣，點了點頭，聲音中有幾分理所當然，「這竹林是我親手布下的，如今才長成這般模樣，我便要離開，自然捨不得。」

「妳是想在這裡等柏玄吧？畢竟這是他最後出現的地方。」清穆摸了摸後池的腦袋，聲音有些悶，「我一直在想，他到底是個什麼樣的人，能讓妳為他費這麼多心思。」

後池抬頭朝清穆看去，眼中的戲謔一閃而過，隨即哼了哼，道了句：「他自是值得我為他費神」，見清穆面色一僵，才「嘿嘿」地笑了兩聲，捂著嘴，眼睛亮晶晶的，「你和柏玄不一樣。」

見青年挑眉望向她，後池想了想才道：「我自小長在清池宮，雖說不出世，可三界的傳聞也不是不知道。天帝、天后威懾三界，景陽他們三兄妹花團錦簇，以我的靈力，若是出來了，少不了會被比較一番。我倒是無所謂，只是我父神為了我奔波數萬年，甚至為我爭了上神之位，雖說那些仙君明裡不說，可背後裡指不定怎麼笑話。我怎可讓他因我被三界恥笑？所以就算是再無聊，我也乖乖地待在清池宮，從不出世。」

清穆一愣，轉眼看去，少女溫潤的雙眸淡柔輕暖，突然心中一軟，後池雖尊為上神，可她身上肩負的擔子並不輕。

「只是……」後池頓了頓，眼底有抹微不可見的堅定，「在我出殼之前，柏玄就在清池宮中伴著我，以靈力為我孕養生機。若不是他，我絕對難以存活下來，所以就算是鳳染當初不求我，

我也會從清池宮中出來尋他。只是我沒想到會遇見你……這也算是意外之喜。」

「妳當柏玄是妳至親之人？若是妳找到他了呢？」清穆摸了摸下巴，靠近後池些許，見少女面上猶帶竊笑，挑眉問道。

「他是除了我父神之外於我而言最親之人，我要知道他是否平安。」後池答得理所應當，眉眼一笑，攬住青年的肩膀，一把拉近，得意得像隻小靈狐，「放心吧，本神是上神之尊，言而有信，不會扔下你的。」

漆黑的眼睛靠近得有些過分，帶著一縷孩童的稚氣和認真。清穆突然想起兩年前在他懷中撒潑打滾的小小孩童，開玩笑道：「當真？這三界六道，九州八荒，無論妳去哪，都不會扔下我？」

「嗯。」似是被清穆眼中的神采所惑，後池點了點頭，伸手拍了拍清穆的後背，「當然，無論三界六道，九州八荒，只要我還在，就不會扔下你。」

清穆身子一頓，略帶笑意的瞳仁陡然一縮，不可置信地抬眼朝後池看去，見她目光堅定，隨即笑道：「好，後池，妳要記住妳今日所言。」

我於北海而生，無牽無掛，孑然一身。後池，我就當妳此諾為真，三界六道，九州八荒，我且陪妳一試眾生，又有何妨！

兩人身後，仙境似古，遍山竹林，青翠搖曳，鳳染倚在門邊，望著嬉鬧的兩人，唇角微彎。

此人此境，但願十年、百年、千年後，依舊如昔。

第十三章　半神

半月之後，三人出瞭望山，啟程前往南荒之地的淵嶺沼澤。

因著後池靈力的小小進步，駕雲這等小事便落在了她身上，鳳染美其名曰：殺雞焉用牛刀。淵嶺沼澤於上古時代時便凶名昭著，只因藏於其中的凶獸不知凡幾，極難對付。只不過凶獸雖生來便極為強橫，可靈智卻不及神獸之萬一，甚至連妖獸都不如；即便是上古凶獸，就算修煉了千萬載也只有混沌之思，除非遇大造化，否則永難晉升。

只不過面對上古凶獸，就算是以上神之力，要滅殺牠們也很難。傳說淵嶺沼澤中就遺留有不出世的上古凶獸，所以萬年前天帝便立下敕令，淵嶺沼澤中的凶獸只要不出其地域範圍，便不受三界律令所限。

世人皆知上古凶獸愚鈍殘暴，嗜殺成性，可卻不知，若是靈智開啟，以凶入神的上古凶獸，其神力遠在上古神獸之上。只不過數萬年來，並無上古凶獸進化成功的先例，是以三界之中無人知曉罷了。

因著清穆已將四海之處的尋找之事託付給了四位龍王，所以他們三人便先入了這蠻荒之地的淵嶺沼澤，尋找柏玄的蹤跡。

一朵飄忽不定的仙雲出現在天際，停在了淵嶺沼澤上空，隨後扭曲成麻花狀顛簸著飄下，落在地上時甚至發出了「轟隆」一聲響，震得沼澤周邊的小妖俱是一驚，紛紛隱藏了痕跡。

這不知道從哪裡來的仙君真是不知死活，竟敢在這個時候在沼澤外鬧出動靜來。

「我怕了妳了，後池，下次還是我來駕雲吧。」等不及後池散開仙雲，鳳染已經灰頭土臉地從雲上跳了下來，面帶駭色。

仙雲散開，後池一身塵土，綰好的髮髻散在頸上，形象全無。她彈了彈青布衣，得意揚揚道：「這次算不錯了，居然可以駕三個時辰，鳳染妳快說，本神君是不是天資聰穎，駕雲的能力遠遠高於一般仙君？」

鳳染苦著臉看著後池，皺著眉頭半天都說不出一句溢美之辭來。見清穆唇角帶笑，慌忙轉移了話題，「清穆，等會入了沼澤，你可要把你那一身仙氣給藏起來。」

清穆挑了挑眉，走過來替後池重新綰好髮，有些訝異，「妳當初在淵嶺沼澤中修煉了上千年，還須要如此謹小慎微？」

鳳染點了點頭，面色有些凝重，「你不瞭解這個地方。」她吐了一口氣，望向不遠處被灰霧籠罩的地域，眼中浮現一抹平時未見的悵然來，「當初我被鳳凰一族遺棄在此，自生自滅，若不是有樹妖照拂，恐怕早就不知道死了多少次了。」

「此處當真如此凶險？」後池挑眉問道。

「淵嶺沼澤形成於上古時期，乃天下獸類聚集之地，裡面妖獸眾多，實力達到上君巔峰的不少。不過這裡自成一片天地，只要不出沼澤就可以不受擎天柱的影響，所以即便達到了妖君的位分也不會出現在擎天柱上。我當初和景陽大戰後離開此地，才會受三界之律的制約。」

「哦？還有此事？」清穆從來不曉得這天地中竟然還有一處可以不受擎天柱的影響，畢竟那擎天柱是祖神遺留在世間的唯一化身，能制約三界生靈。

「不錯。」鳳染點了點頭，見後池也是一臉好奇，頓了頓才道：「而且我在淵嶺沼澤中的千年也不過是在周邊修煉罷了，那中心地帶卻是一次都未曾去過。」

「那中心之處……可是有上古之時遺留的凶獸？」連鳳染都被震懾而不敢踏足，清穆想起了關於淵嶺沼澤的傳言，猜測道。

「不錯，你可曾聽說過，萬年前有一妖獸曾經闖過清池宮？」

清穆點頭，「聽說過，妖界的蛟龍妖恒擅闖清池宮，後來被古君上神劈成了飛灰。」

他一邊說一邊朝後池看去，也不知道這丫頭有沒有繼承到古君上神的好脾氣。

「其實妖恒出自淵嶺沼澤，只不過他叛了出去，後來去了妖界而已。他的實力和我差不多，在淵嶺沼澤中算不得頂尖，最多也只不過是個二流罷了。淵嶺沼澤中心之處的三首火龍才是這裡的主宰。這三首火龍傳自上古，妖力遠高於一般的凶獸……」鳳染一邊說著一邊朝清穆撇了撇嘴，「你不是在北海和九頭蛇戰過，那東西實力如何？」

「甚是難纏。」想起那次驚天之戰，清穆皺了皺眉道。

「那九頭蛇不過是後古的凶獸而已，論起實力，不及那三首火龍千分之一。我猜如今這三首火龍恐怕已經擁有半神的實力了。」

「半神？」清穆和後池都有些驚愕，就算清穆承得炙陽槍，也沒觸到上神的門檻，這三首火龍確實有些本事。

「你們也不用擔心，牠雖然不喜外人，卻不嗜殺，只要我們進去後不生事端，牠是不會搭理我們的。況且中心處不去就是了，柏玄應該是不會在那裡的。」

「嗯。」清穆點點頭，在後池身上布了一道靈力，才拉著她朝灰霧中走去。

灰霧之中的淵嶺沼澤並不像外界傳言的那般陰森可怖，只是煞氣濃厚，有股子血腥之意充斥其中，使這廣袤萬里成了生人勿近的凶地。這裡只有外部為沼澤所圍，進得裡面，才能發現另有

乾坤，茂密的叢林一眼望不見底，此處的妖林隱隱呈現赤紅之色，隨處都能感覺到一股灼熱的氣息。

鳳染用靈力探了探，輕輕「咦」了一聲，「淵嶺沼澤受三首火龍的妖力影響，這裡的炙熱之氣比萬年前強了不少，看來牠的妖力果然大漲。平時這裡雖不見得血鬥不斷，可也不會這般安靜，想來是這股妖力太懾人了的緣故。」

「這裡的妖力濃郁得有些不正常，我感覺整個淵嶺沼澤的妖氣都在向中心地帶彙聚，三首火龍的修煉地應該出了問題才是。」清穆的神情也有些凝重，牽著後池的手緊了緊。鳳染也許感覺不出來，但他能自這股凶戾中感覺到一絲遠古蠻荒之氣，想來這三首火龍並不好惹，也難怪天帝會讓淵嶺沼澤成為三界中的例外，存在至今。

「不管牠，我們只是來探尋柏玄的氣息，我先帶你們去一處安全之地，你再用神識試一試。」鳳染對此處最為熟悉，一路行來並未有不開眼的凶獸出現，就算是有一些隱約的氣息，也在清穆的威懾下躲了開去。

三人行了一個時辰，才靠近一處桃花盛開之地。這裡的桃林也染上了赤紅之色，看起來更為妖冶奪目。

「凶煞之氣比剛才更濃了，而且我感覺到灰霧外有股龐大的能量在聚集，這裡是不是安靜得有些過分了？」清穆朝四周看了看，神色凝重。

「那我們就別再深入了，這裡已經是外部的中心地帶，你在此處用神識感知，若是感覺不到柏玄的氣息，我們就馬上離開。記住，神識不要靠近最中心的炙熱之地，要是驚動三首火龍就不妙了。」鳳染停了下來，朝清穆打了個手勢。

「我布下了陣法，只要靈罩不破，三首火龍就感應不到我們的存在。」

清穆點頭，在桃林外布下靈力屏障，盤腿坐在地上，雙眼緊閉，手中印訣自指尖浮現，浩瀚的靈力緩緩向周圍擴去。

鳳染望著氣息平穩的清穆挑挑眉，心底有些驚異。就算只是周邊之處，涵蓋之地也有數千里，想不到他竟然能在這炙熱之地讓神識散布得如此之廣。只不過看他那樣子，顯然沒什麼收穫。

半個時辰後，清穆布下的靈罩已經漸漸無法阻攔越來越濃郁的煞氣侵入。來自淵嶺沼澤中心處的那股炙熱之力，甚至有突破那層灰霧的預兆，天際電閃雷鳴，轟隆之聲隱隱傳來。

「難道這三首神龍要晉位了不成？」望著這越加明顯的異兆，鳳染神色突變，失聲道。

後池正一眨不眨地看著清穆，聽見鳳染的聲音，疑道：「晉位？妳是說……」

「九天玄雷異象，只有晉為上神時才會出現。三首神龍數萬年前就已經是半神，看來這次……牠要衝擊上神之位。」

後池聞言也是一愣，後古界數萬年來，從來沒有一人能憑自身實力達到上神之尊。若是這三首火龍成功，倒真是一件開天闢地的大事。想不到在遠離三界的蠻荒之地，竟也能看到如此奇觀。

「難怪以牠的實力，甘願藏在這淵嶺沼澤中不見天日，原來是怕天帝提前感應到後會阻攔牠應劫。現在時機已成，若是牠應劫成功，倒真的會成為三界中的第五位上神了。」

「天帝？」後池挑了挑眉，明白鳳染話中的意思。如今三界體系已成，天帝積威甚重，若是再出現一位上神，勢必會打破如今的格局，讓三界大亂，也會威脅到天宮在三界中的地位。

與此同時，一股龐大凶煞的妖力自中心的炙熱之地拔地而起，終於衝破了淵嶺沼澤上空的灰霧，這股凶蠻之氣瞬間傳遍了仙妖二界，轟隆的九天玄雷夾著一股毀天滅地之勢，聚集在淵嶺沼澤上空，肅朗的晴空陡然間不見天日，變得暗沉起來。

上神晉位的異象，而且晉位者還是凶獸！明白這九天玄雷代表的含義，一時間三界仙妖俱

驚，所有的目光都朝淵嶺沼澤處投去……

沒想到這世間居然還隱藏著如此恐怖的上古凶獸！

一陣細微的波動突然在靈海中顯現，清穆陡然睜開了眼，皺著眉朝桃林外望去，「有人朝這邊來了，而且靈力還不低。」

「是不是三首火龍發現你了？」鳳染急忙開口，隨即立馬皺眉，「不對，牠晉階神位如此重要，怎麼還會顧及你的存在？」

「不是，此人身上仙氣濃厚，不是淵嶺沼澤中的妖獸，只不過他顯然是在逃跑，應該是出了事……」清穆話音剛落，一道璀璨的白光在淵嶺沼澤深處突然顯現，碩大的白色光輪化成半圓籠罩在天際，其中炙紅的火焰飛濺，一條三首虛龍幻影在其中翻騰衝撞，驚天動地的怒吼聲傳來，震人心魄。

「那是滅妖輪，竟然有人想在這個時候降服三首火龍，難道瘋了不成？以滅妖輪的靈力，根本束不住擁有半神實力的三首火龍！」

看著這一幕，鳳染陡然睜大了眼，神情中滿是驚愕，後池也沉下了神色，有些不解。

「先不管他瘋不瘋，這滅妖輪顯然有效。」清穆朝空中指了指，感應到那股仙力離桃林越來越近，挑了挑眉，這氣息，好像有點熟悉，是……

伴著三首神龍的怒吼，空中聚集的九天玄雷緩緩有消散的跡象，那股沖天的蠻荒妖力也黯淡了下來。

「衝擊上神之位必須是巔峰之時，那滅妖輪雖然殺不了三首神龍，但能化去牠的妖力。只要牠的妖力退回到半神的地步，自然不能渡劫，也就不能晉為上神，這人倒是好魄力！」

怒吼聲不斷，看著在滅妖輪中翻騰的三首火龍，感應到沼澤外的玄雷徹底消失，清穆挑了挑眉，讚嘆道。

「好什麼好！等三首火龍從滅妖輪中闖出來，我們就遭殃了，半神也不是我們可以對付的。」鳳染哼了哼，急忙道：「快走，在牠衝出來之前，我們必須離開沼澤。」

「遲了。」清穆嘆了口氣，漆黑的瞳孔中突然倒映出赤紅的火海，他朝天上指了指，神色凝重，「牠已經衝出來了。」

「咔嚓」聲突然響起，懸浮在半空的滅妖輪驟然破碎，化成一道白光在桃林不遠處落下。

「竟敢阻撓本尊晉為上神，爾等螻蟻，這淵嶺沼澤，定讓你們有來無回！」

驚天動地的怒吼聲響徹天際，瑰麗的火龍飛騰在半空，赤紅的雙眼死死地望著偌大的沼澤之地，一股遠古的蠻荒氣息迅速籠罩了萬里之遙。

炙熱的氣息瞬間淹沒了淵嶺沼澤。清穆沉下眼，濃郁的靈力自體內湧出，雙手飛速印出咒訣，金色的光芒將即將傾頹的陣法覆蓋。與此同時，一道白光駕著仙劍朝桃林而來。清穆挑了挑眉，倒是未加阻攔，在白光入內後才徹底將陣法合攏。

三首火龍的怒吼聲被隔在了陣外，連帶著那股血腥的殺意也阻攔了不少，鳳染隔著模糊的陣法看著外面騰飛的龍影，舒了口氣。至少可以擋得一時半刻，還來不及露出笑容，便看到闖進桃林的人，眉眼頓時沉了下來。

一步開外，青年身上藏青的長袍被燒得破破爛爛，甚至連頭髮和眉毛都變成了焦黑狀，半蹲在地上喘著粗氣，臉上是劫後餘生的慶幸，雖然沒有在瞭望山時的高貴溫雅，卻多了一份平時沒有狡黠和生氣。

「景澗，你不是在聚仙池中修煉，怎麼會在這裡？」

鳳染面色不善地看著蹲在地上的青年，語氣不悅。景澗腰間別著的破輪子還泛著微弱的白

光，她想想也知道這三首火龍晉位失敗是怎麼回事。這個天宮二殿下吃飽了沒事幹，居然去惹這個煞神，淵嶺沼澤被灰霧籠罩，難見天日。這次就算是死在這裡，天帝恐怕也無法在一時之間趕來。

景澗苦笑一聲，收起破損的仙劍，站起身，面色猶帶蒼白，眼中卻別有一份神采，「聚仙池中只能強行凝聚靈力，根基未穩只會適得其反。景昭素來吃不得苦，母后才會讓她進入，順便讓大哥在裡面護她周全。至於我，與其在裡面浪費時間，還不如來這淵嶺沼澤歷練，在這裡靈力反而凝聚得更快。清穆上君，剛才多謝相救了。」

他神態平和，雖是滿是狼狽，卻未有絲毫失禮，朝清穆拱了拱手。

「景澗，剛才是你用滅妖輪將三首神龍束於其中，破壞了牠的晉位？」朝正欲發火的鳳染招了招手，後池沉吟一下，溫言問道。

站一旁的清穆和鳳染都挑了挑眉，想不到後池對天帝一家都不待見，對這景澗倒是不同。

「沒錯。」下意識地回答了一句，景澗明顯愣了一下，這才抬眼朝清穆旁邊的少女看去。此時的後池既無大澤山時的遺世獨立之感，也沒有化身孩童時精緻無雙的面容，甚至帶了幾分平常少女的稚氣，唯一雙眼睛還是墨黑深沉。景澗猛一瞧，面上不由得掠過幾分訝色，遲疑了一下才道：「後池上神？」

後池點了點頭，挑眉道：「想不到天帝竟然會讓你來這裡歷練。」

景澗見後池提到天帝的神情，也感覺有些尷尬，眼眨了眨才道：「上神，就算我是天界的皇子，可是仙力還是要靠自己修煉的。淵嶺沼澤雖說凶險，但妖獸眾多，是修煉靈力的好地方。我來此一年，一直沒有去三首火龍的修煉地，本來打算今日離開，想不到竟發現了牠正欲晉階神位，故才用滅妖輪阻止。」

「你倒是和鳳染一樣，當初她也在淵嶺沼澤裡歷練了千年，不過你應該知道，就憑你的靈力，根本無法逃出去。」

鳳染朝景澗「哼」了一聲，顯然對後池的這句話意見不小。

景澗頓了頓，似是想起了什麼，看向鳳染的眼裡露出幾許驚喜，對著後池也不含糊，直接道：「上神應該也知道如今三界穩定，若是三首火龍晉為上神，定會影響三界安危。況且清穆上君的靈力，我在瞭望山領教過，所以剛才清穆上君探知的時候我隱隱有所感覺，所以才……」

這話一出，三人都有些驚愕，就算是把人當槍使也不必這麼老實交代吧！後池和清穆還好，只是苦笑著對望了一眼，沒有出聲。景澗實話實說，他們反倒不好說什麼了。

鳳染立馬豎起了眉，一雙鳳眼瞪得渾圓，朝景澗撇了撇嘴，「原來你是知道我們在此才會對三首火龍出手，堂堂天界二殿下，居然如此作派，真是夠磊落！」

景澗也不反駁，朝清穆二人歉意地看了一眼才道：「剛才我探知的時候只感覺到有兩股強大的靈力，並未發現後池上神也在此，否則我一定不會對三首火龍下手……」

以後池的靈力，在清穆和鳳染的影響下，能探出來才怪！

鳳染對著後池擠眉弄眼，頗有些幸災樂禍，卻驟然聽到清穆布下的大陣清脆的破裂聲，面色一變，朝天空望去。

靈力罩外，咆哮聲不斷，赤紅的火焰從三首火龍嘴裡噴出，落在金色的陣法上，發出「嗤嗤」的響聲，金光逐漸薄弱，眼見著就要被破開。

「鳳染，景澗受傷，現在根本無力應戰。這陣法擋不了多久，等會兒我和三首火龍交戰時，妳和景澗先帶後池離開。」清穆沉下了聲音，瞇著眼睛望向空中的赤紅龍影，淡淡道。

鳳染還來不及答應，後池就挑起了眉，斷聲道：「不行。」見她神情堅定，鳳染張了張嘴，

反倒不知道怎麼勸。

景澗也急忙搖頭，「清穆上君，三首火龍已經接近半神，你一個人根本攔不住牠。這件事因我而起，我留下來幫你。」

清脆的破裂聲逐漸加劇，清穆朝面色蒼白的景澗看了一眼，搖了搖頭，走到後池身邊，「後池，三首火龍乃是上古凶獸，牠不會顧及古君上神的威懾。若是牠大開殺戒，我攔不住牠。妳跟鳳染先走，我一定會出去。」

「不行，除非你跟我一起走，否則我不會留你一個人在這裡。」後池搖頭，朝鳳染擺了擺手，「鳳染，妳把景澗先帶出去。」

見後池不肯先走，清穆臉上的神情終於凝重了起來，剛準備開口，卻被一旁的鳳染打斷，「清穆，如果我能暫時拖住三首火龍的話，你有幾成把握可以用陣法將牠困在裡頭？」

「三成，妳有辦法拖住牠？」清穆奇道，他很清楚鳳染的靈力，若是攻擊的話還行，拖延的話恐怕她就不是很擅長了。

「不是我，是這片桃林，當初我就是在這裡長大的。那個老頭子本事沒多大，保命的本事倒是琢磨了不少。」

鳳染朝林中看了一眼，神色中有一抹悵然，話音剛落，她手中長鞭便化為一道紅光，擊在桃林中的空地上。霎時間，十里處的桃林開始快速地移動起來，密密麻麻的細小妖光自桃樹上升起，穿破金光，朝天空中怒吼的龍影襲去。

與此同時，金色的陣法終於承受不住火焰的吞噬，完全碎裂開來。

「鳳染，帶後池走。」清穆朗聲道，朝空中飛去。此時萬千桃林幻化的光線也瞬間朝三首神龍射去，落在巨大的龍身身上，竟讓那三首火龍一時動彈不得。

鳳染眉色凝重，拉住正欲御劍幫忙的景澗和面色突變的後池，揮出一道仙力裹在三人身上，急速朝淵嶺沼澤外飛去。

「想逃跑！哼！一群卑劣的仙人！」

轟隆聲自空中傳來，被細線束縛下的三首神龍龐大的龍頭越發猙獰，三張嘴中同時吐出炙熱的火浪、朝三人襲來。清穆突然出現在半空，擋下了大半炙熱能量，同時將後池三人向遠處推去。

「快走！」

「清穆！」後池還來不及回過頭，只感覺一陣晃動，人就已經轉移到了淵嶺沼澤外。

殘餘的火浪追趕而至，眼看就要落在三人身上，景澗祭出仙劍擋在火浪上，拉住後池和鳳染連退數里。清脆的碎裂聲響起，仙劍應聲而毀，景澗嘴角溢出鮮血，臉色變得更加蒼白。

與此同時，炙熱的火息瞬間將淵嶺沼澤全部籠罩，一時間竟難以靠近那片灰霧所在之地。

鳳染一把拉住就要往裡面衝的後池，大聲道：「後池，不要進去，妳根本幫不了清穆。」

這聲音如此刺耳，讓後池頓時停下了腳步，她指尖掐緊，緩緩閉上了眼。

裡面轟隆爆炸聲不斷，但鳳染和景澗卻能聽到後池清晰得沉重慘然的聲音，「所以，我就只能讓他一個人留在淵嶺沼澤？」後池回過頭，墨黑的眸子定定地看著鳳染，「鳳染，放手。」

那雙眸子中化不開的濃墨深沉讓景澗驀地一愣，彷彿突然間，大澤山上的後池和面前的少女緩緩重合起來，一樣的威嚴凜冽。

鳳染亦是微微一怔，她猛地咬住嘴角，手抓得更緊，「後池，別忘了古君和柏玄在妳身上花的心血，若是妳出事，如何對得起他們？我去幫清穆。景澗，你帶後池離開，越遠越好。」

景澗頓了頓，正欲接過鳳染遞過來的手，卻聽到淵嶺沼澤中三首神龍震天的吼聲。

「炙陽槍！你怎麼會有炙陽槍?!」

第十四章　兩難

看著三人消失，三首神龍正欲追趕，卻突然感覺到一股熟悉氣息席捲而來，源自靈魂的恐懼讓牠打了個寒戰，盯著已經近到眼前的槍身，頓時停止了攻擊，龐大的身軀甚至生生地後退了數步。「你是誰？炙陽槍怎麼會在你手裡？」

喑啞的聲音從空中傳來，嘴裡噴著黑紫的濁氣。三首火龍巨大的眼珠一眨不眨地盯著清穆手中抓著的兵器，裡面有一絲驚恐和不可置信。

牠命格屬火，又是上古凶獸，本來甚少有兵器或陣法能克制牠，可偏偏天地間生了一桿能焚萬物的炙陽槍，乃是牠天生的剋星。只是炙陽槍自白玦真神殞落後便消失了，如今怎麼會出現在這年幼的仙君手中？

「在下清穆，這炙陽槍乃是在瞭望山承得的，我等無意打擾尊上晉位，還請讓我們離去。」清穆升至半空，沉著眼望著不遠處盤旋的三首火龍，鄭重道。

「胡說，炙陽槍怎麼會被你承得！」三首火龍大嘴一張，嗤笑了一聲，隨即盯著炙陽槍的眼神變得火熱起來，「不過就是你運氣好，拾到了這炙陽槍罷了。小子，要是炙陽槍在白玦真神手中，我還會忌憚三分，可是在你這等小輩手中便妄圖讓我罷手？簡直可笑！待我吞了這炙陽槍和你，自然會靈力大增，到時候晉為上神指日可待，就算是天帝亦不能奈我何！」

三首火龍龐大的身軀扭動，頂著炙陽槍的威懾迎面襲去，張開大嘴，紫紅的龍息從牠嘴中吐出，籠罩在清穆周身上下。

清穆臉色頓沉，握著炙陽槍的手猛地縮緊，赤紅的火焰自炙陽槍頂端而出，和火龍的龍息纏鬥到一起。但很顯然，雖然火焰的力量更精純，卻頂不住延綿不斷的龍息灼燒，三首火龍龐大的身軀離清穆越來越近，甚至可以感受到牠嘴中那股濃濃的腥臭之氣。

清穆的臉色刷白，細小的汗珠從額邊滴下，握著炙陽槍的手腕處甚至被龍息劃開一道道傷口。看見逐漸抵擋不住的清穆，三首火龍眼中竄過一抹得意，巨大龍爪朝前面那抹玄色身影抓去。

「去死吧！」

在龍爪即將抓到清穆的瞬間，他傷口的鮮血同時滴入了手腕處那條墨色石鍊和炙陽槍上。幾乎是立時間，一股強盛的金光自石鍊和炙陽槍中噴出，朝迎面抓來的龍爪襲去。

金光穿過龍爪，直直地射進了三首火龍其中的一個龍頭中，那龍頭瞬間化為飛灰，不留一絲痕跡。

清穆愣愣地看著腕上的石鍊，突然一陣疼痛感自腦海中傳來，面色頓時蒼白無比。見三首火龍還來不及反應，他迅速收起炙陽槍，身形一動，瞬間消失在了桃林上空。

與此同時，在灰霧之外的後池亦感覺到手腕上的石鍊湧現出一陣灼熱，刻在上面的印記一時尤甚。

幾乎在清穆消失的一瞬間，火龍巨大的身子在空中翻騰，嚎叫聲憤怒無比，「你竟敢毀我一首！清穆，本尊和你不共戴天！」

淵嶺沼澤之外，正準備重新闖入的三人看到御槍而出的清穆，面色一喜，迅速駕雲離開。

半個時辰後，終於離至淵嶺沼澤千里開外，後池看著面色蒼白的清穆，緊握著手不出聲。

清穆見後池神色冷冷的，站到她身邊將頭髮拂了拂，笑道：「後池，別擔心，我沒事。」他握住後池攥緊的雙手，慢慢舒展開，見白嫩的掌心處深深淺淺的印痕，眼中的心疼一閃而過。清穆握住後池雙手，拍了拍她僵硬的身子，輕輕攬住，「後池，我沒事。」

半晌之後，後池才將頭埋到清穆肩膀上，聲音悶悶的，「是我沒用。」

清穆搖頭，感覺到一股灼熱的刺痛感從額間而出。他咬住了牙，努力平復了一下氣息才道：「不是，後池，這不關妳的事。」

見後池的神色，鳳染摸了摸鼻子，知道惹這個小神君不痛快了，嘆著氣站到了一旁。景澗見到清穆和後池相處，眼中有些明瞭，見鳳染苦著個臉，打算緩和下氣氛，「鳳染上君，多謝妳剛才在桃林中出手相救。」

「不必謝我。」鳳染冷冷地看了他一眼，眼底掠過一抹嘲諷，「二殿下難道不知我是被千年樹妖養大的嗎？那桃林裡的陣法是那個老傢伙留下的，你要謝就謝他，和我沒什麼干係。」

「那位老妖君……」

景澗被鳳染冰冷的眼神弄得一愣，淵嶺沼澤的千年樹妖……鳳染的修煉之地……還有那片桃林，似是想到了什麼，他心底原本的一絲竊喜，徹底變得冰涼起來。

「看來二殿下是想起來了，萬年之前，仙妖兩界在淵嶺沼澤開戰，你要謝的人，早就死在你兄長手中了。」

冷厲的話語一字不落地傳入景澗耳中，看著鳳染眼底的仇恨和厭惡，他長吸了一口氣，本就無血色的臉徹底變得慘白，伸向鳳染的手無力地垂下，眼底劃過一絲黯然。

妳一定不知道，我找了妳多久……鳳染。

這萬年來我無數次走進淵嶺沼澤，就連這次也不例外，可是卻不知道，當初救我的女童，居然是妳。

萬年前，他年輕氣盛，入淵嶺沼澤歷練，和妖獸大戰後身受重傷、昏倒在一片桃林外，是一個小女童救了他。那女童年紀不大，一看就知是剛出生的妖獸，但性子卻跋扈無比，一雙鳳眼格外伶俐。也不知是何原因，他竟然無法看穿她的本體，醒來時就已經被扔在了淵嶺沼澤的灰霧之外。

因為受傷過重，花了數百年時間他才慢慢恢復，所以才錯過那場仙妖大戰。只可惜等他回淵嶺沼澤找那女童時，卻再也難覓其蹤影。

眼底的暗淡被徹底掩蓋，景澗收回了伸出的手，悄然握緊，面上卻恢復了一貫的溫和從容，「鳳染，我兄長之過，景澗願一力承擔。」

「一力承擔？老傢伙神形俱滅，連輪迴之路都進不了，景澗，你如何承擔？」鳳染冷冷地朝景澗掃去，卻因他眼底那份認真猛地一怔，心底升起怪異的感覺來。這傢伙，好像並不是在說笑……可是那又如何，她憤憤地轉過頭，正好看到清穆額間的赤紅之色。

「清穆，你怎麼了？」

聽見鳳染的聲音，後池心底一凜，連忙從清穆懷中掙脫，朝他面上看去。赤紅的血絲自清穆額上湧現，逐漸朝全身蔓延。清穆緊抿住唇，密密麻麻的冷汗自他眉角沁出。

「三首火龍已擁有半神之體，牠的龍息太過霸道，侵入了清穆上君的體內。」景澗急忙走過來，用靈力在清穆體內探知了一番才道。

「後池，別擔心。」清穆扯著嘴角笑了笑，安撫地拍了拍面色大變的後池。

「不要緊的，我這裡有父神留下的丹藥……」後池急忙解下腰間別著的乾坤袋開始翻找。

「上神，沒有用的，三首火龍乃上古凶獸，龍息太過霸道，會逐漸化去清穆上君的仙力，最後靈根盡毀。父皇說過，沒有任何一種仙藥可解。」

後池翻找仙藥的手頓住，猛地抬頭朝清穆看去，他額間的紅線已經蔓延至頸間，漆黑的瞳孔也染上了赤紅的色彩。

「誰能救他？」後池轉過頭，一眨不眨地盯著景澗，神情冷冽。

似是被後池眼中的冰冷凝住，景澗頓了頓，才道：「三首火龍的龍息雖然厲害，可是畢竟只是半神而已，若是以更強的龍脈之力凝入他體內，就可以化去。」

三人俱都愣住了——更強的龍脈之力？三首火龍已經是半神之體，比牠更強，這天地間只有本體為五爪金龍的天帝和上古蛟龍而化的古君上神才有這個能耐。古君上神早已不知所蹤，唯一能救清穆的只有……九天之上的天帝！

可是龍脈之力乃是神龍本源，天帝又豈會輕易答應相救？哪怕是景澗親自相求，恐怕也不見得會成功。

「回瞭望山。」清穆連想都沒想，抓住後池的手朝鳳染道，眉頭緊皺。

手被抓得很緊，炙熱的氣息一點點侵入骨子裡，赤紅的血線森冷可怖，後池閉上眼，隨即睜開，定定地看向清穆，「不，我們去天宮。」

「後池……」鳳染猛地起身，不敢置信地望著後池筆直的身影。出了清池宮，為了找柏玄，就算是再困難，後池也從來沒有想過要去尋求天帝和天后的幫助。

「不行，後池，妳不能去天宮。」清穆面色蒼白，神情卻堅定無比，「無論如何，妳都不能為了我去求天帝，絕對不行！

「哪怕是我靈脈盡毀，淪為凡人，妳也絕對不可以去九重天宮！」

後池看著清穆，沒有出聲。場面一時冷了下來，仙雲飄蕩在天際，鳳染訥訥地站在一旁，眉頭緊鎖。景澗站在她旁邊，也嘆了口氣，若是清穆堅持不入天宮，根本就沒有辦法可以救他。以三首火龍的龍息之力，最多不過一月，便能讓他靈根盡毀，與凡人無異。

「我父神說過，若是有一天兩全不能相得，便讓我擇其重。清穆，我一定要去天宮！」

後池的石鍊中陡然爆發出一陣強大的靈力，將清穆完全裹在其中。清穆緩緩閉上了眼，最後只來得及看到後池格外堅定的神情。

「後池……」鳳染面色一變，失聲道：「妳能用石鍊中的力量了？」

就算清穆受了傷，可是如此簡單就能將其制住，這石鍊也太古怪了。

「剛才在淵嶺沼澤外突然能凝聚靈力了。」後池將清穆放好，背過身，堅定的話語自口中而出，「鳳染，我們去天宮，就算要借助外力，我也要試一試。」

後池話語之間，鳳染愕然看到，一股墨色的靈力從石鍊湧進後池身體裡。幾乎是頃刻間，她身上的青色布衣化為絳紫的古樸長袍，大開大合，火紅的桃花從腰際緩緩蔓延直至衣角，長髮披散，碧綠的髮簪將其斜斜綰住，黑色的金紋長靴踩在她腳下，神祕而莊嚴。

這樣的她，和在大澤山時的氣度神韻一般無二，好像頃刻間變了一個人般。

「後池……」鳳染喃喃開口，伸出的手緩緩收回，站在這紫色的身影之後，她竟有種恍惚的驚豔感。

看著這樣的後池，景澗臉上泛起一陣奇異的神采，眼中露出不可置信的驚訝和無措。

如果這樣的後池，出現在母后面前……她是否會後悔，錯過了陪她長大的歲月？

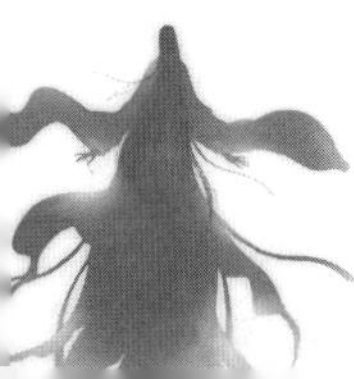

第十五章　天宮

後古界開啟以來，仙界天宮始終屹立在九重之巔，受人間萬民朝聖，三界眾生臣服。天帝掌管三界數萬年，載物厚德，恩澤天地，和天后統御三界，其威望尊崇早已超過了數萬年前就已消失的上古界眾神。雖說仍有古君上神名震三界，但毋庸置疑，天帝才是三界之中名副其實的主宰之神。

所以說，讓天帝將龍脈之力自體內剝離，三界之中，古往今來都無人有這等膽量和勇氣。但自淵嶺沼澤中而出的三人未有絲毫停滯，駕著祥雲直接停在了南天門外。

後池並未遮掩身分，甚至不用景澗先出口吩咐，就這樣領著鳳染大搖大擺地朝南天門正門走去。景澗用靈力將清穆扶好，跟在她身後，行走之間堪堪只是和鳳染處於同樣的位置，落了後池半步。

守護天門的天將早已看到遠處而來的一行人。只是那一馬當先的女子紫袍襲身，美玉於額，清冷的面色間夾著淡淡的冷冽和疏離，觀之風華萬千，天將甫一抬頭，便怔在了當場。

轉眼見二殿下景澗恭謹地跟在那女子身後，平時常有的呵斥便哽在了喉間，隨即狠狠地吞了下去。

儘管不知道這紫袍女仙君是誰，但天將仍是低下了頭，行了半禮迎接不遠處的幾人。

低頭的天將在掃到鳳染的時候，眼中的一絲疑惑瞬間變成了驚愕。上君鳳染蟄伏清池宮中萬載，雖說認得她面貌的人不多，可這性子卻是三界眾知。面前的紅衣仙君紅髮披肩，神態猖狂，幾乎不需要辨認，她一出現，守門的天將便看出了她的身分。轉念間，他愕然抬頭望向景澗和鳳染身前的紫袍女子時，便帶上了不敢置信的訝然。

鳳染上君伴隨左右，天界二殿下恭謹跟隨，三界之中，能有此身分的，不過也就一個清池宮的後池上神了。

只是沒想到清池宮中傳了萬餘載的小神君，竟然是這樣的灼灼芳華，威儀高雅。

幾乎是一時間，原本只是頷首微行半禮的天將，手中長戟本能地鏗然向前，單膝跪地，面容肅朗，眼底有著連自己也未察覺的尊崇嘆服。

上神啊！還是活的，這都多久沒見到了。

「見過上神。」

清越的聲音鏘然入耳，已經一隻腳踏進南天門的後池微微一愣，眼中流過一抹波動，垂眼掃過跪倒在地的天將，頷了頷首走了進去。

鳳染挑了挑眉，嘴角一勾緊跟其上，只有後面扶著清穆的景澗，見到這一幕似是有些怔然，眼神落在那些天將身上時多了一抹複雜。他在天宮活了數萬載，從未想過天界的仙君對後池竟有種近乎本能的尊崇。他輕輕嘆息一聲，見後池和鳳染已隱隱不見蹤影，急忙快走幾步跟上前去。

看來，後池的到來對仙界眾君的影響比他想像中的還要大。

在景澗的帶領下，三人繞過九重淵閣、華貴宮殿，停在了一座古樸的殿宇之前。門前守著的小童正在打盹，聽到聲響迷迷糊糊地睜開眼，見到景澗面色一喜。

「二殿下，您回來了！」小童虎頭虎腦的，清脆的聲音在看到鳳染的時候停了停，待一雙大眼落在後池身上時，眼珠子更是立時便瞪了起來，嘴巴微張，神情呆愣。

「平遙，吩咐下去，將殿後的紫松院收拾出來，帶後池上神過去休息。」景澗看自家小童呆傻的模樣，尷尬地咳嗽了一聲，擺了擺手。

「後池上神……」平遙低聲嘟囔了一句，沒站穩，打了個趔趄，待回過神來才猛地站直，連聲應著，看向後池的眼底滿是稀罕，黑滾滾的眼珠子轉溜著，在門口賴著就是不願進去。

「平遙，還不進去。」這臉丟的！景澗臉色頓時黑了下來，牙咬得「喀啦」響，一貫溫淡的面色頭一次有一絲破裂。

這小童一副憨態可掬的模樣，倒讓後池心底有幾分意外的喜歡，也明白平時景澗定是沒什麼架子，才養出了如此性情的小童來。

「二殿下，我這就去。」平遙回過神，見自家二殿下臉色黑了，嚇了一跳急忙朝裡奔去。

看見後池面有憂色地望向昏迷的清穆，景澗忙道：「上神，父皇應該在玄天宮中，清穆的情況我去說一說，待會兒再回來。」

後池點頭，知道此事由景澗先為提及更好，鳳染從景澗手中接過清穆，兩人跟著平遙就往裡走。

「景澗，此事有託了。」行了兩步，後池終是停住了腳步，對著急急轉身的景澗輕聲道，回首之間，神色沉然。

景澗面色微怔，腰間的雙手猛地握緊，看到面前少女垂眼之間的懇切，心底竟詭異地生出了一絲豪氣干雲的兄長之情來。

「好好，不要擔心，清穆是為我而傷，我定會讓父皇出手相幫。」景澗愣愣地看向後池，乾巴巴地擺手連道，伸出手去扶後池——可那深紫的挽袖卻在他觸到的一瞬間躲了開去。

後池愣了愣，看向自己的雙手，眉宇間有些愕然。她並未解釋，只是皺了皺眉，轉過了頭。

見到後池下意識一般的動作，景澗收回手，尷尬地搓了搓，「別急，我現在就去玄天宮。」話未說完，人已跑得老遠，鳳染看著那有些尷尬消失的身影，看向後池，「看來妳不是不介意。」

後池並未說話，轉身朝裡走去，鳳染眉宇微動，跟在她身後。

短短片息時間，鳳染充分體驗到了天宮消息傳播的速度之快。一路行來，不時會有小仙娥冒冒失失地從犄角旮旯裡跑出來請安，看著後池的眼神都有種瞧珍稀物種的稀罕感，鳳染哭笑不得打發了一撥又一撥，在後池的臉色徹底變黑之前終於走到了紫松院。

平遙守在院門前，對著一群靠近的仙娥、童子張牙舞爪，頗有一夫當關、萬夫莫敵的氣勢，只是那小身板著實有些不靠譜。他看見後池走進，嘴一咧樂顛顛跑來，「上神，紫松院已經收拾好了，我帶您進去。」

「不用了。」後池擺擺手，話還未說完，見他臉上瞬間浮現的沮喪感，頓覺有些好笑，從袖中掏出個木盒朝平遙扔去，「這是清池宮後山上的松仁，十年開花，百年結果。」

一聽這話，平遙的眼睛成了一條線，立時將木盒抱得死緊，藏在了衣服裡，忙不迭地行禮道：「多謝上神，上神吉祥。」

此話一出，萬籟俱靜，不遠處的仙娥童子個個捂緊了嘴，面帶憂色地看著口無遮攔的平遙。

後池抬起的腳一頓，輕舒一口氣，面不改色地跨進了院門，只是速度卻快了不少。鳳染聽見這話，朝前面的後池瞥了一眼，嘴角抽了抽，使勁端正了面容跟著一同走了進去。

院門「砰」的一聲關上，鳳染見後池面色不善，一個忍不住，大笑了起來，「說說，妳給這小傢伙一盒松子幹什麼，自討苦吃。」

「他本體是隻松鼠，想必喜歡吃。」後池嘆了口氣，也覺得有些丟臉，擺手道：「把清穆送進房間吧，景澗等會兒就會回來，若是天帝不答應，明日我再親自去一趟。」

鳳染見提到這事，面色一正，點點頭，扶著清穆朝院中房間走去。

紫松院中簡樸清雅，在這莊重的天界別有一番意味。院中栽滿松樹，蒼翠松針，仙氣繚繞，是個養病靜心的好地方。

此時已近傍晚，因心中有事，後池乾脆坐在院中石凳上，杵著下巴發起呆來。數萬年來，她對仙界天宮的牴觸之意從不曾少，是以從來未曾踏足此處。但一路行來，卻也發現，她不喜的也只有那九天之上掌管三界之人，至於仙界其他人，她並無怨憤，若是天帝不肯答應景澗，那明日面對那人，她要如何開口……

後池嘆了口氣，聽見院門外略顯急促的腳步聲，眉角微皺，轉過了頭，正好看見景澗面色凝重地推開院門朝裡走來，不由得心情微沉，看來……天帝並未答應。

「上神，」看到後池微沉的眼神，景澗有些茫然，連忙疾走幾步，「不是妳想的那樣，父皇未在天界，我沒有見到他。」

「哦？」後池怔了怔，舒了口氣，眼底的冰冷也稍稍化了開來，「不在天宮，那天帝何在？」

「我去淵嶺沼澤已近半年，剛才去玄天殿，才知道父皇兩月之前已離開天宮，並未交代去向，但他亦有留話給司職天君，說是三個月內必回。」景澗娓娓道來，見後池面色稍緩，暗舒了一口氣。

「你可有方法找到天帝？」後池皺了皺眉，問道。

「沒有，我們三兄妹中只有景昭身上留有父皇金龍印記，危險時能讓父皇感知，只是她在聚仙池中閉關已近兩年，不知道何時才能出來。」

「也就是說，還有一個月天帝才會回來。」清穆體內龍息發作的時間也正好是一個月，後池算了算，點頭道：「既是如此，我便留在天宮等天帝回來。」

父神失蹤，天地間唯一能救清穆的唯有天帝，她不能不等。

「那好，妳就在紫松院中休息，若是想出去走走的話，可以讓平遙帶路。」景澗看著面色凝重的後池，眨了眨眼，從挽袖中掏出一物遞給她，「這是東海的萬年玄冰，雖然不能遏制龍息的發作時間，但能夠減少身體灼熱之苦，放在清穆上君額上便可。還有……這是聚仙果，乃聚仙池中以靈力孕育而出，能聚天下之靈氣，我聽聞妳靈氣始終難以凝聚，不妨試試。」

後池微愣，見景澗神情小心，手中的玄冰寒氣內斂，溫潤如玉，略一遲疑，接過了玄冰，點頭道：「多謝，只是幼年時我已經服過聚仙果，並無作用，二殿下費心了。」

見後池神色淡漠地轉身朝裡走去，景澗嘴唇動了動，還是忍不住道：「妳是不是很失望？」

後池停住，未轉頭也未言語，只是垂眼間，如水的眸色驟然深了起來。

「大哥性子高傲，敗於鳳染之手後心有不甘，這萬年來從未打開過心結，對紫垣護短也是如此；三妹生來便只聽得到稱讚，以為凡事只要她想要就能得到，才會養成如今這般驕縱的性子；而我……」景澗頓了頓，咬了咬牙，「明知道三首火龍只是對父皇有威脅而已，還冠冕堂皇地利用清穆和鳳染之力將其晉位挫敗……

「後池，妳是不是很失望，我們不過如此而已。」是不是很失望，母后當初放棄了孱弱的妳，遠離清池宮，卻只能把我們教成如此模樣？

溫潤清越的聲音飄然入耳，後池轉過頭，眼神幽深，眸色隱隱波動，看著景澗淡淡道：「天家之事，與我何干？二殿下言重了。」說完轉身就走，深紫的長袍拂過地面，一地漣漪。

景澗怔怔地看著走遠的身影，低聲道：「後池，妳在殼中萬年才出，本來我比妳年長的……」

已經走遠的背影微不可見地頓了頓，終是未曾停留，緩緩走遠。

既然生而對立，又何必強求？

鳳染站在回廊後，看著不遠處暗自神傷的青年，挑了挑眉，轉身離開。

一月時間轉瞬而至，紫竹院中拜訪的上君絡繹不絕，但都在得知清穆上君抱恙、後池上神心情不佳後，被景澗委婉地送了出去。

還有三日便是清穆體內龍息毀掉靈根的時間，而天帝依然沒有出現。紫竹院中的氣氛降到了冰點，原先還喜歡在院外徘徊的仙娥、童子們全不見了蹤影，見到面色低沉的鳳染，一個個恨不得繞著圈走。

鳳染推開房門，見後池趴在床前一眨不眨地盯著躺在床上的清穆，嘆了口氣。

「後池，妳不要太擔心了……」話說到一半，她抬眼掃過清穆蒼白透明的面色，停住了聲。任是誰都能看得出來，清穆現在的狀況很不好，根本撐不了多長時間了。

「天帝還沒有回來嗎？」後池低落的聲音在床邊響起，有氣無力。

「嗯，景澗剛剛去了玄天宮，希望這次能有好消息帶回來。」想到那個一日三次準點去玄天宮報到的二殿下，鳳染嗓音中也少了幾許戾色。無論如何，他總歸是在盡力補救。

後池巴巴地看著清穆，眼眨了眨，突然轉過了頭，「鳳染，我們去淵嶺沼澤，既然龍息是三首火龍的，那牠應該能救清穆。」

望著後池亮晶晶的眼神，鳳染心有不忍，但還是搖了搖頭，「如今龍息已經侵入了清穆的靈根，若是三首火龍晉位上神，或許還能救清穆。可是現在牠被清穆毀了一首，對我們恨之入骨，根本不可能。」

後池眼底剛剛升騰的希望一點點散開，她回轉身，將手放在清穆額上，一片滾燙。若不是玄冰的奇效，這具身子恐怕都會被焚毀。赤紅的血線已經蔓延至心脈附近，又詭異又妖冶，而清穆手腕處沉黑的石錬毫無動靜，甚至連靈力都越來越淡。

房間裡令人窒息的沉默緩緩蔓延，鳳染嘴唇動了動，終是嘆了口氣，退到了一邊。

片刻之後，房門外急促的腳步聲突然響起，兩人俱是一愣，朝門口看去，見到來人面色一緩。

景澗一推開房門，就看到兩雙瞪大的眼睛一眨不眨地盯著他看，唬得倒退了一步才急道：「上神，父皇回來了。」

一句話便讓房中的兩人振奮了精神，後池驀地站起身，眼露喜色，「天帝回來了？走，你帶我去玄天宮見他！」

「等一下，上神。」景澗攔住了就要往外走的後池，遲疑了一下才道：「剛才我去玄天宮才知道父皇一回來便去了朝聖殿，現在不在玄天宮中。」

「朝聖殿？」後池停住了腳步，默唸了一遍，「那是什麼地方？」

「朝聖殿在仙界九天之上，乃是一處靈力錯亂的空間，傳說是上古眾神殞落時而留，所以便有了這麼個稱呼。但是聽說除了天帝和天后以外，還沒有人能進那裡去。」鳳染皺了皺眉，想不到景澗會提起此處，擔心地看了後池一眼才道。

古君上神當年離開時曾說過，永遠也不要讓後池知道三界之中還有這麼個地方存在，她一時疏忽，竟忘了此事。

「為什麼進不去？」後池皺了皺眉。

「因為朝聖殿外自誕生之日起便自成結界，哪怕是擁有巔峰實力的上君，只要一靠近，也會灰飛煙滅。」景澗見鳳染面色有異，瞥了她一眼才接著說道，只是心底暗自訝異，鳳染為何如此不喜他提起朝聖殿？

「灰飛煙滅？」後池心下有些奇怪，清池宮裡的古籍中根本沒有一處曾經提到過三界中還有

這麼一處奇特的空間，「有沒有辦法可以將天帝喚出？」

「沒有，除非有人能進去。」景澗搖頭，眼神落在了後池身上，有些深意。

「景澗，你的意思是……讓後池去？」鳳染眼一瞪，眉立馬豎了起來，「你明明知道那裡危險重重。」

「那裡只有父皇和母……」提到天后，景澗頓了頓，看了一眼後池才道：「才能進去，所以我想會不會是上古界留下的某種規則，只有上神才能不受阻攔地進入那裡。」

鳳染皺著眉，面色不善地看著景澗，「哼」了一聲沒有說話，一雙眼冷得可怕。

「景澗，你帶我去。」後池沒有理會鳳染的阻攔，起身朝門口走去，朝景澗擺了擺手。

景澗的猜想不是沒有道理，更何況她不能眼睜睜地看著清穆靈根盡毀、淪為凡人。

「後池！」鳳染面色微變，見後池神情執著，伸手去拉，眼底有了急色。

「鳳染，不用擔心，妳在這裡看著清穆，我會把天帝帶來的。」後池抬腳朝門口走去，對景澗道：「我們走。」

景澗點了點頭，看向面色擔憂的鳳染，鄭重道：「放心，我一定會把她平安帶回。」

兩人走出房間，轉瞬沒了蹤影，鳳染嘆了口氣，跟了兩步還是退了回來，一轉頭，正好看見清穆眉間微動，不由得一喜，忙彎下身。

「清穆，你醒了！」

話還來不及說完，鳳染臉上的驚喜緩緩凝住——青年睜開的雙眼裡，金色的印記如有實質，蒼茫威嚴，空洞無神，和瞭望山時一般無二。

他定定地看向那抹紫影消失的方向，空洞的眼神逐漸變得蒼涼痛楚，彷彿盛了千萬年的悲寂。

「後池，不要成神……千萬不要成神。」

低低的呢喃聲從清穆嘴中吐出，他眉間顯出一抹掙扎痛苦之色，隨即漆黑的顏色緩緩將那一抹金色化去，恢復了正常，又重新閉上眼。

鳳染愣愣地看著這一幕，一種詭異的感覺襲上心頭，她面色凝重地盯著重現陷入昏迷的清穆，秀眉微微皺起。

不要成神……是什麼意思？清穆，你到底是誰？

朝聖殿位於仙界深處，薄薄的墨色結界籠罩在外，裡面的光景瞧不真切，但隔得老遠都能感受到一股濃厚的威壓氣息緩緩逼來。

頂著混亂的靈力風暴，景澗停在結界不遠處，他朝面色如常的後池看了一眼，知道自己猜想未錯，也緩緩舒了口氣，有些慶幸，「上神，看來這裡對妳並無影響，妳應該可以進入，若是找到了父皇就盡快出來，清穆的時間不多了。」

後池點頭，看向景澗的眼底多了一絲暖色，「景澗，多謝。」

景澗撓了撓頭，眼底有些驚喜，忙擺了擺手，「不用，妳進去後一定要小心，畢竟還沒人知道裡面到底是怎麼一回事。」

後池點頭，抬腳朝墨黑的結界而去，景澗見她毫髮無傷地走過那片混亂的靈力之處，眼底染上了幾分感慨。

三界之中的上古祕境不少，當年的瞭望山和這朝聖殿都算是，但能夠闖進的人卻極少，可是這兩處對後池都沒有任何阻攔。他隱隱有些疑惑，當初古君上神為後池掙得的上神之位，難道就是她能出入無阻的真正原因？可是，若是被三界規則所接納，那擎天柱上，卻又為何沒有後池之名？

在後池闖過墨黑結界的一瞬間，微弱的靈力自虛無空間而出，湧進了她身體裡，卻未像往常一樣迅速散去，反而凝聚在她體內，徹底地沉澱了下來。後池猛地一怔，眼底劃過一抹不可置信的驚喜。

若是在此處待上百年，她的靈力一定可以達到上君巔峰，想不到天界中的朝聖殿，居然會有如此奇效。

只是，這等地方，萬年來，怎的從沒聽父神提過？

一聲爆炸聲自遠處響起，白光隱隱而現，想起來此處的目的，後池斂下心神，迅速朝爆炸的地方飛去。

這片虛無空間無比宏大，後池足足飛了半個時辰，才看到那爆炸的地方。白光閃耀之處一條巨大的五爪金龍升騰而起，濃厚的靈力不斷自四方湧來注入那龐大的身軀，使得白光更加耀眼。趕來的後池看到的正是這麼一番光景，她心底暗自訝異，也隱隱明白天帝能坐擁三界數萬年，恐怕和這個虛無空間也有關係。

「後池？妳怎的來了此處？」渾厚的聲音自半空中傳來，巨大的龍嘴噴出一道白光，落在後池腳下，將她緩緩托起，升到和金龍一般的高度才停下來。

後池的神情有些僵硬，但還是拱了拱手，「天帝，清穆在淵嶺沼澤中了三首火龍的龍息，只有你能治好，所以我帶他來了天界，已有一月了。」

「想不到妳竟然也能進入這裡。」金色的龍眼裡露出些許詫異，盯著後池看了半晌才緩緩道：「三首火龍已接近半神，確實只有本帝才能救他，只是若要救他，必須得用本帝的本源之力，妳可知道？」

後池點點頭，神情鄭重，「天帝，還請援手。」她微微低頭，紫色長袍緩緩飄曳，眼中猶帶倔強。

虛無的空間中陷入了沉默，半晌後才聽到一聲嘆息，「後池，本帝應承妳。」

後池一愣，舒了口氣，腳下的白光一閃，就降到了地上。甫一抬頭，見半空中盤旋的巨大金龍已經化為了人形，朝地面飄來。

「天帝，多謝相救之恩。」無論怎樣，本源之力對天帝太過重要，他肯如此簡單就答應救清穆，已經出乎後池的意料。

見後池神情僵硬，天帝嘆了口氣，「也不是我托大，按輩分，妳該叫我一聲伯父。」

後池頓了頓，眉色微皺，並未開口。

天帝擺了擺手，「既然妳不願，那就算了。是景澗帶妳來的？」

「天帝如何得知？」

「他半年前去了淵嶺沼澤，想必和你們碰見了。以妳和清穆的性子，三首火龍的事應該是他的手筆，清穆既是為他所傷，我相救也是應該。只是，我沒想到妳竟然能入這朝聖殿。」

「天帝，我不明白，這裡只是一片虛無空間，為什麼會以殿命名？」後池朝四周看了看，面色疑惑。若不是這地方太過怪異，她也懶得去問天帝。

「妳父神沒有跟妳提過這裡？」天帝看到後池面上的疑惑，眼底有絲訝異。

「沒有。」後池搖搖頭。

天帝揮了揮手，虛無的空間中突然出現了一張石桌和兩把石凳。他拂了拂流金的長袍，拾步坐在石凳上，朝後池道：「坐下吧，既然妳對這個地方有興趣，不妨聽聽。」

後池挑了挑眉，坐了下來。

「妳應當知道，我們如今所處的三界乃是後古時誕生。在上古之時，還有一片空間處於三界

之上。」似是回憶起那段遙遠虛無的時光，天帝眼底掠過一抹不自覺的悵然。

「你是說上古界？」第一次聽到上古之時的事，連後池心底也有了一絲好奇之意。

「沒錯，這虛無空間的上面就是上古界。祖神擎天消逝後，混沌浩劫降臨，上古真神攜其他三位真神抵禦浩劫，最後上古真神在彌留之際將上古界永久封閉，殞落在了此處。」

「你是說，上古真神是在這裡消失的？」後池有些怔然，沒想到這個地方竟然是上古真神消逝之處，「那其他三位真神呢？」

「不知道，混沌之劫來臨時，整個上古界一片混亂，我當時也不過只是一個普通的上神而已，若非上古真神最後的那一場爆炸太過可怕……」天帝頓了頓，眼底流過一抹異色，並未繼續說下去。即便六萬年過去，當初那一場毀天滅地的劫難想來都仍然讓人心悸，還有……

聽見天帝提及往事，後池的呼吸滯了滯，竟生出了些許煩悶和不耐的感覺來，「那為何會稱此處為殿？」

「因為傳說當初上古界中，上古真神的殿宇散落在這片虛無空間中，所以才會稱此處為朝聖殿。混沌之劫後這裡雖然靈力渾厚，卻很是凶險，若是不到上神之位根本無法進來。六萬年來，我便是在此處修煉，不過上古真神失落在這虛無空間中的殿宇，我卻一次都未瞧見。好了，時間不多，若妳對上古諸神的事有興趣，我日後再說與妳聽。今日還是先出去，救了清穆再說吧。」

天帝站起身，眼底流過些許悵然，見後池一副沉思的神情，笑道。

「也好。」聽天帝如此說，後池點點頭，她也掛念清穆的病情，況且進來的時間也不短了。

天帝轉身朝結界出口而去，後池跟在他身後，突然之間，一股灼熱之感從手腕處傳來。她停下腳步，垂眼望去，沉黑的石鍊隱隱顫抖，源自靈魂的呼喚彷彿從遠方緩緩傳來。

眼底墨黑的印記一閃而過，後池兀然回頭，望向虛無的空間，神情怔然。

「後池，怎的還不走？」未聽見身後有腳步跟來的聲音，天帝回轉頭，朝後池望去，卻陡然愣住，未曾動容的面色緩緩凝住，眼中浮現難以置信的驚愕。

金光在整個空間內鋪灑，虛無的空間彷彿被破開一條隧道，一座古樸的宮殿緩緩自遠處飄來，停在了兩人上空，遠古的氣息籠罩了整個空間，無窮無盡的威壓自那殿宇散發而出，竟讓天帝也不得不退後了幾步。

「這是……這是上古真神的宮殿……」天帝陡然動容，看向不遠處似乎呆掉了的後池，急道：「後池，快過來……」

後池卻恍若未聞，她愣愣地看著不遠處懸空而立的殿宇，手微微抬起，眼底的清明漸漸消失，慢慢變得混沌一片。

天帝皺了皺眉，伸手去拉後池，陡然間，一道光芒自殿宇而出，落在了後池身上，後池緩緩升至半空，源源不斷的靈力進入她體內，竟然讓天帝難以靠近她半分。

「難道這殿宇選擇了後池為繼承者？」望著被金光籠罩的後池，天帝喃喃道，面色有些複雜，半晌後才緩緩地嘆了口氣，「如此也好，古君，就當是我還了你一個情。後池靈脈薄弱，若是能得到朝聖殿中的力量，想必不會再有夭折之禍，我也算是對得起你了。」

「那清穆……」繼承並不是一時三刻的事，想到後池的懇求和天宮裡危在旦夕的清穆，天帝遲疑了一下，轉身朝結界飛去。

片刻之後，飛到結界處的天帝望著黑沉的結界，臉色終於變得凝重了起來。

後池的傳承儀式，居然將這虛無空間封閉了起來，他竟然出去不得。

天帝轉過頭，看向半空中金光籠罩的後池，喃喃道：「後池，這一次，清穆的命就真的是握在妳手裡了。」

第十六章　前世

鳳染守在紫竹院中，看著清穆身上已經侵入到心脈的赤紅絲線，一顆心沉到了底。

三日已過，雖然景澗傳來口信說後池成功地進入了朝聖殿，可鳳染依舊擔心，若是她來不及趕回來，清穆恐怕……

念及此，她起身朝外走去，推開房門，「咚」的一聲，一個青色的人影砸在了地上。

「鳳染上君，您要出去？」迷糊的聲音帶著點驚訝，平遙擦了擦嘴邊的口水，看見鳳染推開房門，忙不迭地從地上爬起來。

見這小童依然一副迷糊樣，鳳染抽了抽嘴角，點頭道：「我等不了了，你帶我去朝聖殿。」

平遙應了一聲，擔心地朝房內瞅了一眼道：「二殿下有交代，讓我聽上君的，我現在就帶您去。」他轉過頭，又盯著鳳染瞧了瞧，聲音一轉，帶上了幾分笑瞇瞇的討好，烏黑的眼珠晶亮晶亮的，「上君，我還是第一次看見我家殿下對人這麼上心，我看他八成是看上您了，您真是好福氣！咱們家殿下在三界中那可是都排得上號的，龍宮的幾位公主為了爭他一幅墨寶，曾經打得頭破血流……」

「胡言亂語。」鳳染眉色一僵，沒好氣掃了平遙一袖子，「喜歡本上君，那是他的福氣，帶路！」

被呵斥的平遙也不惱，只是「嘿嘿」笑了兩聲，便歡快地朝紫竹院外跑去。

朝聖殿外的結界仍舊平靜無波，景澗面色凝重地看著那黑沉沉的一片，嘆了口氣。

「景澗，後池可有消息？」

鳳染的聲音突然在耳邊響起，景澗回過身，見她面色冰冷，搖頭道：「沒有，自從三日前上神進去後，就沒有半點動靜了。」

「可有辦法探知裡面出了何事？」鳳染抬步朝近處走去，卻被景澗伸出的手拉住。

「不要過去，以妳的靈力，一旦靠近便會灰飛煙滅。」

青年面色鄭重，拉在腕上的手僵硬無比。鳳染點點頭，退了回來。想必這三日景澗守在此處，擔心也並不少。

「三日之期就快到了，希望後池能在日落前出來。」

輕輕的嘆息聲在安靜的廣場上響起，景澗轉頭朝鳳染看去，眼底溫情淡淡，「放心，父皇一定會把後池平安帶出來的。」

猛不及防地被這樣注視，鳳染驀地一愣，這雙眼，她好像在哪裡見到過……

虛無空間裡，天帝盤腿坐於半空，看著不遠處仍然籠罩在金光中的後池，暗自讚嘆不已。上古真神的宮殿繼承果然不俗，這殿宇不過是當初上古真神的遺物罷了，所留的靈力算不得多，但三日時間卻讓後池低微的靈力飆升至上君，若是繼續下去，她要達到上君巔峰也不是不可能的事。只是，再這樣耗下去，清穆恐怕就真的沒救了，那龍息根本不止是毀掉靈根如此簡單！

後池若只是靈力傳承的話，早該結束了……

源源不斷的靈力自大殿中湧出、注進後池體內，模糊的光暈下只能看到她微皺的眉角和緊

握的雙手。伴著繼承逐漸進入尾聲，一道細微的靈魂印記從殿內飄出，後池陡然睜開眼，目光灼灼，手中印訣而出，化成一道強大的屏障，但那金色的靈魂毫無阻攔，直直地射入了後池的雙眼中。

陡然間，繞在後池周身的金光如若實質般燦金渾厚，一股逆天的威壓瞬間自她身上朝四處散去。盤坐於旁的天帝兀然睜開眼，這股力量根本不是純粹的靈力，竟隱隱有著上古真神的印記……難道六萬年的時間，都不能化去刻於靈力中的靈魂印記嗎？

上古真神到底可怕到了什麼地步……壓下心底因這靈魂印記而莫名升起的驚駭，天帝看著那團金光，神情複雜。

在金色光芒的籠罩下，完全看不清裡面的光景，隨著那靈魂融入後池眼中，她眼底的清明逐漸變得黯淡起來，茶墨色的眼睛也慢慢變得空洞，竟一點一點地生出了古老蒼茫的氣息。散落在肩上的黑髮一寸寸變長，長及腳踝，純紫的長袍瞬間化為古樸深沉的墨黑之色，流金的錦帶散散繫在腰間，回轉之間，容貌絕世，世間芳華盡遜色。

靈海深處，後池完全不知道自己的變化，她用盡全力也不能離開，只得抬眼朝四周望去。但抬手間見到遠處虛無空間中的天地景象，神情倏然變得愕然。

人間界兵亂興起，百姓流離失所；鬼界失去秩序，幽魂飄蕩在世；妖界被洪荒掩蓋，妖魔肆虐人間；仙界諸神再無司職眾生之靈力——三界大亂，世間蒼茫孤寂一片，永無寧日。

這是……六萬年前混沌之劫降臨時的三界眾生之相！

可是，如此末日之下，上古界何在？上古諸神何在？後池喃喃而語，眉頭緊皺，就算是她，也從未想過混沌之劫降臨竟是如此可怕的情景……人、仙、妖、魔，世間盡毀，再無一寸淨土。

畫面驟轉，恢宏廣闊的空間中，靈山遍布，四野安寧，一片祥和之景。四座直入蒼穹的殿宇位於四方，仿若柱石般撐起了偌大的天地。無窮無盡的靈力自這四座殿宇而出，化為強大的結界擋住了外面的一切災難。這裡似是三界中僅剩的淨土，卻顯得格外的空曠孤寂。後池看到其中的一座殿宇和朝聖殿格外相似，便明白此處定是早已塵封的上古界。

上古界的景象緩緩消失，一座祭臺安靜地飄蕩在洪荒之中，墨石鑄成的鎖鍊自祭臺而出，連於天際，紛繁的古文鍥刻其上，透著點點蒼涼。

這古怪的一幕，僅僅只是看著，心底都能生出湮滅一切的絕望來。後池垂下眼，感覺到手心漸漸沁出的冷汗，輕舒了一口氣，朝祭臺望去。

在那裡，一身黑袍的女子站在祭臺邊緣，背對而立。長髮無風自動，木簪隨意地綰住長髮。蒼茫宇宙中，彷彿只剩下了她孤身一人面對這天下劫難。

「上古，停手吧！就算能保下三界，妳也會化為飛灰。可是只要妳不滅，上古界不滅，三界遲早會有重生的一日……」

「三界乃父神的心血，他化為天地之前曾將三界託付給我，無論如何，我都不會讓三界在我手裡毀滅。」

身著白色長袍的男子被攔在祭壇外，看不清模樣，只是那聲音卻透著無盡的不甘。

蒼寥的聲音緩緩響起，無悲無喜，卻又蘊著看透世間的失望。女子微微轉頭，看向祭壇之外的人，眼中終於露出些許歉疚。她輕嘆一聲，朝祭壇中心走去。

「上古，若不是他讓妳失望，妳可會放棄上古界？放棄我們？放棄妳自己？」

白袍人突然站定在祭壇外，雙手輕擺，巨大的光暈自他身上發出，朝祭壇外的陣法轟去，但卻無絲毫效果。他猶不死心，一遍又一遍地奮力朝祭壇中闖去。

「三界之亂、混沌之劫因我而起，若非我一念之差，也不會造成今日大錯，無關其他。我掌

管世間萬年，當承擔後果，拯救眾生。放棄吧，這陣法乃我本源之力所化，沒有人能劈開，以後……三界眾生就託付給你了。」

祭壇四周沖天的紅光伴著這句話瞬間而起，黑衣女子站於祭壇中央，龐大的靈力夾著毀天滅地的氣息緩緩自祭壇處向外蔓延，甚至是暴亂的三界都在這股力量下隱隱顫抖，發出哀嘆的轟鳴。

爆炸聲響，祭壇之中的人影閉上眼。神祕悠久的古老文字飄蕩在天地之中，古老的吟唱聲響徹在天際，金色的光芒自她身上浮現，與祭壇的紅光合為一處，朝混亂的三界湧去。

金光所到之處，潮汐退卻，妖魔歸位，萬物重生，三界生機立現。但金光中的人影，純黑如墨的髮絲卻在頃刻之間化為雪白，褪至透明。

「上古，求求妳，停手吧！」

悲寂的喊聲湮滅在這天地的巨變中，白衣人跪在半空中，望著金光中那道逐漸虛幻的人影，眼底盛滿了絕望。

「若是妳不在，我就毀了三界……妳聽到沒有？妳聽到沒有！」

嘶啞的吶喊聲傳過祭壇，終於落在了即將消失的人耳邊。低沉的嘆息緩緩響起，黑衣女子回轉頭，眼底帶著一抹連自己也未察覺的留戀不捨。

「對不起，眾生乃我之責，自此以後三界為我，我為三界，以後就……拜託你了。」

伴著這如嘆息般的低喃，那抹黑色的人影一縷縷消失，化為飛煙，消逝在了這廣袤的天地間。

上古真神，自此殞落，與天地同在。

「上古，妳讓我與三界永生、六道亙古……可妳若不在，這蒼茫世間，我如何永生？如何亙古？如何……守著這九州八荒……等妳回來？」

到最後，祭壇之外的男子抬眼，只來得及看到她回首之際的最後一抹笑容。空靈世間，芳華無雙。

毀天滅地的劫難緩緩消失，唯留下白衣男子孤寂地站在重生後的三界彼岸，端看世間。他的背影似是在這片天地中化為了亙久的墨色，濃郁絕望得將整個世界渲染。

靈海裡變得寧靜安詳，後池愣愣地看著那背影，眼眶發熱，指尖狠狠刺入手心，突然感覺連呼吸都變得疼痛起來。難以言喻的哀傷襲上心頭，她緩緩抬手，似是要觸到那縹緲的背影，但……瞬息之間，所有的畫面消散，一切重新歸於虛無。

後池愣愣看向自己的掌心，那灼熱得彷彿能將人燙傷的觸感讓她暗自心悸，不過是上古真神遺留下的一縷殘魂而已，竟然能對她產生如此之大的影響。

剛才的一幕應該就是六萬多年前，上古真神在混沌浩劫中救下三界的場景，只是……沒想到這一幕竟然能殘留在這古樸的宮殿中，歷數萬年都不曾化去。

若是上古真神以一人之軀救了三界，那其他三位真神又是如何消失的？上古界又為何會封存……還有，後池緩緩抬頭，看向那虛無的空間，神情複雜，那白衣男子又是誰？

心念數轉間，後池猛然感覺到靈魂深處傳來鈍痛感，一股吸力將她從這黑暗處拉出，向光亮的地方而去……

就在後池意識歸位的一瞬間，她身上純黑的長袍、及至腳踝的青絲，以及絕代芳華的容顏全都消失，再也不落一絲痕跡。

而那恢宏古樸的宮殿也突然不見，重新淹沒在這廣袤的空間之中。

金光漸漸變淡，守在一旁的天帝眉角一動，飛至後池身邊，神念在後池身上微微一探，心底有些訝異。想不到繼承了宮殿的靈力，後池也只止步在上君實力，甚至連巔峰都未達到。不過他隨即一想，這也是大機緣，便也釋懷，畢竟若是靠自身修煉，千年時間恐怕都難以將靈力凝聚到

如此地步。

靈海中無歲月，根本不知道時間流逝了多久。後池睜開眼，驟見光亮，竟讓她有種恍若重生的疲憊感。感覺到體內的靈力升至上君，她眉間的冷意稍緩，想到清穆，見天帝守在一邊，急道：「天帝，我們快回天宮。」

「後池，已經遲了，三日時間已過，即便是我回去，清穆也回天乏術了。」天帝搖搖頭，望向黑沉的結界之外，嘆了口氣。在後池甦醒過來的一瞬間，他就發現這片虛無空間的禁錮已經被解開了，只是又拖延了幾個時辰，就算此時再去，他也無力回天。

聽見天帝的話，後池猛地一怔，眼底顯出幾許驚惶來，「怎麼會，清穆若是靈根盡毀……」

「後池……」天帝頓了頓，遲疑了一下才道：「有一件事連景澗也不知道，三首火龍是半神之體，牠的龍息不止是毀掉靈根這麼簡單。」

「什麼意思？」後池身子一僵，看向天帝，心底隱隱不安。

「龍息沁入體內，首先是靈根盡毀，然後他的身軀會承受不住高溫灼熱，被完全焚燒，煙消雲散。」

「怎麼可能……」後池愣愣地看著天帝，喃喃道。

靈脈盡毀，身軀焚燒，煙消雲散……

若不是她突然接受了朝聖殿的傳承，若不是她被困於那虛無靈海中，清穆根本不會有事！後池眼底滿是後悔和自責，朝結界處衝去。

天帝看後池滿臉驚惶，搖搖頭，嘆口氣，也跟著一同朝外飛去，只是……在靠近結界處，他突然停住腳步，面色大變。隔著濃郁的陣法兀然抬頭望向天宮之處——那裡風平浪靜，只不過卻正是清穆休養之處。

後池從結界中衝出來，遠遠地看到景澗和鳳染面色凝重地守在外面，來不及打聲招呼，就朝天宮裡飛去。

守在外面的兩人只感覺一道流光飛過，人就已飛遠。待仔細看清雲上的人影，鳳染不由得面色一怔，眼底劃過幾許驚疑。區區三日，後池身上的靈力竟然已經達至上君，簡直匪夷所思。看來後池在朝聖殿中必有際遇，但她也明白此時並非詢問的好時機，是以急忙拉著景澗駕雲，追著後池朝天宮裡飛去。

三日時間已過，清穆恐怕……

一道白光從結界中而出，瞬間超過二人，方向直指天宮中景澗的宮殿。這白光氣勢洶洶，卻帶了幾分急切和威壓。景澗神情微動，暗自思索，父皇怎會如此失態……

以後池如今的靈力，飛至紫松院不過是瞬息間的事，但當她真的停在了院門外的時候，反而有種近鄉情怯的懼怕感，連天帝都救不了，若是她進去，清穆已經……

「砰」的一聲，來不及細想，後池肅著眉，推開院門直奔房間而去，縱使逆天改命，她也不會讓清穆出事！

安靜的房間裡，她離去時青年蒼白的面色猶在眼前，可此時，空蕩蕩的床上只剩下那塊玄冰，清穆卻沒了半分蹤跡。

化為飛煙……想起天帝說過的話，後池惶然無措地站在床邊，不敢置信地看著這一幕。她手心輕顫，突然似失了所有力氣般半跪在床邊，心猛地縮緊，幾乎不能接受這樣的事實。

從踏進瞭望山開始，清穆就一直陪在她身邊，無論什麼時候，只要她轉身，就一定可以看見他的身影……習慣了他的存在，到驟然失去時，才會如此恐懼。

「後池，妳怎麼了？」

清朗的聲音在身後響起，聽在後池耳裡猶如天籟一般悅耳，她驀地轉回頭，眼睛變得濕潤起來。

青年倚在院中松樹下，紅衣襲身，錦紋金繡的緞帶束在腰間，懶懶散散的，黑色的長髮隨意地披在肩上，面容消瘦，嘴角噙著淡淡笑意，一雙眼格外清亮，溫柔地看著她。

後池怔怔地看著院中的清穆，突然鼻子一酸，聲音裡帶了幾分哽咽，眼睜得大大的，滿是驚喜，「清穆，你沒事？」

還未等青年回答，她已經一個箭步衝到院子裡把人死死地抱住，「天帝說你會煙消雲散……他淨不說好話，我父神說得對，他就是個嘴無遮攔的騙子，我就不該相信他！」

委屈的控訴聲帶著細微的顫抖在院子裡響起，若是細聽，甚至還夾著幾分不確定的惶恐和害怕。從來沒看到後池有過如此擔心的模樣，清穆微微一怔，眸色驟然一深，感覺到抱著自己的雙手那微不可見的顫抖，眼底流過一抹心疼。他手抬起落在後池髮上，撫過她的青絲，「別急，別急，慢慢說，我在這兒。」

身體的觸感溫熱燙人，後池抬頭，從他懷裡鑽出來，捏了捏清穆的臉龐，確認道：「三首火龍的龍息已經消除了？」

清穆點點頭，把臉湊到她面前，「妳看，已經沒事了。」

平時清冷的臉龐不知為何竟多了幾分深邃懾人之意，後池眨了眨眼，耳後根頓時泛起幾抹紅色，急忙離他遠了點，咳嗽了一聲才道：「不用，不用，我看得清。」

見後池如此反應，清穆微微一愣，面上閃過一絲狡黠，眉挑了挑，一本正色道：「是嗎？真的看得清？」

後池瞪了他一眼，面色一正，握住清穆的手，「別動，我看看。」隨即愕然，清穆靈根比之以前更加穩固，甚至連靈力也渾厚了不少。她看向清穆，狐疑道：「這是怎麼回事，你的靈力……難道……」

「嗯，我猜我應該是把三首火龍的龍息給吸納到靈根裡去了，雖然現在還沒有全部煉化，但估計過不了多久便可以成，到時我的靈力應該會更上一層。只可惜我醒來時，床邊竟連一人都沒有。」清穆隨意地打量了一下後池，亦是愣了愣，「後池，妳的靈力晉到上君了？」

見清穆完全沒事，還有心思開玩笑，後池的一顆心也放了下來，點點頭，「我去朝聖殿尋天帝，卻不知為何得到了上古真神殿宇中遺留的靈力，機緣巧合之下靈力大漲，甚至還……」想起上古真神消逝的一幕，後池頓了頓，神情悵然，停住了聲。

「朝聖殿？」清穆默唸了一遍，眼底浮現一抹連自己也未察覺到的莫名意味，「想不到妳竟然能進那裡，那地方果然是只有上神才能進。」

「你知道朝聖殿？」後池眨了眨眼，看向清穆。

「身在三界，自然聽過。那地方神祕莫測，相傳來自上古之時，只不過並沒有上君能進得去……」清穆的話還未說完，兩人同時眉頭微皺，朝空中看去。一股龐大的靈力陡然出現在紫竹院上空，夾著幾許雷霆莫測之勢，隱隱含威。

玄色的人影懸於半空，目光灼灼地盯著清穆，暗沉的眼底蘊著微不可見的驚怒，兩人還未來得及開口，天帝已從空中落在了紫松院中。

「清穆見過天帝。」

這眼神絕對算不上善意，但自己似乎沒做過冒犯天宮的事，清穆納悶地朝後池看了看，該不會是這丫頭做了什麼吧……

後池連忙搖頭，朝天帝看去，見他一副快吃了清穆的樣子，狐疑道：「天帝，出了何事？」

聽見後池說話，天帝的面色總算緩了緩，但仍是盯著清穆，眼瞇了瞇，「清穆上君，你體內

的龍息可是已經清除了？」

清穆點點頭，見天帝面色不善，把後池往身後拖了拖，擋住了他投來的目光，「多謝天帝掛念，龍息已經被吸納進我體內，不日便可煉化……至於原因，我也不是很清楚。」

天帝看見清穆的動作，眉頭皺得更緊。

清穆挑了挑眉，並未多說。他可沒說假話，昏迷的時候他神志不清，待醒來時體內的龍息已經全部被吸進靈脈中，要說個中淵源，他也只能說是自己運氣好了。

伴著天帝的沉默，紫竹院的氣氛陷入了一片低沉之中。陡然，天帝朝清穆看去，渾厚的神力自他手心而出，不容置疑地落在清穆身上。雖只是探查意味，仍是讓清穆直覺地皺起了眉。天帝的神情委實有些古怪，但他並不知道有做過何事得罪於天帝。

片刻之後，天帝收回了神力，神情隱隱複雜。他擺了擺袖子，一言不發地朝紫竹院外走去。

鳳染眼一斜，連招呼都沒打，直接從天帝身邊走過。景澗卻若有所思地頓了頓，朝天帝的背影行了一禮，才朝紫松院中而去。

景澗和鳳染從外面跑進來，只來得及看到他暗沉的臉色。

還未進門，便看見一紅一紫兩道人影立在綠松下。青年神情溫和，目光專注地看著他身邊的女子，少女眉目嬌俏，漆黑的眸子裡盛著滿滿笑意。

他看著不由一愣，這滿天的仙君裡，若說沁到骨子裡的驕傲，還真沒人能越過後池去，只是想不到她對清穆的在意竟如此不加遮掩。

同樣古樸素雅的長袍，如此相攜而立的兩人，竟讓他轉念間生出了「神仙眷侶，不過如是」的念頭來。想到景昭對清穆的心思，景澗嘆了口氣，走了進去。

鳳染正對著清穆稀罕得直感嘆，若不是後池在一旁虎視眈眈地盯著她，她恐怕也要欺上前揉捏揉捏了。

「清穆上君，你體內的龍息……」景澗走上前，拱手問道。

見景澗一臉擔心，清穆點頭道：「已經被吸納進靈根了。」

「淵嶺沼澤中多謝上君援手，救命之恩，景澗銘記在心。若有吩咐，莫敢不從。」景澗對著清穆鄭重地行了一禮。

「二殿下言重了，既然遇到，本就是機緣。」清穆隨意擺擺手，見鳳染面露深意地打量景澗，微微有些詫異，但也未去深究，「既然我體內的龍息已經解決，那明日我們便啟程去北海。想來這些時間，幾位龍王也應該有消息了。」

天宮並非久留之地，更何況他並不想後池留在此處面對天帝與天后。

後池點頭，朝景澗道：「我們就不向天帝請辭了，二殿下明日代我們說一聲便是。」

「明日便走……」景澗愣了愣，朝鳳染看了一眼，忙道：「景澗和幾位龍王甚熟，不妨同路，若是你們有需要，我也可以幫得一二。」

後池擺了擺手，「不用了，此去尋人，並無大事。」

「我們可不敢，若是你再惹幾隻上古凶獸回來，我們恐怕連骨頭都剩不下來。」鳳染斜瞥了他一眼，「哼」了一聲道：「還說只有天帝的本源之力才能救清穆，你這是騙誰呢？弄得我們擔心了好幾日。如今清穆不僅自己煉化了龍息，靈力還更上一層，早知道就不聽你胡謅了。幸好後池進了朝聖殿、得了機緣，否則我才懶得聽你在這裡客氣來客氣去。」

景澗本來聽得訕訕的，但神情猛地一愣，看向鳳染，「鳳染上君，妳是說清穆上君不僅吸納了龍息，就連靈力也增加了？」

鳳染被他逼視得微微一怔，朝清穆指了指，沒好氣道：「我還騙你不成？不信你問他。」

清穆點點頭，「的確如此，二殿下為何如此吃驚？」

龍息進體內，必會有損靈根。就算是強行吸納，也不可能靈力不減反增。

景澗驚疑地看著清穆，變得遲疑起來，想起天帝剛才難看的臉色，突然面色一變，朝清穆拱了拱手道：「無事，清穆上君。景澗突然想起還有一事要處理，明日再來替你們送行。」

話剛落音，他便急急地朝外面跑去，神態間全然失了平時的鎮定自若，竟是絲毫不再提明日跟他們一同去北海之事。

三人面面相覷地望著跑遠的景澗，對這對父子奇怪的行為頗有些摸不著頭腦的感覺。

「後池，進去休息吧，明早我們就出發。」清穆拍了拍後池的肩膀，溫聲道。

後池點點頭，朝房裡走去，行了兩步，轉回頭，望向景澗消失的方向，心底陡然生出一陣不安。

景澗趕到玄天宮後殿時，遠遠地便看到天帝站在後花園中的溫泉旁，即便是不靠近，他也能感受到天帝周身的震怒和威壓。

「父皇。」景澗緩緩走近，忐忑地喊了一聲。這麼多年來，哪怕他們三兄妹上次被白玦真神的殘念所傷，也未見父皇如此生氣的模樣，若是他所料不差，景昭這次實在太不知天高地厚了！

「景澗，去聚仙池，把你大哥強行叫出來。至於景昭……將她禁於鎖仙塔中，沒有我的吩咐，誰都不能放她出來。」震怒的聲音中有著毫不掩飾的失望，天帝背著身子，擺了擺手。

「父皇，三妹只是一念之差，還請父皇三思，更何況……鎖仙塔有損靈根，她如今的身體並不適合被禁於鎖仙塔中。」

景澗急忙跪倒在地，神情急切，面色擔憂。

「有損靈根？我和她母后這幾萬年在她身上花了多少心血？如今她自討苦吃，與人無怨。若是那清穆中意她也就罷了，現在這般結果，難道還讓我去求人不成？」

天帝兀然轉身，臉色鐵青，暴亂的靈力讓周圍的空間驟然渙散。懶得去聽景澗的求情，天帝一甩袖袍，消失在了溫泉旁。

看來只有等母后回來替景昭說說情了……

景澗嘆了口氣，站起身，抬頭望向天宮東處靈氣濃郁的聚仙池，神情複雜。

清穆對父皇而言不過是一介上君，父皇會願意看在後池的份上用本源之力來救他，卻絕對不會同意三妹以本命龍丹，甚至往後為此淪為妖魔的代價相救……

三界盡知天帝二子一女，卻不知二子本體皆是鳳凰，唯有這一女才是繼承了五爪金龍的神脈，是這天地間除了天帝以外唯剩的上古金龍血脈。這就是為什麼數萬年間，天帝對景昭愛若珍寶的真正原因。

上古神獸和上古凶獸唯一的區別便是體內的靈丹。神獸體內的靈丹能吸納天地靈氣，所以在修煉一途上，等於是邀天之功，所需時間大大少於一般仙人；而凶獸只能憑著自身肉體一點點積累妖力，但也正因為如此，凶獸若成正果，則比神獸更強橫一些。

景昭本為上古金龍血脈，若是失了龍丹，本體損傷是小，但以後的修煉就只能和凶獸一般憑藉自身之力。若有不慎，便有可能淪為妖魔，萬劫不復。

三首火龍擁有半神之體，牠的龍息豈是能簡單相抗的？景澗也是剛剛才想到，這天地間除了父皇之外，還有景昭的本命龍丹可以助其煉化。只不過……龍丹被掩蓋在三首火龍的炙熱龍息下，就連清穆也無法察覺，可是卻逃不過父女血脈天性的共鳴。剛才父皇在朝聖殿的結界中應該就已經察覺了，所以才會如此失態……

如今……那龍丹已和三首火龍的龍息一起被清穆吸入靈脈之中，雖未完全煉化，可若是強行

拿出，龍丹必遭大毀，清穆亦是必死無疑。這也是父皇震怒，卻也不曾將龍丹自清穆體內強行取出的原因。

景昭用龍丹助清穆乃是自願，如今強取清穆性命，即便是天帝也占不住理。更荒唐的是，景昭如此恣意行事，受益之人卻顯然對此一無所知……

景澗苦笑一聲。恐怕，她自己也明白，那人若是知道，可能根本不會接受！

只是景昭明明在聚仙池中修煉，與外界隔絕，又怎會知道清穆身受龍息之苦？甚至能瞞過大哥，從聚仙池中而出，卻又未驚動任何人？

景澗轉頭朝紫松院的方向看去。景昭失了龍丹，母后必會知道，以她對景昭的疼愛，定會拿回清穆體內的龍丹。可是母后若是面對後池，又待是何等的光景？

而清穆和後池一旦知道真相……

一盤棋局，一子錯，滿盤皆亂。無論如何選擇，都是錯。

淺淺嘆息聲緩緩飄散在後殿之中，素衣青年看著池水中的自己，揉了揉眉角，朝聚仙池飛去。

第十七章　今生

聚仙池外。

面色蒼白的景昭倚在池邊假石下，揚眉看著不遠處言笑晏晏、神情嫵媚的青衣女子，冷冷道：「青漓，這裡乃是九重天宮，妳一介妖君，也敢長留？」

碧玉的裙襬長及腳踝，輕紗下的姣好身姿若隱若現，騰空坐在聚仙池旁靈樹上的女子容顏妖媚，垂下頭彎著眼看著景昭，笑意張揚，「景昭公主，我幫妳瞞過了景陽殿下，讓妳從聚仙池中出來，還告訴妳用何種方法可救得妳那清穆上君，妳又何必如此拒人於千里之外？」

景昭神情一頓，看了她一眼道：「妳是妖君，若是被我父皇發現，少不了要落得個魂飛魄散的下場，早早離開有何不可？」

「妳是怕我告訴那清穆上君，他的命是妳救的吧！」懸空的雙腳蕩了蕩，踢在枝葉上，靈樹上的仙露隨之落在地上。青漓「嘖嘖」了兩聲，嬌笑道：「想不到天宮的景昭公主倒是個癡情種子。只不過，妳以本命龍丹相救，心上人卻全然不知，豈不可惜？」

景昭蒼白的臉上一抹不屑，瞥了她一眼，淡淡道：「青漓，不要以為我不知道妳在想什麼，清穆豈是森羽那種人可比？妳以為他會為了我的一顆龍丹就留在天宮嗎？當年妳的手段如何，三界盡知，如今何必在這裡妄作好人！」

聽見此話，嘴角噙笑的青衫女子神情一頓，眉色間劃過一道厲色。她瞇了瞇眼，聲音裡滿是

嘲諷，「景昭公主，妳又何必故作清高？妳以龍丹相救，不也是希望清穆可以為此感恩，留在妳身邊？更何況就算妳不說，天帝和天后遲早也會知道。不要以為妳的心思可以瞞得過別人，妳口口聲聲不願讓他所知，說得大義凜然，其實和我又有什麼區別？」

也許生來便為天之驕子，享盡眾仙尊崇，景昭從未聽過如此刻薄又不屑的話語，可偏偏一字一句都直指人心，藏在心底的幽思根本無所遁形。倚在假山上的景昭登時低下了頭，甚至沒有理會青漓言語間的冷屑。她乾枯的雙唇狠狠咬緊，散亂的髮絲靜靜垂散，沉默且狼狽。

坐在靈樹上的青漓冷冷地看著她，半晌後，才聽到景昭的聲音。

「妳說得不錯，但我至少願意用我的命去賭一次。青漓，妳比我更可憐，花了萬年時間去編織謊言，一朝夢醒，可會後悔？」景昭抬頭，定定地看著坐在樹上的青漓，神情認真又篤定。

青漓眼底的嘲諷緩緩化去。她眯著眼，眼眸深處泛起一絲波動，突然勾唇笑了起來，「自是不會，至少他陪了我萬年光景，我得不到的，誰也別想得到。景昭公主，既然妳願意賭，那我就看看，清穆是會為了一命之恩留在大界，還是會回到那清池宮的小神君身邊？」

說完這句話，青漓看了一眼天宮的方向，驟然消失在了聚仙池旁，不見蹤影。唯有她剛才坐過的靈樹上，留下了一股異香。

聽見青漓最後說出的那個人，景昭眨了眨眼，手指微微縮緊，神情露出些許不甘，沉默著閉上了眼。

千載之前北海深處，玄衣仙君，一眼相望，自此萬劫不復。清穆，若我願意押上所有賭一次，你可會為我駐留？

片刻後，景澗出現在聚仙池旁。他面色複雜地看著虛弱地倚在假山旁的景昭，嘆了口氣道：「三妹，妳這又是何苦？妳明明知道……」

「二哥，不用多說了，父皇他待如何處罰我？」景昭打斷了景潤的話，睜開眼，裡面劃過一抹決絕。金龍內丹對她而言有多重要，父皇就一定有多失望……

「父皇說……讓妳去鎖仙塔。」景潤遲疑了一下，說出了天帝的諭令，但看到景昭面上的冷寂，急忙道：「三妹，妳別擔心，父皇最是疼愛妳，他只是一時之氣罷了，等他消了氣，就會沒事的。」

景昭面色蒼白，並未言語，只是眼底隱隱黯然。

「景昭，妳是如何得知清穆中了三首火龍的龍息，又是如何從聚仙池中出來的？」景潤頓了頓，還是將心底的疑問問了出來。

「二哥，你不用問了。大哥在聚仙池中，你將他喚醒吧，我現在就去鎖仙塔。」景昭搖了搖頭，站起身，身影孱弱，面上一抹倔強。

景潤看得一急，忙伸手去扶，卻被景昭身上突然出現的五彩之光拂開。那光芒靈力濃郁，暗蘊威壓，將景昭籠罩其中。才不過片息時間，她蒼白的面色便恢復了幾分紅潤。

景潤眉心輕緩，知道是何緣由，不動聲色地退後了幾步，立直身子，眼底登時襲上了一抹恭敬之色。

「景昭，妳這性子怎麼還不改改，都如此模樣了，還要逞強？」

五彩光芒自景昭身上緩緩消失，清冷的聲音在虛空處響起，帶著一抹怒意和疼惜。

「見過母后。」

天后閉關修煉已有千年，她的壽宴還有數月才會舉行，平時景潤也極少有機會見到她，卻不想她竟會因此事驚動，提前破關。

景昭抬頭，看向空中的那抹虛影，眼底的委屈終於決堤，泛紅的眸子溢出滿滿的霧氣，「母

后，景昭不敢。」

一聲嬌呼，便讓虛空中人周身的怒意減了不少，天后的聲音緩緩傳來：「我和妳父皇花了幾萬年心血教導妳，如今妳卻為了區區一介上君弄得自己如此狼狽，母后問妳，妳當真屬意於他？」

「母后……」景昭一愣，面色頓紅，竟露出了些許小女兒的嬌態和不知所措，忐忑地開口：「您知道了？」

「妳體內的龍丹在那仙君體內，我神識一探便知，豈能瞞得過我？不過他靈力深厚，在仙君中也算罕見，我竟不知仙界千年來竟出了如此人物……」天后的聲音頓了頓，「不過即便如此，我還是要取回他體內的龍丹。景昭，他不過一介上君，妳怎能用龍丹相救？」

母后已有千年不曾過問仙界中事，就連上次他們三人受傷，她亦只是傳話讓他們入聚仙池而已，不知道清穆很正常。景澗面色一頓，正準備出聲，卻被景昭急急打斷。

「母后，萬萬不可，他若沒了龍丹，必定毫無生機……」景昭跪倒在地，眼底滿是慌亂。她瞭解天后對她的疼惜，若是她因此事而遷怒清穆，清穆日後定是再難在三界中容身。

「景昭！妳失了龍丹，日後修煉必會大損，妳可知道這後果有多嚴重？」看見景昭如此冥頑，虛空中的聲音陡然變得嚴厲起來，甚至帶上了濃濃的失望。

「母后，景昭不悔，還望母后成全。」景昭兀然抬頭，嘴唇抿成脆弱的弧度，但神情卻格外倔強堅持。

空中的浮影沉默了下來，隔了半晌才道：「也罷，他可曾向妳父皇求親？」

此話一出，景澗眉頭微皺，暗道一聲「不好」，在母后想來，景昭願意以龍丹相救，兩人自然是情投意合，若是她知道……

「什麼？」景昭愕然抬頭，明白天后的意思後臉色陡然慘白起來，她咬緊嘴唇，「母后，他並不知道是女兒救了他……」

「妳說什麼？說清楚，到底是怎麼回事？」

「母后，他另有屬意之人……若是知道女兒以龍丹相救，必定不會答應。」

「哦？那女子是誰？」

預料中的怒喝沒有傳來，但天后的聲音卻冷了下來。景澗心底一突，嘆了口氣。恐怕在母后眼中，三界之中無人能及得過景昭吧，她是否早已忘了……清池宮裡那個被遺落在三界之外的後池。

「是……後池。」似是極艱難，景昭緩緩吐了口氣，終於說出了這兩個字。

聚仙池旁突兀地陷入了沉默，空氣瞬間冷凝了下來，半晌後兩人才聽到天后有些莫測的聲音。

「是嗎？」那聲音停了停，突然變得清淡起來，「景昭，妳回宮休養，妳父皇那邊由我來交代。景澗，明日讓她來見我。」

儘管天后沒有說明，可是任是誰都知道，這話裡的「她」說的是誰。

留下這句話，虛空中的淡影緩緩消失，立在聚仙池邊的景澗臉色變得難看起來。他轉過身，將景昭從地上扶起來，神情複雜，「三妹，妳……」

「二哥，我不會拿回清穆體內的龍丹的。」

「可是妳明知道，母后若是介入，他遲早會知道實情！」

「我想賭一賭。」景昭垂下眼，指尖插進掌心，「就這麼輸給她，我不甘心。」

景澗眉角微皺，輕輕嘆了口氣，抬眼看向天宮深處，神情莫名。

天宮的清早一如既往的安寧祥和，後池坐在紫竹院中，面帶笑容聽那名喚平遙的仙童講述著人間趣事，不時地扔給他幾顆松子以示嘉獎，兩個牛頭不對馬嘴的人倒也生出了幾分和樂融融的

氣氛來。

景澗走進紫松院的時候，瞧見的正是這麼一番光景。後池眉眼帶笑，整個院落都因她的存在變得柔和安寧了下來，也是這一幕讓院中短短幾步距離，猶如天壑一般難以跨越。

「景澗？」景澗進院的腳步聲並不輕，後池拍了拍平遙的肩，示意他退下去。她轉過頭，眉宇間的冷色淡了不少，「你可是來送行的？」

景澗遲疑了一下，背在身後的雙手微微握緊，半晌後才在後池越加古怪的面色下緩緩道：「後池，母后想見妳。」

這一次，他沒有稱呼後池為上神，而是直呼其名。

輕輕一句話，卻讓剛才還安寧平和的氣氛陡然冷了下來。後池垂下眼，一手托著下巴，一手指尖合成半圓，敲打在一旁的石桌上，發出清脆的響聲，她眼底現過一絲悠遠的神情，淡淡道：「天后……想見我？不必了，天后乃三界之主，身分尊貴，豈是我隨便可以覲見的？」

嘴裡雖是如此說，可後池神態間並無半點誠惶誠恐的意味。景澗心中淡淡嘆息，苦笑了一聲，「就算是不樂意，妳好歹也裝一下……」

後池斜過眼，眸色突然變得深沉起來，神色間竟有了些許凜冽之意，「二殿下，這天上地下，我只認我父神一人，其他人與我毫無干係。」

「後池……」景澗微微一愣，嘆道：「母后畢竟是妳……」

「笑話，我尚在龍殼、生死不知的時候她不在；年幼衰弱、難以化形的時候她不在；靈脈斷絕、受三界恥笑的時候她亦不在。彼時她高坐雲端，受眾生敬仰、萬靈朝拜，可曾記得我？如此之人，遑論為我後池之母？」後池眉色一正，目光灼灼，一字一句，漫不經心卻又極盡認真。

這聲音實在太過冷淡。若是由別人說來，景澗定會以為這是悲憤難當之辭，可由後池淡淡道來，他竟感受不到絲毫憤怒，就好像她只是極認真地陳述一段事實那般。

直到此時，景澗才真切地感受到，他們兄妹引以為傲的母后、受三界景仰的上神，在後池眼底也許……真的是不屑一顧。

或許，後池有多在意古君上神，對母后就有多厭惡……

院中的一襲紫影好似突然染上了剛烈的意味，景澗呼吸一滯，竟說不出半句辯解的話來。半晌後，他眼底終於劃過一抹釋懷，「後池，妳和清穆離開吧。現在就走，回清池宮，或者瞭望山。」整件事因他而起，本就該他承擔責任，景昭失去的龍丹，無論用什麼辦法他也會盡力補償，但若是清穆和後池留在天宮……

後池狐疑地看向突然嚴肅起來的景澗，聽他話中有話，皺眉道：「景澗，到底出了何事？你是否有事瞞著我？」

後池的眼神太過透澈，景澗心底一沉，讓面色變得更自然些，「沒有，只是若妳不想見母后，還是盡早離開為好。」

景澗此話剛剛說完，後池還未有反應，紫松院突然被一股五彩之光籠罩了起來。

「後池，見母不拜，妳父神這萬年來……便是如此教妳的嗎？」

淡漠的聲音響徹在紫松院上空，虛無縹緲，蘊著一抹漫不經心的威壓和不容置喙。後池微微瞇起眼，突然笑了起來。

五彩金光拂照，威嚴之音質問，這動靜在紫松院著實算不得小。附近得知發生了何事的仙君們，目瞪口呆看著那已千年未曾在仙界出現過的五彩之光，戰戰兢兢地跪在院外，滿臉惶恐。聽到聲音走出房門的清穆和鳳染眉頭緊皺，擔心地看向院中倚在紫松下的後池。唯有景澗一人嘴張了張，滿臉憂色地垂下了眼。

只是，一片冷凝之下，這本該肅謹的紫松院中，卻突兀地響起了一聲極淡的笑聲。

笑聲極近漠然，明明清朗悅耳，卻又帶著說不出的嘲諷，讓院中眾人俱是一愣，也讓籠罩在紫松院上空的五彩之光隱隱波動，透出了一絲冷意。

「見母不拜？天后，後池自小長於清池宮，與妳毫無瓜葛，何來『母親』一說？」垂下眼的女子神情淡淡，手漫不經心地拂了拂衣袖。

景澗聞言面色一僵，沉默地看向後池。他沒想到，後池會一句話便撇開了與母后的關係，乾淨俐落，毫無遲疑。

虛空中的聲音似是頓了頓，越加肅冷起來，「後池，即便如此，我亦是長輩……妳來拜見理所應當……」

後池微微挑眉，打了個哈欠，懶洋洋地打斷了虛空處的聲音道：「後池竟不知，天后已為這後古界曠古爍今的頭一位真神。只是不知天后為何沒有廣御三界，讓我等聆聽御旨呢？」

「後池，休得妄言！本后何時說過我已晉為真神？」淡漠的聲音從天際傳來，隱隱帶上了薄怒。六萬年來，四大上古真神殞落後，還沒有人敢以這種口氣和她說話！更何況，還是清池宮的後池……

「既然天后不是真神，數萬年前在昆侖山時，後池便已位列上神，我又何須向天后請見？天后數萬年未回清池宮，難道是將此事忘了不成？」

微抬的鳳眸凜冽肅冷，遙遙望向天際。後池站直身子，雙手背負於身後，深紫的常服搖曳及地，勾勒滿園靜謐。

數萬年前，昆侖之巔，天帝和天后大婚之日，亦是後池晉位上神之時。三界之中的仙妖莫不知曉，可卻從來無人敢於提起。卻不想，這清池宮的小神君居然如此妄為，跪在院外的一眾仙君面面相覷，生生驚出了一身冷汗。

清穆定定地看著後池清冷淡漠的側臉，眼底掠過微不可見的心疼。

令人窒息的沉默中，紫松院上空的五彩之光卻緩緩變淡，一道光束陡然落在院中，將後池完全籠罩。倏爾之間，耀眼刺目，待眾人回過神來，才發現院中的後池已然失了蹤影。

「你們別擔心，我去御宇殿，後池應當在那裡。」景澗面色一怔，朝神情大變的二人說道，急急地朝院外跑去。

御宇殿乃天后之宮殿，鳳染和清穆對視了一眼，眼一沉，默契地隱去身形朝紫松院外飛去。只是到半路，鳳染卻悄悄地轉了個彎。片息之後，出現在了另一條小徑上的景澗面前。

此處離御宇殿不過數丈之遠，卻偏偏和清穆所行的方向岔了開來，景澗看著不遠處挑眉看著他的紅衣女子，停下腳步，嘆了口氣。

「景澗，你才剛讓我們盡快離開天宮，天后便找上了門來，你是不是有事瞞著我們？」鳳染眼色暗沉，盯著景澗，口氣不善。若不是聽到了後池和景澗的談話，她也不會這般猜測。

「鳳染，妳多心了，沒有什麼事。」景澗抿住唇，笑了笑，努力讓神情看起來輕鬆些，但平時溫潤的面容卻怎麼瞧著怎麼彆扭。

「我特意繞開了清穆來問你，是看你昨日神色有異，是不是和清穆體內的龍息有關？」

「鳳染，此事妳毋須過問，母后只是和後池說說話，不會把她怎麼樣的。」

鳳染瞥了他一眼，眼底沉鬱一片，冷冷道：「沒事？難道你要告訴我天后把後池丟在清池宮中不管不問幾萬年，現在突然覺得愧疚於她，要敘敘親情了不成？」

紫松院上空的冷聲質問根本不是一個母親能說出來的話！

這話說得著實嘲諷之意十足，景澗眉間微皺，他看向鳳染，聲音也冷了下來，「母后之事，

還輪不到妳來指責。鳳染上君，妳逾矩了。」

無論天后做了什麼，他身為人子，也不能看著天后被鳳染如此說道而無動於衷。

「景澗，你沒有看到後池是如何在清池宮長大的……」看到景澗轉身欲走，鳳染眉間的怒色稍緩，嗓音多了幾分心疼，「後池自小靈根便弱，根本無法積聚靈力，古君上神自她啟智後就離了清池宮，下落不明。我照看她長大，萬年光景，清池宮就算是百看不厭的仙邸祕境，也總有會待得厭煩的一日，她卻從來不出清池宮，你可知道為何？」

景澗腳步一頓，聽見鳳染有些疲憊的話語，心底忽而生出了幾許苦澀來。

他如何不知？父皇母后統御三界，等著看後池笑話的仙君、妖君不知凡幾，失了古君上神的庇佑，後池靈力微弱，又怎會隨意行走三界，讓別人看了笑話去？

只是這萬年來，他亦是隨眾人一般刻意地將那清池宮遺忘在三界罷了。

見景澗沉默不語，鳳染揚了揚眉，「她不願敗了古君上神在三界裡的名聲，安安靜靜地活在清池宮。我將她了帶出來，自是要護她周全，即便那人是天后，我也不會相讓半分。景澗，我再問你一次，到底發生了何事？」

鏗鏘凜冽的話帶著濃濃的煞氣撲面而來，望向鳳染赤紅的眸子，景澗才驚覺面前站著的這女子乃是從淵嶺沼澤的血腥戰場中生存下來、曾讓三界膽寒的煞君……可就算是如此，母后決定了的事，三界中有誰能相抗？更何況他根本不知道母后到底有什麼打算。

「鳳染，此事的確和清穆體內的龍息有關……景昭她……」景澗嘆了口氣，知道拗不過她，長舒了一口氣，在鳳染愕然的面色中，將景昭以本命龍丹救清穆的事緩緩道來。

略帶沉重的聲音消逝在小徑深處。不遠處假山後，一名斜靠著的紅衣男子突然僵直了身子，嘴角輕抿，眉宇緊緊皺了起來。

空蕩的花園深處，流水潺潺，濃郁的仙氣將此處籠罩，生出了幾分與世隔絕的空靈來。

大概猜到了此處是何地，突然出現在此的後池斂眉朝小徑深處走去。嫣紅的牡丹盛開在兩旁，使這安寧之地染上了幾分皇者的尊貴。深紫的裙襬拂過零落在兩邊的花朵，走過木橋，看到花園古樹下背對而立的白色身影，後池緩緩停了下來。

這便是天后嗎……

「後池，想不到清池宮那麼平淡的地方，也能養出妳這樣肆意妄為的性子來。怎麼？剛才那番話，是妳父神讓妳來問本后的嗎？」

白衣女子緩緩轉過身，眉眼淡然，黑髮間夾著幾縷五彩之色，容貌瑰麗，清冷疏離中透著淡淡的尊貴。

只是，後池看著這樣的天后，卻突然愣了下來。

古樸素白的長袍，繫於腰間的金色錦緞，隨意披於身後的長髮……還有額間懸著一粒剔透碧玉，站在後池面前的天后竟然和她在朝聖殿中曾看到過的上古真神有著一模一樣的裝扮！

除了衣飾色澤的不同，她竟挑不出半點不一樣的地方來。

只不過上古真神是真正的空靈悠遠，抬眼間便似藏盡世間滄桑，奪天之工也不為過，而天后……卻只是形似而神不似。越是相同的打扮，反而更能清楚看出兩人間宛若雲泥的區別。

雖是盛然美麗的容顏，清冷高潔的氣韻，卻硬生生地削了幾分本該有的神采，有些不倫不類的感覺。後池一眨不眨地盯著天后，眼底滿是古怪，甚至連她出聲相問也忘了回答。

天后同樣斂神看向不遠處的少女，神情亦是一頓，眼底生出了幾分微不可見的驚訝。如此普通的容顏，若不是那一身肖似古君的氣韻，她都要懷疑……她是否真是古君的女兒！

「後池？」許是後池的目光太過怪異，天后神情頓了頓，眼底劃過一縷不耐之色，「本后問話，妳為何不答？」

「天后，我父神已有萬年沒有回清池宮了，他怎會讓我來問話？剛才只是後池一時妄言罷了。」後池斂眉回道，神色平緩，似是絲毫未曾察覺天后眼中的不耐，緩緩吐了口氣。

直到此刻真實地面對天后，後池才知道她是真的不在意這個當初將她拋在清池宮的人。或許是清池宮幽靜的歲月太過長久，或許是父神毫無保留的疼愛，抑或是柏玄的平淡相伴……無論是何原因，除了對她那身過於相似的裝扮的驚異，她此刻竟對天后生不出半點別樣的感情來。

除了，靈魂深處那抹連她自己也未察覺的……漠然。

血濃於水，竟是毫無牽絆。若不是三界盡知她是天后所出，否則後池都想正大光明地懷疑一下，她和面前所站之人是不是真有關係？

「不知天后見後池到底所為何事？」見也見過了，雖然沒什麼討厭的意思，卻也喜歡不起來。

後池乾巴巴地開口，想走的意願十分明確。

「也不是什麼大事，本后想把清穆留在天宮，特意告訴妳一聲而已。」天后朝後池看了一眼。

「把清穆留在天宮？為何？」後池突然一愣，隨即面容一整，眼底瞬間襲上一抹凝重，「清穆不屬天宮所轄，就算妳貴為天后，也沒有權力隨便留下他。」

雖然這麼說，但看到天后臉上有些玩味的笑容，後池心底竟隱隱生出了些許不安。

「後池，清穆好歹受了我皇族大恩，讓他留在天宮，又怎能說是本后強人所難？」

「什麼意思？」後池兀然抬頭，神情驚訝。

「妳以為三首火龍的龍息就憑他一介仙君便能煉化？若不是景昭以本命龍丹相救，他又怎能活下來？」天后抬眼，看著驚愕的後池，淡淡道：「三首火龍的龍息已經伴著龍丹入他靈脈之中，一旦龍丹取出，就算是天帝的本源之力也救不了他。龍丹對金龍一脈何等重要，妳應該清楚，若不是景昭苦苦相求，妳以為本后到現在還會留著清穆的命嗎？」

後池垂在腰間的手猛然握緊，嘴唇微微抿住，勾勒出細小的弧度。

景昭的本命龍丹？難怪天帝和景澗昨日都如此古怪，原來竟是如此！想起那個在瞭望山驕縱高傲的公主，後池眼底染上了莫名的複雜之意……想不到她竟然願意用龍丹來救清穆……上古神獸一旦失了內丹，以後修煉……必將淪為妖魔一道！

「妳不必想了，除非清穆是上神之身，否則他根本無法在取出龍丹的情況下活下來。我不能，天帝不能，就算是妳父神……也不能。」

見後池沉默不語，天后拂了拂衣襬，毫無感情的聲音在提到古君上神時微微頓了頓，甚至在看向後池的時候突然多了一抹微不可見的厭惡。

「天后，妳到底……想如何？」後池斂神看向天后，神情卻突然定了下來。

「不是本后想如何……」天后笑了笑，聲音淡淡，眼底純黑一片，透著讓人看不清的意味，「而是妳要如何選擇。」

說完這句話，她轉身朝花園深處走去，白色的身影漸漸消失在小徑深處。

「什麼意思？」見天后即將消失，後池握緊雙手，才忍住不追上前去質問。

「是讓清穆將體內龍丹取出，自此煙消雲散……還是讓他留在天宮，陪在景昭身邊，本后都隨妳選擇。」清冷的聲音自小徑深處傳來，回轉之間襲上了幾分冷意。後池咬唇站在原地，眸色陡然深沉濃烈起來。

無論如何選擇，她都會失去清穆。

後池從來不曾想過，有一日會被逼至如此進退兩難之地步，而讓她抉擇之人，竟會是天后！

第十八章　抉擇

平靜如水的夜晚，御宇殿中亮如白晝，龍眼大小的夜明珠整齊地鑲嵌在鳳柱之上，散發著薄薄的光霧，白玉的階梯連著燦金的王座，華麗尊貴。殿宇之中空蕩安靜，唯有一身白袍的天后閉著眼，姿態高雅地端坐在王者之位上，神情莫名。

低沉的腳步聲自殿外響起，天后睜開眼，看著來人，淡淡道：「我已經讓景昭回宮了。你明知道她失了龍丹，怎麼還處罰得如此之重？」

「蕪浣，龍丹對金龍一脈何等重要。景昭如此妄為，本該重罰。」天帝踏著月色從殿外走來，滿室銀輝下，他望著王座上已近千年未曾見過的人，黑色的眼眸中滑過淡淡的思念，卻被很好地掩下。

「你倒是公正！」天后抿嘴，眼底神色莫名，她坐直身子，朝御座後靠去，「不過你不必擔心，那人不過區區一介上君，還煉化不了景昭的龍丹，我會為景昭拿回來的。」

聽見此話，天帝明顯一愣，脫口而出：「可妳今日在後殿中，不是跟後池說隨她選擇？」

「你果然在……」天后意味深長地看了天帝一眼，手輕輕扣在御椅邊緣，漫不經心道：「選擇自是由她，可是……無論她怎麼選，我都不會讓清穆把景昭的龍丹帶出天宮，不過一介上君而已，他的命，豈能和景昭日後的修煉相提並論！」

「蕪浣，清穆已經傳承了白玦真神的炙陽槍，日後抵禦妖界必是一大助力，更何況他是為了景澗才被三首火龍龍息所傷，這也是我為何沒有取回景昭龍丹的原因。如此做……實在有違天理！況且後池畢竟是妳女兒，妳怎能讓她在如此境況下做出抉擇？」

天帝的聲音帶上了些微惱意，眉宇漸漸變得冷峭起來。他畢竟身為天帝，掌管三界，就算此事景昭吃了虧，可他也不能有偏頗。

天后意外地看了他一眼，眼底劃過淡淡的嘲諷，「暮光，後池的事你不用管，這是我的事。不過我倒是沒想到，你會為了那個叫清穆的仙君寧願讓景昭失了龍丹，看來當年上古真神選你為三界之主還真是明智，金龍一脈果然是公正得緊。」

「蕪浣，真神當年為三界而亡，恩澤九州。妳畢竟是她座下神獸，怎可如此口出妄言！」天帝眉色一正，聲音裡終於多了幾許怒意。

數萬年來，天帝極少說過重話，哪怕是現在知道她為難後池，也沒有過多在意，可是只要扯到上古真神，對她卻從來不假以辭色。

明明妳已經死了幾萬年了，為何還要如附骨之疽，如何都消失不了……

天后輕叩在御椅上的手猛地一僵，眸色驟然變深，頭上五彩的碎髮也輕輕揚了起來。她按捺下心底的怒意，聲音軟了幾分，「我如何不知上古真神對你恩重如山，我不過是隨便說說而已。你我夫妻相處數萬載，難道我在你心底還及不上你對上古真神的敬意？」

這聲音說著就帶上了幾分柔弱的埋怨，一反天后剛才的肅冷倨傲。天帝皺著眉，嘆了口氣，朝殿中又走了幾步，「好了，不說這些事了。當年我們之事本就有愧於古君，後池身體孱弱，我們理應多照拂一些。」

「後池之事，你不要插手。」天后眼底明顯帶上了幾分古怪之意，她眉色一凜，見天帝面色不豫，站起身朝天帝看去，緩緩道：「我們夫妻已有千年未見，你難道真要為了幾個外人和我置

氣不成？」

天帝神情一頓，見天后目光灼灼地望著他，終是緩緩嘆息一聲，擺了擺手，「蕪浣，都依妳，只要妳不做得太過了便是。」

「放心吧，我豈會和幾個小輩計較，我去看看景昭。」天后皺了皺眉，顯是不太滿意天帝話中的保留，但仍是中止了這次對話，轉身朝殿外走去。

御宇殿中瞬間變得安靜清冷起來，天帝看著天后消失的身影，神情漸漸變得複雜起來。

數萬載前，三界初創，一片混沌。他那時不過是上古界中一個普通上神而已，恰逢上古真神尋找能御下界之人，發現他是金龍，擁有帝主之相，於是悉心傳導他帝王之術。也就是在那千年時間裡，他愛上了上古真神座下神獸——五彩鳳凰蕪浣上神。

只可惜，上古界尚存之時，神祇眾多，而他亦不過一個下界小神而已，蕪浣乃上古真神身邊之人，追求她的上神不知凡幾，他根本沒有機會。混沌之劫降臨後，上古真神和其他三位真神一同消失，眾多神祇殞落，到最後，上古界封存，一切平息時，竟只剩了三位上神，可蕪浣卻又偏偏瞧上了突然晉為上神之尊的古君。

此時他已為三界之主，身分早已今非昔比，但他畢竟與古君同級，縱使心有不甘，卻也無可奈何。他與古君漸成莫逆，平淡相處。只是沒想到千年之後，後池降生，他苦澀之餘卻也發現後池是個早夭的命格。古君悲痛之下四處走訪上古神跡以尋生機，將蕪浣留在清池宮，給了他機會……最後便成了如今的這番局面。

到現在又是數萬載光景，他仍是不知，蕪浣終究是愛這天后之位多一些，還是在意他更多一些。

清冷的紫松院中多了絲莫名的冷意，皎潔的月色下，後池坐在院中石凳上，單手托住下巴，茫然地望向紫松的方向，寂靜無語。

鳳染站在回廊處，隱隱擔憂，後池從御宇殿回來後便一直是這麼副模樣。三人也默契地沒有提離開天宮之事，她咬了咬牙，正欲走上前，卻微微愣住，停下了腳步。

一身紅衣的青年從房中走出，隱在月色下，步履緩慢，卻隱隱透著鎮定人心的力量。

清穆將黑色大裘披在後池身上，見她轉過頭神色茫然，隨手替她拿掉髮間的松針，笑了笑，神色柔和，「雖然妳仙力提升了不少，可身子到底還弱，天宮清冷，還是當心點好。」

溫潤的月色下，後池只覺得這笑容格外珍貴，她猛不防地握住清穆的手，「清穆，我一定不會讓你出事的。」這話著實說得有些令人摸不著頭腦，後池說完後才反應過來，立馬閉緊了嘴，低頭掩下了眸中的黯然。

聽見後池的話，清穆被握住的手微微一頓，看著埋下的腦袋，眼底漸漸變得柔軟起來，他拍了拍後池的肩道：「我知道。」

聲音溫潤柔和，能讓人莫名地鎮定下來。後池抬頭，眼眨了眨道：「清穆，我想瞭望山了。栽下的竹子肯定都已經長好了，留下大黑看家，也不知道牠是不是守得住……明日我們便回家吧。」

家……嗎？似是被這句話擊中心底最柔軟的地方，清穆盯著後池，目光變得濃烈深沉起來。

「好嗎？」

後池眼底的墨色濃而柔軟，她望著清穆，眼底盛著淡淡的期待和幾許微不可見的急切。清穆點頭，將她攏在懷裡，唇角輕勾，答道：「好。」

後池重重地點頭，雙手微微縮緊。既然無論如何選擇她都要失去清穆，那她就要選一個絕對不會失去他的方法。

天帝、天后震怒也好，眾仙譴責也罷，哪怕是景昭會因此而淪為魔道，她也不會放開清穆。

她破殼而出的萬載生命裡，這是她唯一不想失去的……

清冷的月色下，靜靜相擁的二人，滿園靜謐，半晌後……

「清穆，你說……若是父神知道我損了他的名聲，會不會生氣？」

「……」

「後池……」

「不管了！他把我丟在清池宮裡這麼多年，就算知道了也不能怪我。」

「嗯？」

「後池，妳不會的。」

清越的聲音緩緩傳入耳際，後池抬頭，朦朧的月色下，只能看到清穆模糊的側臉，卻也錯過了他眼底淡淡的不捨和篤定。

送後池回房，從她房裡出來後，清穆眼底的輕鬆和暖意瞬間消失，整個人都冰冷了起來，他穿過回廊，看見倚在紫松下的女子，微微一愣。

「鳳染，妳怎麼在此處？」

「清穆……」鳳染從陰影裡走出，神色鄭重，「你是不是知道了什麼？」

清穆眼底的驚訝恰到好處，他抬眼望向鳳染，疑惑道：「妳在說什麼？」

鳳染面色頓了頓，狐疑地看了他幾眼，見他面色實在不像作偽，擺了擺手轉身就走，幾步之後，終是停下了腳步，嘆了口氣，轉過了頭。

「無論你知不知道，我還是希望你……不要做讓後池傷心的事，你應該明白，你對她有多重要。明日我們便回瞭望山，那裡有白玦真神的陣法護著，天后輕易也闖不得。」

說完這句話，鳳染消失在了院中。清穆目光微閃，望向身後不遠處後池的房間，輕輕嘆息。

晨曦漸露，整個仙界一片安寧。

景昭換上了一件流金色澤的長裙，靜靜地坐在窗前。半晌後，她將妝檯上的碧綠步搖插在頭上，看著鏡中的自己，輕輕笑了笑。

鏡中人端華高貴，抿唇一笑，便勝似人間無數風景。只是，慢慢地，那眉宇間的驕傲一點點淡了下來，到最後，唯剩一抹微不可見的擔憂和害怕……

「景昭，妳這又是何必……」景澗出現在門邊，看著端坐在窗前，明顯一夜未睡的景昭，嘆了口氣。

「二哥，你說他會如何選擇？」景昭仍只是定定地看著鏡中的自己，慢慢開口。

「妳比我更瞭解清穆，我現在擔心的是母后只見了後池，我怕她會……」

「她有什麼好擔心的！上神之位也好，清穆也罷，凡是我求而不得的，她都唾手可得……如今就連你也要為她擔心，難道我景昭注定一世都不如她不成？」似是被景澗話中的擔憂所觸，景昭兀然回頭，看著景澗，眼中盛滿怒意。

景澗微微一愣，看到景昭眼中毫無掩飾的不甘，搖了搖頭，並未多說，只是道：「母后昨日定將龍丹之事告知了後池，清穆遲早會知曉，他們都不是拖延之人，想必今日就會有決定。若是清穆執意要出天宮，妳待如何？」

「我……」聽見此話，景昭的臉色瞬間變得蒼白，她咬住嘴唇，半天也說不出一句話來。

「他若離宮，母后必定震怒，屆時定會強行將龍丹從他體內拿出來——」

「母后她不會的……」景昭急急開口，看見景澗眼中的篤定，頹敗地低下了頭，以母后對她的疼愛，若是清穆真的如此選擇，她一定不會手軟。

「景昭，其實妳早就知道……最後的結果會是如此。」景澗神情一黯，眉宇間多了幾分怒意和嘆息，他看向景昭，一字一句道：「妳賭的根本不是妳的龍丹，而是清穆的命，妳不是在救他，而是……在逼他！」逼他放棄後池，也逼後池放棄他……

景昭的臉色一點點變得慘白，看見景澗神色裡的失望，她惶恐地抬頭，喃喃道：「不是的，我只是想救他，二哥，我真的只是想救他……」

說到最後，景昭痛苦地閉上眼，放在梳妝檯上的手猛地縮緊，顯出青紫的痕跡來。

「若是最後他決定取出體內的龍丹，妳……」

景澗話還未說完，一道響亮的鳳鳴突然在天宮四野響起，端是淒厲無比。

「有人闖進了青龍臺！」辨別出這慘叫乃是看守青龍臺的鳳凰所鳴，景澗微微一愣，不由得驚訝道。

「青龍臺是眾仙受天雷刑罰之地，誰會去闖那裡？」景昭喃喃自語，聲音突然頓住，神情變得僵硬惶恐起來，「二哥……」她看向景澗，嘴唇不停地顫抖。

「景昭，妳怎麼了？」景澗見景昭面色不妥，神情一變，急忙走過來扶住她。

「快去，快去青龍臺！」景昭的聲音突然變得淒厲，神情倉皇，「清穆體內的龍丹深入他靈脈之中，尋常方法根本取不出來，只有青龍臺的九天玄雷才可以，一定是他去了青龍臺。你快去阻止他，一旦龍丹取出，他會灰飛煙滅的！」

那鳳鳴聲越加淒慘，景澗神情一怔，愣愣地看向窗外青龍臺的方向……然後，猛然朝青龍臺飛去。

青龍臺上，天際剛剛現出第一縷亮光。

一身紅衣的青年站在青龍臺下，遙遙望向天宮深處，眼底溫柔繾綣。

「清穆，你說……若是父神知道我損了他的名聲，會不會生氣？」

「後池，妳不會的。」

紅衣青年緩緩勾起嘴角，在他身後，懸於半空的炙陽槍發出淡淡的哀鳴。

妳不會的，終我一世，我也不會讓妳去抉擇……

所以，抱歉。

我終是不能陪妳回瞭望山，守著那木屋，看妳親手栽下的竹林，等柏玄歸來……

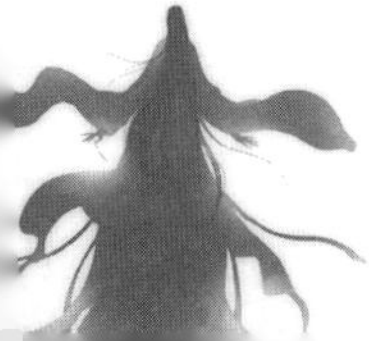

第十九章　天雷

第一縷晨曦出現之際，淒慘的鳳鳴聲響徹在安寧平和的九重天宮之上，安逸了數千年的仙君們還來不及反應發生了何事，如晨鐘暮鼓般厚重的驚雷聲已經一道道傳來，緩緩朝三界蔓延而去。

「轟──」

「轟──」

「轟……」

傳自青龍臺的雷聲連綿不息，彷彿永無止盡，足足七七四九之數。待那雷聲停下來時，整個仙界陷入了一片無比詭異的寂靜之中，就連玄天宮和御宇殿也不例外。

三界皆知，青龍臺傳自上古之時，乃諸天仙君受罰之處。雷刑極損仙人靈根，非大過從不輕易動用。更何況天雷之刑太過霸道，十道天雷足以重創一位仙君，就算是上君巔峰也不過捱得十五下而已。

天地之中，無論仙、妖、魔都是受雷劫而晉位，天雷一旦超過三十六道，便被稱為九天玄雷，乃晉升上神必經之途。可這七七四九之數……別說後古界開創數萬年來未曾出現，就算是上古之時都很少有。

所以，當青龍臺上預示著即將降臨的天雷之數終止時，整個仙界的仙君幾乎都不受控制地朝青龍臺飛去。

的殿宇之中。

無論是何人引發，這都必定是後古界以來最震撼之事！

玄天宮和御宇殿中同時響起了一道詫異的驚疑聲，然後白光一閃，天帝和天后消失在了各自的殿宇之中。

在紫松院中等著清穆的後池，狐疑地朝雷聲之處看了看，抬眼見到急匆匆從清穆房中走出來的鳳染時，心底生出了些許不安。

「後池，清穆不在房中，剛才青龍臺上是怎麼回事？」顯然鳳染也聽到了那聲勢浩大的雷聲，望著後池不安的眼神心底猛然一震，清穆他該不會……

「是七七之數，有人強行以仙力引動了玄雷，我想應該是有仙君要晉升為上神了，這是個好機會，天宮大亂，天后定然不會注意到紫松院，清穆去哪裡了？」後池心不在焉地回應了一聲，看鳳染神情有些不對勁，急忙問道。

「後池，清穆恐怕知道了他的命是景昭用龍丹救回來的……我怕……」

「妳怎麼知道的？」後池神情一頓，手心猛然縮緊，「是景澗說的？」

九天玄雷……若是龍丹深入清穆靈根深處，就只有青龍臺上的天雷才能將其強行逼出！十五道天雷就足以重創他，若是四十九道天雷劈下……更何況一旦龍丹取出，清穆也會被龍息焚身，灰飛煙滅。無論結果如何，他都不可能活下來！

後池臉色瞬間變得蒼白，心底冰涼一片。她怔怔地抬頭，望著鳳染，眼底是不知所措的茫然，「鳳染，他昨天答應了我，會陪我回瞭望山的。」

「後池……」鳳染眼底滿是疼惜，伸手朝後池肩上拍去，「恐怕已經遲了。」

玄雷之聲響起，那就說明清穆已經入了青龍臺……

但她的嘆息聲還未完全消逝，後池就已經化為一道青光，筆直朝青龍臺而去。

青龍臺上，青年一身紅衣，面色冰冷地看著空中積蓄待發的雷霆，神情漠然。而他四周，青龍臺三尺之外，竟生出一層由雷電而化的帷幕，將整個青龍臺都籠罩了起來。刺眼的電光下，青年凜冽的身影格外單薄，冰冷的氣息緩緩蔓延，渾厚的靈力自他身上湧出，朝天空中的雷電隱隱抗去。

可是他身上的靈力再渾厚，也遠不到晉升上神的地步，引下玄雷無異於送死！聞訊而來的仙君看到站於青龍臺之中的紅衣青年，面面相覷，臉上皆是驚疑不定的神色。

景澗和景昭趕到的時候，看到的正是這麼一番光景。看見清穆站在雷電之下，景昭推開景澗，跌跌撞撞地朝青龍臺跑去，卻被那層薄薄的雷電帷幕擋在了外面。

「滋滋」聲響起，淡淡的雷鳴化成電光朝景昭而來，景澗急忙飛過來擋住，擔憂地看向景昭，「三妹，太遲了，玄雷已經引下，現在除非他能抗完四十九道天雷，否則這屏障根本不會消散。」四十九道天雷，恐怕還未劈完，就已經……

「不會的……」景昭惶然轉頭，面色慘白，全然不顧四野懸在天空的眾多仙君，朝清穆喊道：「清穆，我不要你留在天宮了，你快出來，要是龍丹取出來，你會死的！」

四周圍著的仙君聽見此話，俱是一愣，也明白過來到底發生了何事。在青龍臺上引下九天玄雷的想必就是清穆上君了，前些時間聽聞清穆上君身受三首火龍龍息之苦，後池上神帶其上天宮求助於天帝，看來這清穆上君八成是被景昭公主以龍丹所救了……

瞭望山神兵降世後，傳聞清穆上君和後池上神情意相投，如今看來此言果然不假。景昭公主恐怕是神女有夢、襄王無心啊。

「景昭公主，多謝妳以龍丹相救，不過，清穆的命，由我自己作主。」冰冷的聲音緩緩從青龍臺上傳來，連身都未轉，彷彿絲毫未曾在意景昭和眾位仙君的到來。清穆只是定定地看著天際積聚的雷電，面色淡然。

「清穆，不要受雷劫，快出來……」景昭仍是在青龍臺外苦苦哀求，眼底滿是後悔，髮釵散亂，碧綠的步搖落在地上，發出清脆的聲音，碎片滿地。

一旁的仙君哪裡看過向來華貴端莊的景昭公主如此狼狽的模樣，站在一旁暗自嘖嘖稱奇，但俱低下了頭裝作沒看見。

「景昭，妳這是在幹什麼？成何體統！」盛怒的呵斥聲從天際傳來，兩道白光閃過，天帝和天后出現在虛空處，看著下面的一幕，面色皆有些難看。

「母后，您快把屏障打破，讓清穆出來！若是玄雷降下，他肯定扛不住的！」景昭惶急地朝天后所在的方向跑去，毫不在意天帝的呵斥，神情急切。

「景昭，玄雷之幕乃天地而生，除非玄雷降完，否則根本不可能破損。」天后垂眼看了一眼景昭，嘆息了一聲，復又轉頭朝青龍臺上的清穆看去，神情莫測，「清穆，你當真寧願受九天玄雷，也不願意留在天宮？」她從沒想過，清穆的性子居然如此決絕，寧願受死，也不想受天宮束縛。

冰冷的威壓伴著天后的這句話緩緩朝臺上的清穆而去，在天雷的轟鳴聲下越發讓人膽戰心驚。

青龍臺上半晌無語，良久後，才聽到青年冰冷得有些過於淡漠的聲音。

「蒙天后厚愛，龍丹一出，清穆不再欠天宮任何情誼，也和景昭公主再無半點關係。」

景昭站在青龍臺外的空地上，愣愣地看著那抹決絕的紅影，眼前瞬間變得模糊，身子不知所措地顫抖起來。

他怎麼可以如此無情，三界皆知她傾心於他，甘願以龍丹相救。如今眾目睽睽之下，哪怕是鐵石心腸，他也不該說出這種話來！

不是他不欠，恐怕是想說後池不欠吧……

景澗擔心地看著景昭，暗暗嘆了口氣，走到景昭身邊，將她扶住。清穆此話，是說給父皇和母后聽的。

凌空站於天際的天后和天帝聽到這句話，臉色都是一變。天帝甩了甩手，退後一步不再出聲，天后神色一沉，眼底也襲上了一抹冰冷。

「既然如此，那本后倒要看看清穆上君是不是能扛下這四十九道九天玄雷！」

天后此話一完，一道青光劃破天際，出現在眾人面前。從雲上走下的少女一身青衣，面容素淡，但全身上下都有種古樸淨悅的醇和氣息。

看到景昭公主陡然繃緊的面色，不用多猜，眾仙也知道來人是誰了！

玄雷下的背影格外刺眼，後池一步一步從雲上走下，緩緩朝青龍臺而去。

她定定地看著清穆，自她身上沖天而起的憤怒氣息，讓整個廣場一下子安靜了下來。

似是有所感應一般，一直背對著眾人的紅衣人影在這詭異的安靜中，緩緩握緊了背在身後的雙手，眼瞼微微垂了下來。

後池站定在那層雷電之幕外，雖然無風，但青色的長袍卻不知怎的漸漸揚展了起來。鳳染駕著雲從遠處飛來，看到這一幕，停在了後池身後不遠的地方，擔心地看著她。

「你必須要出來，靈根盡毀也好，淪為凡人也罷，就算是被龍息焚燒得只剩下精魂，你也要給我出來。」

無比篤定的聲音在青龍臺外響起，不帶一絲猶疑和驚慌，就像是在陳述一件無比真切的事實一般。後池的話中，一反平常的淡然，竟帶上了濃濃的煞氣。

「你需要一世輪迴，我便等你一世！十世黃泉，我便守你十世！」

天帝和天后望向後池，眼底帶了絲別樣的意味。相比景昭在青龍臺外的苦苦哀求，後池不過區區一句話……

青龍臺上的身影兀然一頓，然後微不可見地點了點頭。

正在此時，璀璨的雷光劃過天際，轟鳴聲響起，一道天雷終於在青龍臺上空成形，朝清穆降下。

「轟……」

強盛的靈力自清穆身上發出，裹著炙陽槍化出一道紅光，和降下來的雷電狠狠地撞在了一起，電力沿著炙陽槍被引進了清穆體內，深入靈根之中，緩緩引導著龍丹從體內出來。而攻擊的雷光漸漸消散，炙陽槍下的人影紋絲不動，如磐石一般。

後池緊握的手微微鬆開，輕輕地吐了口氣。

以自身靈力相抗，然後將精雷之力引入身體，這在青龍臺上是從沒出現過的事。眾仙一邊驚訝於清穆的靈力，一邊感慨於這雷電的威力，玄雷果然不一般，才剛剛開始，便有如此氣勢。

天帝驚嘆一聲，眼底劃過些許疑惑。他望向天后，神情凝重，「蕪浣，這玄雷是否有些古怪？三首火龍晉升上神之位時，威力大不及此，而且只有三十六道，這清穆怎麼引下了七七之數……這是怎麼回事？」

「玄雷是看受劫之人的靈力深淺而來。三首火龍是凶獸，按上古典籍記載，確是引下三十六道玄雷沒錯。七七之數只有上古時一些神脈深厚的仙人在晉升上神時才能引下。可是清穆論靈力遠在三首火龍之下，也不知怎的居然會引出來……」天后搖了搖頭，將眼神放在青龍臺外紋絲不動的後池身上，「也許清穆日後機緣不淺，所以這天雷才會降下。不過玄雷之力一道重於一道，到最後更是層層疊加……以他現在的靈力，要把四十九道玄雷捱完根本不可能。」

隨著天后的話落音，又一道天雷隨之降了下來，和炙陽槍化成的紅光相抗。

「轟轟轟……」天雷的速度越來越快，才不過一息時間，十五道天雷就已降完。青龍臺上短暫地平靜了下來。

紅光散開，圍在四周的仙君看著只是微微喘氣的清穆，俱是驚呆了。

十五道天雷，已經是一般上君的極限，就算是有炙陽槍相幫，清穆上君的靈力也太過駭人了。

看著青龍臺中微微喘息的身影，後池的腳步抬了抬，終是只緊握指尖，停在了原處。

眾人的驚嘆還未完，雷電之勢又起，比剛才更加可怖的雷電重新積聚，朝著清穆而來。一道道雷電之下，那穩如泰山的紅色身影終於微微顫抖了起來，炙陽槍身上的紅色光芒也被漸漸削弱……

「咔嚓」一聲脆響，紅光完全消失，炙陽槍發出淡淡的哀鳴，從空中掉落在清穆身邊。景昭驚呼，捂住嘴，臉色蒼白地看著猶若實物的雷電直接劈到了清穆身上！

每一道雷電消失，青龍臺上的身影就彎曲得越加厲害。終於，一聲悶哼響起，鮮紅的血跡緩緩從清穆唇邊溢出。他全身顫抖，半跪在地，手狠狠地撐在了地上。

後池定定地看著青龍臺上的人影，突然將輕顫的手握緊，抬腳朝雷電之幕闖去，卻被一雙手死死拉住。在她身後，鳳染的聲音緩緩傳來，盛著滿滿的嘆息。

「後池，妳幫不了他。」

雷電毫無顧忌地劈在他身上，血肉之軀完全承載了雷霆之怒，紅色的長袍漸漸染成了暗紅色。後池甚至不知道，那紅色到底是由多少鮮血才能染成那般濃烈、暗沉。

她轉過身，玄墨的眼眸深沉一片，裡面竟隱隱地沁出了血紅。鳳染瞧得一愣，怔怔地鬆開了後池的手。

「我知道，鳳染，我從來沒有像現在一樣痛恨過自己的無能。」冰淡而清冷的聲音緩緩響起，帶著空洞的蒼白。

身為上神，卻靈力低微，別說幫助清穆扛下天雷，就連這帷幕也跨不過一步。我只能站在你三尺之外，看你為我受盡諸天神罰。清穆，你讓我情何以堪！

一道道數著，轟鳴的雷電聲漸漸讓人變得麻木，眾人看著那彷彿永遠也不會倒下的身影，眼底的驚訝漸漸變成了嘆服。

最後五道雷電降臨之前，整個天際安靜了下來。鮮紅的血跡緩緩自清穆手上滴落，染紅了青龍臺。那身影搖搖欲墜，任誰都看得出來，他已是強弩之末。若再降下幾道雷電，等龍丹從他體內被逼出，恐怕清穆連抵抗體內龍息的靈力也沒有了……

最後五道天雷在眾人凝神屏息下緩緩聚集，卻遲遲沒有降下。正當眾人奇怪之時，竟發現……那五道雷電居然緩緩融合在一起，形成了毀天滅地之勢，濃濃的威壓自那雷電中傳來，甚至讓站得近的仙君隱隱有臣服叩拜的感覺！

後古界以來，從來沒有一個人能扛下如此程度的九天玄雷，也就從來沒有人知道，最後五道雷電其實是疊加而成！

眾人面色大變，別說取出龍丹，恐怕這最後一道天雷降下之際，就是清穆灰飛煙滅之時！

「母后，我求求您，救救他！我不要龍丹了，我後悔了，我不賭了！」景昭喃喃自語，突然朝天后的方向跪了下來，眼底滿是惶恐和絕望。

「景昭，太遲了，如今天雷之勢已成，無人能夠逆轉。若是他不接下，受這雷刑就會是整個天宮。」天帝緩緩搖頭，眼底同樣滿是意外和驚疑。

他與蕪浣和三首火龍一樣，都是受三十六道玄雷晉升為上神，卻也從來不知，七七之數到最後會有如此恐怖的威力。在他看來，清穆能接下前面四十四道天雷本就已經是奇跡了，況且他能感覺到，現在的清穆不過是靠著一絲靈氣將命吊住罷了，救或不救……其實根本都沒有活下來的希望。

天后對著景昭看了一眼，沒有出聲。

「父皇，母后，求求你們了……」景昭神色哀戚，緩緩倒在景澗懷裡，眼底滿是後悔，「二哥，我後悔了，我真的後悔了，求求你救救他。」

景澗緩緩搖頭，面色不忍，嘆了口氣。

「清穆，告訴我，你會活著出來。」滿室寂靜下，後池緩緩開口，眼底深沉一片。鮮紅的血跡自她掌心滴落，她面色仍是一片淡然，甚至連眉角都沒有皺一下，但聲音卻顫抖冰涼得如同冬九臘月的冰石一般，「清穆，說話！」

「後池，我答應妳，一定……一定會活著出來！」

虛弱的聲音自青龍臺上傳來，半跪在地的青年緩緩轉過頭，大口大口的鮮血自他嘴中湧出，髮絲散亂地披在肩上，容顏模糊，一雙眼卻明亮得猶如夜幕中的星辰一般。

眼睛漸漸變得模糊濕潤，後池突然不可自抑地顫抖起來。她望著跪在青龍臺上的清穆，眼前竟恍惚地出現了朝聖殿中那難以忘懷的一幕。

懸於天際的祭臺，一身黑袍的上古之神，席捲三界的洪荒世界，還有……那被阻擋在陣法之外，眼睜睜看著上古消失的白色身影。

無盡的悲涼和痛恨，如潮水一般將整個人淹沒……

無論你是誰，數萬年前，你是否也曾同我此時一般，無比憎恨被隔絕在這三尺之外的地方，只能看著那人的生命緩緩流逝，卻寸步難近，無能為力！

如果是，那這世上最絕情之人，一定是將你置於如斯地步的人！

「清穆……」

伴著後池的低喃，毀天滅地的雷電從天際劈來，整個天空一片黑暗。

烏雲盡染下，整個天地陷入了短暫的黑暗之中，轟然的雷鳴不絕於耳，待那聲音陡然停止時，眾人只覺一片寂靜。淡淡的光暈打破沉寂的黑暗，緩緩自青龍臺上升起。

金黃的龍丹盛著蓬勃的能量自青龍臺中飛出，落在了靠在景澗懷中的景昭面前。幾乎是本能的感應，龍丹愉悅地散發淡淡的能量，鑽進了景昭口中。

龍丹入體，景昭蒼白的面色瞬間變得紅潤，眼底卻滿是驚慌。她抬眼朝青龍臺看去，躺在景澗懷中的身子瑟瑟發抖。

比起龍丹重回景昭身體之中，眾仙更在意的是那承受了九天玄雷的清穆上君，到底是死是活？

整個廣場一片死寂，後池手心鮮血滴落在地的聲音反而格外清晰。她靜靜地凝望著模糊的青龍臺，眼底的眸色濃到了極致，一片蒼涼。

烏雲漸漸散開，雷劫過後，青龍臺上伏倒在地的紅色身影彷彿沒了聲息一般。龍丹出體，炙熱的龍息不受控制地開始在他身體各處蔓延，甚至連暗紅的長袍邊角都隱隱有燃燒的錯覺。

雖然在雷劫下活了下來，但那微弱的氣息令眾人毫不懷疑，清穆根本不可能再去和體內尚存的龍息對抗。

萬籟俱靜中，背對著後池、躺在地上的紅色身影突然動了動，在眾人不可思議的眼神下緩緩爬了起來。

極是艱難，甚至連挪動指尖都要顫抖地完成，但那紅色的人影卻一直沒有放棄。

後池握緊雙手，努力睜大的雙眼變得朦朧，因為青龍臺上顫抖的身影而跟著無可自抑地心悸起來。

謝謝你，謝謝你還活著，清穆，只要你還活著……

他雙腳微彎，半跪於地，氣息微弱得好像馬上就要隨風而逝一般，散亂的黑髮披散在身後，是從未有過的衰敗狼狽。

儘管面容被鮮血染得模糊，但後池卻看見一雙燦若星河的眸子朝她看來。

微微上揚的嘴角，暖意沁人，她只能模糊地聽見那微動的嘴唇輕輕吐出兩個字：「後池……」

無聲的靜默，龍息帶來的灼熱氣息甚至連青龍臺周圍都能感覺到。衣袍邊角處模糊的火光漸漸變得清晰起來，眾人這才看見——龍息被籠罩在一層薄弱的靈力之下，而現在，最後僅剩的靈力也有了衰竭的跡象，最靠近龍息的衣袍緩緩化為飛灰，在火光之下的人影越發地模糊起來……

「清穆，不要……不要……」後池喃喃開口，朝青龍臺闖去，卻被鳳染拉住。

「後池，不要過去，雷電之幕沒有散開！」

後池這才抬頭朝前望去，青龍臺一尺之地，由雷電化成的界幕竟然沒有消失！

怎麼可能，四十九道玄雷明明已經全部降完了！

眾仙望著這一幕也面露愕然，龍息焚身之下，就連天帝和天后出手也救不了清穆上君，灰飛煙滅已成事實，可這雷幕怎麼還不散開？

天帝望著下面的景況，暗自蹙眉，沉吟道：「蕪浣，玄雷降完，這雷幕是怎麼回事？」

天后搖了搖頭，面帶疑惑，朝下面的景昭看了一眼，才道：「不管怎麼樣，受了四十九道雷劫，又失了龍丹護身。清穆肯定活不了，幸好龍丹能穿過那層雷幕，重回景昭體內，我也就安心了。我看他最多不過撐得一息時間，我們走吧。」

天帝點頭，朝青龍臺外的後池看了一眼，眼底閃過些微的不忍。

眾仙看著一動不動的後池，面露嘆息，都轉過了眼不去看那一幕。

灼熱的龍息漸漸蔓延至髮尾，模糊的面容甚至疼痛得扭曲起來，但那雙望向後池的眼睛卻始終明亮深沉，溫暖如昔。

後池慢慢滑倒在地，嘴唇抿得死緊，面色蒼白，雙手顫抖。

「你答應了我的。」後池空洞地看著一尺之外即將消失的清穆，臉色突然鎮定到了極致，「你答應了我的，所以，你一定要活著出來！」

無聲無息，冰冷而蒼白的話緩緩自她口中吐出，帶著深沉的悲切和痛楚，絕望的氣息甚至隔著那層猶若實質的雷幕，傳到了半跪在地的清穆耳邊。

紅色的身影陡然抬頭，望著不遠處的後池，長髮無風自展，眼如黑曜石一般漆黑明亮，雖是滿身血跡，紅光襲身，卻突然之間有著不輸於任何人的滔天氣勢。

「後池，我答應了妳的，一定會做到。」

這聲音明明極輕，但卻不知為何，青龍臺內外竟無一人聽不見。眾人望向半跪在地的清穆，為這話中的執著暗暗心驚。

雷劫之下，仙體支離破碎，又有龍息焚身，即將灰飛煙滅，他到底憑什麼還如此篤定能活下來！

伴著這句話落定，青龍臺上半跪在地的身影陡然站了起來，鮮血自他手腕如注淌出，落在掉落在地的炙陽槍上。炙紅的槍身發出璀璨的紅光，向天際劃去！

本來已經平和安靜的天空突然大變，消散的雷雲重新聚集，甚至產生了不可思議的恢宏能量，緩緩朝青龍臺而來……

「轟……轟……轟……」

一聲接連一聲連綿不息，跟數個時辰前傳遍三界的雷聲一般無二。

眾人目瞪口呆地看著這一幕，待雷聲停止時，就連準備離開的天帝和天后也震驚地停下了腳步。

「怎麼可能？這怎麼可能！」天后喃喃自語，兀然轉身，望向青龍臺上挺拔堅忍的人影，華貴端莊的面容漸漸扭曲，甚至連聲音都瞬間變得尖銳恐懼起來，「他怎麼能引下九九之數的玄雷？這不可能！」

剛剛天際又重新響起了三十二道天雷之聲，和已經降下的四十九道加起來，正好是九九八一之數！

天帝一向淡然的面容也失了鎮定，朝天后安撫道：「蕪浣，也許只是……」話說到一半，連他也住了口，望向青龍臺的神情變得莫測起來。

世人也許不知，可他和蕪浣卻清楚，九九之數的九天玄雷自混沌初開以來，也不過才出現過四次，因為只有真神誕生才能引來如此氣勢恢宏的玄雷之劫！

上古、白玦、天啟、炙陽……自此四大真神之後，再無一人能有此造化。

可是已經接近灰飛煙滅，甚至連靈力都化為虛無的清穆，怎麼還能引下這等玄雷？

看著那桿懸浮在清穆上空的炙陽槍，天帝口中慢慢變得苦澀起來，聲音也帶了絲不確定，「蕪浣，在瞭望山，清穆繼承了炙陽槍，我原本以為他只是繼承者……」

「你是說……他是……」天后急忙搖頭，眼底明滅不定，斷聲道：「不可能，白玦真神早就殞落了！當年……」不知想到了什麼，天后急忙收聲，看向青龍臺上的血紅身影，手緩緩握緊。

「四大真神到底有多大能耐，我們根本不知道，若是當年白玦真神尚留精魂在世，如今甦醒也不是不可能。更何況清穆來歷不明，才修煉千年，一身靈力渾厚無比，我看……」

天后擺擺手，面色漸漸恢復鎮定，打斷了天帝的話，眼底襲上些許暗沉，「暮光，先不急，不管他是不是白玦真神，也要看他能不能扛下這剩下的三十二道玄雷。更何況歷劫之時本就虛弱，我們只要……」

「蕪浣，不要胡來！」聽見此話，天帝驟然變色，語氣凝重，「不管他是不是白玦真神，若是他歷劫成功，將來或可晉升真神，若是知道妳橫加插手，到那時便是我們的滅頂之災……」

「你擔心什麼？現在他不過是區區一介上君罷了。」天后雖如此說，底氣到底也有些不足，負在身後的手微微握緊，眼瞇了起來。

做了三界主宰數萬年，她自然不甘心到頭來為他人做嫁衣。若真有真神重新降世，於她無半點好處。

見天帝、天后面色凝重地停在空中，其他仙君也只得面面相覷地看著青龍臺上的莫名狀況。再引下玄雷，這清穆上君是嫌自己死得不夠快不成？

後池面色凝重地望著那一道挺立的紅色身影，緩緩道：「鳳染，他到底要做什麼？」

「不管怎麼樣，後池，只要清穆不放棄，就一切都有可能。妳要相信他。」略帶遲疑的聲音緩緩自身後傳來，鳳染看著雷幕中的清穆，心底暗暗嘆服。在這種境況下，現在發生的一切簡直匪夷所思，他居然只靠著最後一息靈氣重新將玄雷引下……

雷電緩緩凝聚，不再一道道降下，反而四道成雙地匯合在一起，朝懸浮空中的炙陽槍而去。澎湃的雷電之力通過炙陽槍進入清穆體內，那繚繞在身體之中的龍息火光黯淡了些許。

「他是要以雷電之力將龍息化為己有，重塑其身，簡直太瘋狂了！」喃喃之聲自鳳染口中吐出，帶著毫不掩飾的驚疑。

「鳳染，這又是什麼意思？」後池心底一突，兀然轉頭朝鳳染看去。

「經過前面四十九道玄雷，清穆的身體應該已經支離破碎，龍息灼燒之下靈根更是盡毀。可是天地間最霸道的就是玄雷之力，他引雷電入體，焚燒龍息，化為己有，重塑身體靈根。」

後池一頓，雙手猛然握緊，輕抿的嘴唇勾勒出倔強的弧度，心猛地沉了下去。同化龍息，重塑靈根，聽起來簡單，可是即便是削去仙骨的疼痛都遠不及此。更何況，一個不慎，便有可能在玄雷之下萬劫不復。

彙聚的雷電響徹在天際，一道道降下，清穆身上的龍息漸漸化為虛無。後池剛剛鬆口氣，卻發現龍息消失的同時，清穆身上突然湧現出一道幽深的紅光將雷電之力包裹，緩緩進入他體內。紅光轉瞬即逝，若非她靠得極近，否則一定看不出來，那濃郁的氣息分明是——妖力！

這股力量根本不是由外面湧進，而是本身就存在於清穆體內，甚至連他被龍息焚燒時也不曾出現，直到現在重塑靈脈才能隱約感知。

降生於仙界的上君清穆，體內怎麼會隱藏著如此澎湃可怖的妖力？

後池神情微怔，嘴唇慢慢抿緊，再顧不得其他，擔憂地朝迎著雷電而抗的身影看去。

在這股氣息消逝的同時，懸於天空的天后和天帝面色同是一變，眼神沉了下來。

「清穆體內怎麼會藏有妖力？」天后朝天帝望去，美目微揚，聲帶怒意。

「想不到他體內的妖力竟隱藏得如此之深，別說我們看不出來，我看恐怕連他自己也不知曉。」

「難道他是妖界中人？」天后素手微揚，一團濃郁的五彩靈光出現在她手中。

「我看不是，當年他晉升上君後在擎天柱上出現在了仙界一方，不可能是妖界中人。更何況與他體內妖力相比，仙力明顯更加渾厚。蕪浣，現在一切都不清楚，妳不要隨意出手。」天帝皺了皺眉，朝天后手中的光暈看了看，神情明顯不贊同。

「不管他來歷如何，既然體內有妖力，我就絕不能讓他完好地扛過這雷劫，否則日後定成我仙界大患。暮光，別忘了，當年要不是一個來歷不明的淨淵插手，三千年前我們就已一統三界，何來如今的仙妖之爭？」天后眉色一正，望向清穆的眼中多了毫不掩飾的殺意，

「上古真神將三界交給你，希望你能一統三界、福澤九州。你也知道古君從不插手仙妖之爭，若是清穆日後相幫妖界，我們又待如何？」見天帝神色微有和緩，天后繼續勸說道。

似是被觸動，天帝眼中的掙扎緩緩壓下，錯開了擋住天后的手。

對受劫中人出手，以他身為三界至尊的身分而言，已是極為卑劣不堪。

五彩的靈力從天后手中拋出，劃過天際，朝青龍臺而去，後池似是有所感一般，猛然飛身至雷幕之前，擋住了這雷霆一擊。

看著突變的景況，眾仙俱是一愣，望著相持的兩方面面相覷。

清穆上君尚在受劫，天后出手突襲，也太過……

「母后！」

「母后！」

全神貫注地看著清穆的景澗和景昭不可思議地看著空中面色淡漠的天后，神情震驚。

「後池，妳應該知道我出手的原因。不要以為我不會傷妳，讓開！」天后冷冷地看著擋在雷幕之外的後池，面色沉了下來。剛才她就發現後池已經看出了那妖力的不妥，再這麼耗下去，等清穆歷劫出來，就遲了。

「天后，清穆從來不曾冒犯天宮，更何況不過一縷妖力而已，清穆身受妖龍龍息焚身，如今煉化了龍息，體內存有妖力也不是不可能之事，妳怎可妄做定論！」後池定定地看著空中的天后，一步也不退讓。

眾仙聽此話暗驚，難道這清穆仙君體內還有妖力不成？看向那火紅的身影，聽見後池的話，也不由得暗暗點頭。

上君清穆自晉升之日起便存於擎天柱上仙君一列，怎麼可能是妖界中人？天后著實有些草木皆兵了。

聽見此話，天帝明顯一怔，頓了頓，眼底也浮現幾分贊同，拉住了天后的衣襬。

「蕪浣，的確有這種可能……還是查清楚了，再做定奪。」

「母后，清穆上君為了救我才會被龍息所傷，一切過錯皆在我身上，還請母后手下留情。」景澗將景昭扶好，朝懸於雷幕之前的後池飛去，站在她身旁，朝天后鄭重行了一禮。

後池微微一怔，看向景澗的眼底多了絲暖意。鳳染一挑眉，也飛到了二人身邊。

「他身負妖力，妳又怎知他不是妖界中人，仙妖兩界勢同水火，若是日後釀下大禍，你們有誰能承擔！景澗，還不讓開！」天后似是被景澗的行為所觸怒，一團更加濃郁的五彩之光出現在她手中，見景澗絲毫不動，冷哼一聲，朝後池而去。

上神之力，根本不是區區仙君能夠抵擋，五彩的靈光瞬間劃至雷幕邊緣。三人用盡全力，還是有些許靈力進入了雷幕之中，卻被炙陽槍的光芒擋了下來。

三人之中屬後池靈力最差，悶哼一聲，後池嘴角溢出血跡，面色變得蒼白起來。

景澗和鳳染神情俱是一變，鳳染望向天后的眼底滿是氣憤，急忙扶住了後池。

天帝也朝天后看了一眼，急道：「蕪浣，莫傷了後池！否則妳日後如何和古君交代？」

青龍臺上閉眼受劫的身影似是有所感應一般，炙陽槍身上的紅光突然黯淡了下來。一道雷霆擊在清穆身上，讓外面看著的仙君一陣驚呼，如此危急時刻，任何一點閃失都會鑄成大錯。

「清穆，我無事，你安心渡劫便是。」

聽到四周的驚呼，後池心中一急，朝身後的清穆朗聲道。看向面色冰冷的天后，咬咬牙，突然將鳳染和景澗推開數丈，雙手微動，以體內靈脈結出無數道印訣布在雷幕之外，面上竟隱隱帶了玉石俱焚的倔強。

「天后，妳要傷他，除非我死。」濃濃的煞氣從後池體內洶湧而出，被推開的鳳染和景澗看著她，暗自心驚。

後池竟然以本源之力燃燒為代價，瞬間將靈力提高到了上君巔峰的層次。

看見後池眼底毫不相讓的憤怒，天后臉色更冷。數萬年來，還未曾有人如此不將她放在眼中，她瞇著眼，無盡的殺意自身上席捲而來。

「後池，妳不要以為古君為妳謀了個上神之位，我就真的不敢傷妳！今日我就代古君好好管管妳這目中無人、無法無天的狂妄性子！」

冰冷的話自天后口中吐出，她手一揮，兩團光霧迅速將景澗和鳳染二人困住。不顧面色大變的天帝，天后手中突然出現一把小巧的五彩鳳羽之扇，朝後池而去。

五彩的神力伴著嘹亮的鳳鳴出現在天際，無窮無盡的上神之威朝整個天宮瀰漫。

鳳羽扇——天后神兵，從來未曾現世，聽聞一搧便可誅天下妖魔，蕩九州魑魅。

若是真的降在雷幕之上，雖說只會重傷後池上神，可是那正在受劫的清穆上君卻是非死不可！

後池臉色瞬間變得蒼白，但一雙眼卻極為堅定地望著天后，神情淡然。青袍揚展，頭上綰髮

的木簪碎成粉末，消逝於天際，青絲垂於腰間，在恍惚間竟有種動人心魄的沉著大器。

雷幕下的身影動了動，似是努力睜開眼朝後池望去，炙陽槍發出不安的哀鳴，微微顫抖起來。眾仙大驚，清穆上君竟然要強行中斷受劫，如此一來，必定前功盡棄！

鳳羽扇化成數丈大小，五彩的光芒夾著毀天滅地的威勢，直朝青龍臺而來。

千鈞一髮之際，淡漠而威嚴的聲音劃破蒼穹，響徹在死寂一般的天宮之中。

「蕪浣，妳若敢傷後池，本君便讓妳整座天宮陪葬！」

降在後池身前的鳳羽扇被一隻虛空出現的大手突然拖住，然後那手猛地一掃，化成凌厲的攻勢反朝天后而去。五彩靈光在眾仙的驚呼中緩緩凝住，天后堪堪接下這一擊，被逼得後退了幾步，在天帝的幫助下站穩，看向天際空間撕裂之處，一雙美目中滿是驚愕憤懣。

她怎麼也想不到，已經失蹤了近萬載的古君竟然會突然出現，而且還當著眾仙如此不顧情面地斥責於她。

一道濃郁的靈光亦出現在青龍臺四周，將整個雷電之幕包裹了起來。現在，任是誰，恐怕都無法打破這道屏障，再去干擾受劫的清穆了。

聽見這聲音，後池臉上浮現幾縷驚喜，但她卻揚了揚眉，狠狠地轉過頭，不去看空中的人影。別以為你出現的正是時候，我就會原諒你把我一個人丟在清池宮中上萬年不管不顧！

伴著天后五彩靈力威壓的消失，青龍臺中原本浮躁的受劫身影也重新沉定了下來。炙陽槍發出歡快的鳴響，紅光大振，朝九天上降下的玄雷衝去。

破碎虛空處，毫無預兆地出現了一個身影，任是誰都已經從剛才那句豪氣干雲的話中猜出了來人的身分。是以守在一旁的眾位仙君擦了擦眼睛，俱是抬高了頭，巴巴地朝那人看去。

這是個多麼難得的場景啊！天帝、天后、古君上神……因緣糾葛了幾萬年，雖說平時不敢提及，可又有哪個神仙敢拍著胸脯說：「我一點也不期待這三個人的重新相聚！」

自當年昆侖山天帝、天后婚禮後，古君上神就極少出現在人前。這個傳說中最神祕、但卻被戴了數萬年綠帽子的三界至強者，誰都想知道到底是個什麼模樣。畢竟就算是上神之威，也總不能把人熊熊燃燒的八卦之心給撲滅了不是？

但……眾人眼中的灼熱在來人越加清晰的容顏下漸漸變成了詫異，不少仙君乾脆閉緊了嘴，相對一眼極有默契地點了點頭，難怪天后當年會選擇天帝啊！

一些曾在昆侖山上見過古君上神的老仙君卻個個張大了嘴，像是闔不攏般怔怔地顫抖著手指向空中的人，眼中滿是難以置信的驚愕。

誰能告訴他們，當年那個在昆侖山上神人之姿、容顏俊美、滿身浩氣的古君上神……怎麼變成了一個乾癟癟、灰不溜秋、邋裡邋遢、神情猥瑣的……老頭？這才不過萬年時間而已啊！

上神之力足以恩澤九州、永駐長生，你倒是用在自己身上啊！幾乎所有人都低下了頭，心裡哀嘆了這麼一句。

俗話說得好，期望多大失望就有多大，那句聲勢浩大的警告讓眾仙對古君上神的期望達到了難以攀登的頂峰，所以當現實如此反轉時，眾人只覺得心中一陣噎得慌。

坐在虛空處的古君上神蹺著腿，瞥了天后和天帝一眼，不慌不忙地甩下一道靈力，降在臉色蒼白的後池身上，見她面色回暖，才懶洋洋地對天帝道：「暮光，你好歹也是三界之主，你答應過我在三界之內會護後池安全。現在蕪浣不顧身分出手對付幾個小輩，你就這麼不管不顧地站到一旁，怎麼算信守承諾之輩？」

淡淡的嘲諷迎面而來，天帝面色微變，朝後池和清穆看了一眼才道：「古君，此事是我考慮不周，你……」

「古君，清穆身負妖力，一旦他受完九天玄雷，於我仙界將是大患，我出手有何不可？你有什麼資格怪罪天帝！」似是從古君上神突然出現的震驚中回過神，天后面色複雜地看向古君上神，打斷了天帝的話。

「仙妖之爭與我何干？更何況，天帝是三界主宰，我和他說話，蕪浣，妳一介婦道人家，插什麼嘴？」挑著眉的老頭看都沒看天后，在眾人不敢置信的眼神中涼涼撇了撇嘴道。

婦道人家？所有在場的仙君敢說，他們過去或數千或數萬年的生命裡，絕對沒有任何一句話能比這四個字更有震撼力！

如果說出這話的人不是古君上神，眾人只會說這人忒有勇氣。但望著渾然不覺的古君上神和嘴唇都氣得發抖的天后，眾仙識相地齊齊後退了幾步，暗地裡朝古君上神比了個大拇指，嘆道：您還真不是一般地有勇氣！

一聲冷哼傳來，古君上神看到後池抿成了一道線的嘴角，急忙放下不正經蹺著的腿，抓了抓頭髮朝她急道：「閨女，妳可是我的心肝寶貝，別拿自己和一般人比較，咱可不掉這份兒！」

裝模作樣的聲音傳進耳裡，這次就連後池也忍不住嘴角微揚，一直緊握的雙手緩緩鬆了開來。

「真狠。」鳳染低語了一聲，充滿讚嘆地看著天空中那個吊兒郎當的老頭，心滿意足地落在了地上，不再插手眼前的場景。

不是她插不進，而是她完全相信，古君上神的一張嘴足以抵擋千軍萬馬！

仙人一貫端莊自持，有誰聽過說話這麼刻薄而且攻擊有效的話語？更何況說出這話的還是三界中的至強者。眾人望向空中懸著的古君上神，一起直愣愣地轉頭朝天帝和天后看去。

「古君，就算蕪浣處置得不妥當，你如此說話也太過分了。」天帝聲音微惱，抬步走到了天后身前，目光如電，隱隱含怒。

即便當初他對不起古君，可蕪浣如今畢竟是他的妻子，貴為天后，怎可讓人隨意辱之。「暮光，你這天帝倒是有趣得緊！清穆為救你家的兒子中了龍息，你女兒甘願以龍丹來還恩，本就一報歸一報，兩不相欠。可蕪浣卻以此為由逼他留在天宮，讓他不得不以九天玄雷來取出龍丹，又以雷電塑身之術來保命。如今蕪浣更是僅憑一道妖氣，便要取他性命。我倒要問問，難道只有你天宮中皇子的命是命，別的仙君之命便一錢不值了不成？」

古君上神一字一句慢悠悠地問道，讓天帝啞口無言，一時難以答話。

古君雖說講話難聽，但句句占理，他有失偏頗，確實無話可說。

景澗面色慚愧地站在一旁，連忙拱手道：「上神，景澗大錯，為一己之私連累清穆上君身受雷劫之苦，甘願受罰。」

古君朝他看了一眼，擺了擺手，眼一橫，「算了，你們一家子也就你順眼點，老頭子我就不計較了。」

難言的窒息之中，空中五彩的靈力慢慢紊亂，暴躁的氣息逐漸自天后身上蔓延，似是怒到了極致。天后看著古君上神，突然笑了起來，那神情滿是說不出的不屑。她冷冷地掃過後池，復又重新落在了古君上神身上。

見她如此一副模樣，古君心底暗暗尋思，這囂張跋扈慣了的鳳凰不會是被他給氣狠了吧？可別說出什麼不該說的話才好。他略帶警告地看了天后一眼，玩世不恭的臉上現出一抹凝重。

「古君，我將清穆留在天宮有何不可？景昭即便驕縱了些，可到底也是這九重天宮的公主，身分尊貴，總比『母不詳』的後池要好上千萬倍。」天后嘴角含笑，說出的話卻如刀鋒一般銳利冰冷，她看著古君陡然陰沉下來的臉，心裡說不出的暢快。

沒有誰比她更清楚古君有多重視後池，重視到當初寧願欺騙世人，也要給她一個凌駕於三界

眾仙之上的身分。若是她當初沒有離開清池宮嫁給暮光，那古君絕不會闖上昆侖山，為後池要來上神之尊，畢竟父母皆為上神便足以讓後池一世尊貴。

天后的話餘音繚繞，在空寂的天宮顯得格外清晰。但看著渾身怒意猶若實質的古君上神，沒有一個仙君敢大口吐氣。

母不詳？世人皆知清池宮中古君上神稀罕了萬年的小神君乃天后所出，怎麼會母不詳？但……這世上任何一人說出此話都可能是笑話，卻唯有天后不會。

萬年前小神君身在蛋殼時，不受母喜，三界皆知，到頭來，竟原來是這麼個原因嗎？後池上神並非天后所出，所以才會遭棄。那天后當年背棄古君上神……也許並不是無法理解……

整個廣場更是陷入了死一般的安靜，天帝愣愣地看著面帶笑意的天后，隱隱察覺到不對勁。古君絕對不是會背叛妻子的人，若是後池並非蕪浣所出，那就只能證明當初古君並不喜蕪浣，甚至根本不曾在一起過。可他從不曾拒絕蕪浣的愛意，難道是為了……想起昆侖山上古君所做的一切，他面色複雜地看著青龍臺外同樣神色不定的後池，心底滿是震驚。

難道僅僅只是為了給後池一個絕對無法讓三界詬病的身分不成？

站在地上的景昭和景澗同樣面色怔然，只不過一個是驚喜中帶了點解恨，另一個則是茫然中全是遺憾。

安靜得無比詭異的氛圍中，唯有天后一人嘴角含笑，定定地看著懸於半空的古君上神。

無比恢宏的威壓緩緩自那原本佝僂的身影向四周蔓延，古君上神直起身，望著神情明滅不定的後池，背負在身後的手緩緩握緊，蒼老的臉上怒意奇跡般地消失，眼底竟帶上了毫不掩飾的殺意。他看向天后，眼微微瞇起，「蕪浣，當初我們有言在先，如今既然妳毀諾，但願妳有承擔一切後果的自信。」

天后微微色變，但仍是昂著頭冷冷地看著古君上神，臉上雖是一副「你能奈我何」的模樣，眼底卻閃過一抹微不可見的驚懼。

古君的神力在她和暮光之上，若是真的拚個玉石俱焚，讓她殞落也不是不可能的事。

天帝看著劍拔弩張的雙方，心微微一沉，直嘆「不好」，正準備開口，卻被一聲格外清爽的笑聲打斷。

在這種時候，這笑聲確實有些不合時宜，尤其是笑出聲的人。就連古君上神也愣愣地朝青龍臺外的身影看去，眼底滿是心疼，這孩子……會不會是受的打擊太大了……

「老頭子，她說的是真的？」後池望向古君上神，神色不明，抬手朝天后指了指。

古君上神神情一黯，飛速地點了點頭，極小心地朝後池看了看，巴巴地道：「後池，父神不是……」

「行了。」後池果斷地打斷了古君上神長篇大論的伏罪書，眉一揚，淡然的臉上竟現出神清氣爽的朝氣來，「我本來還以為你這輩子不會做什麼好事，看來還是低估你了。老頭子，看在這件事讓本神君龍心大悅的份上，你把我丟在清池宮的事就這麼算了！」

古君愣愣地看著眼神晶亮、神情毫不作偽的後池，小心地道：「後池，妳不生氣？」

母不詳……放在誰身上都是難以接受的事，所以當初就算蕪浣成為了天后，他也沒把真相說出來。

「有什麼關係？老頭子，你幾時如此死腦筋了？更何況，本神君貴為上神，本來就位極三界，哪還需要其他東西點綴！」後池大器地擺擺手，看都不看臉色漲紅的天后笑道。

看著揚揚自誇、滿身神氣的後池，古君上神把心從嗓子眼放回了原處，忙不迭地應和：「妳說得極是，是父神糊塗了。」一身諂媚的模樣，哪還有剛才煞神臨世的半點風姿。

似是覺得這場景實在太過詭異，而且畢竟是當初的一些往事，也不太好在眾人面前細說。天帝咳嗽了一聲，「大家各退一步，古君，這些過去的事就不要再追究了，等清穆受完雷劫，你們回清池宮便是。」

天后眉一皺，剛要反對，卻被天帝掃過來的凜冽視線一震，嘴唇抿了抿，拂袖道：「隨你，不過最後四道天雷威力極大，他能不能活著出來尚是未知之數。」

剛才的交談實在太過跌宕起伏，再加上古君上神布在青龍臺上的靈力，也讓眾人忽視了連綿不斷的雷聲，經天后這麼一提，眾仙這才轉頭朝青龍臺看去。

那裡，炙陽槍通紅的槍身隱隱泛白，極是艱難地懸在清穆頭頂，而那襲血紅的身影卻被一股金色的靈力完全籠罩了起來，模糊不清。

最後四道雷電夾著萬鈞之勢聚集在了青龍臺上空，一時間天地變色，整個世界完全黑暗了下來，唯有那一襲金光格外璀璨。

原本伏倒在地的守護鳳凰竟突然鳴叫了起來，飛至半空，在青龍臺外面繞著雷電之幕劃出渾圓的軌跡，竟似隱隱守護一般。

天帝、天后、古君上神皆面色複雜地看著即將降臨的最後四道玄雷，朝青龍臺外跪了滿地的仙君看了一眼，心底皆是震撼。

能晉升為真神的九天玄雷果然不是凡品！僅僅只是雷勢，就能讓他們產生臣服的共鳴感，若非位居上神，對此根本毫無抵抗之力。

但很奇怪的，後池仍是定定地站在青龍臺外，好似毫無所感。古君似是對此也覺得理所當然，天帝和天后對看一眼，壓下了心底的異樣和震驚。

四道彙聚的雷電在天際中連成了廣袤的一片，最後化成了一道槍影的模樣，若是仔細去看，竟隱隱和炙陽槍有幾分相似。一息之間，淡藍色的雷電襲上了純金的色澤，和光幕中的金色人影漸漸契合。

望著這瑰麗的一幕，眾人眼中滿是讚嘆，九九之數的九天玄雷，後古界開啟以來從未出現，想不到卻是如此的奇特震撼！

金色的槍影緩緩停在青龍臺上空，和炙陽槍遙相呼應，恍若實質。令人窒息的寂靜中，青龍臺上的身影緩緩抬頭，手一揮，長嘯一聲，主動將半空中的玄雷引下。

「轟……轟……」

一聲震響下，整個仙界為之震動，連遠隔萬里的妖界都受到波及，護界陣法破碎，本是豔陽高照的人間界更是驀地暗了下來。

幾乎是在一息之間，山嶽傾頹，河流改道，萬獸朝拜，四海沉浮。

三界的異象讓整個世間都陷入了短暫的死寂之中。

青龍臺上，「咔嚓」一聲脆響，似乎是雷幕結界終於破碎。

一道金光劃破蒼穹，三界瞬間恢復明亮與安寧。

青龍臺外百丈之處化為粉碎，唯有一座孤臺空蕩地飄浮於虛空之上。

在那上面，血紅的身影背對眾仙，似縹緲卻又亙古於世間。

恢宏而強盛的靈力蔓延到三界每一個角落，然後瞬間又化為虛無。

居然渡過了九天玄雷之劫！這幾乎是每一個看到了這一幕的仙君心底隱隱的感嘆。

後池定定地看著青龍臺上紅色的身影，呼吸突然變得極是緩慢，眼眶慢慢紅了起來。

那人轉過身，望向後池的金色眼眸中似是承載著世間最柔軟的溫煦。

他嘴角一勾，沒有抬步，反而轉頭望向了半空處的古君上神。

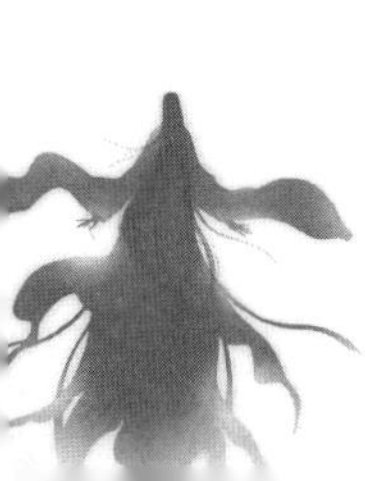

「古君上神，下君清穆，願以身為聘，迎娶後池上神，還望古君上神應允。」

此際辰星閃耀，上神齊聚，萬仙叩首，百獸臣服。

長髮披肩，金色的錦帶散散繫住，暗紅的長袍隨風而展，孤傲冷絕的神君低下頭，對著彼時的三界至強者執下後古界來最古老悠久的上禮。

凡是親眼目睹了這場曠古爍今雷霆之劫的仙君，沒有一人能忘記這一幕。

「古君上神，下君清穆，願以身為聘，迎娶後池上神，還望古君上神應允。」

同樣一句話，清朗而不容置喙的聲音響了三遍，一次比一次堅定執著。

眾仙還未從那驚世駭俗的九九雷劫中緩過神來，更具衝擊性的一幕就已經發生。

神情肅穆的清穆神君，微微愣神的後池上神，哀戚悲絕的景昭公主，難以置信的天帝、天后……以及面色相當之精彩的古君上神。

儘管經歷了九天玄雷的清穆上君未晉升為上神，可那一身恐怖的仙力依然讓所有人心懼——身為最有可能成為後古界來第五位上神的仙君，他的求親，也不知道古君上神會不會答應？

第二十章　約定

等待回應的不只是這百丈之內的天宮中人。不遠處的虛空中，斜斜靠在由紫光凝聚而成的王座上的白衣人，眼角閃現危險的暗光，撐著下巴定定地看著這一幕，左手合圓輕叩，面無表情。

詭異的安靜降臨，安靜之後緩緩流動著不安，所有人悄悄瞅了瞅各種顏色都在臉上齊聚的古君上神，識相地把呼吸緩了下來。

好吧，雖然清穆上君的深情動徹天地，讓他們這些外人都感念至深，可現在，誰都看得出來護犢子又稀罕女兒的古君上神不爽了。他們可不想衝上前當炮灰，還是閃著點好。

極致的安靜下，後池愣了半天，才似回過神來一般猛然抬頭朝清穆看去。

青年固執地低垂著頭，行著古老的上禮。一身暗紅長袍格外奪目，如烈焰一般炙熱。

她勾了勾嘴角，眼微微瞇起，雙手垂在腰際微微闔攏。

以身為聘，清穆，你倒是狂妄。以老頭子的性格，會輕易答應你才怪。雖然這麼想著，她眼底還是染上了微不可見的期待，慢悠悠抬眼朝半空中已經正襟危坐的古君上神看去。

「求娶後池？清穆……」古君上神端著架子，面無表情道：「你憑什麼以為本君會答應你？就憑你捱過了這九九雷劫？」

似是料想到了古君上神會這麼說，清穆將手放下，定定地看向古君上神道：「清穆對天起誓，但凡我在一日，這三界之內，九州之中，神傷她，我便誅神；魔辱她，我便誅魔。若違此誓，他

日必定萬魔嗜心，魂飛魄散。」

清穆的眼神太過篤定堅決，古君上神微微一愣，掃到自家女兒暗自期待、微微震驚的神情，暗嘆一聲，眼神也變得鄭重了起來。

「清穆，你既然願意為後池受九天玄雷之苦，我也不為難你。」

古君上神此話一出，清穆眼底瞬間劃過一抹驚喜，抬眼朝古君上神看去。倒是後池，古怪地看了古君上神一眼，摸了摸下巴，似是不相信他如此簡單便答應。

古君上神掃了掃兩人，手背在身後道：「雖然本君不介入仙妖之爭，但清池宮卻位處仙界，兩界交惡，遲早會生戰火，蔓延至清池宮。我讓你留在仙妖交界處百年，平息戰端，若是你能做到，百年之後的今日，無論仙妖二界是如何景況，我都不再阻止你和後池的親事。」

意料之中，卻又出人意外——誰都知道寶貝女兒的古君上神不會輕易答應，可是卻也沒人想到他會提出這麼個條件。對仙君而言，百年光景，實在說不上長，只是駐守兩界相交處，平息戰端，卻不是個簡單的事。

難道古君上神想以此來測驗測驗準女婿的能耐？眾仙慢慢琢磨著，覺得定是這樣，望向清穆上君的眼底就帶了些同情，看來岳父太過有能耐，還真不是件好事啊……

不遠處的虛空處微微蕩起一抹細小的波動，但又轉瞬即逝。

清穆和後池同樣被這有些莫名其妙的條件弄得一愣。清穆皺了皺眉，轉頭朝身後的後池看了一眼，點了點頭，「我答應，定會守在兩界之處，百年內不讓兩族開戰。」

「那就好。」古君上神頷首，凝重的神色瞬間變得眉飛色舞，突然從半空中飛下來，落在後池身邊，覥著臉道：「閨女，妳看我這個主意怎麼樣？他守在別處，就沒時間打擾咱們父女相聚了。父神新學了不少人間手藝，咱走，回清池宮，父神給妳弄頓好吃的。」

後池抽了抽嘴角，不耐煩地把靠得過近、笑得跟菊花一樣的臉推遠了些，「我和清穆還有事，你先回清池宮等我吧。」

古君上神笑臉一皺，耷拉著腦袋，眼淚汪汪，「閨女，妳不喜歡老爹了！妳要跟這個臭小子去哪裡啊？」

這副仇大苦深的脆弱模樣實在太過不堪入目，眾人轉過了身，暗唸一遍「這絕對不是古君上神」後，默默地垂下了頭，看著光潔的地面使勁地淨化著自己的眼球。

就連天帝和天后也一甩挽袍，很是不善地看著他。

被稱為「臭小子」的當事人卻仍是一臉笑容，彷彿從剛才古君上神答應他親事起，他就什麼都不關心了，看整個世界那都是陽光燦爛得不得了。

「回瞭望山再說。」許是那笑臉太過燦爛，後池面色一凝，「哼」了一聲，擺擺手，懶得理古君上神的裝瘋賣傻，自顧自地朝天宮外飛去。

古君上神一愣，撓了撓頭，朝一旁的鳳染看了看，「咋回事，啥時候咱們家變成那勞什子的瞭望山了？」

「您不知道的事可多呢！」鳳染涼涼地看了他一眼，朝清穆指了指，對他使了個眼色，「您家閨女是惱羞成怒了。清穆上君，還不快去。」

清穆頓了頓，隨即滿臉帶笑地朝後池追去。鳳染撇了撇嘴，朝面色難看的景昭瞧了一眼，不慌不忙地跟上前去。

景昭神色一黯，身子動了動又停了下來，這番舉動落在天帝眼中，更是讓他生氣。

古君上神正準備離開，不知想到了什麼，轉過頭朝空中的天帝道：「暮光，最多一月，我會讓清穆去仙妖結界處，他守在兩界之處百年，也算是我還你一個人情，以後無事的話，最好還是

不要相見了。」

「景澗，把景昭帶回鎖仙塔，百年之內不准踏出塔一步，否則定嚴懲不怠。」

天帝面色微沉，沒答應也沒回絕古君上神，只淡淡地朝景澗吩咐了一句。一甩袖襬，拉著神情大變的天后，一起消失在了眾人眼前。

景昭滿臉震驚，景澗「喏」了一聲，知道父皇定是大怒，朝景昭嘆了口氣，同樣隱去了仙跡。

古君上神也不管他們，哼著小調，在雲上邁著八字步晃蕩著身子，眼卻朝不遠處的虛空處淡淡一瞥，神色一凜，朝瞭望山而去。

一場雷劫平安結束，不僅消失了萬年的古君上神重新現世，就連後池上神非天后所出之事也被牽扯了出來，但這些仍舊沒有這千年難遇的求娶來得震撼。

望著消失的主角，看得心滿意足的眾位仙君咂吧咂吧著嘴角，各自朝自己的仙山而去。一時間，仙袂飄飄，天宮之中一片蕩漾。

「咦？被發現了！看來古君的神力果然遠超暮光和蕪浣。」白衣男子一條腿橫放在王座上，手拂過胸前散開的一縷黑髮，妖孽的臉上笑意盈盈。

「主公，古君也是上神，更何況還是在天帝和天后之後晉升，怎會實力相差如此之大？」不解的聲音從旁邊傳來。

「所以有趣啊……他突然出現在三界之中，突然晉為上神，甚至神力遠超擁有神獸之身的暮光和蕪浣，你不覺得……他很有趣嗎？」

「主公，如今清穆渡過了九天玄雷，靈力大增，遲早有一日他會……除了您，妖界中恐無敵手。若是他守在交界處百年，豈不壞我們的大事？更何況，百年之後便是他與後池上神的婚期，您……」

一旁的紫衣男子忽視了白衣人的言語，低下頭，滿臉凝重之色。不知是思索清穆阻礙了兩界之爭，還是怨憤兩人的婚事。

「紫涵，急什麼？上君又不是上神，我倒要看看，這個古君究竟在賣什麼關子。至於清穆想娶後池……」他微微上挑著眼，望向後池消失的方向，喃喃道：「除非……我再死一次。」

伴著這充滿戾氣的聲音消逝在空中，虛無之中的兩人緩緩消失，不留一絲蹤跡。

天宮深處，天后冷著眼看著天帝，怒道：「暮光，你怎能讓古君他們如此簡單就離開，還讓景昭受百年鎖仙塔之刑！」

「蕪浣。」天帝淡淡看了她一眼，神情失望，「古君和後池位列上神，與我們同位，清穆、鳳染不曾觸犯我仙界條律，我以何理由將他們留下？景昭貴為公主，卻性子驕橫，百年刑罰不過磨煉她心志而已。妳雖為母親，但也是堂堂天后，怎可如此視三界之律為無物？」

天后神情一僵，似是不能相信天帝居然指責於她，看到天帝臉上的淡然，突然有些驚慌，木著臉道：「你寶貝了景昭數萬年，我就不相信你忍心？」

「不忍心只是害了她，妳以為今後三界還能安穩不成？」天帝神色凝重，手背在了身後。

「什麼意思？」

「清穆經受了九九之數的玄雷之劫，卻依然沒有晉升為上神，妳就一點也不奇怪？」

「你是說……」

「所承受的玄雷之劫越強大，在體內聚集的靈力就越深，我敢斷定，最多不過千年，他必定

位列上神，甚至神力很有可能在我們之上！待那時，他和古君必會連為一線，打破三界制衡，妳以為還會有寧日？若是景昭還是這麼一副性子，日後就連我們也保不下她。」

天后眉色微皺，望著面色忡忡的天帝，眼底開始現出一絲後悔，不再說話。

若是知道清穆會藉這場玄雷之劫擁有晉為上神的神力，她一定不會逼他拿出龍丹，也不會……只是如今，一切晚矣。

在她回首之際，天帝也轉過頭，面色漠然，卻神情悲哀。

即使讓我承受內疚之苦數萬年，蕪浣，妳都不曾告訴過我，妳其實和古君完全無關，不是嗎？

瞭望山中，小木屋前。

大黑看著歸來的眾人，撒著歡在竹林裡跑來跑去，順便面帶鄙夷地看著賴在籬笆外的老頭，「吭哧吭哧」地直哼哼。

後池自動忽視了小心翼翼跟在身後的清穆，神氣地指著一排木屋和籬笆對著被攔在外面古君上神道：「老頭子，這裡的一草一木都是我種下的，房子也是清穆親手蓋的。你要是想進來，行，自己動手蓋間房子，記住，不准用仙力！」

「好閨女，妳不是不生父神的氣了？」古君上神怏怏地看著後池，兩隻手抓住籬笆，乾癟的身子吊在上面晃蕩著，滿臉委屈。

「我是不計較你把我一個人留在清池宮中萬年。」後池將「萬年」二字咬得極重，拍拍手，手一揮，一把木躺椅出現在了院子中，躺了下去，「可是，我很計較你居然讓天后擔了我數萬年的母親之名，這可比你把我留在清池宮裡嚴重多了。」

聽著又被後池咬重的「數萬年」三個字，古君上神可憐兮兮地眨了眨眼睛，看了看面無表情的寶貝閨女，一轉頭，朝準女婿看去，「臭小子，快點想個辦法讓我進來，要不然你就在那個鬼地方待上兩百年再回來！」

看這位名義上德高望重的上神絲毫沒有「信守承諾」的美德，清穆神色一肅，深感成親之路漫漫，想討好岳父更是萬分艱難。但他還是極快地朝古君上神使了個安心的眼色，彎下腰，從懷裡掏了掏，拿出個東西朝後池遞去。

他這動作古怪，鳳染和古君上神看見他掏出的東西後神色更是古怪，後池在這窒息的氛圍中，懶洋洋低下了頭，同樣立馬頓住。

面前修長光潔的手上，極小心、極諂媚地捧著個滑不溜秋的蛋。若不是蛋上金銀之光隱隱交錯，她幾乎可以認為這個不過拳頭大小的玩意兒，絕對只是個普通的雞蛋而已。

「這是什麼東西？」她愣愣抬頭，愣愣看著清穆，愣愣地問。

「咱倆的。」青年頓了頓，一臉的喜笑顏開，如是說。

聲音清澈悅耳，猶帶幾分滿足，說的人臉上含笑，聽的人卻全身僵硬。

後池抬頭，輕輕轉了轉眼珠，立時坐直了身子，一眨不眨地盯著清穆，指著蛋，目光如電，「怎麼回事？你給我說清楚！」

霎時間氣勢洶洶，直逼清穆而去，她可不記得什麼時候有過這種事，難不成清穆……

「妳想到哪裡去了？」看後池一副馬上就要炸毛的神情，清穆聲音裡滿是無奈，把手中的蛋又捧近了些，「我在青龍臺上受劫時，九天玄雷的力量實在過大，所以我便利用炙陽槍將其中一部分分離。這股力量一開始只是沾上我的血，後來不知怎的竟將妳流在雷幕之外的血也給吸了進來，後來渡完劫後，就發現它變成這樣了。」

清穆把蛋巴巴地遞到後池面前，指了指，「妳看，這上面有雷電之光，是不是？」

後池仔細一看，見金銀之色內果然有一層淡淡的藍色雷電覆於其上，裡面還有一層古老的花紋，煞是瑰麗，這才緩下了臉色。她接過清穆手中的蛋，用靈力感知了一下，發覺裡面竟有生命，神情微微一愣，「那這到底是個什麼東西？能量怎麼會產生生命？」

她一邊說著一邊漫不經心地上下拋著，清穆臉色一白，忙不迭地左右托著，生怕後池一個不小心給摔了。

「我也不清楚，應該是裡面有了我們的血，才會有這種變化。」清穆隨口說了一句，轉頭朝籬笆外已經被遺忘的古君上神道：「上神，您說說這是怎麼回事？」

古君凝了凝神，看了後池手中的蛋好幾眼，才裝模作樣地摸著鬍子道：「九天玄雷乃天地自然而生的至剛至強之靈物，它們本是混沌一片，你強行將其融合在一起，自然會產生微弱靈智，生成保護殼。至於吸收了你們的血……應該是雷電之靈剛剛凝聚成形，缺少養分。」

「你是說，日後這玩意會破殼而出？」後池朝古君上神隨意瞥了一眼，問道。

見自家寶貝閨女神情緩和，古君上神心中暗喜，忙道：「那是自然，我看數百年之後，這蛋就會有動靜。」

一聽這話，後池折騰著蛋的手明顯頓了頓，動作多了份小心，「既然如此，那我就勉為其難地養著了，以後說不定能比大黑管用些。鳳染，妳回清池宮查查，看這種天地而生之靈喜歡吃什麼，我好早些做準備。」

聲音滿是糾結，但裡面的喜意和急切任誰都聽得出來。清穆俊眉一揚，手背在了身後，開始後悔把這顆蛋如此早便拿了出來。比起剛剛求親的他，後池明顯更關注這顆奇異的蛋。

鳳染撇了撇嘴，懶洋洋朝身後的竹竿上靠去，「急什麼，不是還有好幾百年？等清穆從仙妖結界處回來後再查也不遲。」

「不用查了，平時以靈力孕養，時機成熟後自會破殼而出。」古君摸了摸鼻子，睜大眼朝後池看去，「閨女，妳看我也挺頂用的，要不也把我留下來吧？」

「怎麼，不去人間遊歷了？」後池冷冷地打量了他一眼，臉一板。

「不去不去，我還要陪閨女呢！」

「不去蠻荒之地了？不去四海之極了？不去上古遺跡瞎轉悠了？」

後池每說一句，古君上神的眉毛就抖一抖，話說完後他才朝後池道：「閨女，妳真神了，怎麼啥都知道？」

後池哼了一聲，這些年來她不是沒尋過古君上神的蹤跡，只不過往往剛剛尋到點蛛絲馬跡，這老頭子就又給跑遠了……

「我哪兒也不去了，就守在這裡，等我的小金孫出世。」古君上神笑意盈盈地朝清穆擠了擠眼。

後池拿著蛋的手一僵，狼狽地咳嗽了一聲，立時起身朝木屋內走去，隨意嘟囔道：「隨你。」青色的身影走得飛快，但所有人都瞧見，那耳後根卻悄悄紅了起來。清穆朝古君上神拱了拱手，無奈地笑了笑，急忙跟了過去。

古君從籬笆上跳下來，看著那一紅一青兩道人影，眼微微瞇起，眉頭皺了起來。

難怪經受了九九之數的九天玄雷，清穆依然沒有晉為上神，看來至少有一小半的雷電之力進入了這蛋之中。等這顆蛋破殼之時，便是清穆成神之日。

他剛才沒有說，靈力孕養固然能讓蛋成長，卻不能讓它破殼，除非……

百年之後，到底會發生何事，就算他此時擁有三界盡握的神力，也預測不出凶吉。

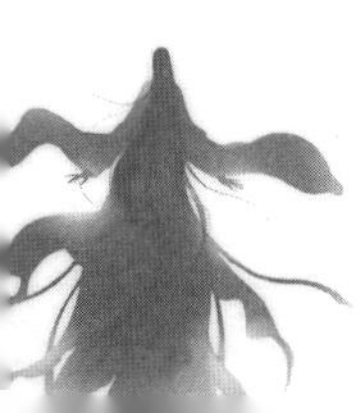

倚在竹上的鳳染隨意回轉頭，不經意間看到古君上神眼底一閃而過的擔憂，神情一頓，心底陡然生出了些許不安。她再一抬眼，見籬笆外的小老頭神情猥瑣，一個勁兒地想扒拉掉籬笆往裡面衝。鳳染無奈地笑了笑，暗道果然是最近出事太多，自己都眼花了。

夜晚。

後池和清穆爭論了好大一會兒，終於達成了「後池五日、清穆兩日」的養蛋友好協定。兩人在房裡研究了半晌，後池才小心翼翼地將靈力注入蛋中，觀察了一會兒見沒什麼變化，撇了撇嘴，把蛋朝清穆手中一丟，邁著步子出去溜達了。

也是，老頭子說要幾百年才能破殼，現在能看出來才有鬼。

走出木屋，看到已經和大黑打成一片、在地上撒潑耍賴的古君上神。後池慢慢踱上前，居高臨下地俯視著他，手背在身後，眼慢慢瞇起，「老頭子，我們聊聊。」

抬眼瞥見後池端正的面色，古君上神心裡打了個突，忙不迭地爬起來，笑嘻嘻道：「閨女，啥事啊？」

後池朝他勾了勾手指頭，朝籬笆外走去，古君上神小心翼翼地跟在她身後，不時地打量她的神色。「老頭子，你為什麼要讓清穆去擎天柱百年時間？不要告訴我是為了磨煉他，這種理由騙天帝、天后他們還行，對我可沒什麼用！」

木屋百丈之處，後池停在了竹林深處，轉過身，遠遠瞧著木屋中的幾點亮光，復又收回目光，灼灼地看著古君上神。

古君上神臉上的嬉笑緩緩收起，見後池一臉正色，半晌後才道：「閨女，妳可知清穆在青龍臺上經受的是什麼雷劫？」

「九九之數的九天玄雷，據我所知，古來晉為上神都只需要六六之數便可，清穆怎麼會……」聽見古君上神提到雷劫一事，後池眼底也多了一抹疑惑，問道。

「晉為上神之時經受雷劫之數越多，將來的地位就越高。上古界時僅有四位真神晉位時，受了九九之數的雷劫，清穆是古往今來的第五個。」古君上神摸了摸鬍子，眼底現出淡淡的追憶和惆悵。

後池卻因這話一驚，若是如此，那清穆豈不會成為……可是他現在明明連上神都還不是。

看見後池眼底明晃晃的疑惑，古君上神遲疑了一下，才道：「受劫之時，清穆將力量分離，形成了那顆蛋……」古君朝木屋處指了指，接著道：「所以他沒有立即晉位，但是他體內聚集的靈力卻一點都不弱於上神。我估計，最多百年，他便會憑藉自身之力晉為上神。」

「晉位就晉位唄，這和你將他送到那裡有什麼關係？」後池不解地道。

「後池，我會這麼做，是因為我根本不確定百年之後他會是三界中的第五位上神……還是，後古界開天闢地來的第一位真神。」

古君上神的聲音不大，卻讓後池猛然愣神，真神……清穆嗎？

「閨女，上神雖說凌駕於眾仙之上，但好歹也處於三界之中，逃不掉這世俗。可是真神……司職萬物，擁有蒼穹之力，定會以天下蒼生為己任，難以顧及身邊之人，到那時，清穆絕非良配，父神不能冒險。」

後池斂眉，眼微微闔緊，眉角輕顫，她知道古君上神說得不錯，甚至還說得輕了才是。真神凌駕於世間，就連上神也不過是其眼中螻蟻。清穆成神之日，也許便是他們永別之時。

心底微微泛涼，腦海裡卻陡然出現青龍臺上暗紅凜冽的倔強身影，後池緊握的手漸漸鬆開，重新睜眼，望向古君上神，眼底滿是信任和堅定。

「老頭子，清穆不會的，無論他是上神也好，真神也罷，都沒有關係，我相信他。」

後池眼底的神采如同烈焰一般明亮，古君上神微微一愣，佝僂的身影竟站直了不少。他壓下眼眸深處的嘆息，緩緩道：「後池，妳相信就好，一個月後他去擎天柱下駐守百年，如果百年之後一切安然，父神便為你們主婚。」

清穆能傳承炙陽槍，能引下九天玄雷，還有那隻黑不溜秋卻需要以炙熱仙石為食的黑狗，所有的一切都昭示著一個可能，但……後池既然願意相信，他便再等上百年又何妨？

後池點了點頭，青色的長袍在月色下飛舞，隱隱勾勒出銀色的流光，和那顆蛋上交錯的銀光一般無二。

古君上神看著那銀光，神情微凜，暗自凝神，卻不經意間聽到一旁的閨女輕輕問：「老頭子，你一個人總不能把我給生出來吧，我母神到底是誰啊？」

古君上神面色一僵，像是沒聽到一般打了個哈欠，嘟囔道：「哎，人老了就是不中用，才站一會就腰痠背疼，我得去休息休息。」話音剛落，一陣風刮過，人影就消失在了竹林深處。

後池看著好笑，眉色一揚，嘴角微勾。

知不知道母神是誰根本不重要，殼中陪她數萬年的是父神，啟智之前陪著她長大的是柏玄，清池宮萬年伴她度過孤寂時光的是鳳染，如今和她一起勾勒未來的是清穆……

她的人生早已不缺任何人，有他們在，一切足矣。

半個月時間轉瞬即逝，大黑習慣了和乾癟癟的小老頭一起躺在草叢裡曬太陽。鳳染在清池宮和瞭望山裡來來回回，收拾古君上神出現後的一大堆爛攤子。後池整天抱著蛋在院子裡瞎轉悠，期望能快點看到它變大。清穆趁著這個空隙又搭建了好幾間木屋，得了古君上神一頓嘉獎後，幹得更是賣力。

平淡而安寧，當眾人都沉醉在這悠閒的生活中時，照例從外面回來的鳳染帶回的消息，卻打破了所有安靜。

「鳳染，妳說什麼？」

院子裡，坐在躺椅上的後池猛然起身，握著蛋的手微微用力，似是極不能相信一般。

「後池，北海老龍王昨日送來消息，說是清穆拜託的事有了眉目。半個月前北海出現了一處冰封千里的怪異洞穴，他們試了幾次都不能進入，想著可能和我們所找的人有關，便將消息送到了清池宮來。」

半個月之前，正是清穆經受九天玄雷之時，彼時四海翻騰，深埋的東西被弄出來也不奇怪。那未必是柏玄，老龍王也許並不確定，但存在著總歸是北海的禍患，父神如今出現，他多半是想借父神之力。後池想了想，又覺得老龍王見多識廣，總不會妄言才對，想著應該是沒錯了，如此反覆之下，心神便有點不寧。

手中的蛋被輕輕接過，突然出現的青年拍了拍她的肩，神情和暖，「別擔心，我陪妳去看看就是。」

聽見清穆的聲音，後池心底突然安定下來，她點點頭，朝古君上神招了招手，「老頭子，去打扮打扮，要出遠門了。」

這一聲中氣十足，也讓鳳染和清穆放下了心來。

見清穆一句話便安撫了後池，古君上神撇了撇嘴，朝一旁的大黑猛敲了一下，吆喝一聲：

「大黑，老頭子要出門了，你記得守好門戶啊！」

渾圓的眼睛不屑了看了古君上神一眼，大黑哼了哼，尾巴動了動，重新躺了下來。

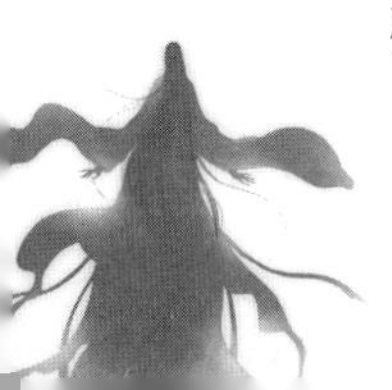

不消一會，四人整裝完畢，駕著雲浩浩蕩蕩地朝北海而去。

雲上，後池在挽袖中摸了摸，臉色微變，「怎麼辦，我把蛋給忘在家裡了。」

「沒事，我記著呢。」清穆在腰間一摸，蛋出現在他手中，被捧到後池面前。

後池忙不迭地接過，復又抬頭，看見回轉過身的清穆，正準備調侃他的慈父精神，卻陡然愣住。

青年披在肩上、用絲帶繫住的墨黑長髮的髮尾處，在她沒有發覺的時候，竟隱隱現出了微不可見的純正金色。

華貴瑰麗，但……陌生冰冷。

後池緩緩閉上眼。百年之後，清穆，你還會是你嗎？

第二十一章　北海

騰雲駕霧幾日，北海近在眼前，後池駕著仙雲於北海面上打了個轉，在三人詫異的神情中停了下來。

她轉身看向古君上神，面色凝重，「父神，你可知道柏玄的來歷？」

這聲問得極為突兀，古君上神明顯一愣，隨即擺擺手，笑道：「閨女，當初他自投清池宮，我日日要出去為妳尋靈藥，沒有時間照顧妳，見他靈力深厚，便把他留了下來。我和他約定好，他隨時可以離開，所以柏玄離開清池宮後，我也沒有尋過他。」

古君上神言辭閃爍，這番說辭連鬼都不信。後池睋了睋眼，不再多問，轉身駕著仙雲朝下而去。

等她找到了柏玄，自然能問出究竟。

四人停在北海邊上，後池隨手將玲瓏剔透的避水珠扔進海裡，平靜的海面頓時分開，掀起數丈波浪，一隻老龜從深海中浮出，化成人形，叩首立拜。

「恭迎後池上神、清穆上君、鳳染上君！」

「龜丞相，毋須多禮，老龍王可好？」後池一向不喜應酬，鳳染瞧了瞧三人的神色，認命地攀談了起來。

「多謝鳳染上君掛念，龍王身子硬朗著呢。」

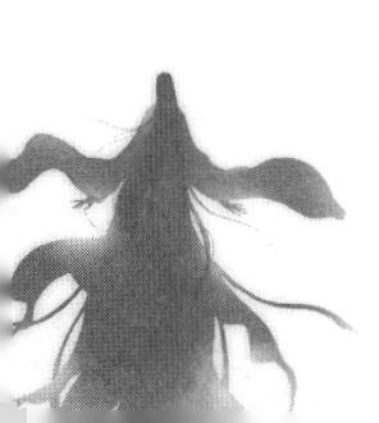

龜丞相叩拜完，抬起頭，見面前三人男的俊俏，女的姸麗，皆是儀態非凡，暗道天上仙君果然好模樣，龍王寵愛的幾位公主這一比立時就不夠看了。還沒感慨完，轉頭卻見一形態鬼祟的老頭歪歪斜斜地站在三人身後，想起近半個月來沸沸揚揚的傳聞，腿一軟，隨即就是一個伏倒在地的大禮。

「小仙眼拙，見過古君上神。」老丞相的聲音顫顫巍巍，撐在地上的手直哆嗦。古君上神消失了萬年，半個月前出現在天宮青龍臺，不僅逼退了天帝，還讓天后顏面無存，最後飄然而去……對他這等小仙而言，得見一面已是天緣，如今冒犯上神……

「無事無事，龜丞相，你帶路吧。」古君隨意擺擺手，領著三人朝避水珠分開的水路而去。

龜丞相高應一聲，展現出與老態龍鍾的形態完全不符的高度腳力，一馬當先地移到古君上神身側，小心翼翼地彎著身領路，「上神，您慢點，別硌著腳了。」

「放心，我人老了，眼還利著呢！龜丞相，你也慢點。」

「哎，得上神體恤，小仙實乃三生有幸啊！」

被冷落的三人滿頭黑線地對看了一眼，隨即齊退了一步默默地慢下了速度。

他們倒是不知，這北海龍宮的龜丞相，竟還是如此妙人！

劈開的通行之路深入北海，四人一路緩行，水幕之外的水族沿著這條路擠得密不透風，瞧著裡面的幾人稀罕得不得了，不少人身魚尾的漂亮水族甚至在不遠處朝著清穆暗送秋波。

後池臉色一板，手背在身後，「哼」了一聲。清穆摸了摸鼻子，朝後池低語了幾句，才讓她面色好轉起來。鳳染笑了笑，暗暗咋舌，仙人多矜持，唯有海底水族生性奔放，如今看來果然不假。只是她不知怎的，就想起了天宮中平遙的那句「龍宮中的幾位公主曾為我家二殿下的一幅墨寶爭得頭破血流」，突然就沒了取笑二人的興致。

心神各異下，龍宮已近在眼前。金碧輝煌的紫晶宮殿格外耀眼，四根銀白的透明柱石雕刻著上古梵文，分散在四處，隱射出的朦朧靈光，將紫晶龍宮籠罩，渾然一體，佇立在深海之中，如最閃耀的瑰寶一般。

身穿紫金龍袍的北海龍王站在宮殿之上，遠遠望見眾人，先是一愣，隨即面色一變，迅速走下看臺，對著已經走近的古君上神彎腰行禮，「龍虛惶恐，不知古君上神親臨北海。」

也難怪北海龍王大驚，北海突現異象，他雖是打著借助清池宮的心思，可也沒想到頭一遭古君上神就親自前往，看來這愛女之名確實不虛。

「龍虛，當年昆侖山後，我們已有數萬年未見。這次後池任性，攪得四海不安，倒是麻煩你了。」古君仍是笑意盈盈，朝龍王虛抬了一下。

清穆雖說拜託了四海龍王，可說到底，人家也是看在清池宮的面子上，要不然也不會這麼快便有消息。

龍王一聽這話，連忙搖手，「上神言重了……」

「龍王，可否帶我們前往那冰封之處？」兩人還未寒暄完，淡淡的聲音就插了進來，古君上神立馬閉上了嘴，殷切地看向身後已經不耐煩的閨女。

龍王抬首，見後池眼底隱隱帶有急切，心底一咯噔，忙道：「讓小神君久等了，我們這就去，不過小神君舟車勞頓，且等一下。」

龍王說著，隨即長袖一擺，一艘袖珍小船出現在不遠處，幾乎是一瞬間，那船長成丈來高，紅漆楠木，十來顆腦袋大小的夜明珠鑲於船身之上，和那紫晶龍宮一般奢華璀璨。

後池嘴角微勾，開始明白這北海龍王的喜好。

想起清池宮中堆得滿滿的奇珍異寶，她朝一旁明顯瞇起了眼的古君上神看了看，嘆了口氣。

龍，果然是天下間最會斂財的物種。

只是，還好，她沒有遺傳到這種頗為丟臉的優良品質。

龍王招出紅船後，只他一人上前，見眾人面色微疑，立時解釋道：「上神，那冰封之處極為冰冷，一般水族難以承受，本王帶你們前往便是。」

後池點了點頭，朝幾人招呼了一下，登上了紅船。

紅船在海中的速度竟不比駕雲慢，在北海行了一個時辰後，終於進了深處地域。

這麼點時間，活了不知多少年歲的龍王自是看出了這一行人是誰作主，望著越加湛藍的深海，朝後池道：「小神君，清穆上君曾拜託我搜尋北海，本來一無所獲。半個月之前九天玄雷降世時，這冰封之處竟從海底翻騰而出，浮於海面上，將周圍數千里之海域完全冰鎮，就連群居於此的水族也無一倖免。本王曾嘗試進入，但卻無功而返。本想上奏天帝，但想到清穆上君的囑託，所以便先行告知您了。」

後池點點頭，拱拱手，「多謝龍王。」這麼一說，也就算是承他的情了。

龍王摸了摸鬍子，面色更加溫和，繼續道：「雖然本王難以靠近，卻感應到冰封之處的中心地帶有股極強的仙力，小神君等會兒當心些。」

說完指了指不遠處，退到了一邊，他可是吃足了那冰封之處的苦頭。

前面湛藍的大海漸成冰封一片，一眼望去，廣袤千里。冰冷刺骨的寒氣自海面上傳來，望下去晶瑩透澈，自成冰雪世界，不少水族被冰封前的神態竟然一覽無遺。

紅船停靠在冰塊不遠處，後池用靈力探了一下，驚嘆道：「這些水族居然還活著？」

古君上神走上前道：「冰塊中仙氣濃郁，又只過了半個月，足以讓這些水族活命。」說完率先從船上飛下，朝冰面上而去。

古君上神觸冰的一瞬間，澈骨的寒氣化成千萬支冰箭自冰下而出、朝他襲去。龍王驚呼，伸手欲攔，只見遮天蔽日的冰箭在古君上神揮手間化成雪水，滴落在冰面上，才訕訕地放下了手，收起了擔憂之色。

三界至強者在此，還有什麼地方是他去不得的。

古君上神站於雪白的冰面上，手裡化出一把長劍的虛影，輕輕朝冰面砍去，冰面應聲而碎。長劍在前面開路，不一會兒一條直通海底的通道便被開鑿而出。感覺到裡面的氣息，古君上神挑了挑眉，走了進去。

後池四人跟在他身後。越是深入，那仙氣越加濃厚，感應到那熟悉的靈力，後池一反平常的鎮定，眼底滿是驚喜。

片刻之後，行到了海底深處，光亮突現，見到前面領路的身影猶豫，後池心底陡然生出些許不安來。她快走一步朝前跑去，清穆拉之不及，竟只能堪堪碰到她的挽袖一角。

見後池似是全然忘記了他的存在，清穆眼神微黯，身影一頓，苦笑地勾了勾嘴角。

鳳染同情地瞥了他一眼，拍著清穆的肩道：「看開點吧，柏玄是除了老頭子之外她最親的人了。」

清穆點點頭，神色一振，挺了挺背，朝前走去。

一旁的老龍王眼觀鼻、鼻觀心，完全把自己當成了隱形人。

幻影的長劍只開闢到那光亮處便停了下來，古君隨手一揮，長劍消失，通道盡頭的世界觸目可見。一行人停下了腳步，除了古君上神，眾人皆是怔然。

所有人都想不到，這冰封的海底深處，竟然會是如此一番光景。

通道盡頭，數丈寬的冰谷躍然入眼，由冰雪化成的冰樹自上而下布滿了整座山谷，晶瑩瑰

麗，谷底冰石上臥著一座冰棺，裡面隱約躺著一個玄色身影。

那裡仙氣濃郁，赫然便是整座冰谷和這千里冰封之處的生機源頭。

定定地看著那座冰棺片刻，後池瞳孔緊縮，突然咬住唇一眼不發地朝下飛去。

鳳染也輕「咦」了一聲，面色微變。清穆看她們的神色，知道這棺中躺著的八成便是後池口中所說的柏玄，也跟著飛了下去。

棺中人面容平凡，但那一襲玄袍加於其身，卻有種遺世獨立的沉穩鏗然。黑色的長髮靜靜置於肩上，雙手交叉胸前，神態安詳。

四人靠近冰棺時，後池已經一言不發地閉眼站在那裡。片刻後，她才兀然睜眼，望向古君上神，神情凝重。

「老頭子，怎麼回事？被冰封在這裡的水族都有生命，可柏玄明明滿身仙氣，怎麼會連一點靈魂之力都沒有？」

言下之意，這只是一具空有仙力的軀殼而已，棺中之人，靈魂皆散，早已亡逝了。

看著聯手都微微顫抖的後池和她身上如若實質的怒意，令老龍王識相地後退了幾步。他本以為這冰封之處的仙力如此濃郁，小神君所尋之人定是無憂，現在……

「別急，閨女，柏玄身軀仍在，卻靈魂消散，只有一個可能。」古君上神微微沉吟，在後池越來越黑的臉色中道：「他的魂魄入冥界六道，輪迴去了。」

「什麼意思？」若不是這身體仍是仙氣滿溢，毫無衰敗的跡象，後池都要以為柏玄早就不在了。聽見古君上神此話，她眉峰微挑。

「後池，妳也知道，仙人壽命悠久，有時候日子過得久了，自然就喜歡找點樂子。柏玄既然將身體冰封安置於此處，那就證明無人逼迫於他，所以他肯定是去人間體驗世情了。」

仙君輪迴托世的例子並不少見，後池也算是接受了古君上神這種說法，隨即一想不對，又道：「老頭子，人間壽命不過百年，就算是把六道都輪迴一遍，也不需要萬年之久，他怎麼到如今還不醒來？」

聽著後池聲聲質問，古君上神抹了抹額上不存在的虛汗道：「若是到如今靈魂還未歸來，那就是說……」他頓了頓，繼續道：「他的靈魂現在遭遇重創，碎成粉末飄浮於三界之中，憑自己之力根本無法附體。」

「為何會被重創？以他的仙力，在三界中甚少有人能出其右。」

「閨女，靈魂之力本就衰弱，離體而出就更是如此。他若是轉世之時遇上劫難，誰也說不準會有什麼後果。」

「古君上神，如何才能救他？」看著棺中之人，清穆竟生出了些許熟悉莫名的感覺來……難道這就是當初為他留下石鍊之人？

古君上神神情一頓，沒有開口。氣氛陡然沉了下來，清穆無措地看著低著頭的後池，手伸了伸，又縮了回來。

後池神色黯然，雙手緊緊扶在冰冷的棺蓋上，看著棺中沉睡得如同死去的柏玄，眼眶慢慢紅了起來。

老頭子為了讓她活得更久，四處尋藥，空蕩蕩的清池宮，永遠只有她和那些花草樹木化成的仙童。柏玄出現之前，清池宮只有孤寂和黑暗。破殼之後的那幾千年，若是沒有柏玄陪在她身邊……此時，後池甚至都不敢去回憶那時的孤寂。

「本王聽說，若有人魂魄散於三界各處，只要將此人身軀連同聚靈珠、煉妖幡一起投入鎮魂塔中，聚人間靈氣煉化百年，就能將靈魂重聚，歸附於體。」一旁埋了半天頭的老龍王突然靈光

一閃，隨口便說了出來。

見到愣住的三人，一時嘴快的老龍王恨不得甩自己兩個嘴巴子。如此之事，雖說古老隱祕，鳳染和清穆上君有可能不知道，可是古君上神卻絕對沒有不知道的道理，他之所以沒有說出來……只是因為這其中的干係實在太大了。

這三件寶物一同傳自上古之時，聚靈珠為天帝所有，乃仙界靈氣本源，命理所繫，傳說鑲於天帝玄天殿中的皇座之上，保天宮命脈，若是取走，仙界必遭大禍。

聚妖幡為妖界印璽之象徵，乃歷代妖皇所持，此寶能聚天下眾妖。妖虎一族能掌管妖界，靠的便是此物的號召之力。妖族中人尚武，若是失了此物，在沒有上神坐鎮的情況下，妖界定然大亂。

而鎮魂塔……世間千萬年，怨魂無數，凡是未能超度之厲鬼全被鎮於塔下，鎮魂塔立於冥界之底，保人間百姓安寧。

此三物，說是這九州八荒的至寶也不為過。更何況若是放在一起煉化，這百年時間三界必然大亂，為了救一人付出如此代價，別說天帝做不到，就算是古君上神，恐怕也不能罔顧三界之危，受盡天下之責而如此肆意妄為。

所以，他不是不說，而是……這根本就不可能。

想是也明白此事有多嚴重，後池愣了半晌，望向古君上神。見他轉過頭，後池眼中的光亮驟然消失，鬆開了放在冰棺上的手，無力地垂了下來。清穆看得心疼，頓了頓，還是抬手環住了她的肩。

眾人一陣沉默，鳳染瞧瞧幾人的神色，搓了搓手活躍起氣氛來，「後池，先別灰心，清池宮中古籍不少，一定會有喚醒柏玄的方法。這次來也不算是無功而返，至少找到了他的這副臭皮囊，我們先把他弄回去再說。」

後池點點頭，剛轉過身，清穆就已經單手扛起了冰棺。青年面色溫和，拍了拍她的頭，「別擔心，我們回去後從長計議，他一定會沒事的。」

後池神情微頓，嘴角勾起，終於露出了今天的第一個笑容。

眾人轉身朝通道外而去，古君上神神情複雜地望著那冰棺，復又看向扛著冰棺的青年，沉默地跟在了幾人身後。

聚靈珠、聚妖幡、鎮魂塔……失之定會三界大亂，柏玄，你究竟要幹什麼？

四人走出冰底通道，踏入紅船的一瞬間，萬丈冰谷頹然傾覆，千里之地瞬間融化。晶瑩的世界一寸寸褪色，被冰封的水族重獲生機，波浪翻天……似是隨著那冰棺中人的離開，這片隱藏在海中的神祕世界再也沒有存在的必要，片息後，萬物歸於寧靜。

回程一片沉寂，老龍王瞧著心思各異的眾人，心底敲著的小鼓一直沒有停下來。

聚靈珠、鎮魂塔、聚妖幡……就算是那小神君，應該也沒膽子動吧？應該吧……

後池站在船舷處，望向遠方，神情莫測，長髮迎風而展，透過那凝住的背影，唯餘下冷漠的氣息緩緩蔓延。

老龍王朝後池所站的地方飛快地看了一眼，他實在是不敢隨便猜測這小神君的心思。能將天帝、天后棄若敝屣的性子，還有什麼能制得住她？也許古君上神能……

他鬍子一抖，徑直朝古君上神看去。見這位後古界來三界中的至強者搓著手、委委屈屈地望著自家的閨女，老龍王一口氣沒提上來，差點背了過去。

算了，他還是當作什麼都不知道吧！

清穆看著自出冰谷後連一眼也沒有望過冰棺的後池，握著的拳頭始終沒有放開。窒息的氛圍中，一行人匆匆回了北海龍宮，老龍王躊躇再三，終是在後池冰冷的面色下歇了將他們留下的心思。

紅船停在北海邊，他將三人送上岸，道別後望著朝瞭望山飄去的祥雲，渾然不覺地抬頭站了良久。

「殿下，小神君的事難道沒辦妥？」不知何時從海底龍宮跟來的龜丞相見老龍王憂心忡忡，低聲詢問。

「辦妥了。」龍王低應了一聲，轉身朝海上走去，行了幾步，停住了腳步，擺擺手道：「老龜，你回去代本王說一聲，北海暫時交給龍軒打理，你從旁協助。」

龜丞相一愣，背上重重的殼一抖，急忙小跑幾步跟上前，「殿下，您這是要……」

龍王出門遠遊、將北海交給大王子打理不是沒有過，只是從來不會如此突然，更何況古君上神才剛剛拜訪了北海……

「本王已經很久沒有閉關修煉了，這次入深海龍族禁地閉關，若非是我北海生死之危的事，你們就不要來打擾本王了。」

老龍王一句話說完，身形一動，化為一條青色的盤天巨龍，朝海底而去，片刻間便不見了蹤影。

龜丞相還沒從這句話中回過神來，看著已經撂挑子落跑的老龍王，哭笑不得。

殿下，平時讓您修煉就跟要了您的命一樣，這次您究竟是闖了什麼禍啊？

第二十二章　離開

瞭望山，日頭漸落。

大黑懶洋洋地躺在木屋前的草地上，四隻爪子撲騰著飛舞的蝴蝶，紅紅的肚皮露在外面，軟軟的一團。

天空中突然出現一點光亮，牠瞇著眼聞了聞氣味，愉快地叫了兩聲，蹦起來朝院子外跑去，正好趕上了後池一行從雲上下來。

清穆抱住撲上前的大黑，在牠毛茸茸的耳邊摸了幾下便放開，「一邊玩去。」

遭到了冷遇，本來精神十足的耳朵瞬間耷拉了下來。牠在地上轉了幾圈才發現院子的空地上出現了一副冰棺，不解地叫喚了幾聲，見沒人搭理牠，只得怏怏不樂地朝裡屋走去。

四隻腳慢悠悠走過那冰棺，隨意一瞥時，感覺到一股熟悉的氣息，身子一抖，大黑目不轉睛地盯著冰棺中人停了下來。

沒人有心情去顧及大黑奇怪的神情，古君上神望著面色低沉的後池，幾度欲言又止，但最後也只是嘆了口氣，走進自己的竹屋。

清穆拍了拍後池的肩，本想說什麼，突然感覺到懷中的蛋到了補充靈力的時候，眉頭皺了皺地進了屋。

鳳染左瞧瞧右看看，實在不想和一隻神情呆愣的黑狗對視，也跺了跺腳，身形一轉消失在了

院子裡。

院子裡寂靜無聲，日頭慢慢地不見了蹤影，冰棺正好放在了竹林的石椅旁。後池走過去坐下，托著下巴，手放在寒冷澈骨的冰棺上，眼眶終於漸漸變紅。

她不想去為難父神。他位極上神，雖然懶散又不問世事，可是卻一直心繫人間百姓。聚靈珠也好，聚妖幡也罷，引起的後果她都不在意……可是鎮魂塔乃人間安寧所在，若是丟失，惡鬼肆虐，人間將百年無平靜歲月，她又何以忍心？

所謂神位，受世間萬民朝拜，所享有的從來不只是尊榮而已。責任重於泰山，若為一己之私讓天下傾覆，她又有何資格位列上神？

可是……是柏玄……需要鎮魂塔來活命的是柏玄。

百年人間黑暗，能換他重生，後池，妳當真不願嗎？

閉上眼，感覺到心底的交戰，後池壓下顫抖的雙手，望著冰棺中沉睡的身影，抱住肩低下了頭。

在她身後，不遠處木屋的窗口處，清穆抱著手中因靈力灌注而隱隱發燙的蛋，眼漸漸變得黯然。他低下頭，神情在一瞬間變得堅決起來。

「真是拿她沒辦法，你說是不是……希望你破殼以後能消停點。」似是嘆息，似是玩笑，但終究緩緩消逝在了西沉的夕陽中。

沉默而安靜的氛圍籠罩著整個山頭，後池回來後整日怏怏地坐在冰棺旁，不時說些清池宮的往事，希望能喚醒柏玄。雖然她心情低落，但也沒忘了每日替那顆「嗷嗷待哺」的蛋補充靈力。

其他三人看在眼底，急在心底。雖然鳳染把清池宮中的古籍全搬到了瞭望山，堆滿了木屋，但清穆一時也沒找到解決的方法。古君上神不忍心每日看見後池神情怏怏，乾脆搬回了清池宮。

鳳染難以置身事外，被這彆扭的老頭子抓回去當苦力。

半個月後，夜晚。

鳳染回了清池宮，清穆照舊在房間裡尋找讓柏玄甦醒的方法，後池抱著大黑懶洋洋地坐在冰棺前繼續每天的回憶……

剛坐在石椅上，後池就身子一僵，驚呼一聲，望向冰棺的眼底帶著不可置信的震驚和驚惶。

隔著窗戶，感覺到院子裡的氣氛不對，清穆抬首，揉了揉痠疼的肩膀，朝外道：「後池，出了何事？」

被這聲音一驚，後池急忙轉過頭，瞧見清穆眼底疲憊的血絲，忙緩了緩僵硬的神情，面不改色道：「無事，大黑的爪子抓到我了。」

被冤枉的大黑不滿地「哼」了一聲。但不知怎的，感覺到抱著牠的那雙顫抖得不能自己的雙手，牠沒有像往常一樣傲嬌地甩甩尾巴離開，反而抬起肉嘟嘟的爪子輕拍了後池兩下。

這一番景象落在清穆眼底就變了個意思，「沒事就好。」見一人一狗相處愉快，他笑了笑，沒有過多關注，重新埋首翻看桌上堆得如山高的古書。

後池轉過僵硬的身子，看著冰棺中的情形，嘴抿出了脆弱的弧度。

冰棺中，玄衣人神態安詳，面容未改，但仙氣卻漸漸變得衰弱……雙腳之處甚至變得有些虛幻起來，就好像在以微不可見的速度慢慢消失一般。

這變化其實很小，若非後池天天在這裡盯著柏玄，也很難發現。

但很顯然，若是繼續下去，總有一天，這具軀體終會消失，完全化為虛無！

而她，只能眼睜睜地看著這一幕變成事實。

指尖的顫抖無法自抑，但眼神卻逐漸變得堅決，墨黑的瞳孔甚至染上了幾許微不可見的煞

氣。後池長吐一口氣，將大黑放在地上，朝木屋走去。

木屋裡，清穆整個人都像被淹沒在堆積如山的古書中，伏在桌上的身影帶著濃濃的疲憊。他右手翻看著古書，左手還不時地將靈力灌注到那金銀交錯的蛋上，偶爾轉過頭看向桌上那枚蛋，眉眼溫和，眼底帶著淡淡的喜悅。

屋中夜明珠投射的柔和光芒落在他身上，靜謐而安詳。

看著這一幕，站在門邊的後池剎那間竟難以挪動腳步，刺進掌心的指尖幾度鬆開，最後還是緩緩握緊。她揉了揉臉，眉頭鬆開，輕咳了一聲，走了進去。

聽到聲響，清穆抬頭，見是後池，眼底帶了些許詫異，「今日怎麼這麼早就進來了……」

話一說完，見後池挑了挑眉，發現這句話中不由自主的醋味，清穆忙擺擺手道：「我不是這個意思……」

「都說完了唄，哪有那麼多事可以說？」後池笑了笑，倒了一杯茶遞給清穆，神情淡然，「老頭子既然說他也許過個幾百年會自己醒來，我等著就是了，八千年我都等了，也不在乎這麼幾百年的時間。」

聽見這話，清穆一怔，看後池面色放鬆，不似作偽，也舒展了眉頭，「妳能放心就好，這半個月我真怕妳悶出病來。」

「讓你擔心了。」後池接過清穆手中的蛋，坐在一旁的椅子上，盯著它猛瞧，「清穆，你說它出來後會是個什麼樣子？我好想看一看……」

見後池睜大一雙眼巴巴地望著那枚蛋，清穆失笑道：「妳急什麼？再過百年它就破殼了，到時候自然知道。」

「還有百年啊……」後池似是嘆息，似是遺憾，「我怕我等不到了。」

後面這一句太低，清穆沒有聽清，但見後池似是有些悶悶不樂，眼神一轉，拍了拍她的頭，從古書中抽出一張紅色的請帖，遞給她。

「古君上神向天帝為我延後了半個月時間，我暫時不會去兩界之處。這半個月時間，我就在這裡查看古書，看是不是還有其他的方法。若是妳悶，不如邀鳳染一起去妖界玩幾天，再過幾日便是妖界的年節，應該會很熱鬧。」

隨著清穆渡過九天玄雷，他的地位在三界中也今非昔比。妖界年節由妖皇主持，從不邀請仙界中人，但這次卻破天荒地為清穆送來了一張請帖。當然，古君上神和後池在往年時便會有此待遇。

看著手中赤紅的請帖，後池眼一眨，似是漫不經心地道：「我記得妖界年節的次日，就是天后的壽誕吧？」

清穆頓了頓，點頭道：「沒錯。」遲疑了一下，將埋在古書中的另一封請帖拿了出來，揉了揉眉頭，「這是天宮送來的，想來不是天后的意思。」

後池接過來一看，嘴撇了撇，「應該是天帝，他倒是客氣。」

見後池嘟嘟囔囔的，清穆彈了彈她的腦袋，「好了，別想了，回清池宮去邀鳳染吧，現在出發能提早些時間到妖界，還能好好玩玩。」

「嗯，我也想出去走走，你就留在瞭望山和大黑一起看家。」

後池點頭，看著手中的蛋，眼底閃過一絲不捨，但最後還是狠了狠心，把它朝清穆拋去。清穆手忙腳亂地接住，臉色微變，無奈地看著後池。

見清穆神情無奈，後池尷尬地笑了笑，揮了揮袖襬，轉身朝外跑去。

「我走了啊！」

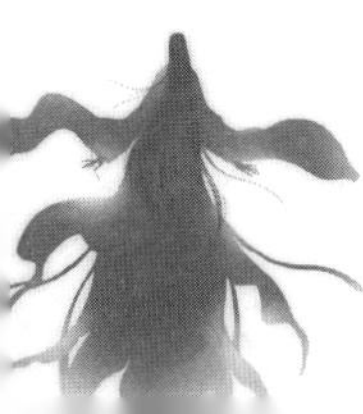

紅色的身影跳上祥雲，朝天際飛去，空中傳來模糊不清的道別聲，清穆笑了笑，繼續埋首於古籍中。

剩下的時間不多了，如果在這半個月之內還沒有找到方法，恐怕就真的只能那樣做了……

消失在瞭望山上空的祥雲轉了個圈，並沒有朝祁連山的清池宮飛去，而是穿過九重雲海，落在了人間。

冥界和人間界並於一界，位於九幽之底，雖是天帝所派仙君執掌，但和天宮中的聯繫並不緊密。若是她先取了鎮魂塔，還有緩衝的時間去奪聚靈珠和聚妖幡。無論如何，這件事也不能把清穆和鳳染牽扯在裡面。

九幽之底雖說建在邊荒之地，可那鎮魂塔作為三界至寶，除了執掌的仙君，便只有天帝知道其隱藏之處了。

若是以前，來了人間，後池一定滿腹好奇地到處觀賞，可是現在她卻沒了這個心思。憑著以前看古書的記憶，將靈力一點點釋放，搜尋兩日後，後池終於在京城近郊的龍脈之處找到了埋藏於地底的鎮魂塔。

人間陽氣至盛之處莫過於皇家龍脈，想來那鎮魂塔在此處的靈力定是發揮到了極致。若是失去了鎮魂塔，那人間……明白歷任執掌九幽的仙君將鎮魂塔放於此處的意圖，後池神情一頓，咬了咬嘴唇，朝鎮魂塔所在之處飛去。

瞭望山。

將古籍搬到了院中的清穆低垂著頭，難得地小寐了一會兒，感覺到空中急速而來的破空聲，抬起了頭。

半空中，將長鞭踏於腳下，一身黑衣的鳳染破空而來，英姿颯爽，鳳眉微挑，十足的肆意霸氣。見她還是這麼一副張揚樣子，清穆無奈地扯了扯嘴角，低下頭正準備繼續尋找，卻發覺到不對勁，陡然站了起來。

後池回了清池宮邀她去妖界，鳳染怎麼會一個人來這裡？似是猜到了什麼，清穆的臉色陡然變白。

鳳染落在院中，見清穆愣愣地站在冰棺旁，石桌上還擺著一堆書，笑道：「清穆，你倒是專心，找到方法了沒？」

問了一句，見清穆沒有反應，她環顧四周看了一下，輕「咦」了一聲：「後池怎麼沒守在這裡看住她的寶貝柏玄，她倒是捨得離開！」

聽見這話，清穆身子猛地一僵，兀然抬頭，眼底隱隱帶了血紅之色，「鳳染，後池沒有回清池宮？」這聲音太過冷硬，鳳染一頓，覺得氣氛實在凝重，搖了搖頭，低聲道：「後池沒有回去，清穆，出了什麼事？」

清穆垂頭，手慢慢握緊，眼卻在不經意間瞥到棺中的柏玄，似是發現了什麼，面色陡然大變。

「該死的，我竟然沒有發現。」他低聲道，聲音中滿是懊惱。

鳳染聞言看向冰棺，見柏玄雙腳處若隱若現，面色亦是一僵，「清穆，柏玄何時起了變化？」

「應該是幾日前。」想起那日後池言辭和神情的異常，清穆轉身道：「鳳染，後池應該去了人間界拿鎮魂塔。」

「你怎麼知道她不是去了妖界或仙界？」鳳染挑了挑眉。

「不會。」清穆搖頭，「妖界兩日後是年節，妖皇主持大局，勢必會有所疏忽；天宮三日後是天后壽誕，也是如此。人間界與兩界來往不多，後池定是想先取了鎮魂塔，再去妖界和仙界。」

「我們快攔住她，清穆，若是後池真的這麼做，就算有古君上神護著她，也一定會難容於三界。」鳳染急道，轉身就準備往人間去。

「來不及了。」清穆拉住她，輕聲道，金色的瞳孔熠熠生輝，「鳳染，來不及了。」

「那怎麼辦？」

「既然不能阻止，那就幫她。妳把它帶回清池宮，拖住古君上神，我先去妖界，然後再去仙界。」清冷的聲音自他嘴中吐出，格外鎮定，就好像他早就做好了這樣的準備一般。

看著遞到面前的蛋，鳳染頓了頓，突然笑了起來，「逞什麼英雄，時間緊迫，仙妖兩界你一個人根本不行，我把蛋送回清池宮，你去仙界，我去妖界。」

清穆搖頭，「鳳染，妳不必捲入其中，這件事非同小可……」

「清穆……」鳳染擺了擺手，神情凝住，打斷了他的話，「萬年前我就不容於三界，難道你以為我會怕了不成！」

望著鳳染臉上雲淡風輕的笑容和一瞬間爆發出來的濃濃煞氣，清穆頓了頓，也笑了起來，清冷的面容瞬間變得溫和如玉，華光內斂。

「好。」清穆幾時對鳳染有如此的好臉色過，更何況一笑之下，容顏俊美，超凡脫俗，世間璀璨一時盡失。

鳳染心底打鼓，「哎呀」一聲，忙接過蛋道：「清穆，想不到你還挺俊的。不過你還是對著後池笑吧，本仙君對定過親的可是無福消受。」

說完這句，長鞭向空中一揮，駕著雲落荒而逃。

清穆一愣，隨即哭笑不得地望著消失在空中的黑點，搖了搖頭。

他轉過身，日頭剛落，瞭望山萬丈霞光，漫山遍野的竹林搖曳。

一具冰棺落於院中，冰冷澈骨，裡面躺著的人安詳寧和。

一隻黑狗乖巧地蹲坐在冰棺旁，純黑的毛髮在無人看見的時候漸漸變成了血紅之色，又緩慢地變了回去。

幾間竹屋錯落地置於院中，靜謐舒適。一草一樹，一桌一椅，都是他親手所布。

他靜靜抬首，望著暈紅日頭下的小院，似是看見後池推開木屋，手裡彆扭地捧著蛋，一張臉苦巴巴的。

「清穆，你看，它怎麼還沒動靜？我都等不及了！」

清穆伸手欲接，但那火紅的人影卻緩緩消失。他揚起嘴角，勾勒出堅毅的弧度。

後池，我一定會讓妳親眼看到它破殼。

百年而已，妳還有千年萬年，一定可以陪著它長大。

他垂首，對著冰棺旁的黑狗，如往常每一次離家時般道：「大黑，守好家，等我們回來。」

黑狗似懂非懂，望著消失在院中的白衣人影，垂下了頭。

瞭望山一片寧靜，冰棺靜靜置於山脈之中，沉睡的身影淡漠一切，就好像再也不能醒來一般。

第二十三章　三寶

龍脈之處自是守衛森嚴，但人間兵力對仙君而言如同虛設。後池隱去身形，用仙法定住守衛的將士，沿著通道深入地脈之中。

淡淡的靈光自地底瀉出，祥和安寧，但沖天的哀嚎怨怒隱隱交錯於靈光之中，幾欲破土而出，使這天下至陽之處帶上了濃濃的邪肆之意。一道渾厚的喝聲傳來，紛繁的咒法壓制住這狂暴的氣息，使地底重新歸於寧靜。

後池並未感到意外，鎮魂塔傳於上古，乃三界至寶，所在之地，自會有靈力高深的仙君守護。是以她自入了這地底後，就一路正大光明地前行，並未刻意隱去蹤跡。

半個時辰後，一座巍峨的地宮出現在後池眼前。丈高的碧綠之塔立於地宮中央，上古的梵文鍥刻其上，莊嚴而雄偉。淡綠色的光暈照耀著整座地宮，化成了渾圓的光暈，將地底咆哮的鬼魅壓制其中。

鎮魂塔就在眼前，但後池卻未再前進一步。

塔中間鎏空之處的古樸坐墊上，一身白袍的古稀老者靜靜地望著她，一雙眼帶著歷經世間萬世的透澈和明悟。

「鎮魂塔處三界眾生止步，上神緣何來此？」蒼老的聲音自塔中響起，繞著渾厚的回音，落在了後池耳中。他神情平和，並未因後池的身分而有半點觸動。

後池一點也不意外這守塔的仙君能看出自己的身分。相傳鎮魂塔中守護仙君碧璽伴塔而生，歷經數世輪迴，早已超脫三界之外，就連天帝也干涉不了他對鎮魂塔的掌控。

「碧璽上君。」後池彎腰執禮，未有絲毫不耐，沉聲道：「後池有私事欲借鎮魂塔百年，還望仙君應允。」這一人一塔早已共生，如若碧璽不願，就算鎮魂塔毀，她也難動分毫。

聽見此話，碧璽仙君眼中現出點點波動，但聲音依舊平靜無波，「後池上神，鎮魂塔關係人間界安危，若無它鎮守，人間將惡鬼肆虐，再無寧日，妳可知曉？」

「後池知道，但……情非得已。」後池上前一步，神情鄭重。

「上神位極天地至尊，本應守護世間，怎可因私情而忘三界之本？」碧璽仙君望著後池，沉聲道，眼底滿是失望與不贊同。

「碧璽上君，後池絕不會置凡間百姓於不顧。」後池輕聲道，見碧璽眉色微動，雙手背負於後，「上古之書記載，鎮魂塔乃上古擎天祖神所留，非混沌之力不可破，須上神以本源靈力灌注才能擁有鎮壓鬼魅之力量，否則終會傾覆，是也不是？」

這半個月以來，清穆遍查古籍，她也沒有歇著。清池宮中關於鎮魂塔的記載清清楚楚，再過百年，若鎮魂塔還尋不到上神本源之力的注入，就會崩潰。若不是有了說服碧璽的方法，她絕不會來這裡。

後池的聲音在空曠的地宮中顯得格外清晰篤定。碧璽低頭沉默片刻，伸手在花白的鬍鬚上摸了摸，良久後，才看向後池，目光灼灼，「清池宮中藏書果然不凡。小神君說得不錯，若沒有上神本源之力的灌入，鎮魂塔的確撐不過百年之久。小神君既然知道此事，今日前來，又待如何？」

鎮魂塔需上神本源之力在三界中算不得祕密，可是上神的靈力終究比不上混沌之力，若要啟

動鎮魂塔，除非耗掉一位上神至少半數本源之力。可是無論是哪位上神，又怎會捨得如此白白犧牲？畢竟失了一半本源之力，就會立即降為半神，三界格局立變。

「仙君，這百年時間，後池會將畢身靈力盡封於此，代替鎮魂塔鎮守人間妖魅。百年之後，願以半數本源之力為代價，助鎮魂塔永守人間。」後池抬頭，神情誠摯懇切，一字一句慢慢道。

碧璽沉著的臉色一變，眼挑了挑，「小神君，半數本源之力，此話當真？」

「後池絕不妄言。」清朗的聲音響起，後池望向碧璽，眼中盛光灼灼。

「好！」半晌後，碧璽長笑一聲，蒼勁有力，「有捨才有得。小神君，老朽答應妳。若妳百年之後甘願以一半本源之力助鎮魂塔永守人間，那這百年，我便替妳守在此處。」

「碧璽仙君，你……」後池一愣，似是不能相信，失了鎮魂塔，以碧璽仙君之力，難道還能鎮守住這人間至邪至惡之處？

碧璽沒有錯過後池眼中的詫異，他微微一笑，盤腿浮在空中，雙手合成半圓，輕聲唸動咒語，丈高的鎮魂塔緩緩縮小，變成拳頭大小落在了他手心上。

隨著鎮魂塔的消失，地宮深處淒厲暴虐的咆哮聲突然變得聲勢浩大起來，竟隱隱有破土而出的趨勢。

碧璽上君輕「哼」一聲，一道綠光自他體內發出，升至半空，變幻成小一號的鎮魂塔模樣，落在了地宮大殿上。轉瞬間，剛才還囂張無比的嘶吼聲就歇了下來，甚至還帶著隱隱的驚懼向地底深處逃竄而去。

後池眉眼一挑，心底讚嘆不已。世人只知碧璽上君擁有掌控鎮魂塔之力，卻不知兩者早已融合為一，其本身實力更是絲毫不弱於鎮魂塔。若是他飛升九天，未必不能晉為上神，說代她守住人間百年，倒不是大言欺人。

「小神君，妳這一身靈力應當另有別用，老朽就不將妳留在此處了。妳走吧。」他話音落地，掌心碧綠的小塔從半空中飛來，停在後池面前。

看來她要做的事瞞不過這碧璽仙君。後池神情微動，接過小塔，朝半空中的老者鄭重行了一禮。

「碧璽上君，百年之後，後池定來還恩。」

「去吧，鎮魂塔失，天帝、天后遲早會察覺。若是救不到妳想救之人，神君這半數的本源之力，就當真是浪費了。」

笑吟吟的聲音在半空中響起，後池頓了頓，眼一瞇，朝碧璽深深地看了一眼，轉身朝地宮外而去。

「碧璽，百年之後後池上神將鎮魂塔送回，你當真要取她半數本源之力？」清清脆脆的聲音在地宮裡突然響起，碧璽仙君身旁不知何時出現了一隻碧綠色的小仙獸。牠身軀肥胖，四肢短小，背後的翅膀晶瑩剔透，一雙眼水潤潤的，煞是可愛，對著碧璽上君沒有半分恭敬。

「碧波，百年時間，一切都做不得準。若是混沌之力現世，鎮魂塔日後定然無憂。」碧璽仙君摸了摸鬍子，眼底帶著瞧不透的深意。

「混沌之力，不是只有祖神擎天才有嗎？」碧波揮舞著小翅膀，嘴嘟了起來，大眼睛一眨一眨的。

「混沌之力，除了擎天祖神，繼承了他血脈的上古真神也同樣擁有。」

碧波搖頭晃腦了半天，也沒想明白碧璽仙君話中的意思。

碧璽伸出手，小仙獸撲騰了一下，落在了他手上。

「碧波，去後池身邊，陪著她。你是水凝神獸，有治癒之力，若她日後有危險，你就幫她一

幫。」碧璽點了點碧波的頭。

「不去，不去，碧波哪裡都不去。」碧波一扭身子，透明的翅膀連忙收攏，滿臉不樂意。

「她身上有幼生上神的氣息，若你能和那還未出生的小上神簽訂契約，以後就不必日日修煉了。」碧璽見碧波擺明了懶得動，摸了摸鬍子，誘惑道。

「真的？」碧波連忙轉頭，翅膀展了展。見碧璽滿臉正色，遲疑了一下，從他掌心裡站起來，撲騰著肥嘟嘟的身子歪歪斜斜地朝地宮外飛去。

比起日後上千上萬年的修煉，牠還是現在勤奮點，聽碧璽的話去幫幫那個小神君好了。

「碧璽，你不准騙我，要不然等我回來了，拔光你的鬍子。」

清脆的聲音從老遠傳來，正在摸著鬍子的老仙君手一抖，一不留神扯下了幾根，疼得眉都皺了起來。

在後池趕往妖界的同時，變了容貌的鳳染混在一眾道賀的妖君中，躡手躡腳地摸到了妖皇的後殿裡。

妖界每年的年節盛大無比，第三重天更是在這一日被擠得水泄不通，妖皇和兩位殿下自清早起便離了重紫殿，只剩下一些妖君守在這裡。

聚妖幡乃妖皇的心頭寶，自然不會隨便放在一處，鳳染搜尋了半日，才隱隱感應到重紫殿深處的石室中有股強大的氣息。但當她小心行到石室處，卻再也難進一步。

看著石室外面妖力厚重的紛繁陣法，鳳染眉眼微皺，摸著下巴沉思起來。

強行破掉陣法，定會驚動妖皇，到時候一定沒辦法把聚妖幡帶離妖界……

「怎麼，天不怕地不怕的鳳染上君，也會有擔心的時候？」

戲謔的聲音在身後響起，鳳染一驚，沉著眼回轉頭，見不遠處一身青衣的常沁倚在橫欄處。她神情一鬆，變回了自己的模樣。

「常沁，妳怎麼會在此？」上次一別後，兩人便再也沒見過面，鳳染挑了挑眉，一臉疑惑，「還認出了我，我分明變了樣子。」

常沁失笑道：「我代表妖狐一族來第三重天道賀，在大殿口見到了妳，見妳行跡鬼祟，就一路跟過來了。幸好妖皇不在重紫殿，否則妳這一身張揚的氣勢，恐怕連後殿也走不進來。」鳳染身上本就帶了幾分邪氣，是以才能如此一路暢通無阻地進了第三重天，但遇到妖皇，恐怕一眼就能被認出來。

「是嗎？」鳳染摸了摸鼻子，頗有些不好意思，她還覺得自己挺低調的。

「鳳染，這裡是重紫殿重地，妳來這裡做什麼？」常沁朝鳳染身後看了一眼，眼色一正，「妳是為了聚妖幡而來？」

鳳染點頭，「後池需要聚妖幡來救人，我今日來妖界便是為此，只是沒想到這裡被妖皇布下了陣法，真是傷腦筋。」

「聚妖幡是妖界至寶，自然不會疏於看守。」常沁神情鄭重，站直了身子道：「要不要我幫妳？」

「常沁……」鳳染一愣，搖頭道：「不用了，我不想將妳牽扯進來，聚妖幡對妖界而言太過重要……」

「無事，自從淨淵妖君橫空出世後，聚妖幡的效力早就大減。況且只要我妖狐一族不與妖皇爭權，他的位置就無人能撼動。就算他發現了，也不過是斥責幾句罷了。我欠妳一個人情，現在正好還給妳。」

常沁說完話，笑了笑，默唸幾聲，陣法散開。石室的大門被緩緩推開，血紅的聚妖幡置放在室中石臺上，煞氣滿溢，泛著沖天的紅光。

她伸手一招，聚妖幡從石室中飛出，落在了他她中。

「鳳染，快走，聚妖幡被盜，妖皇一定會察覺。妳要盡早交給後池，否則定會生變。」

鳳染愣愣地接過聚妖幡，一時間說不出話來。當初她和後池不過是舉手之勞，路見不平地出了一下頭而已，現在常沁居然幫他們到這個地步……

尖銳的怒吼聲從石室中傳出，讓她猛然驚醒，抬首見常沁面帶毅色，神情堅持，也不多說，拉著她就朝重紫殿外跑去。

「鳳染，妳幹什麼？」常沁一愣，急道。若是沒有她攔住妖皇，常沁想出第三重天根本不是件容易的事。

「我鳳染可不是個不講義氣的人，怎麼能把妳一個人丟在這裡承受妖皇的怒火！常沁，有沒有興趣和我逃亡一次試試看，妖界以外的山河倒也不錯！」爽朗的聲音在空中響起，鳳染將聚妖幡收入乾坤袋內，御鞭而行，回轉頭，對著常沁揚眉笑道。

鳳染一身黑衣，血紅的長髮在空中飛舞，肆意灑脫，常沁先是一愣，隨後長笑一聲，眉眼璀璨，「有何不敢？本妖君橫霸妖界時，妳恐怕還是個奶娃娃。」

兩人暢笑片刻，朝外面逃去。

聚妖幡丟失，陣法被觸動，正在主持年節的妖皇面色一沉，眼中精光直閃，丟下廣場上的妖族眾人直直地朝第三重天入口處飛去。

重紫殿中，兩道人影出現在石室上空。

「主公，聚妖幡如今雖然沒什麼大用，可卻是歷代妖皇的信物，您開口讓常沁妖君幫鳳染奪了聚妖幡，豈不是讓妖皇顏面掃地？他和鳳染上君有殺子之仇，這次抓住了她的把柄，是不會輕易放過她的。」紫涵望向一旁的男子，疑聲道。

「以常沁的性子，就算是我不開口，她若是知道了此事，也定會幫助鳳染。我不過是做個順水人情罷了。」淨淵鳳眼一瞇，容顏魅惑，唇邊帶著十足的笑意，「況且，他不放過鳳染更好，我真想知道，惹得仙妖兩界之主同時震怒，後池究竟會如何收場！」

這聲音魅惑纏綿，不像是質問，反帶了幾分輕柔的期許之意。

紫涵眉角微皺，神情怔了怔，抬首看向身前的白衣青年，似是聽見一聲微不可聞的低喃。

「後池，妳……可千萬不要讓我失望啊！」

空中祥雲浮過，飛速劃過天際。

後池站於其上，神色微急，她在人間耗得太久，就算是現在趕到妖界，恐怕也錯過了年節，只能走一步算一步了。

妖界近在眼前，不遠處的擎天柱隱隱可見，她鬆了口氣，朝前飛去。

仙界天宮。

因著清穆上君在青龍臺上的風波，後池上神的身世被揭開，天后失了大臉面，景昭公主更是被天帝關進鎖仙塔，非百年不得解禁，這一連串的事壓得整個天宮近來死氣沉沉。

為了重振天宮威嚴，也為了讓天后能忘掉之前的不愉快，這次天后壽誕，天帝自半個月前便廣發請帖，甚至連一些不出世的老上君也被他請入了九重天宮，自是沒人敢推脫天帝之邀，一時間，這場壽宴盛大無比，眾仙皆臨，三界盡知。

天后壽宴之日，眾仙雲集，比當初大澤山上東華老上君的壽宴熱鬧了不知多少。清穆手持請帖，輕輕鬆鬆地入了天門。聞他前來，正在修煉的景澗怔了怔，露出幾許意外之色，但還是親自前來接引。

經受了九天玄雷的清穆早已今非昔比，一身藏青長袍，頭上鬆鬆垮垮地插著根木簪，身材修長，容顏清雅俊美，髮尾墨黑的色澤漸漸染上了琉璃金色，更是使其周身上下多了一分尋常仙君難以企及的貴氣和神祕。他一出現，便奪了天宮中大多數女仙君傾慕的目光。

任誰都知道數月前青龍臺上那場驚天動地的求娶，是以雖然傾慕，但敢上前的人卻少之又少。畢竟人家清穆上君擺明了中意清池宮的小神君，連堂堂天宮公主景昭都鎩羽而歸，她們還是消停點，為自己留點臉面的好。

清穆一身冷意，在眾仙的寒暄中頗有些不耐煩，但想了想，還是沒有徑直離開。以現在的時間來看，後池應該已經拿了鎮魂塔，趕往妖界才是。希望鳳染能夠成功。他們約在擎天柱碰頭，正是算好了後池前去的時間。

景澗趕到的時候，看到的正是這麼一番場景。感覺到清穆不自覺間散發出來的強大氣勢和那滿身的尊貴，他著實一愣。不過才一月而已，清穆身上的變化也太大了。

「清穆上君，你能親自前來，父皇一定會高興的。」景澗上前一步，越過眾仙，近到清穆身邊，並未行禮。無論清穆靈力是高是低，他畢竟是天宮皇子，只要清穆一日不是上神，他便沒有行禮的必要。

「殿下言重了。」見清穆微微點頭，神情稍緩，景澗眉宇間也露出些許笑意，引著他朝一旁走去。

眾仙目睹二殿下景澗親自前來接引，一邊感嘆清穆上君位份之尊貴，一邊默默地為二人讓出道路來。

景澗喜靜，天宮侍婢知道他的喜好，是以他的宮殿四周一般都極為安靜。小徑上，兩人相伴而行，感覺到清穆眉宇間隱隱的郁色，景澗遲疑了一下才道：「後池……她可還好？」

知道景澗自淵嶺沼澤一役後，心底一直將後池當妹妹看待，清穆面色柔和了些許，但想到如今他要取聚靈珠，勢必會和天宮再起波瀾，唇角一斂，「她無事，很好。」

還未等景澗再問，清穆又飛快地補了一句：「鳳染也很好，生龍活虎，每頓能吃三大碗飯。」

景澗面色一怔，似是被戳破了什麼一般，耳際突然染上了一抹紅色，聲音也變得磕磕巴巴的，「清穆上君……」

「景澗殿下，你與鳳染……」清穆頓了頓，直言道：「並不合適。」

景澗臉色一白，腳步一僵，眼微微垂下。良久之後，他才道：「我知道。」

鳳染看不看得上他是一回事，就憑他兄長和鳳染的死仇，以及母后與清池宮的恩怨糾葛來看……他們兩人就根本不可能。

氣氛一時變得有些凝重，但景澗到底不是尋常人，片刻間便恢復了常態。

他朝清穆拱拱手，「壽宴下午才會在玄天殿舉行，你不如先到我殿裡歇一歇？」

玄天殿？聽見景澗的話，清穆眼底微起波瀾，不慌不忙道：「玄天殿一向只議正事，陛下此次怎會將宴席開在此處？」

景澗有些尷尬，猶疑了一下，嘆了口氣，「這是母后的意思。」

清穆點了點頭，表示明白。天后失了顏面，自然要找回場子，沒什麼能比她威臨玄天殿更能顯示她的尊貴了。

清穆朝四周看了看，漫不經心道：「我看如今天宮靈氣滿溢，比當初更甚，想必是聚靈珠的

功勞，聽說聚靈珠被放於玄天殿中鎮守仙界，可是屬實？」

景澗見清穆突然提起聚靈珠，有些不解，但還是搖了搖頭，「宮中靈氣滿溢和聚靈珠並無多大干係。自從月前你經受九天玄雷後，天宮就一直是如此。其實只要父神坐鎮天宮，仙界就不會出事，聚靈珠只不過是被三界誇大了神力罷了。」

「那……聚靈珠放在玄天殿中可否安全？」

「自然。」景澗眼中泛起些許疑惑，但又迅速掩下，想了想低聲道：「清穆上君，玄天殿由父神本源之力相護，若是沒有父皇允許，除非擁有上神之力，否則就連一步也靠近不得，更會被其護殿靈力所傷，你……三思而後行。」

他並不知道清穆有何打算，但清穆不會毫無緣由地問起聚靈珠，便猜到他此次來天宮絕不尋常。玄天殿由天帝本源之力所護，他並不擔心聚靈珠的安危，卻也不願意清穆惹怒天帝，故才言明。

聽見此話，清穆明顯一愣，笑了笑並未多說。輕舒了口氣，見紫松院已近在眼前，他朝景澗擺擺手，「二殿下，多謝，紫松院到了。」

景澗見他神色淡然，以為是自己太過小心，也笑了笑，拱了拱手隨後離開。

清穆瞇著眼見他遠行，轉身進了紫松院，隱去身跡，朝玄天殿而去。

此時已接近正午，壽宴在下午舉行，已經沒時間了。與其等天帝、天后齊聚玄天殿，還不如在此時動手。

玄天殿懸浮在天宮正中央，一直只有在天帝處理政事時才會開啟。此次天后壽宴安排在此處，讓很多仙君都有些意外，但一想到天帝對天后的感情，便也釋然了。

此時玄天殿外只有一些守衛，並未有前來道賀的上君人影。清穆還未靠近，便感覺到一股強大的白色靈力充斥在那座懸浮的宮殿四周，眼微微一沉，靠近的身影停了下來。

看來景澗說得不假，玄天殿並不是守衛虛弱，就憑外面環繞的這股靈力，就極少有人能靠近。

非上神之位不能強進？想起景澗說過的話，清穆微一斂神，一道金色的靈力自周身而出，環繞在他身上，幾乎是同時，玄天殿外的那股白色靈力竟然在這金色的柔光下泛起波動，微不可見地向玄天殿退去，彷彿在躲避一般。

清穆見之一愣，俊逸的眉峰一揚，將指尖金色的靈力打了個旋，加深了些許。自從青龍臺上九天玄雷後，這股金色的靈力便慢慢在身體中出現，想不到今日使來竟然會有這種效果。

周身金色之光大漲，清穆抿了抿唇，看向不遠處守衛的仙將，朝玄天殿走去。

鎖仙塔中一片漆黑，靈氣薄弱，唯有一絲光亮從塔上的小窗中映入。

景昭一身素白長袍，面色漠然地盤坐於塔中，雙眼微閉，比之青龍臺上時的狼狽，多了幾分淡然。

外間一日，鎖仙塔中一月，所以外面雖只過了一月之久，但塔中卻已近三年光景。

小窗外踢踏聲傳來，景昭眉色未動，似是毫無所感。

「公主殿下，青漓前來探望，妳怎能置之不理？」

嬌笑聲在窗外響起，景昭皺了皺眉，睜眼朝外看去，一身碧綠長裙的青漓虛浮在塔外，言笑晏晏。她轉回頭，並未答話。

「景昭公主，我們好歹也是老朋友了，雖說不至於倒履相迎，可妳總該問候一聲吧？難道被關進了鎖仙塔中的天宮公主，就連這點氣度都沒有？」

景昭抬頭，眼中眸色透亮，淡淡道：「青漓，當初之事雖然我不知道妳的目的，卻也知曉妳絕非好意。此處乃仙界，妳還是速速離去的好。」

她言語淡然，絲毫未在意青漓的挑釁。

青漓揚了揚眉，笑道：「鎖仙塔果然名不虛傳，真是個磨煉性子的好地方。公主殿下就不想知道我為何而來？」

「不想。」冷冷吐出兩個字，景昭眼都未抬，手放在袖襬上輕輕彈了彈。

「天后壽誕，宴諸天仙君，若是清穆上君弄砸了這場宴會，又沒有古君上神相護，也不知道他還能不能像上次一樣好運？」嬌笑聲響起，青漓眼波流轉，掩著嘴笑了起來。

景昭神情一震，目光灼灼，「青漓，妳究竟想說什麼？母后壽宴，關清穆何事？」

「只要他不想著去討好那清池宮的小神君，自然……是不關他的事。」青漓微微瞇眼，嘆道：「清穆上君還真是個癡情種子，上次為了後池上神甘願受九天玄雷，這次也是為了她闖玄天殿，奪聚靈珠……」

景昭兀然抬頭，大驚失色，「聚靈珠……他怎麼會去奪聚靈珠?!」

「那我可就不知道了。景昭公主，該說的我已經說了，至於清穆上君會不會殞命於天宮，我……就拭目以待了，不過，他的時間可是不多了喲！」青漓聳了聳肩，眼睛一眨，消失在了鎖仙塔外。

景昭站起身，仰著頭，神情莫測，小窗外，一縷微弱的光亮灑下，頓時覺得雙眼一陣刺痛。

景昭，就算妳出去了又如何？救了他又如何？

他眼裡永遠只有後池，看不到妳半分好！

與此同時，正在御宇殿中與天后商討壽宴的天帝突然神情一頓，望向玄天殿的方向，面色微露不安。

「暮光，出了何事？」天后一身金凰錦衣，純紫的領口在脖頸處翻開，祥雲飄曳，從腰際傾斜而下的錦袍上五彩鳳凰栩栩如生，如翔天際，端的是華貴無比。

「無事。」天帝回轉頭，低聲暗道：「玄天殿那裡有我本源之力，應該無人能夠闖進去。」

後面一句話太輕，天后沒有聽見，但見天帝最近心情尚佳，便道：「暮光，今日我壽宴，還是讓景昭出來吧。她好歹也是天界公主，百年禁期免了可好……」

天后神情委婉，天帝頓了頓，心底也升起一絲不忍。他同樣也疼女兒，可是景昭的性子若是不磨一磨，日後定惹大禍。

見天后面帶懇求，天帝遲疑了片刻，還是鬆了口：「今日是妳壽宴，就讓景昭出席，壽宴完後再回鎖仙塔，禁期改為十年。」

聽見此話，天后雖然不是特別滿意，但也知道天帝已經做出了讓步，遂點點頭，當是同意了。想起送到清池宮和瞭望山的那幾張請帖，天帝也拿不準古君、後池以及清穆能否前來，但到底要事先和蕪浣說一聲。他正準備開口，卻感覺到一陣強烈的靈力波動自玄天殿傳來，讓整個天宮為之震動。

他神情一頓，面色沉下，猛然站起身朝御宇殿外看去。

「暮光，出了何事？」同樣感覺到玄天殿的異動，但天后卻沒有天帝知曉得清楚，亦起身問道。

「蕪浣，有人闖進了玄天殿。」天帝輕聲道，眼底的金色飛快閃過，又緩緩沉寂下去。

天后眉色一斂，暮光本體為五爪金龍，雖瞳色為黑，但極怒時瞳色卻會有變化。她垂下眼道：「暮光，玄天殿乃是你本源之力所化，若非上神之力，根本難以進入，可是……古君來了？

他所求為何？」

天帝意味深長地看了天后一眼，搖了搖頭，「不是古君……玄天殿中能有什麼？那人不過就是為了聚靈珠而已。」說完這話，見天后神情一鬆，他眼神暗了暗，「我只是沒想到，他居然能闖進玄天殿，我倒真是小瞧了他！」

「暮光，你說的是……」天后聽出了天帝話中的意思，也是面色一凜，似是不敢相信，「怎麼可能？你不是說他至少還有百年才能晉為上神！」

「百年……」天帝輕輕吐出兩個字，望向金白之光交錯的玄天殿，眼微微瞇起，殺機瀰漫，「也要他有那個時間才是！

「聚靈珠乃我執掌三界之印璽，他居然也敢覬覦！本帝數萬年不問世事，難道三界中人皆以為我天宮可欺不成！」

天帝兀然轉頭，眼中盛光灼灼，睥睨天下的至尊之氣立現，流金的龍袍輕輕揚展，御宇殿中一片冷凝。

天后怔怔地望向面色漠然、毫無笑容的天帝，心下微凜，他已經……有萬年沒有在她面前稱過「本帝」了……

「這次，就算是古君前來，本帝也不會甘休，這個世間該知道……到底誰為三界主宰，掌萬物蒼生！」冰冷的話音久久回蕩在御宇殿中，天帝擎身而立，雙手負於身後，望著漫天雲霞，唇微微勾起，不帶一絲感情。

玄天殿裡外，守衛的仙將感覺到一股龐大的靈力突然降臨，還沒等他們回過神來，金光一閃，清穆就已經出現在了大殿中，神情淡漠而冷凝。

金光威壓下，他們看見那守護了玄天殿數萬年之久的白色靈光緩緩後退，甚至到最後瑟瑟發抖地龜縮到了角落裡。

白色靈力乃天帝本源之力所化，極通人性，平時高傲自矜，何曾有過如此模樣？仙將望向來人，感覺到自己不能動彈，一時間面色大驚，神情陡變。

認出了清穆的仙將眼底除了驚懼外，還帶著明顯的疑惑，清穆上君怎麼會擅闖玄天殿……循著清穆的眼神，他們看見清穆直直地朝著王座走去，神情一震──清穆上君難道打的是聚靈珠的主意？

聚靈珠乃仙界至寶，他怎會如此大膽？

王座頂端處，泛著白光的聚靈珠被鑲嵌在四四方方的水晶之中，溫煦尊貴的氣息自王座上蔓延，籠罩著整座宮殿。

不愧為三界主宰的印璽。清穆瞇了瞇眼，無視殿中仙將噴火般的眼神，抬步走上了王座。

「清穆上君，快住手！聚靈珠乃玄天殿支柱，你如此做，會毀了玄天殿的！」

彷彿沒有聽到仙將惶急的呵斥一般，清穆破開王座前顫抖的白色靈光，手在觸摸到水晶的時候微微一震，被彈了開來。他輕挑俊眉，加重了指尖處的金色靈力，震碎水晶，將聚靈珠拿了出來。

聚靈珠脫離王座的一瞬間，整個玄天殿開始震動散落，王座瞬間化為飛灰，萬丈靈光自聚靈珠周圍擴散，突然出現的濃郁靈氣讓天宮的仙君一陣驚慌，紛紛抬頭望向天宮中央懸浮的玄天殿。

那裡，白光驟現，一抹金光交雜其中，似是尊貴無比，隱隱劃破天際。

感覺到兩股無比強大的氣息朝玄天殿而來，清穆皺了皺眉，將聚靈珠收好，朝殿外的天門飛去。

正在仰頭觀看的仙君還沒有意識到發生了何事，就看到數位守殿仙將被蠻橫地扔了出來，然後一聲巨響，屹立在天宮數萬年的玄天殿轟然倒塌，化為虛無。隨後，一道金光自其中飛出，朝天門而去。

看著空蕩蕩、著實有些寒磣的天空，眾仙面面相覷，究竟是誰有這麼大的膽子，敢毀了天帝的玄天殿？

「清穆，你膽敢盜聚靈珠、毀玄天殿，本帝絕不放過你！」

威嚴而冰冷的聲音劃破天際，一道玄色人影從天宮深處飛來，正好停在了天門面前，擋住了清穆。

天帝虛站在空中，望向清穆的眼底逸出絲絲冷意。眾仙這才知道發生了何事，望向空中一玄一青兩道身影，一時不知該如何是好。

清穆上君經受了九天玄雷，遲早會晉為上神，成為天地之中的至尊存在，怎麼會在天后壽宴之日做出這種傻事來！

白光驟現，巨大的開天斧自天帝手中而出，朝清穆劈去。排山倒海的威壓襲來，清穆眸色一暗，化為數道身影迎上前去。以他如今的實力，要戰勝天帝根本不可能，更何況還有一個同樣擁有上神之力的天后還沒出現，所以他只能選擇這種方式，利用金光幻影突襲出去。

「螢蟲之光，也敢相爭皓月！」

冷哼一聲，無數把開天斧應聲而現，擋在了清穆化作的虛影前，居然毫無破綻。

清穆面色微變，眼底顯出一抹凝重，天帝根本就是全力以赴，絲毫沒有手軟的打算。他嘆了口氣，幻影重新重合在一起，金光之下，炙陽槍擋在劈來的開天斧面前。清穆瞬間加快速度，竟是絲毫不在意背後的安危，徑直朝天門而去。

望了一眼朝天門外衝去的清穆，天帝眼一沉，手一揮，一道玄光劈下，直直地落在了他身上。看著那青色人影頓了頓，卻不肯停下來，天帝怒火漸起，最後一絲耐性被磨光，手心處靈力驟現，純粹的白色靈光開始在空中聚集，晴日雷鳴。一時間整個天門都似暗了下來，巨大的擎天巨掌出現在天際，朝清穆拍去……

天門近在眼前，背後凌厲的掌風襲來，清穆抿了抿唇，執拗地朝前飛。

連九天玄雷都扛過來了，他就不相信這次逃不出去。

「嗷……」

巨掌降下之際，一條金龍突然出現在空中，生生地接下了這一掌，然後又和炙陽槍對峙的開天斧纏鬥在了一起，擋在了天帝面前。

望著空中匪夷所思的一幕，眾人眨了眨眼，似是不能相信。

三界中除了天帝外，唯一的一條金龍，便是天后所出的景昭公主。

「景昭，妳竟敢幫他！難道妳不知道清穆奪聚靈珠、毀玄天殿、犯我天規嗎？」

炙陽槍突然回到手裡，意識到不對勁，本已逃出的清穆回轉頭，聽見天帝口中的怒言，愣愣地看向擋在天帝面前的金龍，停了下來，懷中的聚靈珠也似乎在這一刻變得灼熱滾燙起來。

巨大的金龍懸浮在天際，身上龍鱗翻飛，傷口處血痕累累，她望向天帝，金色的大眼裡滿是懇求，然後回轉頭看向清穆。

「還不快走，我不知道你要聚靈珠幹什麼，但是如果你走不了，闖天宮奪寶又有什麼用？父皇向來疼我，他不會怪罪於我的！」

急怒聲從金龍嘴裡吐出，清穆頭一次在那雙眼睛裡看到除了愛戀和擔憂，還有一抹決不放棄的執著。

他神情複雜，長吐一口氣，收起炙陽槍，朝景昭道：「景昭公主，今日之恩，清穆日後定報。」話音落定，他深深地朝天際看了一眼，身形一動，朝妖界的方向飛去。

「父皇，請您手下留情。」金龍回轉頭，緩緩開口，在開天斧下的巨大身軀又被逼退了少許，聲音低落。

到最後，他還是只願意稱她一聲「景昭公主」。

「妳簡直執迷不悟！」天帝一甩長袖，看清穆消失在天門處，神情冷凝，怒道：「景昭，妳身為公主，卻為一己之私不顧天規，這數萬年我就是如此教妳的嗎？」

望著景昭，天帝眼底滿是失望和痛惜，最後一擺手，眼底的情緒盡數消失，化成了冰封一般的毅然。隨後，天帝恢宏的聲音傳遍天際——

「公主景昭，助上君清穆出逃天宮，自今日起，削上君之位，禁押鎖仙塔萬年。」

「暮光，不要！」幾道人影自遠處飛來，落在了天帝身邊。天后的目光落在傷痕累累的景昭身上，眼底滿是心疼，急道：「昭兒，還不快向妳父皇請罪！」

景陽和景澗亦是擔心地望著她，卻說不出話來，他們從來沒有想到景昭竟然會有這麼大的膽量來對抗天帝。

景昭金色的眼睛眨了眨，並未化成人形，龍身微彎，低下頭道：「兒臣罪犯天規，甘願受罰。」

見景昭甘願領罰，天帝眼底多了些許意外，盛怒的面色稍稍回暖。但他仍是一揮手，無視天后懇求的眼神道：「既然如此，妳且去吧。」

話音剛落，天宮深處的鎖仙塔出現在天門之上，化為丈高，泛著幽冷光澤，將傷痕累累的金龍完全籠罩其中。

光幕下，巨大的龍身漸漸縮小。她朝天帝、天后看了一眼，眼底猶帶不捨，「父皇母后，景昭不孝，兩位兄長……保重。」

天后眼眶微紅，狠狠轉過了身，不去看她。天帝仍是一片冷色，拳頭微緊，手一揮，金龍被收入鎖仙塔。鎖仙塔在空中打了個旋，然後朝天宮深處飛去，落入一片蒼茫之中。

天門處冷凝之氣緩緩蔓延。感覺到天帝、天后的震怒，眾仙噤聲低頭，心中暗嘆，一場好好的壽宴，卻以聚靈珠被搶、玄天殿被毀、景昭公主被押而收場，這次恐怕就算是古君上神求情，天帝也不會輕易收手了。

「四大天君何在？」威嚴的聲音自天帝口中吐出，他緩緩掃過天門下聚集的一眾仙君，神情莫測。

「臣在。」司掌風火雷電的四大上君聽見天帝點將，毫不猶豫地走出來，跪倒受命。

「你四人點齊兵將，隨本帝一起捉拿上君清穆。」話音落定，天帝一馬當先，朝清穆消失的方向飛去。天后、景陽頓了頓，跟隨在天帝身後。景澗神色複雜，望了一眼鎖仙塔消失的地方，重重地嘆了口氣。

清穆並沒有搶聚靈珠的理由，除非……為了後池，那鳳染會不會也被牽扯其中？想到這裡，他神情一僵，飛快地朝天帝、天后消失的方向追去。

「天帝敕令，三軍歸位！捉拿上君清穆！」

四大天君站起身，對著天際頒下律令，眨眼間，數萬天兵出現在空中。

銀白盔甲，火紅瓔珞，冷硬長戟，肅殺的氣息緩緩在天門之前泛開。

呼嘯一聲，四大天君各執一軍，朝著天帝的方向而去。

遮天蔽日的仙雲，萬年未動的仙界大軍，泛著冰冷的色澤，在仙界通向妖界的上空，化成濃墨肅殺的死神鐮刀，似要收割即將消失的生命。

第二十四章　自罰

擎天柱下，從人間趕來的後池，遠遠見到兩道熟悉的人影朝這邊飛速逃竄，狐疑地迎上前去，待看清了兩人的面容，不由得一震，心底生出不安的感覺來。

「鳳染，妳和常沁怎會在此？」後池急問。她們明顯是被追趕，難道鳳染去妖界盜了聚妖幡？

一物從鳳染手中拋出，落在後池手上。赤紅的聚妖幡刺痛了後池的眼，她停了下來，眉頭微皺，眼底寫滿不贊同。

「鳳染，妳不該管這件事，更不該把常沁捲進來。」

「後池，憑妳一人之力，根本不能同時拿出聚妖幡和聚靈珠。我知道柏玄出了事，當年清池宮裡他對我有恩，我不會置之不理。」鳳染拉著常沁從空中降下，落在擎天柱邊。

「後池上神，我們相識一場，妳這個小神君該不會是不想和我這個妖族中人結交吧？」常沁揚了揚眉，英武大器的容顏上帶著一抹調笑。

這一聲將周圍冷凝的空氣吹散，後池眉角微展，將聚妖幡收入袖中，朝常沁道：「常沁妖君善戰之名天下皆知，後池素來拜服，今日得妳相助，實乃幸事。」

她說得極為鄭重，常沁愣了愣，但笑不語。

「鳳染，清穆是不是去了仙界？」後池回望向鳳染的眼底多了一份篤定。既然鳳染會去妖界盜聚妖幡，那清穆的行蹤幾乎是不問自明。她早該想到，她奪寶的行為是瞞不過這二人的。

「沒錯，清穆去了天宮，我們約好了在擎天柱下碰面，按道理他也快來了。後池，等會兒清穆一到，你們就和常沁離開。回清池宮也好，瞭望山也罷，今後百年，這件事平息下來之前，都不要再出來了。」

「妳呢？」聽出了鳳染話中的意思，常沁搖頭道：「鳳染，妳一個人擔不住的。」

「我一個人……足矣。」鳳染張嘴，神情堅毅，「當初老傢伙丟的命，我也該收回來了。」望向天宮的方向，鳳染妖冶的面容上現出一抹決絕來。

恢宏壯麗的擎天柱下，三人的身影顯得格外渺小。看著鳳染，後池突然放鬆了下來，笑了笑，朝擎天柱走去，讓二人皆是一愣。

少女清麗的面容下，如墨般深沉的瞳孔蕩起一圈圈漣漪，竟讓人一時琢磨不透。

「恐怕不只妳是這麼打算的吧？」輕嘆一聲，後池靠在擎天柱下，唇角微挑，「若是我猜得不錯，清穆一定也是這麼想的。」

「後池，妳……」鳳染一愣，自從出了清池宮，她已經很久沒有看見後池這樣一副雲淡風輕的樣子了。

「鳳染，這件事，妳擔不住，清穆也一樣。而且，妳也好，清穆也罷，我都不希望因我的任性而讓你們出事。這是我的責任，必須由我來解決。」

清越的聲音緩緩響起，後池抬手，落在了擎天柱身上，面色沉寂。

「聚妖幡、聚靈珠乃妖皇和天帝掌控一界的印璽，我如今搶來，等於是質疑他們統御一方的資格。無論緣由為何，為了妖界、仙界的安穩，他們都不可能將此事輕易放下。」

她身子動了動，似是調整了一個舒服的姿勢，後池斂下眉，手輕輕敲打在身後的擎天柱上，唇角微抿，「更何況清池宮雖不問世事，卻是三界中的一股隱形力量。仙妖兩界大戰一觸即發，

不論父神偏頗哪一方，都會影響大局。清穆渡過九天玄雷，遲早會晉為上神。他們不會坐視清池宮繼續壯大，出現第三位上神。我並無上神之靈力，卻居上神之位，父神當初在昆侖山的執意而為，想必他們這數萬年來心中也不痛快。」

後池侃侃而談，鳳染卻驚異於她話語中的清醒和通透，嘴張了張，沒有接話。

清池宮中不問世事的小神君，鳳染以為她什麼都沒有想過，一直都只是率性而為。卻不想，她只是……難得糊塗而已。

「鳳染，這些我都懂。我這次奪了聚靈珠和聚妖幡，等於是給了他們發難的藉口，仙妖兩界之主的責難，你們扛不起。就算是父神，這次也不能將他們等閒視之。」

後池望向仙界的方向，微瞇眼，神情悠遠坦然，「所以，無論等一會兒發生什麼事，妳都不要插手。」

似是後池的神情太過淡然，鳳染心底微微不安，手心竟沁出了冷汗。

常沁站在鳳染身旁，拍了拍她的肩，對她搖搖頭，示意她不用太擔心。後池平日看著無法無天，可既然走到了這一步，就一定有解決的方法才是。

擎天柱下，一身玄服的後池靜靜站立，如雪的肌膚透出不正常的紅暈，墨黑的雙瞳印照著蒼茫萬世中的亙古天地，整個人生出了荒涼的感覺來。

鳳染怔怔地看著她，眼神掃到了擎天柱最上端的部分，神情陡然一變——什麼時候，在三界上神的上面，那片墨黑的無名之處竟隱隱透出了些許金光。

還來不及深想，森冷的妖風自妖界中席捲而來，一身深紫長袍的妖皇沉著臉從妖界中飛出，在他身後，殺氣凜然的妖君瞬間將妖界入口處擠滿。

見到三人施施然站在擎天柱下，妖皇明顯一愣，滿身的煞氣稍稍一緩，望向鳳染，沉聲道：

「鳳染，聚妖幡乃本皇執掌妖界的信物！若妳歸還，本皇或可看在古君上神的份上，散妳一重仙力即可。至於妳……」

妖皇看向常沁，眼底透出毫不掩飾的失望，「常沁，妳是妖狐一族的繼承人，本皇不便插手懲罰。待回妖界後，交由妖狐一族的長老發落。」

「陛下，常沁自知有罪，甘願領罰，但可否……」

她話音未落，妖皇便神色一凜，怒道：「鳳染盜我妖界至寶，難道妳還要為她求情不成？」

見妖皇呵斥常沁，鳳染眉頭緊皺，正欲說話，後池卻擺了擺手，雙眼微瞇，淡淡道：「妖皇，聚妖幡是本君讓鳳染去拿的，這件事與她們兩人無關。」

清冷的聲音似是透著主人的漫不經心，妖皇眼中極快地劃過一抹不快，但到底還是顧及著後池的身分，微一拱手，沉聲道：「後池上神，即便妳位極三界，可也不能對我妖界至寶說拿就拿！更何況清池宮素來不介入仙妖兩界之爭，難道如今妳要破例不成？」

他話說著，聲音裡便帶出了些許冷意來，古君疼後池是不假，可是後池的靈力根本不足以問鼎上神之位，更何況……擎天柱上鍥刻上神之名的位置，從來就沒有後池的名字。

按捺不住了嗎？壓下眼底淡淡的嘲諷，後池微一仰頭，朝天宮的方向望去，輕聲道：「妖皇，等一會兒，本君自然會給你一個交代。至於聚妖幡，本君借用百年，百年後定當歸還。」

百年？妖皇神色一凜，正欲說話，突然感覺到一道青影朝這邊飛來。青影周身上下夾著淡淡的金光，看上去甚是狼狽。

清穆遠遠地便看見後池三人和妖皇的對峙，微一斂神，停下來落在了後池身邊。迎上後池擔憂的神色，他擦了擦嘴邊溢出的鮮血，笑道：「不妨事，一點小傷。」

清穆出現得莫名其妙，一時間倒讓妖皇有些錯愕，尤其是清穆身上的金光竟然讓他有些許的

壓迫之感。妖皇不由得暗生警惕，望向清穆的眼中多了一抹凝重。

不愧是經受了九天玄雷的上君，只是……他怎麼會如此狼狽？

「清穆，是不是天帝發現了？」看著清穆身上的傷，後池眸色微暗，輕聲道。

清穆點點頭，還未說話，鳳染便咋咋呼呼地問：「那你是怎麼逃出來？難道天帝手下留情了？」

清穆面色一頓，遲疑了一下才嘆然道：「是景昭救了我。」

此話一出，一旁的三人俱是怔了怔，鳳染撇了撇嘴，沒有說話。後池眼底飛快地掠過一抹複雜之色，但隨後釋然道：「你平安就好，日後再謝她不遲。」

清穆點頭，將懷中的聚靈珠拿出來放在後池手上，笑了笑，「還好，我……幸不辱命。」

妖皇一時好奇，朝兩人凝神看去，待看清了後池手中的東西，不由得倒吸一口氣，失聲低呼：「聚靈珠……」

她居然將這件東西也弄了出來，聚靈珠乃玄天殿支柱，還是天帝的印璽，後池……也太大膽了！同時得罪仙妖兩界，她到底要幹什麼？

乳白色的聚靈珠散發著淡淡的色澤，後池拿在手裡，心底發熱。但瞬間她便恢復了常態，看向清穆，目光灼灼，「清穆，你不怪我？」

清穆定定地看著她，神情是一如既往的溫潤平和。

見他不說話，後池走上前一步，站在他一步之遠的地方，定聲道：「我奪聚靈珠、鎮魂塔、聚妖幡，罔顧父神的意願……你當真不怪我？」

聽見後池的質問，一旁的妖皇卻有一種全身石化的感覺：聚靈珠、鎮魂塔、聚妖幡……她還真敢說！突然想起這三件東西放在一起的效用，妖皇心神一凜，暗道，難道後池是想要復活什麼人不成？

傳言只有靈魂飄散於三界，無法回歸本體的人才需要這三物同時煉化。難道是為了他們當初來妖界尋找的人？只是，到底是誰，竟然能讓後池做出這種驚天動地的事來？

「鎮魂塔失，人間可好？」似是絲毫未曾在意妖皇投過來的眼神，清穆看向後池，輕輕開口。

「碧璽上君答應替我守人間百年。」

「妖界若失聚妖幡，會如何？」

「妖界由兩大種族支撐，只要妖狐一族不亂，憑妖皇的威望，聚妖幡可有可無。」

「仙界沒了聚靈珠呢？」

「天帝、天后位居上神，他們的地位無可爭議。聚靈珠如今只有印璽之用，威脅不到仙界根本。」

「後池，既然如此，那我為何還要怪妳？」清穆眨了眨眼，神情一派從容。

「可我壞了三界鐵律，為了柏玄讓你和鳳染為我的任性奔波……」

「如果妳不這麼做，妳就不是後池了，既然三寶都已經到手……」清穆壓低了聲音，靠向後池道：「妳和鳳染快回清池宮救柏玄，古君上神能護住妳。」

果然是這樣，他從頭到尾都準備一力承擔。

後池未動，輕輕闔住眼，握著聚靈珠的指尖微微泛白。片刻後，一聲輕笑響起。

「清穆，人活一世，確實能逍遙肆意最好，可是我闖出來的禍，絕不會讓你和鳳染來承擔，這……是我後池的原則。」

少女墨黑的瞳色能清晰地印出自己的模樣，滿是堅持和倔強。清穆在聽到「原則」這兩個字時，心底卻陡然生出了煩悶的感覺來，就像他極不喜歡後池說出這個辭一般。

「後池，妳……」

他話還未完，略帶冷硬的聲音響徹天際，帶著毫不掩飾的怒意。

「後池，原來清穆闖天宮奪聚靈珠是為了妳！本帝還在想他為何如此大膽！」天帝魁梧的身影出現在空中，眼底隱含失望，「妳位居上神，本應福澤三界，如今怎可為了一己之私讓三界動蕩？」頓了頓，天帝還是緩了語氣道：「交還三寶，本帝不會重罰於妳。」

天后、景陽、景澗沉默地出現在天帝身後，三人身上都帶著些許沉寂，竟破天荒地沒有開口。

隨著天帝的出現，他身後黑壓壓的仙將如潮水般湧來。銀白的盔甲折射出冰冷的色澤，肅殺的氛圍在擎天柱下緩緩蔓延。

看著這麼一番場景，妖皇暗自咋舌，這回天帝不僅親自出馬，竟然連仙界最善戰的天將也一起帶來示威，看來是真的動怒了……也難怪，聚靈珠和玄天殿都是他掌管一界的象徵，如今一個被盜，一個灰飛煙滅，他能坐得住才是件奇事！

「天帝，聚靈珠、鎮魂塔、聚妖幡，我要相借百年。」後池淡淡道，迎上前去。單薄的身影在數萬大軍殺氣的壓制下毫不後退，如墨般深沉的長袍迎風而展，竟有種動人心魄的沉然。

「後池，不要任性！擾亂三界，就算是古君護著妳，妳也不能全身而退。」見後池執意如此，天帝神色漸冷，怒聲道。

「我從來沒想過要父神來替我承擔，自然是一人做事一人當。」後池突然笑了笑，對著虛無的天際揚了揚眉道：「老頭子，你說是不是？」

她聲音清越，望向天際的眼中有種肆無忌憚的張揚和從容，眾人一愣，朝後池抬眼的方向望去。

半空中，擎天柱邊，身著灰袍的老者現出身形，面色凝重地望著下方，神情莫名。

「老頭子，你說過，這天地間，我可以不敬蒼天，不信鬼神，不履上神之責，只管任性而為，逍遙一世便成，對不對？」後池仍是言笑晏晏，似是想起當年她尚年幼之時、古君離宮時蹲在門口對她說的話，眼底泛起淡淡的追憶和悵然。

這是什麼話？哪怕是再疼愛子女的父親，也不敢說出這種無法無天的話來！可面前這人，卻偏偏是古君上神，威臨三界的至強者。

眾人被噎了口氣，一下子回不過神來，只得愣愣地看著這對父女。

「沒錯，後池，無論什麼事，父神都會替妳承擔。」古君在空中虛跨一步，正好站在天帝和妖皇的中間，保護後池的強硬態度不言而喻。

天帝和妖皇皆是面色一僵，皺著眉對望了一眼，破天荒地竟產生了某種默契來，正準備說話，卻被一道略帶執拗的聲音打斷。

後池向前走了一步，正好脫離古君上神的保護圈，低頭斂眉，聲音微弱，「老頭子，不可能的……」

古君一愣，看著微微低頭的後池，蒼老的面容竟現出些許不知所措來。

「從你在昆侖山上為我爭得上神之位起，就不可能了。我既享上神之尊，受世間尊崇，又豈能不履上神之責。」淡淡地嘆了口氣，後池兀然抬頭，眼中盛光卓然，「況且我長於清池宮，絕不會讓清池宮成為三界中的笑柄。老頭子，我要你答應我，無論我做出什麼樣的決定，你都不能干涉。」

幾乎是一瞬間，一身玄袍的少女滿身上下竟有種衝破世間的凜冽豪氣，昂立天地中似是無可摧毀。

看到這樣的後池，古君上神神情恍然，似是陷入了一種極為悠久的回憶中。半晌後，才在一

片寂靜中點頭，輕聲道：「好，後池，我答應妳。」

古君上神話音落地，後池升向空中，立於擎天柱旁，站在古君上神前，正好和天地、妖皇平視。

清風下，及腰的黑髮隨風飛舞。後池朝他二人看去，鄭重道：「天帝、妖皇，我說過會給你們一個交代。」

她雙眼微抬，望向擎天柱上刻有上神之名的地方，神情莫測。這萬年來，無論她多努力，這個地方始終都沒有她的名字，她從來沒有被天地法規真正承認過。她空有上神之名，卻沒有能駕馭這份盛名的實力……父神雖想給她天地間的至尊身分，可卻從來不曾想過，她也許……根本要不起！

「上神後池，盜聚靈珠、鎮魂塔、聚妖幡，動蕩三界，罪無可恕。今自請削去上神之位，以息眾怒，維三界法規之重！」

清穆、鳳染聽見此話，面色大變，後池這是要一力承擔！他們剛欲阻止，卻被一道深厚的靈力絆住。古君朝他們輕輕搖了搖頭，渾濁的眼底看不清情緒。

天帝和妖皇同是一怔，上神之位何等重要，想不到後池竟然會甘願放棄！

當年昆侖山上，雖說只是古君上神一句話，但後池的上神之位到底也得了三界的肯定，如今想不到她如此輕輕鬆鬆便交了出來。

「上君後池，挑釁天帝、妖皇界主之威，致使兩界不穩，觸犯天條，甘願削去上君之位，以維三界法規之重！」

後池此話一出，眾人臉上的強自鎮定蕩然無存，就連上君也削去了……

古君上神背在身後的手猛地握緊，渾濁的眼神漸漸變得清明。

後池，若妳擁有威臨三界的實力，根本不必對著這三界眾生低頭。

當所有人都以為已經結束的時候，空中的玄袍少女卻突然望向雲海之下的地方。神情決絕漠然，墨黑的眼瞳猶如無盡的旋渦一般深沉濃烈。

「下君後池，為一己之私煉化三寶，難容於三界，願放逐無名之世百年，以維三界法規之重！」鏗鏘有力的話語響徹天際，淡漠冷傲，就好像一切懲罰加於其身也不過如此而已。

古君、鳳染和清穆似是想到了什麼，神情微變，卻沒有出聲阻止。

應該說，他們已經來不及阻止了……為了將他們從這件事中完全撇開，後池選擇了最決絕、同樣也是最有效的辦法。

死一般的安靜籠罩，就連天帝和天后也微微發愣。無名之世存在於虛無空間中，就連上神也不敢輕易進入，唯恐被捲入時空亂流，自此迷失。自我放逐無名之世，若是回不來，恐怕就真的是回不來了。

不對，為什麼是百年？天帝心神微凜，暗道不好，一道銀光已經劃破天際，籠罩在垂首站立的後池身上。

從後池手腕上的石鍊中釋放出來的銀色靈力，將混沌黯然的仙妖交界處點亮，一座水晶冰棺自人間而來，衝破九重雲海，落在擎天柱前。

棺中之人面色淡然，容顏俊逸，雙眼緊闔，遺世獨立。

鎮魂塔化為數丈之高，燃起碧綠色的焰火，將冰棺籠罩其中，聚靈珠和聚妖幡從後池掌心脫落，落入塔中，紅、白之光交錯，煉化的力量劃破天際，直沖雲霄。

那束銀色靈光照耀下，天帝竟然難以靠近後池周身數尺之處，只能眼睜睜地看著她將三寶連同那冰棺中人一起煉化。

巨大的防禦銀光耗光了後池的靈力，她面色蒼白，不再去看天帝和妖皇，轉身朝古君下拜道：「父神，後池不孝，辜負父神好意，甘願放逐無名之世百年，父神保重。」古君上神當初頂著三界的不滿為她爭了上神之位，如今卻被她輕易放棄……

「不必多說！」古君擺擺手，掩下了眼底的疼惜，長笑道：「後池，父神等妳回來。」

後池頷首，回轉身，對鳳染道：「鳳染，我父神和清池宮就拜託妳了。」

鳳染鄭重地點點頭，將心底的擔憂壓下，朗聲道：「放心，我會把老頭子養得白白胖胖的！拿著……它陪著妳會更好。」鳳染手腕一動，一枚蛋被拋了出來。

後池接住，微微一怔，隨即了然，點了點頭。

沒有人發現天后在看到那枚蛋時，眼底一閃而過的狐疑和震驚……

一身藏青長袍的青年同樣面色蒼白，但一雙眼卻格外精神。他站在擎天柱下，待後池轉過頭來時輕輕一笑，面容溫和，神情煥然。

「清穆……」

「我在這裡等妳，百年並不長久。」

「百年之後呢？」

「等我擁有掌控三界的實力，我會接妳回來。」

「然後呢？」

黑髮少女言笑晏晏，靜靜地聽著青年的話，唇角微勾，彷彿世間便再也沒有了什麼困難一般。

「我們成親。」

青年微微仰頭，身上流轉的金色靈力更加濃郁，竟恍惚在一瞬間有壓過天帝和古君上神的神祕悠遠之感。

「好。」

話音落定，再也沒有多說一個字。後池手一揮，銀色的靈力朝擎天柱後的虛無空間劈去，人身大小的黑洞出現在眾人眼前。黑暗森冷，彷彿能吞噬一切。

後池握著鎮魂塔，轉身朝黑洞飛去，決絕坦然。

恢宏的擎天柱，冰冷的仙界大軍，位極三界的上神……彷彿在這一刻，都淪為了天地間那一襲玄袍的背景。

轟然巨響，黑洞吞沒了那襲身影，日月星辰重新閃耀在天空。

擎天柱下，三界沉寂。

自此一事，上神後池，自削神位，放逐天際。

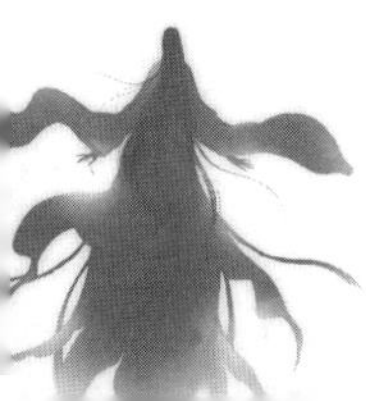

第二十五章　百年

天佑大陸，蠻荒之地。

一座孤山被掩藏在十萬沼澤裡。茫茫霧瘴下，唯此山周圍數里之處芳草繁盛，綠蔭繚繞，生機勃勃。

山頂上錯落有致地蓋著幾間竹坊。明明是極冷的寒冬，但一山楓葉卻豔紅如火，仿若臨至仙境。竹坊之間的院落裡，一團碧綠色的不明物體正哼哼唧唧地翻弄著爪子中泛著光的蛋，大大的眼睛裡滿是護犢子的稀罕。

見青衣女子從竹坊裡走出，牠忙不迭地把蛋藏在身後，碧綠色的眼睛眨了眨，脆生生的聲音便出來了，「後池仙君，這都一年了，裡面燒著的那個還是沒動靜？」

布衣木釵，長髮隨意綰起，走出來的女子身上少了當初傲視眾神的煞氣和張揚，多了一抹沉靜和內斂。聽見碧波的話，她眉一揚，朝牠身後看去，慢悠悠道：「這才一年，你急什麼？把蛋給我，到灌注靈力的時間了。」

碧波老不情願地把蛋交出，飛在後池身邊打轉，一雙大眼眨都不眨地盯著後池手上的蛋。

「好了，我還能吃了它不成！」對碧波的小心，後池簡直哭笑不得，隨手把牠揮走，朝竹坊裡走去。

「後池仙君，昨日那幾個凡人又闖進山裡了。我化作人形，費了好大勁才把他們弄出去。領頭的那個說我們目無王法，霸了這座山！」碧波嘰嘰喳喳地叫住後池，想起昨日那衣著光鮮的幾人，臉皺成了一團。

這十萬沼澤中，遍草不生，荒蕪至極，偏生後池無意間被時空亂流送到了這裡。她懶得動，就直接在這裡隱居。哪知這無名的凡間靈力極少，後池只是住在這一年，三寶和後池周身的靈力讓這座山變了個模樣，這才引來了凡人的注目和驚嘆。

「目無王法，這話倒說得對。來就來吧，不過是一些凡人，你把他們再送出去就是了。」後池滿不在乎，無視碧波眼底的糾結。

「後池仙君，妳既然用陣法隔絕了凡人進入，怎麼不乾脆把靈氣束縛在這裡。這樣外面就不會再變化，自然就沒有人會來了。」碧波搖搖腦袋，短短的四肢在空中劃拉了幾下，脆生生問道。

「這片空間靈氣微弱，十萬沼澤更是荒蕪毒瘴之地。我既然有緣來此，不如造個福緣，我不束縛靈氣外溢，百年時間，這塊大陸有什麼造化，就看天意了。」後池眼神微閃，似是想起了那因她之故失了鎮魂塔的人間，輕嘆一聲，緩緩道。

碧波見後池朝竹屋裡走，眼珠子轉了轉，飛上了前，「後池仙君，昨日那人問了，既然我們占山為王，這山總該有個名字，主人家也該有個稱呼吧！」

頓了頓，後池略一凝神，回轉頭，「既然隱居於此，此山便稱『隱山』，我的名字……」她低頭朝腕間的墨色石鍊看了看，「墨閒君。」

「墨閒君，墨閒君……」碧波默唸了兩遍，揮舞著透明的小翅膀朝山腳下飛去，「本仙君得掛面大旗，想個名號出來，免得那些凡人再闖進來。」

聽見外面尖細的嘀咕聲，後池搖了搖頭，失笑著朝裡頭走去。

被時空亂流送到這片空間已經一年了，只是沒想到碧波居然會跟著到了這裡。水凝神獸傳自

上古，擁有治療奇效，儘管未曾見過，但她還是一眼就認了出來，知道牠是碧璽上君所派後便也聽之任之了。畢竟在這片空間裡，她也需要有個陪伴，儘管……碧波只是一隻神獸。

只是……後池低頭望了望手中的蛋，小傢伙是不是對這顆蛋太過不一般？不知道的，還以為是牠生的！

竹坊中鎮魂塔仍然燃燒著碧綠色的火焰，冰棺中的人依舊神態安詳，雙眼緊閉，但卻停止了消逝。後池欣慰地看著這一幕，緩緩撫摸著手中的蛋，低頭，唇角微勾。

清穆，你看，終究還不是太壞。百年很快就過去了，等我回去。

十萬沼澤，隱山腳下，幾頂帳篷被悄然豎了起來，看那材質，是絕對的金碧輝煌，奢侈招搖。

隨行的護衛統領看著自家小郡王拿著一本破舊的紙書唸唸有辭，躬身上前道：「小王爺，帳篷已經搭好了，您今日還要上山？林先生說了這大山深處有野獸出沒，極是危險，您還是回去吧！若是讓王爺知道您來了這裡，末將怕是擔待不起……」

「文軒……」不過十四、五歲的少年，卻生了一雙古靈精怪的眼，圓溜溜的眼睛眨了眨，朝身後的護衛統領擺擺手，「這山裡必有古怪，你看……」他朝周圍指了指，「除了這裡，四周皆是荒野，想必裡面的主人必定不凡。昨日那童子一眨眼就把我們給送了出來，不就是最好的證明。我尋遍了天佑大陸，才在此處有些發現，你可別掃我的興。」

「小王爺，仙人傳說不過是些民間說法，又豈能當真？」文軒遲疑道。雖說昨日的確有些古怪，可讓他相信這世上真有仙人，也確實困難。

「我日日在這裡守著，他總會有見我的一日。『誠心』，懂不懂？」少年搖頭晃腦，「我百里秦川可不會這麼容易就放棄！」

文軒見自家小王爺一臉堅定，暗暗嘆了口氣，自去指揮手下將士多尋些乾柴和食物來。

西北百里一族，掌邊疆軍權，世襲異姓王，頗受聖眷。只可惜王爺四十上下喜得的幼子卻愛好尋仙訪古，數月前自進了這十萬沼澤後，便說什麼也不願意出去了。眼看王爺壽誕在即，他們若是還不歸去，恐怕……

翩翩少年郎還在信誓旦旦地做著成仙夢，望著數丈之外仿若仙境的隱山，嘴角笑容憨厚真摯。

但他卻不知，這世間，的確緣也分也。他機緣巧合走進這大山，在將來的某一日，隱山會在他手裡開闢出左右天佑大陸山河的聖權；而數千年之後，他百里一族的後人會和一個名喚「墨寧淵」的女子策馬山河，共創盛世。

彼時楓葉正紅，十萬沼澤皆為隱山所屬，名動天下，但那創始之人，卻早已無蹤。當然，這是後話。

清池宮。

鳳染坐在大殿裡聽著長闕回稟仙妖二界的動靜，神態認真，絲毫不見以前的懶散。血紅的長髮被端正地束在頭上，額間佩著一塊血玉，隱隱可見赤紅的煞氣。

雖然已有一年，但長闕似是還未習慣鳳染如此正經的模樣，見到她時老是愣神。

聽見聲音又停了下來，鳳染睇眼抬頭，手在案椅上敲了敲，聲音威嚴，「長闕，這麼說，仙妖兩界都沒有任何動靜？」

被這聲音一震，長闕急忙回神，點頭道：「自從清穆上君坐鎮擎天柱後，別說異動，就連平常的小摩擦也沒有了。」

鳳染嘴角微動，微微闔眼。後池被逼自削神位，放逐天際，天帝和妖皇明知道古君上神大怒，又怎會在這種時候犯他的忌諱？這兩界恐怕百年之內都不會再興兵災了。

但是，除非後池平安回來，否則清池宮這頭蟄伏的猛獸會讓兩界之主寢食難安。

「老頭子去哪兒了？」

聽見鳳染的稱呼，長闕嘴角一抽。自從小神君離去後，鳳染上君完全繼承了這一稱呼，這也太不成體統了。但他也只是想想，有鳳染上君在，古君上神好歹也會多點笑容。

「上神在後山閉關，說是這幾年兩界都翻不起浪來，不要再打擾他。」

「他倒是看得透徹……」鳳染笑了笑，站起身，「也罷，清池宮交給你，我出去幾日。」

「上君可是要去擎天柱？」長闕抬頭問道，話一出口，見鳳染神情微凝，便知道說錯了話，低下頭不再出聲。

「沒錯。」輕嘆聲傳來，似是帶了些悵然，「他聚天地靈氣修煉，這般速度古往今來都極少，更是危險至極。哎，我真怕他太過逼自己，反而會適得其反……」

鳳染話未說完，長闕卻明白她的意思。擎天柱位於仙妖交界之處，所盛靈氣也混亂複雜。清穆上君選擇匯天地靈氣修煉，也就是說同時吸納了仙妖之力，日後恐怕會有成魔的危險。

鳳染身形一動，消失在大殿，卻無人看到，一道縹緲的靈光突然出現在清池宮後山。

仿若隔了一個世界般，後山霜葉盡枯，蒼涼孤寂。古君上神獨坐樹下，雙眼微闔，手放在膝上，聽見腳踩落葉的聲音微微睜眼，看到來人，眉頭皺了起來。

「蕪浣，妳不該來這。」

冷漠的聲音冰冷澈骨，天后眉一揚，眼裡劃過暗光，「古君，你何必如此不客氣？後池失了神位乃是她咎由自取，怨不得別人。她放逐天際是不假，可我的景昭同樣被關在鎖仙塔中萬年，難道就只有你有發脾氣的資格不成！」

景昭之事古君略有所聞，倒也的確是受了後池和清穆的牽連，不好與她爭辯下去，古君淡淡道：「妳來這裡是為了何事？」

天后頓了頓，沉吟了片刻，才在古君狐疑的眼神下開口：「後池被放逐天際的那日，手中所握之蛋，可是當初清穆在青龍臺上受的九天玄雷之力所化？」

古君神情微動，掩下了眼底的波動，「妳既然親自前來，應該是已經查明了那顆蛋的底細，有什麼好問的。」

一年之前發現的事，到現在才來問，以蕪浣的性格，必然已經查清楚了。

天后挑了挑眉道：「那顆蛋上有清穆和後池的氣息，想必是以他們的精血為生，本源之力供養。本后只是沒想到，區區兩個仙君而已，竟然能衍生出這種光靠精魂便能出世的天地間至強之物來。你應該清楚，這天下間，也曾經有過一位……」上古真神便是如此誕生的，凡是上古之時遺留的神祇都不可能不知道。

見古君不吭聲，天后頓了頓，似是心底最深的回憶被觸動，眼底泛起不屑，「清穆也就罷了，他好歹經受了九天玄雷，百年後自會晉為上神。可是後池，不過一仙君爾，她何德何能……」

話說到一半，天后走上前幾步，素白的長袍拂過地面。她停在古君面前，俯視著他蒼老的容顏，突然蹲了下來，定定地望著他。

「古君，你說得沒錯，我是弄清楚了後池手中那顆蛋的底細。可是數萬年過去了，你始終沒有告訴我，後池從何而來。如今，你是不是該給我一個交代？」

她聲音柔軟，竟帶了幾分懇求。

古君上神眼底蒼然一片，似是未聽到天后的低聲懇求，漠然道：「蕪浣，這與妳無關。」

「與我無關？與我無關……」眼底的自嘲遮都遮不住，天后肅著眉，嘴角上揚，「你為了她奔波千年，將我留在清池宮棄若敝屣，為了她在昆侖山上毀我成親之禮，為了她不惜和暮光為敵、讓我女兒被鎖萬年，甚至為了她甘願化成蒼老容顏……到如今你說與我無關？」

天后站起身，聲音似是冷到了極致，竟生出了凜冽肅殺的氣息來，「古君，你當真以為我便這麼好欺負不成？」

「蕪浣上神相伴上古真神數萬年，上古界中，億萬神祇，有誰不對妳傾心愛慕？對我，妳不過是不甘心而已。」古君淡漠地看著她，到最後，只剩下一聲嘆息，「蕪浣，妳終究不是真神，何必拘泥於過往？暮光真心待妳，妳應當珍惜。」

輕飄飄一句話，卻讓天后勃然變色。她冷冷地看著古君，良久後才冷哼一聲道：「我遲早會查出後池的來歷。我倒要看看，她究竟是誰！你說得沒錯，我確實比不過上古，可是……她終究是死了，現在縱橫三界的，是我蕪浣！」

話音落定，不顧古君周身陡然泛起的殺機。她憤憤地一拂長袖，消失在了古君上神面前。

蕪浣的性格說到做到，若是她知道後池的身分，絕對會……

古君抬眼望向蒼茫天際，薄唇微抿，渾濁的眼底竟現出了不符合他蒼老面容的凜冽光華來。我不會給妳這個機會的。這三界眾生，我都不會再給任何人可以折辱她的機會，哪怕毀棄諾言，我也會讓她重臨世間。

擎天柱上空，一縷金光隱隱綽綽，曾經昏暗蒼涼的空間被染上了流金色彩。金光籠罩周圍數裡，強盛而冷漠的氣息讓人望而生畏。

藏青的長袍印上了斑駁的暗色，盤坐在擎天柱上空的身影不動如山，眉眼微闔，墨黑的長髮無風自動，自末梢處蔓延出金色的流光來。

只是靜坐於此，便能生出一股天地間唯我獨尊的睥睨之勢來。難怪仙妖兩界最近這麼安靜，這交界處硬是半點兵戈都未起。

鳳染落在金光之外，看著虛坐在半空中的清穆，神情微凝。清穆身上的金光比一年前更盛了，緩緩打量著延展在他身後黑髮上的金色，她頓了頓，還是忍住了聲。

清穆身上有太多祕密，根本無法用常理來解釋。

他自上君時便能在瞭望山來去自如，不僅得到了炙陽槍的認可，還在青龍臺上渡過了九天玄雷，體內甚至藏有不明的妖力，還有……古君上神對他不一般的容忍和縱容。

這不是一個普通的仙君能做到的，可是他偏偏對自己的來歷一無所知……

「鳳染。」

低沉的呼喚傳入耳中，鳳染驀地回神，抬眼朝清穆看去，卻為他金瞳中隱隱的血紅之色而怔住。才不過一年而已，吸納妖力入體內，這便是代價嗎？

「清穆……」鳳染頓了頓，神色微斂，「還有百年，你不必太急。」

若是以成魔為代價來換回後池重回三界的自主權，後池是絕對不會同意的。

清穆凝神，望向擎天柱後的蒼茫空間，沉聲搖頭，「鳳染，百年時間太短了。若是不如此，我恐怕就不能在後池回來之前晉位了。」

他在擎天柱下，發現竟能輕易地將妖力化為己用，雖不知為何，卻極為高興。三界之中，只有上神才算得上至尊存在，當初他若是上神，絕對可以在天帝、天后以及妖皇的威逼下保住後池。

鳳染嘆了口氣，見清穆神情堅定，轉移了話題，「只要你坐鎮在此，仙妖兩界便不會再生事端。待迎回了後池，你可還會介入兩界之爭？」

清穆搖頭，雙手微抬放在腿上扣了扣，「等後池回來，我會帶她回瞭望山，兩界之爭我不會插手，不過……」他頓了頓，才道：「景昭如今如何？」

「被押鎖仙塔，天帝下了諭令，非萬年不得出。」鳳染似是早已猜出清穆會有此一問，極快地回答，頓了頓忍不住道：「清穆，這次天帝是動了真怒，不會輕易將景昭從鎖仙塔中放出來。若是沒有萬全的打算……」

她實在不知道該如何勸才好，景昭因他們被禁鎖仙塔，可是因為後池被逼放逐天際的緣故，讓她去求天帝，她是一萬個不願意。

「妳放心，這件事我來解決。」清穆擺擺手，天門之下景昭以本體相護助他逃脫，這份恩，遲早是要還的。

見清穆神情悠遠，鳳染遲疑了一下才問：「清穆，你可知……後池放逐之地是何處？」

清穆斂神皺眉，微微一頓後才道：「以我如今的靈力，根本查不到。古君上神可說過後池如今在哪？」

見鳳染搖頭，清穆眉頭皺得更緊，眼中的血紅之色也驟然加深。

感覺到磅礴的靈力在他周身蔓延，甚至有種滿溢之勢，鳳染神情微凝，沒有再繼續說下去。

「以後我恐怕不能經常來了。」她撇了撇嘴，牽出一抹笑容，伸了個懶腰，「老頭子把清池宮交給我，如今來投靠的散仙越發多了，我可是忙得很。」

清穆眼中染上暖意，看向鳳染道：「清池宮和瞭望山就拜託妳了。」清池宮一向不過問世事，鳳染又是個張揚不羈的性子，如今願意任勞任怨地待在清池宮，絕對是因為後池的緣故。

「你可真不把自己當外人！還沒進清池宮的門就把自己當女婿。算了，你好自為之，我還是回去得了。」鳳染搖頭晃腦地丟下一句，對著清穆擺了擺手朝遠處飛去。

看著鳳染消失在遠處，清穆回轉頭，目光落在漫天的星辰中。良久之後，才緩緩回神，重新闔上眼。

他盤坐的身影立於擎天柱之上，竟恍然亙古，蒼涼悠久。

十年後，天佑大陸，隱山腳下。

一個身穿布衣的青年拿著蓮子，滿臉笑容地看著離他一步開外的童子，神情討好，「碧波，看看，我給你帶什麼來了！」

童子身著上好的碧綠錦袍，腰間佩著暖玉，額髮整整齊齊地束在腦後，唇紅齒白，一雙大眼上挑著，十足的世家小公子模樣。他趾高氣揚地看了不遠處的青年，哼了聲道：「不過才幾顆蓮子而已，百里，你真當我是沒見過世面的凡夫俗子不成？少拿這些東西來糊弄我！」

聽見這驕橫的聲音，百里秦川絲毫不惱，仍是笑容滿面。他從懷裡掏出個盒子打開，頓時一陣清冷異香飄來。碧波眉毛動了動，朝他手中的盒子看了看，眼睛頓時變得晶亮，但仍是沒有靠過來。

兩人之間不過一步之遠，卻是兩番天地。

一如春暖之季，綠意盎然；一如寒冬臘月，冰冷料峭。

百里秦川打了個哆嗦，拾步靠近了幾分，但終究在碧波面前停了下來，「碧波，這是塞外進獻給我父王的天山雪蓮，可遇而不可求……」他頓了頓，眼底有了幾分黯然，「你也不用擔心我會央你帶我進去，已經十年了，這些年父王身體一直不好，我也該是時候回去了。」他一邊說著一邊小心翼翼地望著碧波，掩下了眼底的狡黠。相處十年，這小仙童的性子，他可是摸得不能再透了。

聽見這話，碧波嘴角的驕橫頓時一斂。他轉頭望向近在咫尺的青年，黑色的眼珠轉了轉。

除了那人，這隱山就他和後池仙君兩個能說話的活物，要是這個走了……雖說一開始他不喜歡這些個凡夫俗子闖進來，但是這個百里秦川像個牛皮膏藥一樣在山外一黏就是十年，這些拌嘴吵架的日子一晃也就過去了。

如今他要走，自己倒也有幾分捨不得，更何況……後池仙君這些年也不是不關注他。念及此，碧波朝百里秦川橫橫眼道：「若是神君願意見你，你可還是要回去？」

百里秦川眼底驟生驚喜，忙道：「碧波，你有辦法？」

碧波搖了搖腦袋，轉回頭，眼底滿滿的狐疑，「你父王不是病重了，你怎麼還如此高興？」

百里秦川尷尬地搓搓手，把手中的盒子扔進了隱山範圍中，朝碧波笑了笑，「神君大能，定可保我父王平安康健。」

碧波斜瞥了他一眼，看了看地上的天山雪蓮，手一揮，便進了他的袖中，但小臉仍是一板，「這等小事豈用勞煩神君，本仙君就能做好。」

說完消失在了原地，只留下百里秦川傻乎乎地蹲在山腳下撥弄著地上的枯草。

神君？百里秦川頓了頓，想起曾有幾次驚鴻而過的背影，嘴角的笑意加深，也不知道是哪位師姊？守在這裡十年，看來隱居在此的老神仙總算是願意接納他了。

他生於王府，雖說是自小嬌慣，但卻聰明伶俐。碧波鬆了口，想來是山中的主人對他有了興趣才是。

山頂燦金一片，楓葉下的石桌上刻著一副棋盤，上面歪歪斜斜地擺著黑白兩子對壘的陣勢，硝煙未見，安寧沉寂。

坐於右首的青年容顏俊美，似是傾城。一身鮮紅的長袍，搖曳及地，湛藍的錦緞繫在腰間，鬆鬆垮垮，猶見幾分從容不迫的飄逸。此時的他比當初突然現身瞭望山時多了一抹淡雅，但那股子沁到骨頭裡的妖冶倒是絲毫未減，只是一眼，端端便有風華絕代之姿。

身著墨黑常服的女子坐在他對面，面容平凡，低著頭，眼角微闔，一動不動如老僧入定一般，手中拿著的棋子摩挲了半晌也落不下去。

紅衣青年杵著下巴笑意吟吟，候了半晌，也不見對面的人有落子的打算，只得扣了扣石桌，發出一聲悶響，拖長了聲調道：「怎麼，後池，妳又要悔棋了？」

聲音清越篤定，後池皺了皺眉，面不改色把桌上的白子換了個地方，才將自己手中的黑子放下道：「淨淵，你這步棋走得不妥，我替你改改。」

她神態自然，將過去十年間做了無數次的事又來了一次，讓淨淵一點火都發不出。他朝棋盤旁放的蛋看了看，嘆道：「這樣下棋有什麼意思？妳也是快當娘的人了，怎麼還如此喜歡耍賴？」

「你堂堂一個妖君，讓一讓我有什麼打緊的。」輕飄飄一句話，就讓淨淵閉上了嘴。他悶聲看向對面的後池，「妳到如今也不想知道我的來歷？」

「不想。」後池抬頭，笑眯眯地看著他，清冷的眼睛裡有一閃而過的戲謔，「淨淵妖君風采傾世，後池望塵莫及，是以甘願成神君身邊一粒塵埃，免得妖界眾多女妖君對後池頗多微辭。」

「何意？」淨淵挑眉，勾了勾唇，「妳還有怕的時候不成？」

「那是自然。」後池正襟危坐，面容端然，「我讓仙界女仙君失了好夫婿已是整日惴惴不安，再斷了妖界女妖君的期盼，豈不是罪過？」

淨淵斂眉輕笑，掩下眼中的情緒，落下一子不再出聲。

後池瞥了瞥他，撐著下巴抱著蛋繼續下起來。

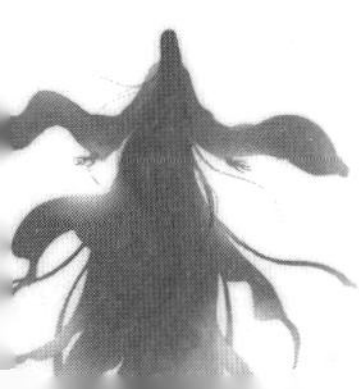

十年前，淨淵突然出現在了隱山，帶來了清池宮、老頭子以及清穆和鳳染的消息。時空亂流讓眾仙止步，就算是天帝和父神也輕易進不得，她承了他一份情，雖說彆扭，可到底還是故人。他不走，她也趕不得，就只能這樣半生不熟地相處起來。好在他也不常來，十天半個月的才顯蹤跡，下一盤棋、喝一壺酒後便消失無蹤。

但是……能在父神都望而止步的時空來去自如，又怎麼會是常人？想來當初仙界大勝之下，天帝卻放棄唾手可得的妖界，休戰千年，便是因為他的緣故。

他的來歷，他不說，她便也從來不問。

只是淨淵這個人，說起來還真是個妙人。從不和她談論三界中的任何事，除了嘮嗑嘮嗑隱山的花草，便只和她下下棋、品品茶，如此一晃，便是十年。

雖說嘴上不說，但後池知道，十年時間，終究是生出了些許默契出來。

她不想談及的事，他亦是從來不問。

兩人都很清楚，仙妖遲早有一戰，清池宮亦會被捲入。世事難料，還不如此時以尋常故友相交。只是，每每念及他的來歷，她總會有種不安的感覺。尤其是想起了放逐之前在清穆身上顯現的金色時，就更是如此。

有時候，她甚至想，她心心念念想從柏玄那裡知道的……淨淵是不是能回答她。

正凝神細想著，碧波清脆的聲音已經從老遠傳來。

「後池仙君，那小子要回西北了，妳見見他吧！」碧波搧著翅膀費力地靠近後池，在看到淨淵的時候不自覺地縮了縮，眼底有毫不掩飾的懼意和敬畏，但他仍是小心地拉著後池的袖襬，大眼睛裡滿是懇求。

後池隨意落下一子，轉頭挑眉道：「哦？他捨得走了？」

當年碧波轟下山的那個凡人，這些年倒是在隱山外面生了根，她曾經見過幾面。那人身上有微弱的靈氣相護，顯然非富即貴，難得的是有顆赤子之心，品性純良，若是好好教導，入閣拜相，列土封疆都並非難事。

他在隱山一等便是十年，這種堅韌心性更是不易，也讓她漸生了愛惜之心。

隱山周圍的十萬沼澤這些年在靈氣的滋養下漸漸生了變化，陣法也日趨成熟。就算她不在，待百年之後，這裡也定會是福澤之地，能滋養一方水土。就這麼捨棄，倒的確是不捨……

「怎麼？那小子入了妳的眼？」

戲謔聲傳來，後池抬頭，見淨淵一雙眸子定定地瞧著她。

「既是相中了，叫來便是。後池，妳幾時變得如此婆媽了？」淨淵挑眉，眉宇間竟帶了一抹挑釁。

後池斂眉，指尖的蛋轉了轉，朝碧波揮手道：「把他喚來。」

碧波瞧著後池手中的蛋，急得直哼哼，但也不敢拂了她的意思，揮著翅膀朝山下飛去。

「妳可知水凝神獸天生便有治癒的奇效？」淨淵望著飛走的碧波，眼底若有所思。

「知道，聽說只要人還有口氣在，碧波就能救得了。」後池懶懶回答，並未在意，「水凝神獸伴鎮魂塔生，想必是碧璽仙君遣他來的。不過他和這小傢伙倒是投緣。」後池朝手中的蛋指了指，眉角柔了下來。

淨淵瞧她這副模樣，微微一愣，隨即輕嘆，掩下了眸中的波動，「妳這樣子，倒還真是稀罕。」

「你說什麼？」聲音太低，後池沒有聽真切，抬頭問道。

「沒什麼。」淨淵隨意擺擺手，朝竹屋中望了望，回頭道：「水凝神獸伴鎮魂塔生倒是不假，

可這鎮魂塔卻是當年上古真神用混沌之力為人間煉化而成，碧波喜歡他……」淨淵朝後池手中的蛋看了看，略帶深意道：「也算是緣法。」

「你怎麼知道？」後池微微錯愕，從淨淵嘴中提到上古真神，讓她有種莫名其妙的恍惚和熟悉感。

「我好歹也是上神，要是不知道些祕密，豈不是太掉價了？妳若是告訴我想知道我是誰，我便對妳說說緣由，如何？」淨淵瞇起眼，調笑道。

後池懶懶地瞥了瞥他，低下頭執子。

相伴十載，她始終明白，淨淵的身分是一道萬劫不復的鴻溝，絕對不可逾越。

她習慣了清淨的日子，只待百年之後見清穆、回瞭望山，別的是非，她不願意再捲進去。

窸窸窣窣的腳步聲傳來，碧波變幻成小童模樣，領著個青年，走近了兩人。

淨淵依舊是一副妖孽模樣，手撐在下顎上，抬眼掃過百里秦川。見他雖面色繃得很緊，但卻神情鎮定，也明白後池看上他的原因。

能在他的威壓下面色不改的人，妖界的妖君中也不見得有幾個。

端方如玉，溫良似水，卻難得一身傲骨，像極了後池，難怪她會喜歡。

他一身布衣草鞋，早已失了富貴之家的驕縱傲氣，只餘得這些年獨守深山的成熟內斂，又不失貴氣芳華。

後池暗暗點頭，打量著百里秦川，默不作聲。

百里秦川遠遠地瞧見楓林下坐著的兩人，一紅一玄，似劃破了天地一般，一個強勢冷厲，一個淡然縹緲。只那番風韻，就勝卻了他在世間瞧過的任何一人。

那男子天人一般的容貌先是讓他一愣，但隱隱的俯視也讓他有些不快。百里秦川不由得挺起胸膛朝那人看去，幾乎是直覺，他知道隱山的主人應當不是他才對。轉過眼，見一女子懶懶地打量著他，一雙墨色的眸子平靜無波，卻深沉內斂。

碧波站在她身後朝他使眼色，百里秦川不由得心神一凜，走上前行了一禮。

看來他猜錯了，這座山的主人不是什麼老神仙，應當是這個他見過幾面的女子才是。

「仙君，在下百里秦川。」清朗的聲音帶著些許緊張，望向後池的眼底卻滿是堅定。

「你來隱山十年，從少年時便在此，可曾想過離去？」沉默良久，後池問道。凡間人尋仙訪古的不在少數，可卻極少能如此人一般心志堅定。

「不曾。」百里秦川搖頭，執禮道：「還望仙君能收百里為徒。」

「不要急著求我。」後池轉過身，端正了神色，定定地凝視百里秦川，聲音清越。

「你要知道，這片空間靈氣極少，即便留在隱山，你也不一定能得道飛升，可還願意？」

「但求一試。」

「若你留在隱山，便要繼承我衣缽，遵守我制定的鐵律，將隱山傳承下去。永遠不准入主朝堂之爭、插手天佑大陸榮辱興衰，你可願意？」

「願意。」幾乎是脫口而出的回答。

後池挑了挑眉，「為何？隱山清苦，既比不得王府富貴榮華，也不如凡塵逍遙自在，更何況你父王年邁，你願意讓他承受喪子之痛？」

後池輕輕開口，目光灼灼。這句話實在太過鄭重，就連淨淵也丟下了手中的棋子，朝百里秦川望去。他倒想看看這個在隱山守了十年的青年會如何回答。

被質問的青年沉默良久，緩緩抬頭望向不遠處的兩人，在他們身後，漫山楓葉，燦爛正紅；竹屋散落，安寧祥和。雖是世間絕麗風光，但無人能窺得其中一二。

他微微抬首，望向後池，笑道：「仙君可曾執著於一物？」

被反問的後池微微一愣，然後點頭。

「那……可值得？」

青年笑容煥然，後池沉默不語。

她執著於柏玄的生死，卻也因為如此累得父神、鳳染、清穆百年，自己更是被迫放棄神位、放逐天際。

值得嗎？當然。

看著百里秦川臉上堅定的神采，後池笑了起來，果然像她。

「王府雖富貴，可富貴生不帶來、死不帶去，有何用？我不喜兵戈，但生在邊疆王府中，卻又不可避免。更何況兄長敦厚，必能在父王身邊承歡膝下。可我若回去，以父王對我的疼愛，或會興起世子之爭。我不如留在隱山，還能全我兄弟情義。」

百里秦川緩緩道，尚還年輕的臉龐有種看破世情的通透，「仙君，世間有捨便有得，您又怎知，我如今不是在得？縱使百年隱居，終有一日歸於塵土，也是逍遙一生，恣情而活。」

百里秦川臉上一喜，急忙上前行禮恭聲道：「師尊。」

有捨便有得……後池笑了起來，長袖一擺，「好，自今日起，你便是我墨閒君的徒弟。」

後池倒是不含糊，受了他一禮，擺擺手，朝楓林後的山指了指，懶洋洋道：「你到底出生王府，身子薄，讓碧波帶著你在山中先跑幾圈吧。」

百里秦川面色一怔，還沒回過神，就已經被碧波提著朝山後而去。微一抬頭，見平日面色和善親切的童子磨牙霍霍，心底一陣泛涼。正欲驚呼，卻不想被碧波看破，「咻」的一聲直接駕雲遠去，兩人瞬間消失在了原地。

「恭喜，只是沒想到妳居然會收徒弟。」淨淵感嘆一聲。

「還要看他的造化。」後池落下一子，棋局漸收尾聲。

「後池，你可曾相信前世今生？」似是因剛才的一番話感慨，淨淵手中棋子慢慢旋轉，流光溢彩。

終於來了……她一直在想，淨淵一介上神，三界至尊存在，實在沒必要和她窩在一個小小的隱山，每日陪她閒話家常，下棋消遣。

除非，他有非這麼做的原因不可。她從來不曾忘卻。瞭望山時，他問她的第一句話便是「妳可識得我？」

他分明是認得她的。或是認得那莫須有的前世。

只是，她生來便為古君上神之女，還真的有前世不成？待她回去，要好好問一問老頭子才是。這等糊裡糊塗的孽緣，還是不沾為好。

「相信。」後池點頭。人間輪迴，喝掉孟婆湯，走過奈何橋，前塵盡忘，便又是一世。就算是仙妖兩界，入凡間歷劫的仙君、妖君也不少。

「那妳可願意相信，妳前世……」淨淵頓了頓，眼中劃過微不可見的悵然和追憶，「與我有故。」他輕聲低問，握著棋子的手緩緩放在後池面前，聲音纏綿輕柔。淡淡的紫光自他周身而出，自發地形成渾圓的光體，將兩人籠罩在內。

妖冶的容顏竟在這一刻無比的認真和期盼起來。他望向她，就似歷過了萬年的等待一般。

清風拂過，枯葉飄落，滑在光幕上，被輕輕彈落在地。

寂靜隔絕的世界裡，她只能看見他的容顏。傾世絕代，卻有著化不開的憂傷。

熟悉，悲傷，冷寂……無數種情緒湧入心間，恍惚一瞬間，後池腦海中竟浮現出上古真神在

混沌之劫中回望一眸的蒼涼寂冷來。

她伸出手，緩緩覆上他的……淨淵眼中猛然迸發璀璨的亮光，唇角勾了起來。

在即將觸到的一瞬間，那隻手卻停了下來……他眉宇微愣，緩緩抬頭，卻見剛才還迷茫恍惚的眸子燦若星辰，熠熠生輝。

「相信又如何？」後池收手，負在身後，看著他，輕聲道：「淨淵，我只是後池。」前塵過往，又與我何干？

話未說完，但聽的人卻何等聰明。他收回手，定定地看著那雙墨黑的眸子道：「好，從今以後，我只當妳是後池。」

百年時間，後池，就算妳甘願前塵盡忘，又豈會知妳心心念念的那人不會改變？

後池釋然一笑，算是放下一件心事，朝淨淵拱手道：「棋未完，再來。」

第二十六章　覺醒

隱山之巔，仍是四季如一，漫山楓葉正紅。

竹屋中的鎮魂塔燒得正旺，見證著如水的歲月流逝。

天佑紀元前三百四十一年，邊疆百里世家小世子在十萬沼澤之地失蹤，老王爺舉數萬大軍親自領軍查探。歷經數月，雖無功而返，但歸府後一頭白髮卻重回烏黑，花甲之年猶如青年一般。他回邊疆後將王位傳於長子，自此潛心歸隱，不再打理兵事。

天佑紀元前三百二十一年，隱山橫空出世，掌控十萬沼澤之地，獨立於天佑大陸，其強盛的財力和偶爾流出的玄幻兵法惹得各大王朝垂涎，一時間各國結十萬大軍進犯，聲勢浩大。唯有大業王朝百里世家未聽調令，孤守西北。

一月後，天降異雷於各國皇宮，上天警示之言沸沸揚揚，十萬大軍被迫退出十萬沼澤。

自此以後，隱山無人敢犯。

天佑紀元前三百年，大業王朝西北安國王以百歲高齡逝於王府，逝後加封「一字並肩王」，世代承爵，福蔭後世。下葬的那一日，曾有人見過隱山腳下一騎絕塵，朝西北之地，萬里獨奔。

兜兜轉轉，歲月不驚，一晃百年之期，便只餘得一年。

隱山之巔，楓葉紅了百年，鎮魂塔上的碧綠火焰亦燃燒了百年。所有的一切都在改變，隱山周圍的十萬沼澤綠茵遍地，唯有冰棺中人依舊神態安詳，只是近幾年的面容比往日多了一點生

機。若說枯燥無味的百年等待還有什麼是值得後池高興的，恐怕便在於此了。

如過往百年的每一日般，隱山安靜祥和，若世外桃源。

碧綠的火焰緩緩燃燒，剔透晶瑩，有種瑰麗的靜謐。

身著絳紅古袍的女子靜靜地坐在冰棺不遠處，手持古卷，眉眼安然。書卷翻轉沙沙作響，從外往裡看，美好得猶如一幅畫卷。

一個年約二十七、八的青年推開竹門，喚了一聲「師尊」，在女子蹙眉抬頭之際笑道：「淨淵師叔來了。」他尊後池為師百年，那個時常來蹭飯的妖孽仙君硬是撿了個便宜師叔當。後池沒反對，這事便也定了下來。

「不見。」後池不耐煩地擺擺手，眼仍舊定在書上，「百里，你去告訴他，我這裡不是酒館，哪裡有跑得這麼勤的道理。」聲音一出，清越入耳，猶帶幾分淡淡的威嚴。百里秦川吐了吐舌頭，現出幾分俏皮來，完全不似已經百歲高齡的人。

「他說百年之期快到了，妳就不想聽聽『那人』的消息？」百里秦川學著淨淵的口氣拖長了聲調，眨眨眼。

握著書的手明顯一頓，後池拂了拂袖襬，漫不經心道：「我也有許久沒見他了，嘮嗑嘮嗑一下也行。」說著抬步朝外走去，雖不說用上仙力，卻也是腳下生風了。

百里秦川撇著嘴笑起來，師叔說得果然沒錯，師尊還真是一聽這話就坐不住了。也不知道師尊喜歡的到底是個什麼樣的人，竟連師叔那樣的絕色都比不上。

算了，不想了，還是去後山找找碧波，他又不知道把那顆蛋抱到哪裡去睡覺了！

楓林下，石桌上刻著的棋盤似是被百年的時光風化，隱隱透出滄桑的痕跡來。一旁坐著的青年仍是黑髮披肩，殷紅長袍，面容俊美，和百年前沒什麼區別，只是眉宇間的那股戾氣倒是平和了不少。

他見後池走來，眼底劃過清淺的笑意，只是不知想到了什麼，終是一斂，面色變得淡起來。

「後池，百年之期快到了。」

後池還未坐定，淨淵的聲音便已經傳到了耳裡，她嘴角微微一勾道：「我當然知道。淨淵，你就是來說些廢話的嗎？」這麼說著，平時波瀾不驚的眼底已經泛起了光芒。

「那邊怎麼樣了？」

細長的鳳眼朝上瞥了一下，示意她坐下，淨淵撐著下巴道：「還能怎麼樣？不過是老樣子罷了。仙、妖兩界沒什麼爭端，清池宮閉宮謝客，妳父神聽說在修煉還未出關，至於那個在擎天柱上傻坐的傢伙……」

「他叫清穆。」後池的聲音帶了絲不樂意，斂眉不客氣地提醒。

「是，是……要說如今三界最不尋常的地方就是擎天柱了。」想起那片被整個金光已經籠罩數年之久的區域，淨淵掩下眉間的異色，緩緩道：「我估計著他最多半年便能晉為上神，妳當真要等到一年後再回去？」

「這麼快！」後池頓了頓，眼底浮現一抹驚異，隨後搖了搖頭，「不了，百年之約還有一年，一年之後，我父神會來接我。況且柏玄在鎮魂塔中，也還需要一年時間來煉化。」

百年時間她都等了，多等半年又何妨？

聽見後池的話，淨淵的面色有些複雜。他朝竹坊中望去，神情是罕見的鄭重，「後池，雖然以前也有過在鎮魂塔中煉化以喚回靈魂的例子，但是這種事情全看天緣。畢竟靈魂離體會變得衰弱，柏玄的靈魂若是已經消散在天地中，恐怕……」

「我知道。」後池打斷他，眉一挑，定定道：「我相信他沒事。」

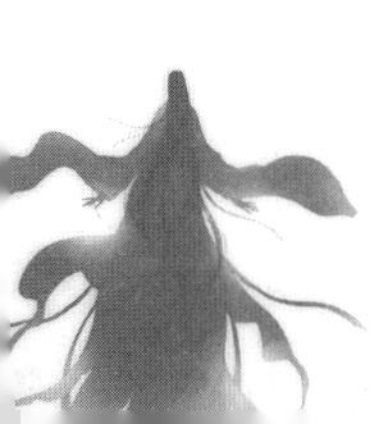

這份篤定淨淵看了百年，到如今也習慣了，只得收住了聲，沒有繼續說下去。她既然相信，那就不妨一年之後再看結果。

「那好，我半年後再來。」淨淵轉頭笑了笑，消失在了石桌旁。

後池面色一怔，看著空蕩蕩的楓林，心底一陣狐疑。平時攆都攆不走，今天怎麼這麼乾脆？難道真的只是來說一下情況？

來不及細想，碧波清脆的聲音就遠遠傳來，抬頭，正好看見百里背著碧波朝這邊走來。

「百里，你走快點，又不是七老八十的老頭子，怎麼沒半點力氣？難怪這些年你除了個駐顏術就什麼都沒學會！」

百里秦川捧著蛋小心翼翼地走著，嘆口氣道：「碧波，老朽今年虛歲一百零七。」

碧波斜瞥了他一眼，恨鐵不成鋼道：「那算什麼，本仙君已經足足三萬又四千兩百四十五歲了。」百里秦川身子一僵，挫敗地彎下了腰，嘟囔了一句「老妖怪」加快了速度。

看著這一幕，後池眼底拂過淡淡的笑意，起身朝竹坊走去。

一年而已，她可以等。清穆，我會在柏玄醒來的時候，回你身邊。

擎天柱下，耀眼的金光形成一個巨大的渾圓，將裡面的人影層層疊疊裹住，金光的邊緣地帶，身披銀輝盔甲的仙將和赤紅盔甲的妖兵，緊張地對峙在兩邊。

鳳染蹺著個二郎腿虛坐在半空中，東瞅瞅西看看，對涇渭分明的兩隊人馬明顯地不屑一顧。

長闕在她身後低聲道：「上君，您已在這裡等三個月了，清穆上君怎麼還沒一點動靜？」

鳳染擺擺手，瞇著眼望向不遠處的眾人，哼了一聲，「他們都不想清穆成功晉位。我若不來，他們少了忌憚，誰知道能做出什麼事來？」

半年之前，清穆所處的擎天柱方圓千丈範圍，瞬間被一層金光籠罩，強大的靈力讓整個三界為之不安。天帝、妖皇派遣仙君、妖君查探詳情，卻連那層金光都穿不過，但所有人都知道定是在擎天柱駐守兩界的清穆生出了變化。如此浩蕩的靈力，早已超越上君巔峰，直達上神的高度。雖然感慨清穆晉位之快，但這還不足以讓天帝放下臉面來遣人打探。鳳染很清楚，他們之所以如此忌憚，是因為……金光中夾雜的赤紅妖力絲毫不遜於仙力，甚至遠遠蓋過了仙力的氣息。

仙君晉位，竟是以妖力護體，後古界開啟以來，這還是頭一份兒。無論是天帝，還是妖皇，都不可能再坐視不理。

金光漫天的一個月後，綿延千丈的靈光向著擎天柱回攏，最後只剩下三丈的渾圓一處，便再也不曾縮小。雖範圍不大，但那靈光卻隱隱有著毀天滅地之勢，這才引得仙妖兩界大軍駐守在此，人人如臨大敵。

如今半年已過，清穆恐怕隨時都有晉位的可能，她自然是不能隨便離開。

正在想著，「咔嚓」一聲清響，似是微不可聞，但鳳染仍是神情一震，朝光暈形成的帷幕看去。耀眼的金光深處翻滾著赤紅的光芒，細小的裂痕在渾圓的金光屏障上蔓延。片刻之間，竟成了摧枯拉朽之勢，轟然一聲巨響，金光碎裂，赤紅的妖光直逼雲霄。遠遠看去，血海漫天，堪破天際。

望不到盡頭的血紅之色淹沒了眾人的眼睛，那股毀天滅地的強大靈力更是讓近九成仙君、妖君忍不住地伏倒在地。鳳染怔怔地看著赤紅妖光中靜坐的身影，蹙著眉擔憂地站在原地。

血紅的浪潮侵入仙妖兩界，橫掃三界的強大神識，幾乎是在一瞬間就被三界的強者察覺到。一盞茶的時間不到，無數隱居在九州八荒中的仙君、妖界從四面八方急速趕來。

晉位上神可是千古難逢的奇景，後古界來還沒有一個人成功過。清穆若是成功，三界格局立時便會改變。

但他們還沒靠近擎天柱，便被那連天的赤紅之光和柱下跪著的仙妖兩界將士驚得說不出話來。竟能以神識壓制數十萬大軍！如此強大的神力，恐怕比之天帝也不遑多讓。

兩道光影驟現，天帝和天后出現在擎天柱上空，見到跪倒在地的仙將，俱都皺起了眉來。天帝手一揮，仙力化成的巨掌隨意地朝那片赤紅的妖力拍去。

清穆初晉上神，他也不想鬧得太僵，只是提醒他一下，讓仙將臣服，如此大的動靜實在是太過了。

正在此時，天際劃過兩道流光，古君上神和妖皇同時出現在擎天柱兩旁，正好看見天帝揮出巨掌。

古君微微皺眉，未發一言，望向金紅之光中的身影，緩緩嘆息了一聲。

暮光這些年太過自大了，讓他得點教訓也好。

電光火石間，天帝揮出的巨掌還未觸到那赤紅之光，原本紋絲不動的妖光發出巨響，迎上了巨掌，瞬間將其淹沒，咆哮著朝天帝而來。

天帝臉色一沉，數道巨掌立在身前，還未來得及呵斥，便被那漫天的紅光逼得倒退了兩步。眾仙臉色大變，全都抬頭朝狼狽的天帝看去。但瞬間，天帝身前的紅光消失無蹤，重新回到了擎天柱上的身影旁，就似完全沒有移動過。

死一般的安靜，直到有人不自覺吞唾沫的聲音打破了這片平靜。

後古界開啟以來，天帝位列三界至尊，唯有天后與古君上神能與其比肩，但就算是這兩者，也不可能在一息間將其擊敗。

可是剛才……

清穆上君修煉不過千年，哪怕是經受了九天玄雷，也不可能會有如此恐怖的神力，那裡面的人……到底是誰？

幾乎是同時，所有人都不由自主地朝紅光中的人影看去。

鳳染看了一眼清穆，突然轉頭看向古君上神。見他面上無一點意外，心沉到了谷底。她和後池到底被隱瞞了什麼，清穆他……究竟是誰？

天帝面色僵硬地看向擎天柱的方向，背在身後的手微微顫抖，臉上是難以置信的驚愕。

這種力量……他一直以為，清穆就算是經受了九天玄雷也不過是晉為上神而已，可是剛才……那分明是真神才能擁有的毀天滅地之力。

雖然還未完全成熟，可是卻絕非上神能比擬！

天后面色同樣難看。她並不相信暮光比清穆弱，也許只不過是一時大意而已。她走近天帝，低聲道：「暮光，剛才是怎麼……」

天后的話還未完，低沉的聲音已經自擎天柱邊傳來。淡漠清冷，夾著淡淡的遠古氣息。

「暮光，數萬年不見，你近來……可好？」

天帝和天后頓住，不可置信地睜大眼，朝那片血海看去。

那人站起身，彷彿涅槃的身影纏繞著淡淡的金光，緩緩朝這邊走來。

漫天的血光被驅散，三界重回光明。擎天柱上，上神之名上面，環繞了數萬年的黑霧在緩緩消失。

俊逸的面容，流金色澤的長髮，深綠的古袍，繫在腰間的金色錦帶折射出尊貴古雅的氣息。

那雙眼格外的淡漠，金色的印記鍥刻在額間，彷若尊貴的神祇。低頭一望間，世間皆為螻蟻。

鳳染看著走出來的身影，猛然握緊雙手，面色泛白。

這樣的氣息……那根本就不是清穆。

天帝怔怔地望著來人，目光落在他的額上，猛然瞳孔微縮，低喃道：「白……白玦真神……」他的聲音極低極低，沒有幾個人能聽到。天后站在他身後，驀地朝後退了一步，望向白玦的眼底滿是恐懼。

真神白玦，居然就是清穆！想起當初在青龍臺上她的決定，天后心底發涼，垂在腰間的手微微顫抖起來。

遠古神祇，四大真神便是至高的存在。她雖然跟在上古身邊數萬年，但依然不敢冒犯白玦的尊嚴。

天帝嘴唇動了動，心神恍惚，欲朝白玦行禮，卻被一股神力托住。

白玦站在了天帝不遠處，淡淡道：「你如今是三界之主，不必如此。」聲音清冷淡漠，卻有著不容置喙的肯定。天帝點頭，拱手道：「神君大量，暮光惶恐。」

天后愣愣地站在天帝身後，垂著頭不知道在想些什麼，只能看見她過於蒼白的指尖和微微泛青的面容。

看到天帝服軟，周圍不明緣由的仙妖兩界眾人俱是一陣驚愕。晉位後的清穆上君竟能讓天帝禮遇至此，簡直匪夷所思。

鳳染神情複雜，看著自出現後連目光都未落在自己身上的清穆，腳一動就要上前，卻被人拉住。她回轉頭，看著古君上神，一言不發，眉卻挑了起來。

後池不在，她必須要弄清楚這是怎麼一回事！

「鳳染，別輕舉妄動，他不是……清穆。」古君上神望著擎天柱上的那人，眼緩緩垂下，神色沉寂。

「暮光，我沉睡在此人體內，如今才算是功德圓滿。有件事還需要你來解決。」白玦的聲音有些漫不經心，聽著的眾人心裡卻有了個大概，這清穆仙君想必前身了得，竟能以仙君的身分在三界中修煉。古來仙君渡劫，只能到凡間輪迴曆世，哪比得上他此般大器，竟直接用仙君之體。

「神君請說……」天帝恭聲道，垂眼朝身後的天后看了看。若是白玦真神降怒蕪浣，他說什麼也不會同意。

白玦雖然擁有真神之力，可如今並未完全恢復。他若是和蕪浣聯手，誰勝誰負還是未知之數。

但白玦並未答話，手一揮，劈開仙界的空間，一股金色的神力直朝天宮而去。天帝臉色微變，還來不及說話，一座瀰漫著蠻荒氣息的塔就出現在了眾人面前。

「鎖仙塔！」看見此物，立馬便有仙君驚呼，只是這驚愕中明顯帶著對清穆的崇拜。一息間能將鎖仙塔從天宮深處帶出，晉位後的清穆上君果然了得。

「神君，你……」天帝微怔，似是明白了什麼，但又有些疑惑。

「我雖不是他，但這具身體好歹也受過景昭之恩。我便向你討個人情，這萬年禁閉之期就此作罷，可好？」

「神君之言，敢不從命。」

天帝一派從容，朝鎖仙塔揮了揮手，白玦此舉正合他意。他似是有些明瞭，當年縱橫上古界的白玦真神是何等人物，他既然欠了人情，自然會還，只是不知道後池……他又會如何對待？

白光閃過，景昭的身影出現在眾人面前。百年時間，鎖仙塔中已近千年，她身上的驕縱和不可一世蛻變為沉穩，只是周身上下都有種難言的沉悶之色。

她朝天帝、天后行了一禮，才轉身看向不遠處的清穆，神情怔怔的，似是不能接受他如此大

的改變一般。

天帝收回鎖仙塔，朝景昭道：「景昭，有神君為妳求情，妳的萬年之期已經廢除，自今日起，就回天宮吧……」

他的話還未完，白玦已經朝景昭走來，明明是虛無的半空，卻響起了沉穩的腳步聲，一步一步地將所有人的心神牽了過來。

他站定在景昭不遠處，微微俯身，金色的長髮揚展，目光靜謐柔和，似是帶著淡淡的柔情。

「景昭，妳為我被禁鎖仙塔中千年，我欠妳一恩，只要妳想，我可以滿足妳的任何願望。」

如此的輕聲細語，就好像俯瞰世間的神祇只為了你低頭一般。

這樣的畫面，靜謐而美好。

鳳染的面色一瞬間變得憤怒無比。她秀眉一揚就欲上前，仍是被人拉住。

古君上神在她身後，眼底蒼涼一片，只是低聲重複：「鳳染，他不是清穆。」

真神之尊，沒有人可以冒犯！

景昭怔怔地看著觸手可及的青色身影，手微微伸出，握住白玦的手，似是鼓足了勇氣，頭昂了起來。

「清穆，你可願娶我？」

這句話，她百年之前說不出口，百年之後，望著已完全不同的那人，卻突然想起當初青龍臺外他的求娶來。

那樣的轟轟烈烈，可堪相傳萬世。

就算你不願，就算只是報恩，至少這次以後，我不會再後悔。

天帝和天后的面色一時間變得極為難看，清穆是上君時尚不願意娶景昭，更何況已經恢復了真神的身分！

漫長的死寂，待景昭已經垂著眼絕望的時候，清淺的笑聲卻在天際迴響起來。

「清穆不願，可我……白玦願意。」

明明是極低的聲音，卻猶如晴天驚雷一般，所有人望向空中的一襲綠影，皆是倒吸了一口涼氣，他說他是誰！

還來不及反應過來，那人伸手一揮，金色的流光朝三界盡頭而去，蠻荒之地就被籠罩在金光之下。

「暮光，自今日起，蠻荒乃我居所。三月之後，我與景昭大婚，三界賓客，無論仙妖，皆可前來。」聲住，白玦和景昭消失在了擎天柱邊，金色的流光伴著強大的威壓緩緩消散。

被留在此處的眾人顯然有些摸不著頭腦，卻無人敢詢問到底發生了何事。

他們只是安靜地瞅著從頭至尾都未發一言的古君上神，面面相覷。

百年之前，清穆上君的求娶還歷歷在目。

不過，如今那人卻是……

古君停在半空，站在他身後的鳳染神情沉鬱。半晌後，她才看到古君緩緩地朝擎天柱上看了一眼，她隨著望去，猛然怔住，眾人見她神色不對，亦是朝擎天柱看去。

那裡，位於上神之名之上的地方，有四分之一處纏繞萬年的黑霧消散無蹤。金色的上古文字鍥刻其上，尊貴而威嚴，恍如那人剛才帶來的震懾般俯瞰天地。

白玦。

直到此時，眾人才相信，數萬年前，上古界塵封之時就已消失於三界的至強者，重新降臨。

第二十七章　茫然

三日之後，隱山之巔。

「後池，清穆要成婚了。」淨淵對著緩緩朝他走來的後池，如是說。

此時，離百年之期，還有半年。

隱山上很安靜，一如往常的百年一般清冷。

百里秦川抱著蛋走進竹坊，看到在書桌前閉目沉思的身影，放輕了腳步，把蛋放在桌子上正準備出來，一轉身卻看到後池不知何時已經睜開了的眼，停了下來。

那雙眼深沉冷寂，夾著點點茫然。百年時間，他從來沒有看到後池如此模樣過，頓了頓，走上了前輕聲喚道：「師尊。」

後池回過神，見百里秦川站在她不遠處，一張臉皺成一團，神色擔憂，不由笑道：「怎麼了？」

百里秦川舒口氣，指了指桌上的蛋，摸了摸鼻子，「我剛才帶它去散了會兒步，感覺到它震動了一下。」

後池聞言一愣，忙拿起桌上的蛋，閉上眼分出一縷神識包裹住，半晌後睜開眼，神情中有掩不住的驚喜，「百里，它快出殼了。」

百里秦川頓時笑眯了眼，忙道：「我去告訴碧波，那小子一定會樂壞了。」跑了兩步，覺察到不對，轉過身走了回來狐疑道：「師尊，上次淨淵師叔來的時候說過，他至少還有十來年才出殼，怎麼一下子快了這麼多？不會有什麼問題吧？」

百里秦川巴巴地睜大眼，望著後池手中的蛋，手動了幾下想去接過來看看，但又放下了。

後池神色微頓，眼底劃過一道黯然，見百里擔心，半晌後才道：「他是我和清穆的精魂之力化成，如今靈力大漲，提早破殼，只有兩個可能……」似是疲倦到了極點，後池笑了笑，「我的靈力大漲或是……清穆已經晉位。」

昨日聽到淨淵傳來的消息時，她起先是覺得荒謬，然後是茫然。她懷疑過清穆的來歷，可是卻從未想到他竟然是上古四大真神之一的白玦，更想不到白玦清醒過來的第一件事，竟然是和景昭成婚。

幾乎不必想，她都能猜到真神覺醒帶給三界的震撼，以及那場三個月後讓所有人趨之若鶩的婚禮，一如她當年的那場求娶。

上古真神，只存在於傳說中，凌駕於三界之上的主宰，就連天帝，也難與其比肩。

可是，她的清穆呢？白玦醒了，清穆到哪裡去了？

沒人會在白玦覺醒的同時去問這個問題。一介上君而已，比起白玦真神而言實在是太微不足道，所有人都會這麼認為。

百里秦川在隱山百年，早就知道後池出現在天佑大陸的原因，也知道百年之後便是她的歸期。如今聽到此言，也只是一愣，便道：「難道清穆仙君晉位了？」

後池點頭，將蛋放回百里手中，輕聲道：「他晉位了。」不僅如此，還恢復了真神的身分。

百里秦川見後池的神態實在不似歡喜，問道：「師尊，可是出事了？」

後池起身，站到鎮魂塔前。塔中，柏玄仍是雙眼緊閉，碧綠色的火焰在他身上燃燒，百年未曾熄滅。

後池看著，突然生出了些許疲憊來，「沒什麼大事。百里，百年之期快到了，我走之後，隱山交給你。這些年，你雖沒有修仙的仙緣，但布陣之法卻大有長進，我在隱山之外的陣法可保得此處平安。」

百里秦川早就知道這一日不遠了。但百年相處，一世師徒情分，當即眼眶便有些紅，挺直了肩背恭聲道：「師尊，我會將隱山一直傳承下去，若有一日您回來，定會看見一個更強大的隱山。」

「隨心就好，不過……我給你留下的東西太過逆天，切記不可讓隱山隨意介入凡間之爭。」

百里秦川點頭，抱著蛋朝外走去，行到門口，也不知道想到了什麼，突然轉頭，看著後池清冷的背影，喚道：「師尊。」

後池「嗯」了一聲，沒有轉身。

「當年父王過世時，您曾經問過我……『選擇修仙可會後悔？』」百里秦川的聲音有些低沉，完全不同於往常的清越跳脫。

後池回轉身，便見到一雙漆黑的眼睛定定地看著她，青年嘴角勾起，神情堅定認真。

當年老王爺過世時，她曾經問過百里這個問題。那時候，青年沒有回答她，只是一人沉默地回了西北，半年後才歸來。

「大哥告訴我，父王安享晚年，無病無災，走的時候很安詳。」百里秦川頓了頓，繼續道：「雖然不後悔，可我仍會遺憾沒有陪父王走完最後一程，那之後我才明白，有些人，不會在原地等你。世間最無奈的莫過於『來不及』三個字。師尊，您為了柏玄仙君能自削神籍，放逐百年，那您掛念了百年的清穆仙君一定值得您回去。」

昨日淨淵來時，他隔得並不遠，雖未聽得完整，但看後池的樣子，也知道一定是清穆仙君出了事。有些事，當局者迷，反而旁觀者清。

他能說的，也只有這麼多了。

百里說完，徑直轉身朝外走去。陽光之下，他的背影似是染上了一層薄薄的光，強大而堅韌。

後池怔怔地看著他，才驚覺，百年時光，她一直視為孩子的百里秦川，竟然在她不經意間已經變得如此成熟。

昨日淨淵除了帶來話，還問她願不願意現在就回去，她謝絕了。

如今的三界中，除了淨淵外，還有一人也能隨意地穿梭時空，也許……她正是抱著這樣的期待，不願意相信淨淵說的事實，才會拒絕他的提議，執意留在隱山度過最後半年。

可是，百里說得對，這世上最過無奈的便是「來不及」，不管晉位後的是清穆還是白玦，她留在這裡，永遠都不會找到答案。

後池抬眼朝鎮魂塔看去，冰棺中的人影神情依舊安詳。

她輕聲道：「柏玄，我們是時候回去了。」

半個月後，淨淵再次踏足隱山，見到楓林下靜坐的後池時，微微一愣。

不過才半個月而已，她竟一掃之前的頹喪，整個人都透出一股子堅韌和銳不可當的氣勢。

「你來了。」後池抬頭，見不遠處的淨淵定定地望著她，擺擺手笑道：「我正好擺了棋局，不如最後再來一盤吧！」

淨淵挑了挑眉，走上前，坐下。見後池兩手各執黑、白棋子，正玩得不亦樂乎，「妳倒是好閒情。」

「等你來，當然要做點事打發一下時間。」後池眼都未抬，直直地盯著淨淵落下的白子，皺

起了眉，冥思苦想。

「妳考慮好了？」淨淵一怔，隨意落下一子，給了後池翻盤的機會，對面的人立馬眉開眼笑。

「自然。」後池趁淨淵閃神的時機連連攻城掠地。

「好了好了，讓妳贏了便是。妳這是什麼腦子？都一百年了，棋還是下得這麼臭。」淨淵抬手告饒，將手中白子丟下，頓了頓，還是正色道：「後池，妳真的準備好要回去了？」

雖然他將清穆晉位的事告訴後池，確實是想讓後池回去面對，可當後池真的做了決定時，他反而有些猶疑。其實若以後都能像這百年時光一樣，倒也不壞。

「有些事遲早要面對。淨淵，我一直想問你。」後池突然抬頭，朝淨淵看去，目光灼灼，「如果清穆是白玦，那……你究竟是誰？」

能隨意穿梭於時空亂流之中，淨淵的身分幾乎呼之欲出……

淨淵抬眼，俊美的臉上魅惑十足，勾起了嘴角，笑道：「怎麼，終於想知道我是誰了？」

「不想。」後池極快地回答，將最後一子落定，站起身，「不外乎也就那幾人之一而已。」

她朝竹坊走去，淡淡的聲音傳來。

「三日後來接我吧。」

淨淵看著她走遠的身影，眼中流光緩緩溢出。

後池，妳真的確信……還能喚回清穆嗎？

是夜。

百里秦川在院子裡抱著蛋和碧波嘮嗑，囑咐他回去後注意的事情。碧波雖是不喜這些瑣碎的事，但破天荒地老老實實坐在百里秦川身邊，垂著頭聽他吩咐。

後池坐在竹坊裡，瞇著眼看他們說話，突然間似是有所感，驟然回過頭，朝鎮魂塔中的冰棺看去。那裡，柏玄緊閉雙眼，沒有任何變化。

後池眼底泛起淡淡的疑惑，她剛才明明恍惚感覺到有人在看她，難道……只是錯覺而已？

清池宮後山。

冬雪壓在樹枝上，晶瑩透澈，搖搖欲墜。

仿若冰雪的國度，寒冷孤寂，唯有最中心的古樹下有個身影靜坐在那裡，他周身的空間似是被凝固，雪花自古袍上滑落，掉在地上，瞬間化成雪水。

極致的安靜中，低沉的腳步聲響起，一步一步似是敲擊在心底。

古君上神睜開眼，看著突然出現在後山的不速之客，並沒有如天后當年來此地時一般漠視，而是站起身，輕輕頷首。

「古君，別來無恙。」清越的聲音在古樹不遠處響起。

「神君大駕光臨，應該不是來看我這個老頭子的吧？」古君上神眼角帶笑，眼底卻沒有一絲笑意，反而整個人都因此人的存在透出一股子僵硬和遲疑。

如果有人在此，一定會被古君上神此時鄭重的模樣嚇住，在白玦真神甦醒時都能保持鎮定的古君上神，居然如臨大敵。

來人一身紫袍，俊美的面容傾盡世間芳華，墨黑的長髮散落在身後，流金的長裘披在他肩頭，一直拖在地上，拂過冰雪，奢靡而尊貴。

漆黑的瞳孔映著空靈的世界，和白玦俯瞰世間時的神情一般無二。

他淡漠地看著古君上神，笑道：「說來，上次見你都已經是幾萬年前的事了，古君你倒是老

得厲害。」

「比不得神君天地同壽的神力，神君不是一直住在紫月山，今日怎會來清池宮？」古君上神牽了牽嘴角，似是想讓自己變得更放鬆些，但仍是被淨淵的威力壓得喘不過氣來。

「古君，我也不和你兜圈子。暮光是上古所選，這些年我隱居在紫月山不問世事，至於當初幫妖界，純粹是妖皇求到了我面前罷了。三界誰作主我沒興趣，也不會干涉。」

淨淵的話有種冰涼的冷酷，古君聽得微微一愣。當年他為了幫妖界不惜滅掉十萬仙兵，這些年來也是暗中部署不斷，如今怎麼會突然這麼說？

難道生了什麼變化不成……想起已經放逐百年的後池，古君心底突然生出不安的感覺。

「白玦已經甦醒，想來你當初知道他傳承了炙陽槍時，便猜到了他的身分，所以對他的求娶才會定下百年之約。」淨淵看著神情不安的古君，聲音中帶出了點點笑意，眉微微揚起，「不過我倒是要承你這份情。」

低沉的笑聲中夾著危險，古君頓住，再走前了幾步，但近到淨淵一尺開外時便被擋住。他眉間的鬱色更甚，佝僂的肩背挺得筆直，看向淨淵，定定道：「神君，你此話何意？後池的事與神君無關！」

「古君，萬年前我便問過你，可有上古的蹤跡？你可還記得當初是如何回我的？」

淨淵兀然轉身，望向古君的眼底冰冷澈骨，透著微不可見的寒意，全然沒了對著後池時的溫和無害。

淡淡的紫光自他手間揮出，落在古君身上。古君面色陡然變得蒼白，一聲悶哼，跪倒在地。

「古君……古君……不知……」古君喘著氣，在紫光的籠罩下說不出一句完整的話來。

「不要以為你擁有混沌之力，就可以反抗我的真神本源。」淨淵冷冷地看著他，一字一句道：「白玦不過剛剛甦醒，你都知道不去觸怒他。可恨你當初竟敢欺騙於我，將上古藏在清池宮中數萬年！若非百年前她觸動了大澤山的劍塚，我根本就不知道她還存於世間……

「我不殺你，只因你撫養她長大，是她這一世至親之人。」淨淵低下頭，漆黑的瞳孔中陡然燃燒起幽紫的光芒，「可是，有些東西，你享用了數萬年，也該還回來了。」

話音落定，他深深地看了古君一眼，然後消失在了雪地中。

冰冷的聲音猶在耳邊回蕩，古君上神身上一鬆，癱倒在地，望著已經消失的人影，嘴角露出一抹苦笑。

果然不愧為完全覺醒的真神，竟然讓他毫無抵抗之力。只是不知道覺醒了的清穆，比之又會如何？

既然他已經知道了後池的身分，那這百年時間，他一定陪在了後池身邊，難道這就是他放棄席捲三界的原因？

上古四大真神，到底有什麼因緣糾葛？

古君上神望著皚皚白雪，眼底意味不明……

還回一切嗎？他張開手，枯敗蒼老的肌膚突然變得光潤柔和，和青年人一般無二。

你又怎麼知道，我是心安理得地享用這一切。

他抬眼朝山外望去，目光似是透過茫茫雲海，落在了一處。

那裡，正是三界之濱，九州之岸，蠻荒沼澤之處，白玦真神甦醒後所居之地。

第二十八章　歸來

隱山之巔，楓林石桌旁。

碧波抱著百里秦川的手不肯撒開，眼眶泛紅，嘴癟著，腳不停地在地上劃著圈，不願意抬頭。百里秦川摸了摸他的腦袋，在他梳好的小髻上捏了捏，飛快地掩下眼底的感傷，笑道：「碧波，你都是幾萬歲的老頭子了，怎麼還跟小孩子一樣？以後有機會你還可以回來看我。」

碧波輕哼一聲，「我是神獸，現在還在幼生期，不是什麼老頭子。」他遲疑了一下，覺得這種時候實在不適合耍小性子，拉住百里秦川的手老氣橫秋地吩咐起來：「百里，你仙基不穩，這些年就算有後池仙君幫忙，恐怕也只有一百來年的壽命……」

百里秦川還以為這孩子又要老掉牙地鄙視他的仙緣，嘴角抽了抽，準備洗耳恭聽。卻不想碧波朝竹坊中看了看，小心地轉過身從懷裡掏出個東西巴巴地遞到他面前，「百里，這是我的靈液所化，百年之後你服下它，再活個千歲不成問題。後池仙君凡事講究天緣，你可別讓她知道了。」

百里秦川低下頭，朝碧波看去，碧綠的袍子被隨意地裹在身上，小髻上的紅絲條一晃一晃，是他早上繫上去的。看著碧波認真的神情，他想起了百年前第一次見到碧波的時候，那時候他驕橫得不得了，整天對著他「凡人」「凡人」地叫。

可現在……百里秦川接過碧波遞過來的仙藥，在懷裡放好，揉著他頭上毛茸茸的軟髮笑了起來，「放心，碧波，我會等到你回來看我。」

碧波連連點頭，眼睎成了一條縫，把蛋也遞了過去，「你再抱抱它吧！等過些年，它破殼了，我和它一起回來看你。」

百里秦川頷首，眼底揚起笑意，正準備說什麼，紫光一閃，淨淵已經出現在不遠處。

「淨淵師叔，您等一會兒，我去喚師尊。」百里秦川對淨淵道，把蛋遞回給碧波，轉過身，卻看見後池已經朝這邊走來。

絳紅的長袍，長髮披在肩上，用木簪散散綰住，一、兩縷頭髮飄在額間被吹散，額間玉血紅深沉。鳳眼微挑，倨傲張揚，緩步走來，漫山盡染楓林都不及她周身氣息灼熱熾烈。

這樣的後池，是他從未見過的模樣。百里秦川突然明白，這才是那個在碧波口中敢在擎天柱下獨立三界、自削神位、放逐百年的後池神君。

這麼一呼一吸間，後池已經走到了他面前，百里低下頭，恭敬道：「師尊，保重。」

後池頷首，眼中流光微動，並未多說，走到淨淵面前，「走吧。」

碧波朝百里秦川看了一眼，化成仙獸模樣，抱著蛋，飛到後池肩膀上，眼角濕潤潤的。

淨淵朝楓林下的石桌上看去。那裡，棋局散亂，恍惚如昔。他垂下眼，半晌後，抬頭道：「是該走了。」

手一揮，紫光撕裂空間，龐大的光圈出現在他們面前。後池抬步走入，朝身後擺了擺手，消失在光暈中。淨淵身形一動，也消失在了原地。

淡紫的光芒在空中緩緩消散，隱山之巔一片安靜，比以往百年的任何時候都要清冷。

楓葉仍是靜靜盤旋，然後紛紛落下。棋盤上的棋子被風吹落在地，發出清脆的碰擊聲。

十萬沼澤之外的天下，仍是紅塵滾滾。天佑大陸，王朝興衰更迭，唯有隱山之巔的一襲白

影，靜靜站立，仰望蒼穹，時光在他身後變成洪流。

三界彼端，蠻荒沼澤。

這裡原被一層迷霧籠罩，終年不見天日，雖三首火龍盤踞在此，但自古以來便是無主之地，不受三界天規所轄。自一個月前金光驟降後，此處被掩藏的全貌便被掀了開來。一眼望不到底的蒼翠茂林中心地帶，原本是三首火龍棲息地，如今數百丈寬的巨石高聳雲端，恢宏蒼茫的大殿憑空出現，巍峨聳立，彷彿穹宇般俯瞰世間。

這座完全由仙木建成的大殿不同於後古界中的任何一座殿宇，遠遠望去，火龍印記鍥刻在頂殿四端，昂首咆哮，張揚威嚴。

渾厚而強大的神力將整個蠻荒沼澤籠罩，短短時日，這裡比三界中的任何一處都更稱得上「洞天福地」，拜訪投靠的仙君、妖君數不勝數，竟隱隱有壓過天宮之勢。

紫光閃過，後池一行出現在了巨石下的茂林中。她看著面前突如其來的一幕，望著高聳入雲的巨石，同樣有些怔然。百年前她和清穆還來過這裡，明明不是這般模樣，而且……淨淵不帶她回清池宮，來這裡做什麼？

後池似是想到了什麼，斂下眉沉聲道：「淨淵，這是何處？」

「淵嶺沼澤啊！」身後之人打了個哈哈，笑道：「妳百年前不是在這裡鬧得天翻地覆嗎？怎麼，記不起來了？」

他的聲音有絲不同尋常的冷，又似是拖長了腔調調侃，後池沒有察覺出異常，「這裡怎麼會變成這樣？」

「半個月之前，白玦覺醒，這裡是他現在的居所。」淡淡一句話，卻讓後池陡然愣住。

淨淵朝巨石上的雲霄指了指，嘲道：「妳不是想見他嗎？他就在上面。」

後池站在原地，沒有出聲，只是昂起頭，眼底瀰漫著淡淡的茫然。

「送妳回來，我的職責已經盡，我該回妖界了。以後要如何，全憑妳自己。」淨淵說完，輕輕一笑，消失在了原地。

絳紅的長袍拂過地面，後池良久未動，直到伏在她肩頭的碧波揉著眼睛醒過來，打斷她的沉思。「後池仙君，這裡是哪裡？咦，淨淵仙君去哪兒了？」碧波緊緊地抱著手中的蛋，聲音有些迷糊。

「這裡是淵嶺沼澤，白玦住的地方。至於淨淵，他回妖界紫月山了。」後池淡淡回道，抬步朝不遠處的桃林走去。

她記得這裡，當初被三首火龍追殺時，便是被鳳染帶到了這兒。

碧波聽見後池的話，忙不迭地用手捂緊了嘴，耷拉著耳朵不出聲了。

桃林外芳草萋萋，溪流潺潺，一派仙家氣象。後池還未靠近桃林，便停住了腳步。

不遠處的小徑上行來一排仙娥，容顏俏麗，個個手捧玉盒，神情忐忑，卻掩不住眼底的期待羞怯。

後池遲疑了一下，也沒躲閃，只是朝一旁的古樹走了幾步，讓開了小徑。

「靈芝，天后可真是疼公主。聽管理天宮寶庫的姊姊說，這次景昭公主大婚，天后可是快把寶庫的東西搬光了。」綠衣輕紗的仙娥推了推一旁的紫衣少女，輕聲道，聲音裡有壓不住的豔羨。

「何止……素娥，這些東西不過是後古的寶物罷了。娘娘那有不少上古奇物，都是留給景昭公主的，否則也不會讓大殿下親自送來了。」靈芝眨了眨眼，聲音微微拔高，「這場婚禮，真是前無古人，後無來者啊！」

「那當然，白玦真神可是上古真神，連陛下都敬幾分呢！公主可真是好福氣，要是這次公主能看中我，將我留在蒼穹殿服侍就好了。」素娥嘆了口氣道：「不過，我仙力低微，怕是沒希望了。靈芝妳加把勁，說不定就可以留下了。」

「哎，素娥……」那個喚靈芝的仙娥沒有搭腔，反而低下了頭小聲道：「聽說當年白玦真神向清池宮的後池仙君求過親，現在怎麼又要和咱們公主成親了？」

後池本來準備轉身離開，聽到仙娥的話，停住了腳步。

碧波不滿地朝那幾個仙娥「嗚嗚」了幾聲，後池拍了拍他的肩，沒有出聲，神情低沉內斂。

「靈芝，妳仙緣雖比我好，可是飛升得晚，有好些事都不知道。」素娥揚了揚脖子，聲音裡不免帶了幾分得意，「向後池仙君求娶的是清穆上君，要和咱們公主成親的是白玦真神，自然是不一樣的。」

靈芝撓了撓頭，「有什麼不一樣，不都是一個人嗎？」

「清穆上君不過是白玦真神覺醒前的一個身分罷了。如今白玦真神醒了，清穆上君自然就消失了。」

站在樹後的後池斂下了眉，嘴抿成了一條線，神情微怒。

果然，對所有人而言，清穆存不存在根本沒什麼區別。因為在他們眼底，白玦就是白玦，清穆只不過是他的附屬品罷了。

「哎，那後池仙君怎麼辦，她不是被放逐百年嗎？若是回來了，白玦真神已經和公主成了親，那可如何是好？」

「妳管這麼多幹什麼？她是古君上神的女兒，三界中向她求娶的仙君不知有多少，還輪得到妳來操這份閒心。」

靈芝聽來覺得有些牽強，昏沉沉地點了點頭，跟著素娥朝前走去，卻突然頓住。

前面古樹下影影綽綽地站著一個絳紅身影，看不真切她的模樣，但蒼穹殿附近從來沒有閒人敢闖入，更何況還是桃林附近，當即不由得板了臉，輕喝道：「誰在那裡？」

那人本來沒有動，幾個仙娥緩緩靠近，到只有幾步之遠時卻見那人大大咧咧地走了出來。絳紅的長袍，修長的身姿，墨黑的青絲披在身後，額間的血玉張揚深沉，鳳眼微微揚起，嘴角掛著似笑非笑的笑容，颯然而鏗鏘，古樸又高貴。

幾個小仙娥怔怔地看著來人走近，瞬息間彷彿被奪了聲息。

這般模樣氣質的女仙君，究竟是哪家的？

聽到「啾啾」的響聲，眾人這才回過神來，朝那紅衣女仙君肩膀上看了看。只見一隻碧綠的小仙獸捧著個蛋對她們齜牙咧嘴，這才急忙朝後池行禮，「不知是哪處仙府的仙君，可是走錯了路？可需要我等帶仙君去蒼穹殿覲見公主？」

如此模樣姿態，定是哪位老上君的弟子。近來入淵嶺沼澤向白玦真神道賀的仙君著實不少，是以她們便將後池也當作了其中之一。

覲見公主？後池淡淡地打量著面前的幾個仙娥，眼中流光微動，沒有說話。

感覺到後池身上的冷意，素娥還以為是剛才的喝聲觸怒了面前的女仙君，心底也是微惱。她畢竟是天宮御宇殿的仙娥，在天后面前一向受寵，哪裡受過這等輕視？她眼珠轉了轉，拉著靈芝退後了一步，姿態放得更低，「仙君恕罪，淵嶺沼澤不比別處，白玦真神一向不喜拜訪的仙君隨意走動。若是仙君想去桃林中逛逛，不如先向公主稟告，公主定會欣然陪您前往。」

竟然搬出白玦和景昭來壓她，這仙娥倒真是有趣。聽她剛才所說，應該是御宇殿中的人。後池垂下了眼，嘆了口氣，天后好歹也是一介上神，怎麼調教出這樣的下人來了。

半晌沒有聽到回應，素娥小心地抬頭，卻見那女仙君只是懶洋洋地看了她們一眼，摸了摸肩上小仙獸的腦袋，便徑直轉身朝桃林走去。

「仙君，桃林不可闖！」幾個仙娥見後池往桃林走，也急了起來，忙不迭地跟上前，卻被一股靈力輕飄飄地擋住。

後池回過頭，眉宇微斂，淡淡道：「蒼穹殿太高，我旅程疲乏，懶得多動，不如……妳先回去問問景昭，看我是不是要經過她的允許，才能進得這裡。」

紅衣女子轉過身的剎那，如火的長袍微微揚展，有種動人心魄的沉然和張揚。

幾個仙娥似是被這股氣勢所懾，怔怔地立在當處，大氣都不敢喘，眼睜睜看著後池朝桃林而去，半晌後才回過神來。

「這仙君是誰？好生可怕！不過她竟敢直呼公主名諱，當真是無禮。」

一個喏喏的聲音響起，驚醒了素娥。似是想到了什麼，她猛然抬眼朝桃林深處的熾烈紅影望去，頓了頓臉色大變，燒得通紅。她將玉盒朝靈芝手中一放，急道：「糟了，出事了。我去回稟公主，妳們守在這裡，不要讓旁人靠近。」

說完便朝空中飛去，一眨眼就不見了蹤影，只留下幾個仙娥面面相覷，不知所措。

半空中出現兩個人影，仍舊一身紫衣的紫涵站在淨淵身後，輕聲道：「主公，後池仙君已經走遠了。」

淨淵怔怔回神，揉了揉眉角，笑了起來，「我還怕她會吃虧，真是瞎操心。她這個性子，誰遇上誰倒楣。你說古君也是個溫吞的主，她這牙尖嘴利到底是從哪裡學來的？」

紫涵可不敢搭腔，頭死命地低下，當作沒聽到。

「算了，回去吧。兩個月後的婚禮可是後古界來的頭一遭，我還得備些『厚禮』才是。」

他話音落定，兩人消失在了半空中，淡淡的紫光也隨之消散。

後池一邊拍著碧波的翅膀，一邊慢慢地觀賞風景。這裡比百年前繁盛了不少，放眼望去，無有邊界。漫天的桃紅色，溫雅安然，淡淡的香氣在鼻尖瀰漫，沁人心脾。

這片桃林，說是人間仙境也不為過。他倒是好享受，一句話就把這淵嶺沼澤給占了。後池正想著，卻陡然頓住了腳步……難怪她們見她走進桃林，會急成這樣……

十步開外的地方，白袍襲身的人影靜坐在桃樹下，容顏清冷俊美，雙眼微闔，似在沉睡。他手中握著的書卷在輕輕晃蕩，被風吹起，發出清脆的響聲。

後池站在原地，靜靜地看著他，突然想。

原來，這世間，真有一眼萬年之感。

清穆，我如約回來了。

可是，你還在嗎？

延綿十里的桃林，漫天落花，溪水在林外緩緩流淌而過，還有……那人手中書卷被輕輕吹動的聲音，彷彿奇妙地將這片天地隔絕開來。

「啾啾」聲響起，碧波小心翼翼地扯了扯後池的衣袍。她回過神，安撫地拍拍他，朝不遠處閉目冥想的人走去。

清穆也好，白玦也罷，她總要弄個清楚明白才是。

與此同時，巨石上的後殿中，景昭怔怔地看著低下頭的素娥，握著步搖的手不自覺地握緊，喃喃道：「素娥，妳說什麼？」

素娥低著頭，聲音中滿是忐忑，「公主，那仙君甚是無禮，奴婢猜著恐怕是後池……後池仙君回來了。」她小心地抬頭，見自家公主面色難看，又迅速低了下去。

那人的氣質談吐像極了傳說中的後池上神，雖然不敢相信她突然歸來，但對公主而言，這絕對是頭等大事。

見景昭神情恍惚，素娥輕聲提醒道：「公主，後池仙君朝桃林的方向去了。」

「桃林」二字猶如驚雷一般讓景昭清醒。她站起身，覺察到自己的失態，這才朝素娥擺手道：「素娥，這件事不要傳出去，也不要告訴母后。」說完徑直朝殿外而去。

看著景昭消失在殿外，素娥咬了咬唇，從袖中掏出個紙鶴低聲說了幾句，吐了口仙氣在上面，紙鶴便歪歪斜斜地朝天宮的方向飛去。

桃林中，後池每一步都走得極輕，待離白衣人只差幾步之遠時，乾脆連呼吸也降了下來。那人似是察覺到異樣，皺了皺眉，閉著眼道：「東西放在地上，下去吧。」

半晌未聽到放東西的動靜，腳步聲亦仍是未停，那人終於覺得不對，睜開了眼。逆光下，睫毛微動，漆黑的瞳孔中映著不遠處的風景。

一身絳紅長袍的女子定定地看著他，神情沉穩凜冽，卻偏偏帶著化不開的溫柔。白玦打量著她，神情淡然清冷。眼中流光一閃而過，額上的金色印記突然變得深沉起來，但又極快地恢復原狀。

後池微微一愣，縱使她一直在告訴自己，清穆不可能消失，但是在看到白玦睜開眼望向她的一瞬間，還是有些許無措。

清穆從來不會這麼看著她，陌生而淡然，沒有一絲溫度。

面前的這個人舉手抬足間便有著超越常人的從容優雅，但這……不是她的清穆。

面前坐著的人似乎沒有先開口說話的打算，後池走上前，慢慢開口：「你是誰？」

白玦放下手中的書，手一揮，石桌上出現兩個茶杯，淡淡道：「後池，別來無恙？寒舍簡陋，請用。」

後池神色微黯，看著茶杯中逸出的仙氣，坐下來，眼中意味不明，「我還以為真神會說不識得我。」

「雖然當初我沉睡在清穆體內，但有些事還是知道的，說不認識就是妄言了。」白玦淡淡擺手，聲音中未見絲毫波動，彷彿對他而言，後池不過是個無關緊要的人。

後池早就知道……他既然會因為景昭當初的恩情而答應這場婚事，那就不可能會不認識自己，只是……她寧願他假裝不認識她，這樣她才能告訴自己面前的這個人還是清穆，只是有苦衷而已。

如今他坦然相對，沒有半分扭捏，對著她時，眼中除了漠然，竟見不到一絲別的情緒。

「白玦真神，清穆在哪裡？」後池懶得多話，冷聲問道。

就算清穆只是他覺醒前的替身，可是他憑什麼奪去他的存在？對她而言，白玦連清穆的一根頭髮絲都比不上。

「我覺醒了，他的使命已經完成，自然就消失了。」白玦端起茶杯，輕輕抿了一口，霧氣浮上來，遮住了他斂住的神情。

「什麼意思？」後池心神微震，眼睛睜大，握著茶杯的手猛然一緊，周身泛起了凌厲的煞氣。

「一具身體當然只能有一個魂魄。我醒了，他消失，天經地義。」淡漠的聲音似是不帶一絲感情，白玦完全無視了後池的憤怒，唇角勾起，似笑非笑，「後池，這具身體本就由我所煉化。

當初我沉睡之時，這具身體有了自主意識，才會衍生出清穆。如今我不過是收回自己的東西而已，有何不可？」

後池神色微黯，仍是固執地看著他，「就算是靈魂消失，總該有個去處吧。清穆即便沒有身體，他的靈魂也不會輕易消散在三界中，你一定知道他在哪。」

白玦沒有回答，只是抬眼看了看她，突然道：「後池，聽說當年妳與清穆本有百年之約……」

後池頓了頓，點頭。

「可是妳為了喚醒柏玄妄動三界至寶，這才在擎天柱下自削神位，放逐天際百年……」白玦停聲，漠然地看向後池，緩緩停住了聲。

「白玦真神，你究竟想說什麼？」

白玦低下頭，嘴角勾起，聲音冰冷而嘲諷，「妳當初既然已經做了選擇，又何必在百年後再回來惺惺作態？清穆和白玦，妳當年就已經選了，不是嗎？」

低沉的聲音，好似自九幽地底飄然傳來。後池驀然怔住，面前的人明明是清穆，可如今卻只會冷冷地看著她，說出如此殘忍的話。後池全身的血液驟然間像是被凝住了一般，冷到了骨頭裡。

這百年放逐，即便孤寂，可她卻從未覺得難捱，只因她堅信，清穆在等她回去。

「當初是我的錯，但我不能眼睜睜……」後池握緊指尖，輕聲道，眼微微垂下。

「錯便是錯。後池，清穆已經消失了，妳若想找回他，也不是沒有辦法。」

白玦淡漠的聲音傳來，後池精神一振，急忙道：「什麼辦法？」

「妳花了百年世間來救柏玄，如今怎麼倒不記得了？」

「你是說……」後池睜大眼，神情中滿是訝異，他的意思是………

「只要我死了，拿我的身體在鎮魂塔中煉化百年，或許……他會回來。」

後池怔怔地看著他，一句話都說不出來，這算什麼辦法？

「當然，這三界中還沒有人能殺得了我。所以，也算是沒有辦法。」白玦垂下頭，攤了攤手，似笑非笑。眼中微微流光劃過，竟有幾分戲謔之意。

知道自己被耍了，後池頓生薄怒，但不知為何她覺得白玦剛剛的模樣似有幾分清穆的神態，便怔在了當處。

白玦也覺察到不妥，眼瞇了起來，端起茶杯沒有出聲，眉宇間多了一抹凌厲之色。

劍拔弩張的氣氛消失，難得安靜下來，後池肩膀上的碧波「啾啾」地喚了後池兩聲，巴巴地把手中的蛋遞到後池面前，「後池仙君，它餓了。」碧波譴責地看著後池，那模樣心疼得不得了，活像後池是個不盡職的後娘。

後池尷尬地揉了揉眉頭，正欲接過碧波遞過來的蛋，卻不想那蛋竟然直直地朝著白玦飛去，落在他面前，就再也不動了。

趕到桃林的景昭正好看到這一幕，身子一僵，神情複雜難辨。

白玦眼中的尖銳冷漠不易察覺地緩了緩，伸手接住了面前的蛋。

後池僵硬地看著這一蛋一人，伸出的手尷尬地放了下來，頹然道：「它性子有點皮……」嘴張了張，見白玦面色怪異，便沒有再說下去。

景昭停住腳步，她定定地凝視著不遠處的兩人，手微微握緊。

白玦沒有吭聲，只是愣愣地看著手中的蛋，見它在自己手中挪了挪，似乎在找個更舒適的地方，眼底泛出些許驚異之色，但又迅速隱下。

似是察覺到景昭的出現，白玦朝她的方向遠遠望去，眉眼變得柔和起來。景昭一愣，似是有些激動，眼眶微微泛紅。

後池看著這一幕，覺得甚為刺眼，面色沉了下來。

這人憑什麼頂著清穆的樣子在這裡和景昭眉來眼去的！

朝景昭安撫地笑了笑，白玦生硬地把蛋遞到後池面前，「它是妳當初和清穆的精魂所化，按理說我應該照拂，但……我即將大婚，難以周到，後池仙君的靈力想必足以讓……」

白玦話未說完，後池已經站了起來，周身泛著冰冷的怒氣，眉宇凜冽，「毋須白玦真神費心。」接過白玦手中的蛋，轉身朝外走去，行了幾步，後池朝景昭的方向微微一瞥，突然轉身看向白玦，漆黑的眸子熠熠，「白玦，你不必如臨大敵。真神又如何？在我眼裡，尚不及清穆萬分之一。」

話音落定，乾淨俐落地轉身，後池朝天際飛去，消失在了桃林中。

白玦握著書的手緩緩垂下，神情仍是淡漠清冷。他轉過頭，朝不遠處的景昭招招手，笑道：「怎麼有空過來？妳母后送來的東西都收拾好了？」

景昭聞言臉色有些赧然，走近才道：「我聽素娥說皇兄又送了些東西過來，都是上古的奇物，所以來邀你去看看。」

白玦笑了起來，似是很滿意未婚妻子的嬌羞，聲音輕柔，「無事，妳先去吧。我還有卷書未看完，等會就來。」

景昭「嗯」了一聲，格外聽話地點點頭，朝桃林外走去。

行了幾步，轉回頭，那人眉間仍是帶著淺淺的溫柔，安靜地看著手中的古書，溫潤而高貴，全無剛才面對後池時的冷漠尖銳。

她來白玦身邊只有短短一月，可是也同樣明白，這個人真的是上古真神白玦，而不是她心心念念了千年的清穆。他永遠高高在上，如一輪明月，俯瞰世間，讓人只能仰望。

可是他卻對她真心相護，所以，有什麼關係呢？她能陪在他身邊，就已經很好了。

景昭嘴角勾起滿足的笑意，朝外走去，突然感覺到一陣冰冷的疼痛。她張開手，上面鮮血緩緩流下，尤為刺眼。

剛才她太心急，從後殿中趕出來，手中握著的步搖一直沒鬆開，看到後池時，驚慌下竟劃破了手掌。

她停住腳步，頓住，心底微冷。明明是如此溫柔的人，這麼明顯的傷，他怎麼會沒看見呢？也許……只是沒發現吧。景昭掩下心底的不安，緩緩朝外走去。

清池宮外，後池怔怔地看著走上前迎接她的鳳染，抱著蛋的手突然抖了起來，似是一瞬間失去了所有的力氣和張揚，靠在她肩上，聲音極低……極低。

「鳳染，他對我說……別來無恙。

「鳳染，他說是我親手放棄了清穆。

「鳳染，他說他要和景昭成婚。

「鳳染，他真的不是清穆，清穆……消失了。」

清池宮內一如既往安靜，但卻瀰漫著令人窒息的氣氛。

大殿上的鳳染沉著眼，聽長闕回稟近來上淵嶺沼澤朝拜的仙君如過江之鯽，嘴撇了撇，手一揮道：「長闕，不用說了。」

她的聲音有些疲懶，揉了揉眉又道：「以後這些事就不用回稟了，免得後池聽到。」

長闕明白鳳染的意思，嘆了口氣，低頭不語。

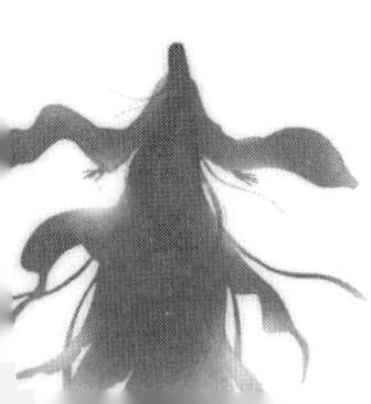

白玦真神大婚將近，三界中的仙妖神魔全都上趕著去祝賀，天宮更是一掃之前對清穆上君的敵視，極力促成此事。清池宮雖格外沉默，但仍然無法在這場前所未有的盛事中置身事外。

小神君和清穆上君當初的婚約並未作罷，如今白玦真神要迎娶的卻是天宮的景昭公主，實在應了「三十年河東，三十年河西」這句話。不少仙人雖不明著說，但打量清池宮中人的目光難免別有深意。

清池宮在三界超然了幾萬年，何曾受過此種侮辱，但……自從白玦真神覺醒後，古君上神便下令清池宮人不得隨意滋事。眾人受的閒氣多了，最近乾脆不出宮門，窩在了清池宮懶得出去。而小神君……自那日回來後便一直待在後山，甚少踏足別處。整日神情倦怠寡歡，就跟當年柏玄仙君消失後的情形一模一樣，甚至更為嚴重。

「鳳染上君，一月後便是白玦真神大婚，昨日請帖已經送來了。」長闕沉思半晌，磨磨蹭蹭地從袖袍中掏出一物，遞到鳳染面前。

金色的請帖泛著濃厚的靈氣，透著尊貴的意味。

鳳染恨不得看出個窟窿來，最後哼了一聲，極快地收好，「我知道了，你下去吧。」

「上君，我們送什麼禮物為好？又由何人出席？」長闕站得紋絲不動，繼續道。

雖然也覺得討論這件事甚為彆扭和不忿，但長闕一向把清池宮的禮節看得極為重要。如今處於非常時期，就更是要做得面面俱到，以免落人口實。

「你去吧。」鳳染站起身，敷衍地擺擺手，朝後殿走去，「至於禮物，華淨池中的仙魚隨便撈幾條，繫個紅綢帶，弄得喜慶點，送過去應應景就行了。」

長闕滿頭黑線地看著消失在大殿中的鳳染，眉頭抽了抽，臉上神色各種變幻，甚是精彩。

鳳染上君，人家好歹也是上古真神，讓我去祝賀也就罷了，可這禮物是不是也太寒磣了！

想起百年來，鳳染為後池和清穆大婚搜刮來堆滿了寶庫的各種奇珍異寶，長闕嘆了口氣，朝外走去。

清池宮後山。

鳳染遠遠地便見到古君上神站在後山涼亭中沉思，遲疑了一下，還是走上了前。

「老頭子，這是蒼穹殿送來的。」鳳染沒頭沒腦地說完，用指尖夾起燙金請帖的一角，朝古君上神扔去，十足的嫌棄。

古君上神接住，看也未看便收進了袍中道：「我知道了。」

「老頭子，後池這幾天怎麼樣了？」見古君上神不想談論此事，鳳染也懶得再提，問起了後池。

清池宮後山西北角有一處山谷，四季如春，與世隔絕。後池幼時曾住在那裡，長大後很少踏足，這次回來後進了山谷後便沒有出來過。

涼亭地勢頗高，鳳染往山谷裡瞅了瞅，有些喪氣，「這都什麼時候了？她怎麼還沉得住氣。」

古君聽見這話，波瀾不驚的神情動了動，「鳳染，妳此話何意？」

「清穆快大婚了啊！」鳳染看了看古君上神，漫不經心道。

「他如今是白玦真神。」古君上神板著臉沉聲道。

「那又如何？在他是白玦之前，他先是清穆。」鳳染瞇了瞇眼，神情有些悠遠，「就算白玦為上古真神又如何，他早在十幾萬年前就不存在了。我認識的、生死相交的是在淵嶺沼澤中並肩而戰、在擎天柱下寧願受百年妖力之苦也要等後池回來的清穆，與他何干？」

古君微微一怔，似是想不到如今三界皆將清穆視為白玦之時，鳳染還能說出此話來。果然也

只有心思如此質樸之人，才能一根筋到頭。

「老頭子，後池是不會放棄的。」見古君上神神情淡淡，鳳染輕聲道：「如果連我都能如此想，那後池就更不可能放棄清穆，只不過……」後池是何等心性？當初清穆為她做的，只怕這世間無人能及。只是面對如今的白玦，即便有心，也徒留下無力罷了。

古君上神聽懂了鳳染的意思，剛欲說什麼，一道白光從天際劃下，降在了二人面前。

感覺到這股神力來自何人，兩人的眉頭都皺了起來。

白光之中，一幅金黃的古卷虛浮其上，慢慢展開，泛著強大的氣息。

古君和鳳染皆是一愣，什麼事如此重要，天后居然會用仙界御旨的方式來傳話？

古卷上面，一個個字慢慢浮現，金色的光芒，倨傲又盛氣凌人。

幾乎在看清御旨之意的瞬間，一股龐大的神力自古君上神身上湧出，金黃的古卷瞬間被撕得粉碎。混亂的靈力在涼亭中亂竄，看著數萬年來從沒有變過臉色的古君上神盛怒的模樣，鳳染心底微震，但同樣氣急攻心。

天后和天帝共同執掌仙界，自然也有頒發御旨的權力，這道聖旨一看便是天后所為。

「下君後池，妄入蒼穹之地，禮儀不規，降為仙君，禁閉清池宮，自思己過。」

御旨一旦頒出，便會為三界所知。天后這是要對三界眾仙立威，告訴所有人，在地位上，如今的後池，難及景昭萬分之一。

「她怎麼敢……怎麼敢！」古君上神指尖微顫，蒼綠色的旋渦無聲地旋轉，整個後山都被這股威壓籠罩，一時間極為安靜。

古卷消失的瞬間，冰冷的聲音隨之在白光中響起，然後瞬間化為虛無。

「古君，景昭和白玦真神即將大婚，若是你不能管好女兒，本后不介意為你分憂。」

一道懲罰，一句問責；步步緊逼，冷嘲熱諷。

念及此，古君上神閉上眼，背在身後的手慢慢握緊。

好一個天后，好一個蕪浣！

蕪浣，這天下間無人敢問責於她。遠古神祇不可以，後古仙妖不可以，妳……同樣也不例外！

鳳染沉默了一會，見古君上神盛怒的面色微緩，稍稍安心，一言不發地轉身朝外走去。這件事不能讓後池知道，剛才老頭子的神力波動這麼大，她得先去瞧瞧後池怎麼樣了。也不能讓後池出宮，否則外面的那些仙君還不知道能說出什麼話來。才走到一半，她便迎上了匆匆而來的長闕。

「鳳染上君，小神君不在山谷中。」

長闕面色有些怪異，鳳染看得狐疑，忙道：「怎麼回事？」

「小神君最喜歡去華淨池釣魚，只不過華淨池中的都修成精了，滑得不得了，所以我便在池中多放了幾條從凡間抓來的魚，想讓她開開心。結果剛才去山谷叫她，桌上只剩下一張字條，碧波和小小神君都不見了。」

那顆蛋的存在在清池宮不是什麼祕密，鳳染沉下眼，「後池說什麼了？」

「小神君說……她去凡間遊歷了，不日歸來，讓我們不必憂心。」

鳳染驟然沉下臉色，不信地挑了挑眉，「她真的這麼說的？」

長闕忙點頭，神情裡也是不解，這都什麼時候了，小神君居然還有心情去凡間遊歷。

「長闕，你守好宮中就是，我出去找找後池。」凡間……想到瞭望山，鳳染匆匆丟下一句話，朝宮外飛去。

清池宮外的松樹下，一身青袍的景澗見鳳染飛出，眼睛一亮，想迎上前，但想了想，還是退了回去。

這百年時間，他時常會來清池宮，但極少進去拜訪，每次只是在鳳染出來的時候遠遠看一眼。以前鳳染見到他還會點點頭，自從白玦真神覺醒後，就連看都懶得看了。

他知道，若非當初父皇逼得後池自削神位，放逐天際百年，清穆也不會強行吸納妖力入體，這麼快就覺醒。而他當時……在擎天柱下，沒有幫後池。

他畢竟是天宮皇子，後池觸犯了三界法規，他實在難以開口。況且在那種情況下，他若開口，父皇恐怕怒意更甚。

半空中的赤紅人影突然停下，然後朝地面飛來。景澗眼中浮過一抹驚喜，想迎上前去，但又有絲赧然，反而踟躕在原地。見鳳染越來越近，他最後長吸一口氣走上前，眼晶亮亮的，「鳳染，妳近來可……」

話還未完，便頓在了原處。他愣愣地看著鳳染，說不出一句話來。

那雙以往張揚的鳳眼裡滿是不屑、甚至夾著滔天的怒意，即便是在後池被逐的那日，他也不曾被她如此厭惡地注視過。

「景澗，以後不要來清池宮了。」冷冷的聲音，似是多看他一眼都嫌煩。

景澗指尖微顫，苦澀道：「鳳染，我知道當初父皇他……」

「和天帝無關，你有時間守在這裡，還不如回天宮，看天后究竟做了些什麼！」鳳染淡淡開口，掩下了眉間的怒意，轉身便走，行了幾步，回轉頭，眉角冷峭，笑容清冷決絕。

「景澗，你何必如此？這天上地下，九州八荒，我就算是看上任何人，也唯獨不會是你——天后蕪浣之子，景澗！」說完這句話，決然離去，赤紅的身影消失在天際。

景澗神色驟然一變，無力地朝一旁的古樹靠去，隔了半晌，突然笑了起來。

「鳳染，妳為了大哥怨我、為了父皇怨我，如今為了母后怨我。妳怎麼永遠不會回頭看看我，只是我……」

聲音越來越低，最後微不可聞。古樹旁的一道青影垂下頭，手抬起，遮住了眼睛，彷彿世間再也不剩一點光亮。

與此同時，天宮御宇殿。

天帝沉著臉走進大殿，看王座上的蕪浣一副安然的模樣，沉聲道：「蕪浣，妳怎麼能頒下這種御旨！」

「有何不可？」天后笑了笑，眉間滿是傲色。

「妳如此做，視清池宮為何物？視古君為何物？以他對後池的疼愛，勢必不會忍下這口氣。」

「他忍不下又如何？當年為了後池，景昭被禁鎖仙塔百年，如今後池竟還敢去淵嶺沼澤見白玦真神。為了景昭，我小小懲戒她一下又有何不可？」

「蕪浣，這樣一來，只會顯得咄咄逼人，給三界留下口實，況且對後池而言也太過……」

「暮光！」天后打斷天帝的話，冷冷道：「我只是為女兒做點事罷了，如今有白玦真神在，你何必再忌憚古君？更何況……我就是要後池不敢面對三界中人，免得景昭大婚那日她還來攪局。別忘了，古君當初的大禮，我們在崑崙山上受過一次，難道你想要景昭再承受一次嗎？」

天帝一時被堵住，說不出話來，只得一拂袖襬，消失在大殿中。

妖界紫月山，紫涵一邊小心地稟告天后剛剛頒下的御旨，一邊打量著面前之人的神情。

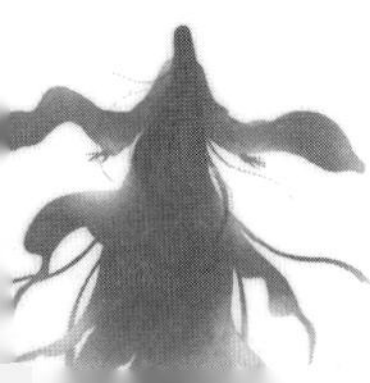

「蕪浣……這幾萬年她恐怕是過得太舒服了。」淨淵打斷紫涵的稟告，聲音幽幽，說不出的冰冷漠然。

他望向蒼穹殿的方向，喃喃道：「時候快到了啊……」

鳳染在瞭望山等了三日，還是未見到後池的身影，只得怏怏地回去了。

十日後，後池一身布衣，路過瞭望山底，靜靜凝視片刻後轉身離開，一步也未踏入。

一個月後，淵嶺沼澤大婚將近之時，鳳染終於在清池宮外的華淨池前，看到了拿著魚竿垂釣的後池。

彼時，她一身玄衣，微微轉頭，揚眉輕笑，「鳳染，百年之期到了，我該履行諾言了。」

鳳染突然記起，百年之前，擎天柱下，清穆曾對後池說「待妳歸來，我們便成親」。

那時，後池說「好」。

一句一生，一諾一世。原來，後池從來不曾忘記。

三日後，白玦真神大婚前夕，清池宮關閉了數月的大門重新開啟。

第二十九章　大婚

後古曆六萬三千四百二十一年，六月初五，真神白玦昭告三界的大婚之日。

這一日才清晨，淵嶺沼澤之下便已賓客滿至。雖然白玦真神請帖中言明一切從簡，但提前送上蒼穹殿的賀禮仍是源源不絕。一個月來，沼澤中光是御劍飛行化成的靈光，就足以讓這片廣袤的地域黑夜如晝。直到三日前，白玦真神以大婚在即為由，禁止所有人入淵嶺沼澤，才讓這股瘋狂的勢頭緩了下來。

直到這日大婚，蒼穹殿才重新開啟。

但無數道飛劍在離淵嶺沼澤百丈之處便停了下來，站在劍上的仙君、妖君面面相覷，一時間都失了言語。

世間皆聞上古真神神力通天，與天齊壽，凌駕三界眾生之上，直到此時，他們才有了真切的感受。

洪荒沼澤中心處連接天際的巨石四周，如奇跡般化出了四道浮梯。千萬塊小石頭浮在空中，一階一階地朝上堆砌。金色的靈光籠罩在浮梯四周，彷佛銀河中的一片流雲。

同時，一股強大而浩瀚的威壓緩緩自天梯而出，直逼他們而來。

眾人心領神會地對望了一眼，落在地上，朝巨石邊的浮梯走去。

好在婚禮是黃昏舉行，還有數個時辰，他們還有時間可以爬上去。

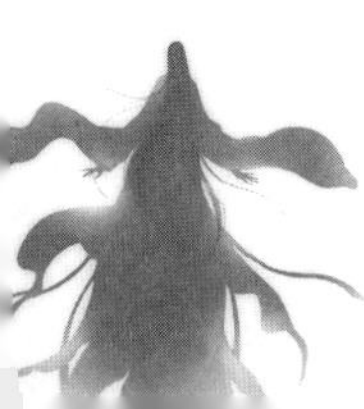

四道連接天際的金梯的含義不言而喻，這時候可沒有人去講究什麼神仙、妖魔的傲骨，這座天梯由白玦真神神力凝聚而成，不是所有人都能走完的。能到達蒼穹殿的人，才能獲得白玦真神的承認。

一時間，四道天梯上靈光千幻百變，五光十色，遠遠望去，蔚為壯觀。

與此同時，蒼穹殿後殿中。

天帝和天后坐在窗邊，天后一臉沉思，神情似是有所不安。天帝則面露感慨地看著外面，摸著鬍鬚道：「白玦真神真是好手段，當初我還在想，道賀的人太多，蒼穹殿會無法容納。想不到他竟是如此安排，我倒是多慮了。」

「你倒是好脾性，他根本沒和我們商量有這種打算。若不是我們記掛著景昭的婚事提早幾日前來，是不是今日也得和那些人一樣爬著梯子上來？」天后沒好氣地看了天帝一眼，有些怨懟。

「蕪浣。」天帝的神色倒是端正起來，「雖然他快成咱們的女婿了，可是妳別忘了，他是真神白玦。」一聲到低處，甚至夾著些許凝重。

萬年的時間，他真怕蕪浣已經忘了他們如今面對的人是誰。就算現在上古界塵封，上古真神的威懾力同樣也不容小覷。

端看今日的陣勢便知道，不是誰都能有這種魄力，敢讓三界眾生如此心甘情願地受著神力威壓，爬這望不到盡頭的萬級天梯。

天后神色一變，握著茶杯的手一緊，剛想說什麼，一個身著紫衣的侍女走了進來。她替天帝、天后添滿茶，恭聲道：「兩位陛下不如去偏殿中休息，真神說大婚在即，煩瑣事多，不便接見兩位。」

這侍女的聲音洪亮，卻極為守禮大方。天后面色微變，瞇起眼，倨傲地看了她一眼，覺得和個侍女計較實在失了身分，眉微挑道：「一連三日都沒空接見我們，白玦真神真的如此忙？」

紫衣侍女躬身，神色更加恭謹，「天后海涵。」說完便也不作聲了。

天后冷冷地看了她一眼，一拂袖袍，「下去吧。」

待紫衣侍女出去，天后才忍不住怒意對天帝道：「這是什麼下人？這麼不懂規矩！」想起前幾日白玦把她送來的侍女全給遣了回去，天后的聲音不由得冷了下來。

「蕪浣，這些人都不簡單。我算是知道為何白玦真神會選此處為居處。」天帝頓了頓，才道：「此地原為淵嶺沼澤，妖獸不知凡幾，三首火龍更是有接近上神之力。白玦真神如今坐擁這裡，即便是對著仙妖兩界，實力亦不遑多讓。這些下人皆是妖獸所化，他們受白玦真神神力照拂，修煉起來一日千里，自是甘心奉其為主，那三首火龍如今想必也是在他座下。」

天后哼了一聲，繼續道：「但這算怎麼回事，我們來了三日，除了這麼好吃好喝地打發著，竟是連他一面都見不上？」

天帝也是眉頭微皺，仍是道：「蕪浣，我們也沒什麼大事，妳這麼急著要見白玦真神，到底是為了什麼？這幾日我瞧著妳心慌意亂，是不是出了什麼事？」

天后面色一僵，掩下了神色道：「沒什麼事，就算他是真神，可景昭好歹是我女兒，他怎可如此折辱於人？」

「蕪浣，妳說實話。這幾日我想來，就算妳再不喜後池，降下一道密旨到清池宮也就是了，可妳偏偏以御旨名義昭告三界，這實在有些過分……妳到底在不安什麼？」天帝揉了揉眉，嘆道：「景昭馬上就要成婚了，妳到底還有什麼可擔憂的？」

「就是景昭即將成婚，我才會擔心。」見天帝已經把話說到了這個份上，天后也不再掩飾眼底的擔憂，「暮光，我們傳自上古，那四位真神的心性你是知道的，你說……白玦真神怎麼會娶

景昭？

「就算是景昭當年對清穆有恩，但以白玦真神的身分，他有一千種可以報恩的方法，也絕對會令人無話可說。可是怎麼會偏偏……娶景昭？」

天后定定地看著天帝，神情鄭重。景昭是她百年懷胎所生，血濃於水，她比誰都瞭解當年的四大真神性子倨傲到了什麼地步，所以才會這般擔心。

「蕪浣，妳多慮了。上古之時，白玦真神便是出了名的重情義，這沒什麼不能理解的……況且，現在是後古時代，早就和當初不一樣了。」

天后皺皺眉，沒有說話，她明白暮光話中的意思。如今的後古界中，能超過景昭身分的根本沒有，白玦真神看上她是理所當然。

「不是，暮光，我只是在想……」天后的聲音有些悠遠，「如果白玦能重生，是不是其他幾位真神也……」

天后的聲音艱澀到了極點，天帝聞言一頓，手中握著的茶杯發出清脆的碰擊聲，凝神半晌才道：「其他兩位真神我不知道，不過……上古真神絕無再臨世間的可能。」

聽見天帝話語中的篤定，天后眼中微不可見的流光閃過，似是如釋重負一般輕輕舒了口氣，「暮光，你何以如此肯定？」

「蕪浣，不要忘了當初混沌之劫降臨，上古真神以身殉世，以自身混沌之力將洪荒自三界清除，才能保得天下安定。世間清滌，只有混沌之力才能救世，如今三界安然幾萬載，全是上古真神之功。

「而其他三位真神，是在上古真神殞落後的大戰中才消失的，跟上古真神不一樣。」天帝嘆了口氣，似是有些悵然，「到如今，沒人知道當初上古界塵封、其他三位上神同時消失的真相。

現在白玦真神既然已經重新降世，我猜想著，其他兩位真神或許尚在世間。」

「什麼意思？」天后微微一怔，忙問。

「蕪浣，不要忘了，三千年前仙妖兩界大戰，妖界的紫月妖君淨淵擋住了我一擊。雖說我未用全力，可是他卻也絲毫不弱於我。」

「當時你不是猜想他可能是上古界遺漏的上神嗎？」第一次聽暮光談起此事，天后瞳色驟變，忙問道。

「當時我的確是這樣想，但如今白玦真神甦醒，我才覺得淨淵恐怕不簡單。因為從始至終，我都沒有見過他的樣子，若非是識得我，否則他又怎會刻意如此？」天帝嘆了口氣，放下手中握著的杯盞，徐徐道：「妳長年閉關，這些事我便一直沒有告訴妳。不過，蕪浣，就算是真神覺醒，也沒有什麼。我們畢竟執掌三界數萬年，地位無可撼動。再說他們根本不會介入三界之中，妳應該明白，對他們而言，這三界其實也只不過是俗世而已。」

天后良久無語，直到天帝握住她泛涼的手時，點點暖意才讓她驟然回神。她笑了笑，神色不復以往清冷，但眉宇間的憂色卻更重。

如果連他也甦醒了，那白玦遲早會知道她當初做下的事，到時候……就會是整個天宮的劫難！

天后朝窗外看去。萬級天梯上，人頭攢動，靈光流溢，熱鬧非凡。

無論如何，這場婚禮，一定要順利完成，不能有任何紕漏！

天帝看著神色鬱鬱的天后，心底微微不安。

蕪浣，妳到底還瞞下了什麼？

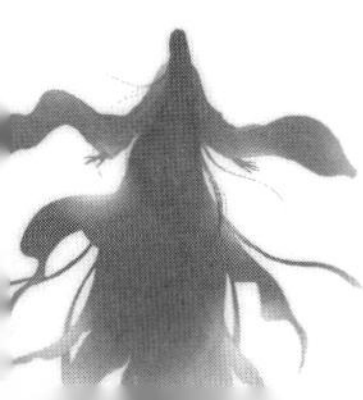

此時，鳳染、長闕、後池三人駕著祥雲，正朝淵嶺沼澤而來。

長闕不時地朝鳳染和後池看一看，見兩人神色正常，掂了掂手中籃子裡繫著紅絲帶的仙魚，平時一本正經的面容變成哭相。鳳染上君還真是說到做到，這樣入了蒼穹殿，不被人笑掉大牙才怪！

只是，小神君就這樣去淵嶺沼澤，真的會無事嗎？

鳳染見長闕眉毛皺著都快打成結了，吆喝道：「長闕，輕鬆點，咱是去參加婚禮的，不是去打劫的，你這麼一副樣子，別人會誤會的。」

她說得極為認真，長闕忍不住在心裡吶喊，就您這副凶神惡煞的模樣，誰會信啊？

後池冷凝的神情被二人鬧得哭笑不得。她朝長闕手中提著的魚看了一眼，摸了摸鼻子道：「是挺寒磣的，長闕，我記得你以前挺大方呀，怎麼這次準備的賀禮如此『別出心裁』？」

長闕面色驟然變黑，朝鳳染看了一眼，委委屈屈地低下頭，愁大苦深地不作聲了。

鳳染眉毛挑了挑，「嘿嘿」一笑，剛想說什麼，一身青衣的古君上神已經出現在三人面前，擋住了去路。

後池看著來人，面色有些遲疑，沉聲道：「老頭子，你是來攔我的？」

古君上神一拂手，朝鳳染道：「妳和長闕去蒼穹殿，我們等會兒便來。」

鳳染朝二人看了一眼，點頭，拉著長闕先一步而去。

以白玦如今的神力，他們這股生力軍中如果沒有古君上神，全都是炮灰的命，如今老頭子願意加入進來，自然是極好。

空中只剩下兩人，後池被古君上神看得有些不自在，垂下了頭，「父神，我知道清穆如今是真神，可是我真的不相信他靈魂消散……」

古君上神打斷後池的話，一揮手，兩人便出現在了祥雲之下的仙山上。他朝四周看了看，道：「後池，妳可知道此乃何處？」

古君上神話語中有股平時未見的凝重和認真，後池有些怔然，頓了頓才道：「知道，這裡是崑崙山。」

「當年我便是在這裡，為妳爭了上神之位。」古君上神的聲音有些悠遠，似是記起了往昔的歲月。

「父神，是我不爭氣，讓你擔心了。」還以為古君是在為她百年之前自削神位之事遺憾，後池有些愧疚。

「不過是些虛名罷了，當年我看不透，反倒讓妳受累。」古君上神面色似是有些遺憾，沉默良久，然後突然轉頭，鄭重道：「後池，即便清穆已經不在了，妳還是要去蒼穹殿？」

後池點頭，神色堅定，「父神，這是我欠他的。鳳染告訴我，他為了能早一點晉位，不惜在擎天柱上吸納妖力，讓自己成魔。他等了我一百年，我必須要去，就算是……死在白玦手裡，我也要履行當年放逐之前對他的諾言。」

她今日去淵嶺沼澤，的確抱了「寧為玉碎不為瓦全」的想法……這世上沒有人必須無條件為另一個人付出，可是清穆為了她一直如此，她或許不欠任何人，但唯獨清穆除外。

「是嗎？」古君上神轉頭。崑崙仙境，萬年如一日，仙氣繚繞，猶若當初。

「後池，這萬年來，我一直想給妳無上榮光，想讓妳凌駕於三界眾生之上，現在才發現，我根本做不到。」

他轉過頭，眼中是深深的無奈，「這個世間，強者為尊，從來便是如此，我教會了妳傲立三界的氣度，卻忘記了，沒有匹配的實力，這一切根本就無法做到。」

「父神，是我仙基太差，與你無關。」後池輕聲道，神情釋然。

「不是妳仙基太差……」古君緩緩收聲，看向天宮的方向，一時間神情凜冽。強大的神力在崑崙山仙境內旋轉，然後凝聚成一道光柱，直沖雲霄而去。

及目之處，靈力泛著銀輝的色澤，覆蓋天地，神祕而悠遠。

後池震驚地看著這一幕，老頭子的神力怎麼會突然間上升得如此恐怖，根本不是上神這種級別的存在！

「後池，我妄想改變妳的命運，到頭來卻發現，我什麼都做不了。如今還能為妳做的，便是再給你們一次選擇的機會。」

古君轉過頭，望向後池，眼中似是不捨。他拍拍後池的肩，抱住她，輕聲道：「這是父神唯一還能為妳做的。」

話音落定，銀色的光芒落在後池身上，將她定住，在後池愕然的眼神中，古君上神緩緩朝天空飛去，朝著淵嶺沼澤的方向，消失在空中。

父神他要……似是明白古君話中的意思，後池兀然回神，凝聚仙力掙扎，但古君上神定下的仙咒卻紋絲不動。她情急間想起腕間的石鍊，急忙凝神聚氣，化出仙劍將手腕劃破，鮮血注入石鍊中，但只有微弱的靈力逸出、纏上古君的仙咒。

後池微微一愣，父神的神力……竟然能克制石鍊的力量，這是怎麼回事？

仙咒稍稍鬆動，後池顧不得多想，指揮仙劍擴大腕間的傷口，鮮血如注湧進，靈光強盛了些許，仙咒終於以微不可見的速度鬆動起來。

崑崙山巔，絕世樂土，後池看著這瓊瑤仙境，心底卻陡然生出了一片蒼涼孤寂的感覺來。

淵嶺沼澤，一身紅衣的白玦立於蒼穹之巔，景昭站在他身後不遠處，同樣一身紅衣。她踟躕良久，才走近了幾步道：「白玦，我母后只是為我擔憂才會降旨懲處後池，她和父皇已經在後殿住了三日了……」

三日前，天帝、天后拜訪蒼穹之境，白玦以大婚繁忙為藉口拒不相見。景昭下意識地覺得，是那道懲罰後池的御旨之故。

白玦轉過身，眼帶柔情，走過來把景昭攏在懷裡，笑道：「妳怎麼會這樣想？這幾日有些忙，才怠慢了他們，等今日婚禮一完，我定和天帝、天后把盞言歡。」

「真的？」景昭眼帶喜意，被白玦這樣抱著，面色微微泛紅。

「自然，妳去休息吧。今日大婚，等會賓客滿至，就沒有休息的時間了。」白玦拍了拍景昭的肩，朝一旁的侍女淡淡吩咐：「陪公主進去休息。」

「白玦，那我先進去了。」景昭此時才看到還有侍女在旁，臉一紅，急忙從白玦懷裡掙脫，朝大殿跑去。

白玦含笑地看著她消失在大殿門口，唇角勾起。只是那笑意，卻未曾達到眼底。

他轉過身，俯瞰世間，在他腳下，千萬靈光在天梯中閃爍，勾勒成一幅奇妙的畫卷。

「古君，我們的命運數萬年之前就已經有了結局，哪怕是你，也沒有資格沾染。」

蒼穹之巔，虛無的聲音緩緩消散，化在了連天的霧中。

蒼穹之境，大殿外。

沉石階梯上浮著兩把金光籠罩的石椅，左首下方立著絳紅沉木龍椅，右首置放著雕著妖虎族徽的王椅。

廣場上，宴桌延綿，一眼望不到盡頭。桌上器皿流光溢彩，玉璧生輝，無一不是上古靈物。大殿之頂，三首神龍盤旋其上，三口不斷噴出小火球，在空中聚成花火盛宴。成群的鳳凰在空中飛舞，發出優美歡快的聲音。

費了老勁爬上天梯的眾仙妖初初出現在大殿之外時，久久不能回神，皆是連聲感慨，真不愧是上古真神，成婚之日，竟以天梯為橋，神獸為舞，妖獸為興！哪一樣放在三界都足以被人津津樂道，偏偏這場婚事還占了個全，實在是羨煞旁人。不少女仙君更是眼中放光，稀罕地看著這場景，滿臉豔羨。

尤其是守候在旁的下人，侍女井然有禮、大方謙和；侍衛方正端然、英氣滿溢，且個個靈力高深。不少花白頭髮的老仙君顫顫巍巍地摸著鬍子，猜出了這些下人的來歷，不由得驚嘆白玦真神的好手段。

淵嶺沼澤中的凶悍妖獸聚三界之總，就連妖界都有所不及，想不到短短時日，白玦真神竟能全部收為己用，且馴服得如此服帖。

大殿外人聲鼎沸，一片歡天喜地的景象，遠道而來的客人被安排得妥妥帖帖。眼見著吉時快到，不少人便一個勁兒地朝著大殿中瞅著，眼中敬畏之色有，激動之意更是不少。

白玦真神覺醒三界皆知，可真正見過真神模樣的卻少之又少。不少人雖說是來賀新婚之喜，但讓他們心甘情願地受著神力威壓爬完這天梯的，可不是那如花似玉的新嫁娘。後古界來最盛大的一場婚禮，賓客無不是奔著上古之時就已殞落的真神白玦而來。

而落座的賓客中，只有一處極為安靜。眾人也都是躲著那處坐下，生怕一時不慎，會有池魚之災。

宴桌靠前之處，面色冰冷的鳳染端著酒杯小酌。目不斜視的長闕站在她身後，抱著籃子，安撫著裡面蹦躂的仙魚，一副格外正經的模樣。

鳳染察覺到四周打探的目光，神情未變，眼角微不可見地沉了下去。她從未想到，一場婚禮，白玦會鬧得如此盛大，光是懸浮於空的四座天梯，便足以讓三界敬畏。

她一路上來，眼裡見的、耳裡聽的，幾乎全是對白玦的溢美之辭和對這場婚禮的期待。見到她和長闕時，眾人神情中也總會不自覺地閃現尷尬，然後告罪一聲躲避開去。

鳳染將杯中之酒一飲而盡，沉著眼望向大殿中的空曠處，神情複雜。

「嗷……」

一聲龍吟突然響起，盤於大殿之頂的三首火龍昂首而嘯，數丈大小的身軀瞬間縮小，朝大殿中飛去，飛掠的龍身在半空中劃出火紅的虛影。

似是猜到了什麼，坐於下首的眾人皆是噤聲，朝大殿翹首望去。

石階頂端，蒼穹殿之上，大紅的身影，就這麼突兀地出現在眾人眼前。

沒有御劍飛行，沒有腳踏神獸，甚至沒有祥雲懸空，那襲火紅的身影只是一步一步自殿上走下，緩緩朝著眾人而來。縮小的三首火龍緊緊跟在他身後，不停地發出低沉的龍嘯聲，似是臣服，又似是驕傲。

極簡單的衣飾，極單調的色澤，但著於此人身上，卻偏偏有種尊貴到了極致的感覺。淡雅縹緲，出塵絕世，那人就這樣俯瞰著眾人，緩緩行來。

本是喧囂熱鬧的廣場，因著此人的出現，陡然生出了詭異而肅穆的安靜。

直到白玦安然坐於那把由金光籠罩的石椅之上，眾人才驚覺回神，齊齊起身，恭聲道：「見過白玦真神。」

聲音之宏亮嘆服，讓大殿中正準備走出去的幾人腳步一頓，尷尬地停了下來。尤其是天帝，

剛才的那聲龍嘯他聽了個真切，想到自己的本體也是五爪金龍，竟不知為何這步子就有些邁不出去了。

無論這數萬年來他是何身分，也改變不了上古之時，他連四大真神座下神獸都不如的實情。

天后似是有些恍惚，竟一反常態地沒有發怒。

站在一旁的妖皇朝二人看了一眼，心底微微感慨。天帝、天后懾服三界數萬年，可現在看來，對外面這些仙妖的影響竟比不上才覺醒幾個月的白玦真神。恐怕如今就算白玦真神娶了景昭公主，兩人也未必真的與有榮焉。

「毋須多禮，今日之宴，望諸位盡興。」

白玦伸手虛抬，一股柔和的神力托著眾人而起，金光在半空交錯，最後化為碎片，消失在宴桌旁。朝白玦再頜首道謝後，眾人才紛紛落座。

「請三位出來。」見眾人坐定，白玦才擺擺手，「今日兩界之主前來，蒼穹之境不勝榮幸。」

此言一完，白玦收聲，便不再說話了。

兩排侍女走進大殿，朝三人行禮恭聲道：「幾位陛下請。」

請安之語雖是簡潔，但也挑不出錯來，反正都是陛下。

三人一聽，知道出場的時間到了，都不由自主地朝身上的衣飾看了一眼，唯恐出了錯。回過神來皆是不由得苦笑，尤其是鬥了幾萬年的妖皇和天帝，輕嘆一聲，對視了一眼朝著殿外走去。

眾人一聽白玦真神的話，哪還有不知的道理？正準備站起行禮，此時，白玦的聲音卻淡淡響起：「今日是本君大婚之日，虛禮皆免，諸位安坐便好。」

於是，三位正裝齊備的陛下走出蒼穹殿，看到整個廣場紋絲不動的仙君、妖君時，俱是一愣。天后臉色微變，沒有出聲，只是一拂袖襬，徑直朝下走去。

大概知道幾位陛下的表情不會很好，眾人識相地垂下頭，做眼觀鼻、鼻觀心狀，但等了良久，也未聽到三人落座之聲。正在狐疑時，天后憤怒的聲音已經自石階上傳來。

「白玦真神，這是什麼意思？」見侍奉的侍女一路把她朝廣場引去，天后這才發現不對，朝白玦座下看了看，臉色鐵青。

白玦座下，一左一右只安排了兩個座椅——龍椅、虎椅，一看便知是天帝和妖皇的，竟是沒有她的座位！難道她堂堂上神、天后之尊，還要和那些仙君、妖君同坐不成？

天帝此時也發現了異狀，連下幾階，臉色微變，看向白玦一言不發。

妖皇倒是事不關己，能讓在三界中呼風喚雨的天后吃癟，他可是求之不得。於是朝白玦拱手行了半禮，坐在了屬於他的位置上，瞇起眼，甚至端起了面前的杯盞，一副看好戲的模樣。

見此情景，天后臉色更鬱。她一動不動地看著白玦，似是要討個說法。

大婚還未開始，氣氛就已如此尷尬，眾人望著石階上和白玦真神對峙的天帝、天后，小心地觀望起來。

「暮光。」似是絲毫不曾在意天后的怒意，白玦只是懶懶地掃了天帝一眼，淡淡道：「仙界之主，由誰所立？」

沒有人知道白玦真神問這句話的意思，俱都朝天帝望去。

天帝神色一正，沉聲道：「上古之時，暮光受上古真神之令，執掌仙界，已有六萬餘年。」

白玦頷首，看向妖皇道：「森簡，那你呢？」

白玦真神神情淡淡，妖皇心底一凜，忙恭聲道：「後古界開啟之時，擎天柱降世，森簡受天地之令執掌妖界，六萬餘載，從無懈怠。」

天帝臉色一變，終於明白了白玦真神的意思——他和妖皇是受天之令，可是蕪浣……卻是因

為和他成親才能得以享有天后的尊榮，這是不爭的事實。

只是他沒想到，白玦竟會以此為由來折辱蕪浣。即便不看在景昭的份上，蕪浣畢竟當初也是上古真神座下的神獸，白玦真神怎會刻意當著三界賓客，讓蕪浣大失顏面？

不知怎的，天帝竟突然想起了數日前蕪浣頒下的那道御旨來……

白玦擺了擺手，滿意地看了妖皇一眼，這才垂眼朝天后看去，額上金色的印記驟然變深，瞳色蒼茫，「蕪浣，天帝受上古真神之令，森簡有祖神之命，妳來告訴本君，妳又憑什麼坐在此處？」朗朗之聲在大殿迴響，眾仙妖目瞪口呆地看著神情一派安然的白玦真神，小心地咽了咽口水，個個睜大了眼，生怕錯過了好戲。

天后臉色數變，石階之下各種打探的眼神讓她難安，偏偏白玦真神的話還一點錯都挑不出。她這幾萬年養尊處優慣了，哪裡受得了這種折辱，正準備說話，卻感覺到一道冷冷的視線自上首掃來，不由得心神一凜，垂下了頭，「真神，剛才是蕪浣失禮。」

她一字一句，說得極為艱難，仍舊倔強地不肯低頭。白玦冷冷地看著她，浩瀚的神力突然自上首壓下，天后額間漸漸沁出了汗珠來。

天帝看了她一眼，嘆了口氣，朝白玦行了半禮，才道：「白玦真神，蕪浣並無冒犯之意，還請真神海涵。」

蕪浣怎麼到了如今還看不明白？真神覺醒，三界格局早已變化，她若是執意如以往一般，將來定會有大苦頭吃。

整個廣場上一時極為安靜，眾位仙君、妖君大氣都不敢喘，低下了頭。此時，一道不合時宜的輕笑聲卻突然響了起來，在這種境況下尤為刺耳。眾人抬首一看，見鳳染上君滿是揶揄地望著對面，循著她的眼望去，所有人不由得恍然。

此時已近吉時，賓客滿至，座無虛席，唯鳳染上君對面還餘一空位。眾人起先還沒在意，此時哪還有不明白的道理，這擺明了是白玦真神留給天后的。

天帝聽見笑聲，眼一掃，見鳳染安坐下首，微不可見地皺了皺眉。天后正欲呵斥，一直沉默的白玦卻突然道：「此事作罷，免得誤了吉時，蕪浣，妳落座吧。」然後朝後擺了擺手，「去請公主。」

侍女應聲離去，白玦的眼神落在鳳染身上，微微頓了頓，便朝天后看去，神情冰冷。

鳳染聞言一愣，望向坐於頂端的白玦，眼瞇了起來。

天后臉色變幻了數下，最後還是忍下了怒氣，走下石階，坐在了鳳染對面。天帝舒了口氣，也落了座。

不管如何，總得讓婚禮完了才是。

終於塵埃落定，但是天后落座也讓廣場上的仙君、妖君覺得極其不自在。眾人抹了抹不存在的虛汗，個個都似突然對宴桌上的佳餚產生了濃厚的興趣，恨不得瞧出個窟窿來。

一時間，整個廣場落針可聞。眾仙妖正襟危坐，靜靜地等待今天的新嫁娘前來，唯有白玦輕靠在石椅上，望向遠處，目光似是落在雲海彼端，神情淡然莫測。

蒼穹殿後殿中，景昭一身大紅喜服，華貴的步搖斜插在髮間，黑髮披肩，豔光照人。此時，她端坐在木雕空鏤的銅鏡前，沉著眼聽靈芝稟告殿前發生的事，手中握著的絲巾甚至因為用力而陷入了指甲之中。半晌後，才在小仙娥忐忑的眼神中淡淡說了一句：「靈芝，我知道了。」

靈芝聞言一愣，見自家公主神情未變，不再說話，安靜地退到了一邊。同來的姊妹前幾日都被公主送了回去，唯獨留下了她。她想，她現在知道原因了。在這蒼穹之境裡，公主需要一個足夠順從，卻又不會惹麻煩的耳目。

「景昭公主，吉時已到，神君請您出去成禮。」

外面侍女的聲音輕輕響起，景昭握著絲巾的手緩緩鬆開，眼底不明的光芒緩緩滑過，整個人都似是因為這句話而明豔鮮活了起來。她站起身，腰挺得筆直，大紅的喜服搖曳及地，神情一派大方，美麗不可方物。靈芝一時看得呆了，直到景昭穩穩走出門的腳步聲傳來，她才猛然驚醒，連忙跑著跟了出去。

遠遠地，夕陽之下，景昭的身影搖曳在漫長的大殿過道中，竟有一種劃破時空的剛烈和璀璨。

「景昭公主到——」

片息之後，蒼穹殿外，等待的眾人終於迎來了今日的新娘，看著盛裝出現在石階上的景昭公主，任是誰都無法不讚嘆一句。

「瑤華之姿，高貴明豔。」

正是應極了此時的景昭。

白玦面上露出柔和的笑意，竟破天荒地從石椅上站起，主動迎上前去。

天帝和天后眼底閃過一絲欣慰，對看了一眼，放下了心。以白玦的高傲，既然能親迎景昭，那想必對他而言，景昭定是不同的。

景昭站在離石椅幾尺之遠的地方，安靜地等著白玦緩緩走近，然後握住他遞過來的手，一起朝下走去。二人停在了懸浮的金色石椅之下、眾賓之上。

此時，落日西垂，天際盡頭瑰麗而神祕，整個蒼穹之境都被染上了絳紅的喜意。古老的鳳凰神獸在大殿上空飛翔，召喚出五彩祥雲飄浮在空中。

無論是誰，都因這場浩大而尊貴的婚禮而讚嘆。他們望著石椅之下的一對璧人，面露笑意。就連鳳染，在這種情景下，眼底都生出了錯雜的神色。

蒼穹大殿之下，兩界之主在側，三界賓客俱臨，世間最重承諾不過此境。

眾人靜待白玦真神開口，卻不想此時，他竟輕笑起來。

這一笑，讓整個蒼穹之境肅穆的氣息都染上了暖意。

「本君聽聞人間成親有個不成文的規定，新人需獲賓客頷首，才算禮成。今日本君便落個俗套，問問諸位……今日本君與景昭成婚，諸位可有不同意的？」

白玦真神笑語晏晏，神情一派大方，座下的仙君、妖君一時間似是被他言語所染，俱都大笑起來。

「神君無妨，成親便是，我等只管胡吃海喝就已足矣。」

「景昭公主可是等不及了，長夜漫漫，神君還是快些完禮吧！」

「神君，時辰可是不早了，咱們沒有異議。」

叫喊聲此起彼伏，一些妖君說話尤為大膽，仙君倒是含蓄得多，但也是面露笑意。景昭靜靜地看著一旁的白玦，臉色微紅，眉眼彎了起來。

廣場上一時間熱鬧非凡，和樂融融，還真如一場凡間婚禮般美滿。但世間哪有十全十美之事，一場戲華麗開幕，過程又豈少得了喧囂波折。

熱鬧的恭賀聲中，一道清冷而又淡漠的聲音在空中如驚雷般響起，彷彿遠在天邊，但聽著卻又近在咫尺。

「白玦真神，本君若是不同意，你又當如何？」

銀色的流光自天邊劃來，勾勒出無比壯麗的銀輝之景，整個天際都似在這一瞬間，被化成了白晝。

漫天的銀海化成一座天橋，古君步於其上，緩步而來，滿臉肅穆。

浩瀚的神力壓得四周空間微微扭曲，就連鳴樂的鳳凰神獸和三首火龍也被逼得從空中落下，伏在了廣場上瑟瑟發抖。

天帝和天后的面色俱是一變，古君的神力何時變得如此可怕了？難道他平時竟藏了真正的實力不成？尤其是天后，看著古君身邊起伏的銀色神力，掩在袖袍中的手竟驚懼地顫抖起來。

怎麼會？怎麼可能？這種神力……她神情恍惚地看著眼前似曾相識的一幕，臉色煞白。

廣場上的眾人看著緩步走來的古君上神，剛才還嬉笑的神情以迅雷不及掩耳之勢收了起來，對視了一眼後，極為默契地朝白玦真神看去。

後池神君和清穆上君的事三界盡知，只是因白玦真神的覺醒下，這件往事就顯得不是那麼重要了。尤其是在那小神君還被放逐百年、歸期未定的時候。

但早些時日天后的降罪御旨一下，一些老仙君就知道這件事恐怕沒那麼容易善了。後古界中，古君上神護短的名聲他若是認了個第二，就絕沒人敢排在第一！況且，擾亂一場婚禮……古君上神也不是第一次做了。

「你不同意？古君，本君的婚事，你有什麼資格反對？」白玦掃了古君身邊澎湃的銀色神力一眼，眉微微皺起，瞳色清冷。

「真神曾當著眾仙對我清池宮立下婚約，不過百年而已，真神難道忘了不成？」古君停在離廣場一步之遠的半空中，神情淡淡，面色冷凝。

「立下婚約的是清穆，與本神何干？」白玦放開了景昭的手，凌空走了幾步，手一揮，金光拂下，廣場上瑟瑟發抖的神獸精神一振，重新恢復了生氣。

手心處空落落的，景昭定定地看著白玦的背影，不安的感覺生了出來。

「景昭的恩情也是清穆欠下的，若按真神之言，又與真神何干？真神曾乃蒼生之主，位極上古界至尊，怎可言而無信、厚此薄彼？」古君嗤笑道，看向朝他走來的白玦真神，目光灼灼。

白玦瞳孔緊縮，冷冷地看著古君，在眾人看不到的地方，眼底劃過毫不掩飾的警告。

古君一挑眉，輕哼一聲，當作沒看見。

「古君，今日白玦真神與景昭成婚，昭告三界，你怎可如此為老不尊，竟來擾亂婚禮？」聽到古君提到景昭的名字，天后一時間也顧不得心底的驚懼，忙站起身怒道。

「為老不尊？我怎麼為老不尊了？」古君指了指自己，又指了指白玦，竟掰著指頭數了起來，半響後才道：「蕪浣，我實在不知道白玦真神比我年長多少歲，算起來妳的年歲也比我長，想必是知道的。不如妳來告訴我，可好？」

他極是認真地看著天后。天后神情一僵，霎時間臉色青紅交錯，指著他顫抖得說不出話來。

看來，古往今來，不論地位如何，女人對自己年歲的看重都是沒什麼區別的。

看著滿臉嚴肅的古君上神和氣得不輕的天后，若不是這場景過於莊重，廣場上的眾仙妖實在是憋不住這滿肚子的笑意。青龍臺雷劫後，眾仙早就知道古君上神言辭之犀利非一般人可比，想不到這種境況下他也能說出這種話來。誰不知道四大真神降世於亙古之時，與天同齊，怎麼可能會有具體的年歲？

天帝見景昭和天后一個神情不安，一個面色鐵青，眉角皺了起來，眼中怒意一閃而過——古君也太過分了！正準備起身，卻見白玦真神陡然抬首，望向了空中那大片雲海之外。

「既然來了，又何必躲在一旁看戲，難道你也要阻撓這場婚事不成？」

見白玦真神望著空蕩蕩的天空突然說了這麼一句，眾仙妖又是一愣，抬首朝空中望去。

古君似是猜到了什麼，瞇起眼，來人的氣息一點不漏，若不是白玦，他根本感覺不到。看來，就算是不再留手，用盡全力，恐怕也未必能阻止白玦。

雲海之上，沉寂了片刻，突然紫光劃過，空間似是被撕裂，一把華麗的座椅飄浮在紫光之中，呈現在眾人眼前。

琉璃王椅，玉石滿嵌，淡紫色的紋路蔓延至椅角，奇異華麗。

椅上斜坐著一人，籠罩在那人身上的紫色光霧由深及淺，緩緩消失。

及腰黑髮，傾城容顏，絳紫古袍，懶懶朝下一瞥，明明擁有魅惑世間之相，卻又偏偏尊貴出塵，難以讓人企及。

絳紫的長靴在半空中虛點，似是有看不見的光紋朝天際蔓延。浮雲朵朵，逐漸變幻成純紫的色彩，在他身後沉澱成瑰麗的光幕。

明明奢華到了極致，卻讓人無法生出半點厭惡，任是誰，都能模糊地感覺到……這個人擁有和白玦真神相同的氣息。

「淨淵妖君……」不少妖界中人已經驚呼出聲，望著來人，眼底滿是驚愕。

淨淵妖君在妖界中擁有不下於妖皇的地位，只是數千年來一直隱居在紫月山，極少現身，識得他容貌的更是甚少。但那一身標誌性的紫色卻讓人幾乎是一眼就認出了他的身分。

唯有天帝和天后猛然起身，怔怔地看著他，一句話都說不出來。

「怎麼？暮光，你怎麼如此驚愕？三千年前我們交過手，你不會這麼快就忘了吧？」慵懶的聲音自琉璃王座上傳來，帶著笑意的淨淵望著天帝。

「天……天……」天帝艱難地開口，行了半禮，但怎麼都無法把來人的稱謂叫出口。雖然早有猜想，可他沒想到，隱居在紫月山的淨淵居然是早就殞落的真神天啟。

天啟真神在四大真神中性格最是古怪暴戾，當年眼中除了上古真神，旁人都入不了他的眼。

天后的面色變得慘白，她茫然地轉頭朝天帝望去，一絲驚懼從眼底劃過，他竟然……真的覺醒了？

眾人莫名其妙地看著天帝和天后的模樣，一時間俱是不解。就算妖界淨淵妖君名氣再大，也不至於讓仙界主宰失態成這種模樣吧？

「天啟，你不待在紫月山，來我的蒼穹之境幹什麼？」

白玦真神清冷的聲音猶如一聲驚雷，震得廣場上的眾人一時間回不過神來，就連妖皇也從王椅上猛然起身，死死地盯著半空中的淨淵，眼底滿是驚愕。

天啟？上古四大真神之一的天啟真神？後古界安靜平和了幾萬年，眾人甚至覺得那無數場仙妖大戰都及不上今天的半日光景來得精彩震撼。

白玦真神大婚之日，古君上神引來的餘波尚未平復，上古天啟真神竟然橫空出世！

眾人朝妖皇看去，原本以為白玦真神娶了仙界景昭公主會讓格局失衡，現在看來也不盡然，妖界有天啟真神壓著，也不輸陣。

「我們也相識了……」淨淵也掰著指頭裝模作樣地數了數，才道：「我也不知道多少年了。」

眾人滿頭黑線地看著他，冷汗直流。

「好歹你也是我們四個當中唯一一個成婚的，我自然要前來賀喜，以全我們之間的情誼。你說是不是，白玦？」

白玦冷冷地看著他，清冷的瞳倒映出淨淵囂張的面容，背在身後的手緩緩收緊。

「天啟，既然如此，緣何不落座？」白玦手一揮，妖皇和天帝之上的地方便出現了一把石椅。

「不要叫我天啟，老掉牙的名字了，我可不怎麼稀罕，我現在叫淨淵，你喚我一聲淨淵妖君足矣。」

「讓我喚你淨淵……你竟然還沒有完全覺醒？」白玦掃了淨淵一眼，聲音略起波瀾。天啟比

他早醒三千年，居然到此刻神力都未完全覺醒。

「我可沒有讓眾生俯拜的習慣，那些東西硌硬得慌。本來你大婚，我應該好好恭賀恭賀，不過……我也贊同古君的話，你當初畢竟求娶了後池，也算是欠清池宮一個解釋，如今什麼都不說就和景昭成婚，不妥吧？」

淨淵勾著嘴角，笑意十足，只是和白玦一樣，眉角的笑意卻未及眼底。

眾人一聽俱是覺得稀奇，天啟真神和白玦真神皆是上古四大真神之一，怎麼如今聽這話，倒是有向著清池宮的意思？

古君看著淨淵，眉皺了起來。他可不相信天啟會如此好心，成全後池和清穆當初的婚約。

「你要如何？」白玦定定地看著琉璃王座上的人，神情冰冷，漆黑的眸中如降霜雪。

「只要你承認當初對後池的求娶不算數，親口毀了這門親事，自此以後你們再無干係，我就不再插手，你要娶誰都和我無關。」

淨淵緩緩站起身，看著白玦，唇角笑意微斂，一派從容。

「我若不答應呢？」

「不答應？白玦……」淨淵笑了起來，「你若不答應，那我是不是該喚你一聲清穆才對？」

淨淵此話一出，滿座皆驚。真神白玦降世，上君清穆消失，這幾乎是公認的事實，當年青龍臺上的求娶還歷歷在目。若是清穆上君還在的話，又怎麼可能會和景昭公主成親？

景昭眼中不明的神色劃過，掩在喜服下的手交錯相握，泛出青白的顏色來。她定定地望著空中的大紅身影，嘴唇微微抿住。

「我早已說過，清穆已經消失了，你相信便相信，不相信我也無話可說。若是誰還想阻撓這場婚禮，我絕不會手下留情。」白玦朝古君看去，冰冷的眼神最後落在淨淵身上，「就算你是天啟，也不例外。」

死寂一般的空中突然響起的聲音威嚴莫名，眾人似是被這話中的煞氣所驚，抬頭朝空中望去。

半空中，金色的暗光將古君上神和天啟真神的神力死死壓制，白玦真神漆黑的瞳色完全幻化成金色，竟不再有一絲感情起伏。他額上的印記似是湧動成火焰的形狀，泛出妖異的赤紅光芒來。

整個廣場都被這股霸道肆意的神力所震懾，竟無一人敢大口呼吸。

白玦冷冷地環顧全場，然後在虛空中轉身，朝大殿之下、一身喜服的景昭走去。明明是踏在虛無的空際，但一步一步，卻偏偏似是響起澎湃到了極致的鼓點，恍若奏樂的序章。

「誰都無法阻攔你？如果是上古呢？白玦，如果是上古在這裡，你還會如此回答嗎？」

鼓點驟然消失，不留絲毫痕跡，就和出現時一般。

在離景昭一步之遠的地方，白玦停在原地，再也沒有走出一步。

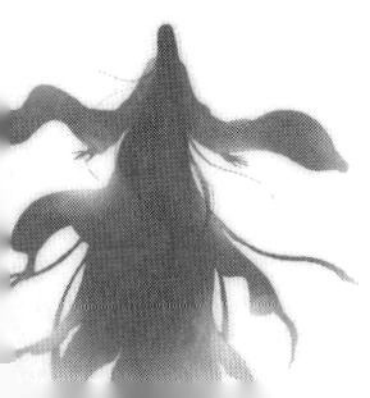

第三十章　決裂

崑崙山頂，後池抿住唇，臉色蒼白，光潔的手腕處交錯著無數道傷口，深深淺淺、猙獰無比。鮮血自她腕上流下，湧入石鍊中，靈咒的束縛越來越鬆，終於……「砰」的一聲，縛身靈咒完全消失。

後池面上一喜，顧不得傷口，匆匆駕著祥雲朝淵嶺沼澤而去。以老頭子的脾氣，再加上一個天不怕地不怕的鳳染，還不知道會出什麼事！

蒼穹之巔。

蒼老而篤定的聲音在安靜的廣場回蕩，漸成漣漪，猶如在腦海中紮了根一般嗡嗡作響，難以消散。

有多久沒有聽到過別人提起這個名字了，是一千年？一萬年？還是更久……久到那段歷史被掩埋、風化、遺忘……就如塵封的上古界一般。

上古，有人問我，如果妳在，我會不會還做出這種選擇……他根本不知道，如果是妳，妳永遠也不會開口！

白玦緩緩回頭，然後看見漫天的銀海中，一身佝僂的老頭緩緩破開他布下的金光屏障，朝他走來。眼中神色莫名堅韌，一如他當初在大澤山發現他時一般。

破空一聲碎響，赤紅的炙陽槍從大殿中飛出，湧出炙熱的火焰，化為洪流，擋在了古君面前。

「古君，就算是上古在此，我的答案也不會變。若你再進一步，炙陽槍出，我不會手下留情。」白玦緩緩上升，俯瞰著古君，聲音冰冷澈骨，金髮在空中揚展，似已入魔。

「白玦真神，我既為後池之父，自然要有做父親的樣子。女兒受了委屈，我又怎麼可能視而不見。就算你是上古真神，我也要逆天而行，攔不住又如何，我只要對得住自己便是！」

古君步履未停，仍是朝白玦而來。手一揮，泛著綠光的金石巨輪出現在他手上，然後化成數丈大小，直朝炙陽槍而去。

銀色的光芒恍若卷起雲海巨浪，肅殺的氣息噴湧著朝白玦而來，遮天蔽日，不留一絲餘地。恢宏的神力將整個蒼穹之境化為了一片銀色海洋，竟是比之前白玦布下的金光還要雄渾可怕。

天帝和天后怔怔地看著這一幕，不敢相信般睜大了眼。

淨淵陡然瞇起眼，輕叩在膝上的手猛然停下，盯著雲海中的古君，目光灼灼。

古君，他居然隱藏了如此龐大的神力。他根本就不只是繼承了上古的混沌之力這麼簡單！想到上次被他輕而易舉便壓制的古君，淨淵便知他一定是刻意將神力給隱藏了起來。能騙過他和白玦，就只有一種可能……淨淵懶散的神情頭一次變得凝重起來，指尖紫光流轉，勾勒出渾圓的弧度。

見銀海襲來的白玦同樣皺起眉，眼中劃過一絲訝異。遲疑間，竟被銀光籠罩在了光幕中，銀色的光幕瞬間隔絕了廣場上空。

炙陽槍在金石巨輪的壓制下，炙熱的火焰緩緩熄滅。眾人望著這番景象，面面相覷，幾乎不能接受這種事實。

上古真神白玦，居然不是古君上神的對手，說出去多可笑。

景昭臉色蒼白，急得就朝銀色光霧跑去，卻被天帝定住。

「景昭，這不是妳可以插手的。」天帝淡淡道，眼中有種不自覺的喟然。

景昭抿住唇，停了下來，挺直肩背，望向銀海的眼底滿是堅決。

場上唯一還能保持鎮定的恐怕就只有淨淵一個人了。他朝雲海中的古君看了一眼，搖了搖頭，古君不是上古，就算他傳承了上古的神力，也發揮不出混沌之力真正的威力來，最多也只能一時克制住白玦罷了。除非他出手，否則古君必敗。

果不其然，片刻之後，窒息的沉默中，渾厚的金光自銀白的光幕中劃出，擊在古君身上，「咔嚓」一聲脆響，銀光碎裂，金石巨輪壓制下的炙陽槍再次發出清脆的鳴響。槍頭的火焰驟然升騰，將金石巨輪狠狠逼開，朝白玦的方向飛去。

古君倒退幾步，悶哼一聲，嘴角溢出鮮血，喘著氣，神情明滅不定。

大紅的人影自銀光中走出，白玦臉色微微泛白。看來強行破開那銀色的光芒，就算是他也不能輕易辦到。

白玦虛握住赤紅的槍身，看著古君，神情冰冷。

「古君，我說過，炙陽槍出，我不會再手下留情。」

話音落定，他手中的炙陽槍升騰半空，雷電轟鳴，自天上降下，和炙陽槍的赤紅火焰合二為一，夾著毀天滅地之勢直朝古君而來。

古君周身上下瞬間泛出銀色的光芒，將他整個人籠罩在內。

整個天際一片黑暗，只能看到紅色的雷電焰火渾圓成球，落在那銀色的護身罩上。

受傷的古君根本難以抵擋白玦的驚天一擊，細細的碎紋緩緩蔓延，瞬間消散，紅光降下，生死就在這一瞬。

此起彼伏的嘆息聲連番響起，千鈞一髮之際，一雙手將古君拖離原地，接住那赤紅的圓球。

修長的骨節，絳紫的長袍，一雙鳳眼中滿是薄怒。

淨淵看著不遠處懸在天際的白玦，冷聲道：「白玦，你瘋了，若是古君死在你手上，上古這輩子也不會原諒你。」

「那又如何？」白玦淡漠道：「她不是早就死了嗎？天啟，我為什麼要受一個死人的掣肘？」

淨淵看著白玦眼中的涼薄，眼底頭一次浮現難以置信的荒謬之色，「白玦，你知不知道你在說什麼？你明知道上古她……」

「她以身殉世，拯救三界，早就死了。」白玦冷冷打斷淨淵，嘴角泛起淡漠的嘲諷，「天啟，你還是顧及你自己吧，連神力都沒有覺醒，你憑什麼插手我的事？」

「你……」炙紅的火焰在頭上懸掛，淨淵額間沁出密密麻麻的汗珠，他朝神情冰冷的白玦看了一眼，又掃了掃身後萎靡的古君，咬住了牙。

他不能退，否則古君必死無疑。以上古的性格，若是有一日她歸來，絕對不會原諒他。可是他若是覺醒，那整個妖界……

炙熱的火海擋住了淨淵的視線，他抬首，恍惚之間，似是看到……隱山之巔的楓樹下，後池對他揚眉輕笑。

「淨淵，我家的那個老頭子，總是刀子嘴豆腐心……要是日後有機會，你們可以見見面……」

那時候的後池，只有在提到清穆和古君時，眼底的笑意才是真正的溫暖真切。

他可以威脅古君，但是古君……不能死。

似是下了決定，淨淵緩緩閉上了眼。

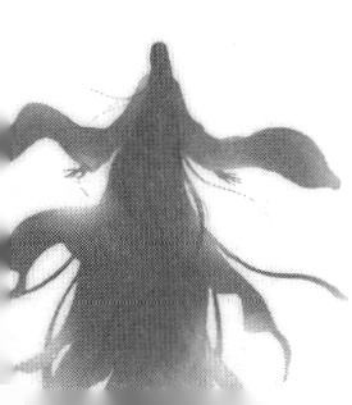

轟鳴之聲自遙遠的天際傳來，一波高過一波。淨淵身上點點紫光驟起，將他整個人籠罩。

眾人不由得朝天邊聲響傳來處看去，面面相覷。

在淨淵出現後就正襟危坐的妖皇猛然起身，不敢置信地看著掌間迅速消失的妖力，不由得大駭，似是想通了什麼，朝淨淵的方向喊道：「天啟真神，不可！」

幾乎是同時，所有在場的妖君都驚駭地發現體內的妖力在迅速消失，而天際的那股聲浪卻越逼越近……

剎那間，深紫的光芒彷彿劃破蒼穹，浩大而深邃的妖界紫月就這樣凌空出現在了蒼穹之巔上。

所有人都被這陡然的劇變驚得不知該如何是好。此時，安靜的廣場上唯有白玦真神的聲音空蕩蕩地自空中傳來。

「天啟，你居然將一半本源之力化為紫月，以整個妖界的靈氣來助你覺醒，難怪你會比我早醒三千年。」白玦的聲音中有著隱隱的動容。將一半本源之力抽離體內，供養整個妖界，然後將妖界靈氣納為己用，助自己覺醒，也只有天啟的性格才能做得出來，不過……他此時若將紫月收回，那妖界中靠紫月修煉的妖君必將損失一半的妖力，至於已經和紫月之力化為一體的妖皇……

天啟，你果然沒變，還是和當初一模一樣。只要是為了上古，這九州八荒，任何人你都可以犧牲，包括……你自己！

白玦看著將紫月之力吸入體內的淨淵，眸色深沉如海，眼底有著微不可見的嘆然和複雜。他掃了一眼廣場上面露恐慌的妖君，手一拂，金光落在他們身上，妖力停止了消失，但也只能保住半數之力。

不少妖君都明白了是怎麼回事，面露感激地朝白玦行了大禮。

唯有妖皇，眼睜睜地看著自己身上的妖力化為虛無，跌倒在王椅上，瞬間似是走到了生命的盡頭，整個人都透出一股荒寂。

天帝複雜地看了他一眼，嘆息了一聲，一代王者，竟然落得如此下場。

妖皇恐怕寧願戰死在仙妖之戰中，也不願意淪為普通妖族吧……

紫月在逐漸變小，一縷縷神力逐漸進入淨淵體內，他周身上下的靈力變得精純無比，澎湃而浩大。

一聲脆響後，空間被驟然撕碎，混沌的黑暗中，點點幽光浮現。眾人目瞪口呆地看著後古界開啟以來就佇立在仙妖結界處的擎天柱，出現在蒼穹之境的上空。

擎天柱上，刻著「淨淵」之名的地方在緩緩消失，頂端處，四分之一的黑霧在逐漸消散，淡淡的紫光自其中透出。

「天啟真神要覺醒了……」

不知是誰輕聲說了一句，半空中的紫月完全消散，純紫的光芒自淨淵身上逸出，向整個天際蔓延開來。

擎天柱上，黑霧完全消失，泛著紫光的「天啟」二字印刻在頂端，和「白玦」並列，亙古雋永。

「叮」一聲細響，淨淵周身的紫光驟然碎裂，修長而光潔的手伸出，朝頭頂覆蓋的赤紅火焰握去。火焰在他手中似是小孩玩意兒般，被肆意擺弄，然後瞬間熄滅。

絳紫的人影浮現，淨淵眼底似是有紫紅的火焰在緩緩燃燒，額上紫月的印記魅惑深沉。他含笑看著空中的白玦，鳳眼瞇起，聲音冰冷清越。

「如你所願，白玦，這世上再無淨淵。」

紫光和金光在空中對峙、分庭抗禮。天啟張開手，手中被神力湮滅的炙火灰燼在空中化為

虛無。

「白玦，你說現在我還有沒有資格插手你的事？」

鳳眼微挑，一身紫袍的天啟立於空中，望著眉目清冷、毫無所動的白玦，眼中紫光流轉，魅惑天成。

「我說了，誰都一樣。」白玦冷冷地看了天啟一眼，目光微轉，對著他身後的古君道：「古君，今日有天啟保你，你走吧。」

他說完，轉身朝景昭走去。

天啟似是沒想到剛才還毫不留情的白玦會輕易甘休，微微一怔，隨即明白，神情立馬有些惱怒。白玦根本就沒想過要殺古君，剛才只不過是要逼他完全覺醒罷了。

只不過白玦沒想到天啟已將本源之力化成紫月，覺醒會造成妖界的損傷，這才用神力來替這裡的妖君療傷。

「古君，我們走。」天啟知道自己被白玦算計了，一肚子火沒地方發，黑著臉，轉身對古君道。

神情蒼白的古君搖頭，從天啟身後走出來，看著朝景昭而去的白玦，沉聲道：「白玦真神，古君技不如人是真，可你若想完成這場婚事，除非……我死。」

前進的腳步陡然頓住，白玦定在原地，闔下眼，垂在腰際的手輕輕收攏。

沒有人能看清那冰冷的容顏上是什麼神情，唯有景昭，在白玦垂下眼的一瞬間，臉色變得無比蒼白。

渾厚的聲音在天際迴響，眾人有些不可思議地看著半空中面色凝重的古君上神，十足的疑惑。天啟真神以妖界半數妖力覺醒為代價才逼得白玦真神罷手，不再追究此事。不過是百年前的一句承諾而已，古君上神何必要做到這種地步？即便是為了那個放逐百年的小神君，也太過了！

「古君，你知不知道你在說什麼？」天啟沉著眼看著古君。

「天啟真神，多謝你剛才出手。不過這是清池宮的事，無論後果如何，古君願意一力承擔。」

古君低聲對天啟道，然後灼灼地望著不遠處的白玦，手中銀輝浮現，金石巨輪重新出現在手上。

無論如何，哪怕是死，他也要阻止這場婚禮。

如果萬年前的遺憾已經注定，萬年之後，哪怕是逆天，他也不能退後一步。

「古君，我最後再給你一次機會，回你的清池宮，本君既往不咎。」白玦轉身，緊閉的眼重新睜開，回望古君，聲音淡漠。

「不行，一百年前的青龍臺，我答應了清穆將後池許配給他。白玦真神，你既然不是清穆，又憑什麼替他作主？」

「你……」白玦眼中有一閃而過的惱怒，手一揮，炙陽槍落在他掌間。

「我這輩子，最後悔的一件事就是沒有在一百年前應允於他。白玦真神，清穆雖只有千年時光，可一生際遇是非，也毋須你來作主。若你是他，百年等待，你何以忍心應諾之人回來，卻見面不識？」

「若我不是他呢？」幽幽的聲音響起，白玦一步一步朝古君而去。

「若你不是他，我這滅天輪也要逼得他出現才肯甘休。」

古君話音落定，手自額間劃過，天眼頓開，照在手上，滅天輪銀光大漲，朝白玦而去，而他的面色也在滅天輪離手的一瞬間變得蒼白起來。

纏纏密密的靈力，化成大網，將白玦團團圍住。白玦神情緊繃，背在身後的手緩緩握緊，良久之後，他望向銀海中的古君，眼閉了起來。

古君，有些事，不是你想，就可以挽回的。就像他和後池，從他在擎天柱下覺醒的那一刻開始，就已經結束了。

白玦的手緩緩抬起，炙陽槍發出厚重的轟鳴聲，如有靈性般在他掌間來回挪動。

「去吧。」

低沉的聲音頓起，炙陽槍身上金色的神力與赤紅妖光交錯，焰紅的火流化為血龍模樣，劃開銀網的束縛，直朝古君而去。

滅天輪在血龍的咆哮下一寸寸斷裂，最後化為飛灰。銀海驟降，緩緩消失。

「白玦，住手！」

天啟神情一僵，眉頭緊皺，剛想上前，赤紅的三首火龍化為丈高，擋在了他面前。

「滾開！」天啟怒喝，一掌掃向三首火龍。火龍嚎叫一聲，被掃到廣場上，翻騰幾下，大眼一閉，開始裝死。

就這麼一息時間，炙陽槍已經近到古君面前，古君被逼得化為蛟體。蛟龍盤於天際，仍止不住這毀天滅地的攻勢，「轟」的一聲巨響，炙陽槍從龍體而過。

「嗷……」

巨大的龍身在空中翻騰，鮮血灑滿天際。雲海瞬間被染成紅綢，遮住了所有人的眼。

炙陽槍在空中凝滯片刻，飛回白玦手邊，沉默著不再動彈。

天啟面色鐵青，朝空中的巨龍飛去，卻被一聲響徹天際的叫聲頓住。

「父神！」

遠遠的天邊，一道銀光劃過，玄色的人影突然出現在蒼穹之境，朝空中的蛟龍而去。

「後池。」坐於下首的鳳染面色愕然，低聲道。從古君出現的那一刻開始，她就知道後池一定是被古君給強逼著留在了昆侖山，老頭子肯定不願意她捲入今日的這場爭鬥中，想不到她還是來了。

白玦定定地看著空中的玄影，握著炙陽槍的手緩緩縮緊。明明是炙熱無比的槍身，竟讓他生出了凍霜寒月的澈骨寒意來。

他傷了古君，而且……還是在後池面前。

蛟龍似是也發現了後池，化為人形，朝後池落來。

後池接住古君上神，眼眶發紅，手止不住地顫抖。

頭髮鬍鬚被燒得焦黑，腹部可見拳頭大小的傷口，血像是流不盡一般，染紅了衣袍……這樣的古君，是後池從未見過的狼狽虛弱。但即使如此，望向她時，蒼老的面容上笑容依舊溫暖縱容。

「丫頭，妳還是來了。」深深的嘆息響起，見後池急得說不出話來，古君染滿鮮血的手抬起，卻始終沒能握住後池的手。後池忙接住他的手，抿住嘴唇，「父神，你別動。」

古君笑了笑，嘴唇僵硬，「丫頭，我沒事，真沒事，妳別急。」

古君的手慢慢變得冰冷，後池覺得心都涼了起來，她惶然轉頭，只能看到，清穆站在離她不遠的地方。她習慣性地抬手，他的眼神卻冰冷無比……

後池猛然記起，他不是清穆，只是白玦，只是毫不留情能對古君出手的白玦。

「後池，古君沒有大礙，妳不必擔心。炙陽槍只是毀他根基，並沒有傷他性命，休養個幾年就好了。」

低沉的聲音在耳邊響起，莫名的熟悉，後池轉頭，淨淵單膝跪在她身邊，神情擔憂。

她怔怔地看著淨淵額上妖異的紫月印記，朝不遠處的擎天柱看去，聲音有些乾澀，「你是真神天啟。」

篤定無比，就似早已預料到了一般。

天啟頓了頓，才緩緩道：「後池，我是『天啟』，也是『淨淵』。」

唯有對妳，「天啟」也好，「淨淵」也罷，都只是那個人而已。

似是被他眼中的深沉所觸，後池避過了眼，低聲道：「父神真的沒事？」

天啟眼底有一閃而過的黯然，他拍拍後池的手，「放心，古君無事，我們回清池宮……」

話到一半，卻陡然愣住，玄色的袖袍下，濃濃的血腥氣傳來，不是古君身上的，他掀開後池的挽袖，眼神瞬間變得深邃凜冽，「這是怎麼回事？」

白皙的手腕上，深深淺淺的傷口，血肉模糊。也虧得她穿著玄色的衣服，血流到衣襬上完全看不出，他竟到現在才發現後池臉色蒼白，一雙眼漆黑得透明。

古君聽到不妥，眉一皺，想起身，牽動了傷口，血又流了出來，「丫頭，怎麼了？」

後池急忙掩住手腕，「父神，我無事。天啟真神，你幫我看好父神。」似是沒聽到天啟的質問一般，後池站起身朝不遠處的白玦看去。

大紅的喜袍，冰冷的容顏，他冷冷地望著她，不帶一絲感情。

景昭站在他身後，花容月貌，華貴端莊，一對璧人，佳偶天成。

淵嶺沼澤，百年前，三首火龍追殺下，他曾經冒死將她送出去，最後身受龍息之苦。

蒼穹之境，百年後，他要和景昭成婚，不僅對她視若無睹，還對父神痛下殺手。

同樣一張臉，同樣一具身體，可是……後池，他們不是一個人。

妳回來踐諾了，但那個給妳諾言的人早就不在了。

「白玦真神，我父神今日擾亂婚禮，全是為了我，若是真神允許，我願意向景昭公主賠罪，只求白玦真神能原諒我父神冒犯之罪。」

後池走到白玦不遠處，背脊挺得筆直，她看著白玦，昂著頭，一字一句，聲音響徹在蒼穹之境的天際，染著血的手掩在袖袍中死死握緊。

「後池！」天啟愣愣地看著那個在空中朗聲而立的身影，整個人因為氣憤竟微不可見地顫抖起來。她怎麼能夠朝區區一個景昭低頭？怎麼可以！

「丫頭……」古君同樣怔然，顫抖的手掩住了眼，不再去看那玄色的身影。

她的後池，心性比天高的後池，當初寧願自削神位、放逐天際，也不肯朝天帝、天后低頭的後池……現在居然為了他，對著白玦求情。

白玦握著炙陽槍的手猛地一抖，金色的瞳孔中是死寂一般深沉。

「古君冒犯於我，也受了我一槍，此事作罷便可。」

「多謝白玦真神不罰之恩。」

後池開口，茶墨色的眸子淡漠而冷清，白玦躲過那雙眼的注視，微微移開了眼。

「不必如此，後池神君言重了。」

看到白玦眼底的狼狽和躲閃，後池一怔，欲轉回的身子陡然僵住。她一步一步走上前，停在了白玦一步之遠的地方，定定地凝視他，瞳色是極致的透明，「真神今日大婚，後池來得匆促，為謝真神海涵，後池願解百年之約，以祝白玦真神與景昭公主琴瑟和鳴，福澤延綿。」

白玦僵硬地看著她，竟差點被後池緩步走來的氣勢逼得退了一步，那雙眼底的期待和驚喜太過明顯。

後池仰頭，聲音極輕極低：「白玦真神，可願受後池之禮？」

清穆，如果是你，如果你有苦衷……

在白玦身後，景昭的手緩緩握緊，顯出蒼白的痕跡來。

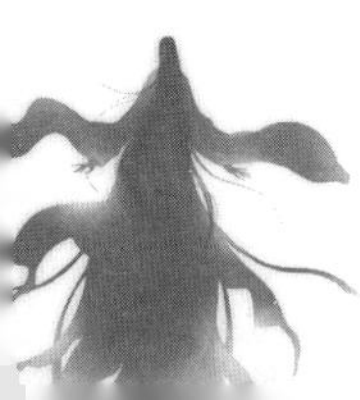

「後池仙君既然如此深明大義，那……白玦多謝了。」

緊窒的氣氛中，淡漠而有禮的聲音似是打破了最後的一絲期待，後池突然感覺到腕上的傷口疼痛到了極致，又像是冷到了骨子裡一般。她垂下頭，似是苦笑，又似是自嘲，轉身朝古君走去。

「等一等。」

清冷的聲音自身後傳來，後池頓住腳步，頭也未回道：「真神還有何吩咐？」

「後池，把聚靈珠、鎮魂塔、聚妖幡交出來。」

「你說什麼？」後池兀然轉頭，「白玦真神，我自知不該奪這三寶，累得清穆在擎天柱受百年罪過，可是還有三個月就是柏玄醒來之期……」

白玦對柏玄耿耿於懷，想必是當初清穆用這具身體在擎天柱下以妖力化體百年的緣故。

「那又如何？妳盜了三寶是事實。柏玄生死，與本君何干？」白玦淡漠地看著她，冷冷揮手，一道金光籠罩在後池上空。

袍中鎮魂塔微動，竟在金光的召喚下朝空中飛去，後池攔之不及。金光照拂下，她動彈不得，只得眼睜睜地看著鎮魂塔落入白玦掌中。

「白玦，休要傷後池！」見後池受制，天啟眉一豎，便朝這邊飛來。

「白玦，將鎮魂塔還我。」後池雙眼赤紅，看著白玦，心底陡然湧現不安。

「往日恩怨，皆因此三寶造成。後池，自此以後，妳歸於清池宮，本君既往不咎，自會還妳和古君安寧。」

白玦靜靜地看著她，倏然上升，赤紅的火海將後池和趕來的天啟隔絕在外。

他瞳中金色的火焰慢慢猶如實質，掌中的鎮魂塔被火焰籠罩，發出沉鈍的哀鳴聲，冰棺融化，裡面青色的人影慢慢變得模糊。

「白玦，你要幹什麼？住手！」天啟一解開後池的禁制，她就朝火海跑去，卻被天啟拉住。

「後池，不要過去！」天啟皺著眉，紫光揮出，那片火海竟紋絲不動，驚得他連忙拉住後池，白玦的神力什麼時候變得如此可怕了？

火海之後的身影昂立天際，靜靜俯瞰，似是遠離世間。他手中的鎮魂塔一寸寸化為粉末，連同裡面的冰棺，再也不留片縷。

後池不敢置信地看著這一幕，眼底染上了赤紅的血絲，她倒退一步，驟然抬頭，「白玦！盜三寶的是我，讓你在擎天柱下差點淪為妖魔的也是我，有本事你就殺了我！為什麼，為什麼……要這樣對柏玄？」

為什麼你奪走了清穆，就連柏玄也不放過？

只有三個月了，她在隱山之巔等了一百年……只有三個月，柏玄就能醒了，她明明……都已經感覺到柏玄的氣息了。

懸浮在天際的人瞳色清冷，俯瞰而下，眼中金光流轉，似是嘲諷，又似是淡漠。

火海仍在燃燒，廣場上的眾人看著這一幕，早已沒了參加婚禮的喜慶心思。

天啟真神覺醒，古君上神重傷，還有柏玄仙君驟死……這場婚禮，早就超出了界限，他們實在想不出，還能生出什麼事端來！

火海內外，兩重世界。

——紅衣長袍，真神白玦，似能主宰世間眾生命運。

——玄衣黑髮，仙君後池，茫然哀慼就如卑微螻蟻。

浮在雲上的古君靜靜地望著這一幕，恍惚看到，當年祭臺之外，無論被擋在陣法外的人如何絕望悲傷，都只能看著裡面的人一寸寸化為飛灰的場景。

兜兜轉轉，數萬年往矣，往日一幕，到如今，竟沒有絲毫改變。

「天啟，你說得對。有些東西，我早就該還回去了。」

縹緲的聲音陡然在空中響起，天啟轉頭，看著飛至半空的古君，神情緩緩凝住。

古君他……不會是想……

一寸一寸的銀色靈光自古君體內而出，緩緩蔓延，就連白玦身前的火海也被銀光瞬間吞噬。

後池茫然回頭，只能看見古君眼底的決絕和一絲……不捨。

「父神……」

「後池，我不是妳父神。」

古君輕聲道，望著後池，手抬起，似是要握住她，又緩緩垂下。

後池怔怔地看著古君，似是未聽明白他的話。

「我不是妳父神。」古君重複了一遍，神情悠遠空明，複雜難辨，「這數萬年來，我一直在想，若妳只是後池，只是我古君的女兒，那該有多好。」

整個蒼穹之境都被銀色的靈光籠罩，朝天際連綿而去，似是無窮無盡一般延展。

古君身上的傷口一瞬間完全癒合，後池怔怔地看著他，眼底的茫然逐漸變為驚愕。

半空中的年邁老者，幾乎是在一瞬間變了一個模樣。

花白的頭髮一寸寸化為墨黑之色，佝僂的身軀一點點挺直，褶皺的皮膚變得光滑白潔，容顏英俊，輪廓深邃，眼神深沉如海，唯有那抹溫煦一如往昔。

古有鮮聞，上神古君，溫潤如玉，容顏俊美，三界少有，可是自從清池宮的小神君出世後，就再也沒有人見過他當初御臨三界時的真正模樣。

「父神。」後池站起身，幾乎不能言語。

「後池，這才是我原本的樣子。」

「那為什麼……？」

「我不過是個俗人罷了。若是我不幻化成那副樣子，妳開口叫我父神，我根本做不到平心接受。」

古君苦笑一聲，一步一步朝後池而來，銀光點點，自他體內湧進後池身體之中。

「後池，三首火龍不是這世間第一個以妖化神的妖獸，我才是。」古君停在後池不遠處，神情微苦，「我自以為是地為妳爭來了上神身分，以為可以讓妳自此在三界無憂，卻忘記了，身分越高，束縛就越大。

「妳如今之苦，全因我私心而起。若不是我，妳不會自小便受夭折之苦；若不是我，妳萬年來也不會聚不齊靈力，連一般的仙人都不如；若不是我，這世間有誰敢對妳有半分不敬！

「後池，我最想保護的人是妳，可是讓妳陷入如斯境地的卻是我。

「後池，擎天柱上不是沒有妳的名字，妳只是……沒有覺醒而已。」

沉寂的聲音戛然而止，眾人怔怔地看著站在後池上方的古君上神靜靜闔眼，頎長的身軀彎下，彷若叩拜古老的神祇。

「下神古君，見過真神。」

天帝和天后神情大變，不敢置信地望著空中的古君和後池，似是想到了什麼，眼底滿是震驚。

銀色的靈力如浩海一般，霎時充斥天際，恢宏的氣息朝後池湧來，將她整個人籠罩。

看著這一幕，白玦眼底的淡然終於被打破。他眼底緩緩顯出驚訝，良久才恢復鎮定，眼神明滅不定。

他看著古君，實在是不知道該怒還是嘆。

這萬年來，古君不僅騙過了他，也騙了天啟。他不只是傳承了上古消失時留下的神力這麼簡單，他根本就是將後池的整個本源之力完全融在了自身的妖丹中……可是，這也就意味著屬於上古的本源之力若消失，他也會……妖丹盡碎，化為劫灰。

他算準了所有事，以為後池這一世不會覺醒，卻偏偏想不到他尋了上萬年的上古本源，竟然就在古君體內。

如今，古君以靈魂燃燒為代價，來歸還原本屬於後池的上古本源，他根本無法阻止。

他阻止不了後池成神，就跟數萬年前他阻止不了上古殉世一般。

「父神……」

後池似是明白了什麼，眼中大慟，伸手朝古君觸去，卻只能抓住他衣袍的一角。

古君身上的銀色靈光越來越淡，整個人朝天際飄去。

古君抬首，望向雲海之外。那裡，白玦和天啟擎身而立，彷彿亙古便在。

這世間，一定還有人比我更在乎妳。

所以，後池，妳要珍重。

他不過是上古界中一條小小蛟蛇，卻因緣際會親眼看到了上古真神的殞落，而那原本應該和上古真神一齊消逝於三界的上古本源，卻落在了他體內。他一夕之間由蛇化蛟，由妖入神，這本就是世間極大之幸。

他能位極三界數萬載，全是因此之故。

如今他唯一能做的，只剩下把這本源之力歸還給後池。

即使……他違背了當初上古真神神識的最後囑託。

上古不願成神，可是，她如今是後池。

碧綠的身影在緩緩消失，就連面容也漸漸變得模糊，直到最後一絲靈力從古君身上消散。他垂下眼，聲音似是已經低不可聞。

銀光束縛下，後池只能眼睜睜地看著古君一點一點完全消失，化為飛灰。

「後池，保重。」恍惚之際，這是她聽到的古君在世上的最後一句話。

上神古君，灰飛煙滅，自此不存。

父神，你讓我保重，可是這世間，你若不在，我獨自一人，如何保重？

整個世界彷彿淪入了黑暗之中，骨血冷盡，靈魂破碎，後池幽幽抬首，眼中一片血紅。

伴著古君的完全消失，後池身上的銀光驟然大漲，直沖天際。

銀光之中，那本是及腰的長髮緩緩變長，及至腳踝；深沉的古袍迎風而展，銀色的錦帶勾勒在腰際，璀璨而神祕；漆黑的瞳孔深邃悠遠，銀白的水紋印記在額上浮現。

回首之間，容顏絕世，芳華亙古，睥睨世間。

廣耀的天際一片銀白，悠揚的樂章似是自遠古奏響，四海潮汐盡退，九州萬獸沉寂，蒼穹之巔，仙、妖、神緩緩凌空，俱被籠罩在這片浩瀚之海中。

天帝朝著銀光中心處的身影彎下腰，眼底全是臣服。渾厚威壓的靈力下，天后緩緩垂首，行下古禮，神情驚駭莫名。

整個蒼穹之境，唯有白玦和天啟能昂首而立。

轟然之聲自下界響起，千萬把斷劍劃破空間，陡然出現在蒼穹之境，旋轉間，凝為一把銀色巨劍，落在後池面前。

後池轉頭，十步之外，白玦淡漠而立，手中握著的灰燼似乎還未完全消失。

後池眼中血紅一片，她手持巨劍，朝蒼穹殿而去，轟隆巨響，毀天滅地。

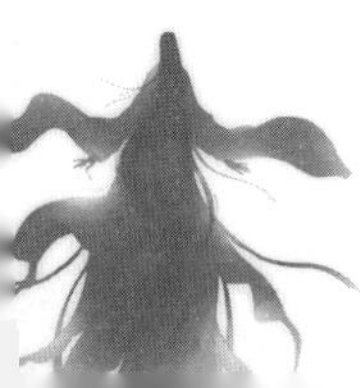

聲停，風止。

鮮血滴落的聲音猶為真切，眾人抬頭，只看見……大紅的身影擋在蒼穹殿前，巨劍穿體而過，在空中，竟詭異地停滯下來。

彷彿恢復了清明，後池緩緩抽出巨劍，看著白玦蒼白到透明的臉龐，瞳色深沉凜冽，卻又夾著世間無盡痛楚。

「無論我是誰，白玦，這一世，我到死都不會原諒你。」

巨劍離體，從手間揮落，夾著毀天之勢朝三界而去，銀光流轉，整個世界驟然混沌一片。

後池臉色蒼白，嘴邊鮮血流出，眼眸微微闔上，整個人飄浮著，朝萬丈天梯下落去。

恍惚之間，她看見，那人一身紅衣，立於蒼穹之巔，眉目清冷，凝望著她，神情決然冰冷。

「後池，等妳回來了，我們便成親。」

「後池，等妳知道我送妳石鍊的原因時，就是我們再見面之時。」

「後池，保重。」

……

耳邊似是有聲音在無盡迴響，一句一句，越來越清晰，可她眼底卻只剩下血紅的世界，再也辨不清這世間的景象。

清穆、柏玄、父神……這世上對她而言最重要的三個人，全都不在了。

這世上，她還有什麼，還剩什麼？

即便是她死，又如何？即便是那個人醒來，她消失，又如何？

這個世界已經不需要後池這個人存在了。

她朝下落去，長髮在空中飄蕩，好似墮入了永無止境的無邊地獄。

三界彼端，九州之岸，白玦，恍然回首，生生世世，我只願我是後池。

只願，我能恨你，此生不滅。

混沌的世界緩緩消散，唯有那垂落的玄色身影彷彿定格成亙古不變的畫面。

死寂之中，蒼穹之巔上空。

擎天柱上，四分之一的黑霧緩緩散開，「**上古**」之名印刻其上。銀色的光芒緩緩劃過，然後又歸於沉寂、黯淡。

虛無的擎天巨門陡然出現在半空，古老的文字在空中浮現，三界內所有的靈獸如有召喚般朝那道古門湧去。

模糊的古文漸漸清晰，唯有八字。

「遠古神祇，上古為尊。」

頃刻間，恢宏蒼茫的氣息驟然在三界中回蕩，轟然巨響，四道靈光從天際而來，照耀世間。

後古曆六萬三千四百二十一年，六月初五。

上古界開啟，真神上古重臨世間。

（上古·上卷　完）

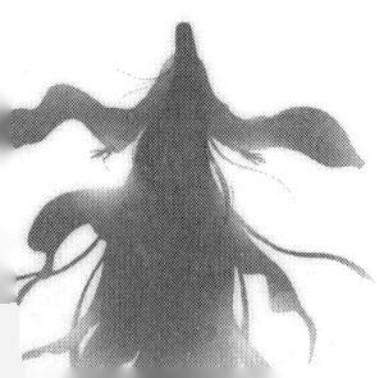

國家圖書館出版品預行編目資料

上古／星零作. -- 初版. -- 臺北市：春光出版, 城邦文化事業股份有限公司出版：英屬蓋曼群島商家庭傳媒股份有限公司城邦分公司發行, 民110.04
冊； 公分. --（奇幻愛情；72）
ISBN 978-986-5543-22-8（上冊：平裝）

857.7 110005009

上古・上卷

作　　者／星零
企劃選書人／王雪莉
責任編輯／王雪莉

版權行政暨數位業務專員／陳玉鈴
資深版權專員／許儀盈
行銷企劃／陳姿億
行銷業務經理／李振東
總　編　輯／王雪莉
發　行　人／何飛鵬
法律顧問／元禾法律事務所　王子文律師
出　　版／春光出版
臺北市 104 中山區民生東路二段 141 號 8 樓
電話：(02) 2500-7008　傳真：(02) 2502-7676
部落格：http://stareast.pixnet.net/blog　E-mail：stareast_service@cite.com.tw
發　　行／英屬蓋曼群島商家庭傳媒股份有限公司城邦分公司
臺北市中山區民生東路二段 141 號11 樓
書虫客服服務專線：(02) 2500-7718 / (02) 2500-7719
24小時傳真服務：(02) 2500-1990 / (02) 2500-1991
服務時間：週一至週五上午9:30～12:00，下午13:30～17:00
郵撥帳號：19863813　戶名：書虫股份有限公司
讀者服務信箱E-mail: service@readingclub.com.tw
歡迎光臨城邦讀書花園　網址：www.cite.com.tw
香港發行所／城邦（香港）出版集團有限公司
香港灣仔駱克道 193 號東超商業中心 1 樓
電話：(852) 2508-6231　　傳真：(852) 2578-9337
E-mail : hkcite@biznetvigator.com
馬新發行所／城邦（馬新）出版集團　Cite(M)Sdn. Bhd
41, Jalan Radin Anum, Bandar Baru Sri Petaling,
57000 Kuala Lumpur, Malaysia.
Tel: (603) 90578822　Fax:(603) 90576622　E-mail:cite@cite.com.my

封面設計／蔡佩紋
內頁排版／極翔企業有限公司
印　　刷／高典印刷有限公司

■ 2021 年（民 110）4 月 29 日初版
Printed in Taiwan

售價／380元

城邦讀書花園
www.cite.com.tw

本書臺灣繁體版由四川一覽文化傳播廣告有限公司代理，經長江出版社（武漢）有限公司授權城邦文化事業股份有限公司春光出版獨家發行。

ISBN　978-986-5543-22-8

廣 告 回 函
北區郵政管理登記證
臺北廣字第000791號
郵資已付，免貼郵票

104 臺北市民生東路二段 141 號 11 樓

英屬蓋曼群島商家庭傳媒股份有限公司
城邦分公司

請沿虛線對折，謝謝！

愛情・生活・心靈
閱讀春光，生命從此神采飛揚

春光出版

書號：OF0072　　書名：上古・上卷

請於此處用膠水黏貼

讀者回函卡

謝謝您購買我們出版的書籍！請費心填寫此回函卡，我們將不定期寄上城邦集團最新的出版訊息。

姓名：______________________

性別：□男　□女

生日：西元__________年__________月__________日

地址：______________________

聯絡電話：__________　傳真：__________

E-mail：______________________

職業：□ 1. 學生 □ 2. 軍公教 □ 3. 服務 □ 4. 金融 □ 5. 製造 □ 6. 資訊
□ 7. 傳播 □ 8. 自由業 □ 9. 農漁牧 □ 10. 家管 □ 11. 退休
□ 12. 其他 ______________________

您從何種方式得知本書消息？

□ 1. 書店 □ 2. 網路 □ 3. 報紙 □ 4. 雜誌 □ 5. 廣播 □ 6. 電視
□ 7. 親友推薦 □ 8. 其他 ______________________

您通常以何種方式購書？

□ 1. 書店 □ 2. 網路 □ 3. 傳真訂購 □ 4. 郵局劃撥 □ 5. 其他 ______

您喜歡閱讀哪些類別的書籍？

□ 1. 財經商業 □ 2. 自然科學 □ 3. 歷史 □ 4. 法律 □ 5. 文學
□ 6. 休閒旅遊 □ 7. 小說 □ 8. 人物傳記 □ 9. 生活、勵志
□ 10. 其他 ______________________

為提供訂購、行銷、客戶管理或其他合於營業登記項目或章程所定業務之目的，英屬蓋曼群島商家庭傳媒（股）公司城邦分公司，於本集團之營運期間及地區內，將以電郵、傳真、電話、簡訊、郵寄或其他公告方式利用您提供之資料（資料類別：C001、C002、C003、C011等）。利用對象除本集團外，亦可能包括相關服務的協力機構。如您有依個資法第三條或其他需服務之處，得致電本公司客服中心電話 (02)25007718請求協助。相關資料如為非必要項目，不提供亦不影響您的權益。

1. C001辨識個人者：如消費者之姓名、地址、電話、電子郵件等資訊。
2. C002辨識財務者：如信用卡或轉帳帳戶資訊。
3. C003政府資料中之辨識者：如身分證字號或護照號碼（外國人）。
4. C011個人描述：如性別、國籍、出生年月日。

請於此處用膠水黏貼